警动全城

常书欣 著

湖南文艺出版社　博集天卷

目 录

卷一
菜鸟报到　　>> 001

卷二
初入警门　　>> 047

卷三
小试身手　　>> 113

卷四
巧过难关　　>> 181

卷五
齐心协力　　>> 249

卷六
重案迭起　　>> 307

Contents

卷一
Volume 1

菜鸟报到

第 1 章
菜鸟报到波折多

早上七点半，龙华街派出所。

所长付胜顶着半张脸大的黑眼圈，推开值班室的门，那张坑坑洼洼像被炸弹炸过的黑脸，直接顶在了睡得正香的辅警李华面前，他还拍着手里的笔录，鞭炮一样噼里啪啦响，破铜锣嗓子更是发出震天的响声："还睡呢！你睁开眼睛好好看看，你这笔录当事人最后是怎么签字确认的。"

一个面相稚嫩胡子拉碴的辅警一下子从床上坐起来，揉了揉惺忪的睡眼，接过来笔录，凑近一看，有点懒散地说："所长，没错，以上笔录我看过，说得跟真的一样。"

所长姓付，大家不称呼他为付所，而直接称他为所长。

所长气得差点背过气去，嗓门更大了："说得跟真的一样。你是菜市场的大妈吗？你是公园里的大爷吗？我强调多少次了，签字必须写：以上笔录我看过，与事实相符。"

犯了这么大的错误！

李华瞬间醒了，整个人一激灵，赶紧起床，拿着笔录就要往外冲："我现在就去找当事人重新签字，我昨天晚上弄完就一点半了，着急睡觉，就没仔细看……"

所长揪着他的领子，把他拉回来："还找理由？我昨晚处理另一起事件，结束以后四点半，你去翻翻我的笔录有没有问题。以后移送公检法，材料必须规范！不然他们笑话你是个二傻子不要紧，当事人跟着你耗半年才丢人！"

李华还是有点不服："不就是醉酒闹事的小案子，当事人就在隔壁睡着呢，我找他们签一下，下次我就记住了。"

所长有些恨铁不成钢："我已经去看过了，那两个醉鬼醒了就溜了，我上哪儿找人去？把街面上商铺的监控视频都调过来，一帧一帧找吗？"

面对领导的训斥，李华垂头丧气，根本不敢抬头。

所里不到十个人，一天处理十几起警情，一年处理上千起，压力特别大，每天都在用九个锅盖盖十口锅，比隔壁那条街上的消防员还忙。

特别不走运的是，现在所里还退休了两个人，本来打报告招了四个辅警，但是工作强度太大，年轻人受不了，辞职了三个，还有一个在辞职报告上写：我现在觉得去电子厂一点也不累！

那个辞职的拍照发了朋友圈，被其他所和分局的人看见了，那段时间大家和所长打招呼都说："听说你们所比电子厂还累？"

这么一看，坚持到现在的李华，还算是不错的。

想到这事，所长的态度不由得和缓了些："行了，去吃点早饭，然后写个检查，这种低级错误别再犯了。"

话音刚落，这个低着头的小家伙，居然瞬间两眼放光："那我去吃饭了，所长。"

得，骂了也是白骂，下回肯定不长记性，只记得吃。

李华有点散漫，但是好歹是省警官职业学校毕业的，就算是混了三年，也有点基础。

马上要来一个更嫩的毕业生，名字很有趣，叫周六一，比李华小几岁，东华理工大学计算机专业毕业，省考第一名的成绩尤为亮眼，笔试面试都是第一，总成绩比第二名高了将近十分。

这完全是个学霸中的"战斗机"。

但是，对派出所这种注重实践的单位来说，特别会考试但一天的警务工作都没有做过的人没啥大用。

所长连翻档案的兴趣都没有，一再拒绝在文件上签字，可最终还是没法拒绝上级的命令。今天这个新人就要来所里实习了。

想到这里，所长血压又升高了，他忙不迭地打电话给负责人事调动的市局梁培禾处长，想让梁培禾把新人安排到别处："老同学，我可求求你了，别再往我这儿扔饭桶了，我这儿已经火烧眉毛了。你是了解的，龙华街的情况太特殊太复杂了，我之前的那几任，宁可提前退休都不干了，我和老姜都搭档了这么多年，像是天天坐在火药桶上。现在人这么少，你给我安排一个啥也不会的新人，你让我怎么工作？我需要的是精兵强将，来了就能战斗。你把刚毕业的警校尖子生给我调一个，我要那种身体素质和心理素质都很好的，跑五公里不喘气的，能和离婚夫妻都唠上的，在基层实习过半年的优先。其他人，我可不认！"

///

周一的早晨，梁培禾也很忙。他端着冒着热气的保温杯，里头泡着枸杞。他头发已经白了一半，眉头皱成川字，脸上皱纹密布，神情极其凝重。

他面前的桌子上摆着厚厚一沓案卷，全是各个派出所和治安大队报上来的案子，刚打印出来，纸张还是热的。

看着这些案卷，他根本没心思喝水。

杀人放火的案子少，但是这些案子比杀人放火还可怕。

基本上全是网络诈骗案，全都汇总到了一起，打印出来放在他的办公桌上。

他翻了翻，随随便便一个案子就是六七十万的金额，受害者大多数是搞网络贷款的。

梁培禾在心里盘算了一下，他工作这么多年，也拿不出这么多钱来。

旁边新来的年轻小警察正在拖地，他是公安大学的研究生，人特勤快，给办公室换饮用水、打印材料他都全部揽下，还把案卷里涉及的外文词翻译成中文。

梁培禾顺口问他："你一个月到手多少？"

年轻警察有点不好意思："我还没转正，不到三千，不过住在宿舍，吃在食堂，也花不了什么钱。"

一个月不到三千？

六七十万，这么优秀的年轻人得工作多少年才能攒下来？

梁培禾一直在想这件事，接通电话半天没有回应，所长在那边急切地问："老同学，我说了半天，你有没有听到？"

梁培禾回过神来。基层的派出所领导天天直接和犯罪分子打交道，大部分都是炮仗性格，一点就着，他早就习惯了，他这个老同学，是炮仗中的炮仗。他安抚道："我就是因为体谅到了你们派出所的难处，所以才开会研究过，专门把最优秀的人才拨给了你。"

所长一听就急眼了："你别忽悠我，我知道公安联考有些岗位不好，特优秀的会专门等省考国考，你手里有不少好苗子，赶紧给我送过来一个！我保证好好培养，将来让他成为坐镇一方的名将！"

梁培禾手上确实有一份名单，上面周六一的成绩一骑绝尘，高出第二名将近10分，只是这孩子年纪很小。

可这分数看着就是让人喜欢。

原本他也以为，这人就是个迎合应试教育的完美机器，小镇来的做题家，四体不勤五谷不分，但是打过交道以后，他认为自己错了，这个年轻人身上，有锐利发光的品质……

梁培禾笑着摇了摇头："不要让经验限制了你的眼光，不要急着做决定，我先去开会了，你好好带新人。"

所长拒绝："我是派出所所长，又不是警校校长！"

///

同样早上七点半，拥挤匆忙的十字路口。

一个浑身泥土，走路有些佝偻的老汉把一个黑色塑料袋紧紧地夹在腋下，穿着开了胶的旧塑料凉鞋急匆匆往前走。

老汉手里拿着一个破旧的老人机，手机用脏脏的塑料布裹了好几层。他打着电话，声音沙哑："别怕，爷爷来给你送钱了！你听医生的话，好好吃药。"

但是老汉没注意，装钱的袋子破了，里面一沓扎紧的红色钞票露出来。

这时候，一个男人紧随其后，他两眼放光，贼眉鼠眼地环顾四周。路口只有一个戴着降噪耳机，背着登山包和滑板，正在玩手机的小年轻，估计是附近哪个学校的学生，不像是个会管闲事的人。

那就是周六一，他看到绿灯已经在闪烁，就停下来等待下一个绿灯。

他抬眼看了一眼前面的男人，倒不是觉得有什么问题，而是这个男人长得实在是太丑了，一张脸坑坑洼洼的，像月球表面，眼睛是斗鸡眼，一看就是个不好惹的人。

男人确定后面没人注意，就戴上口罩，赶紧往前走了几步，装作不经意靠近老汉。这时候，老汉的钱掉出来了，男人一弯腰就捡了起来。

这个男人并没有把钱还给老汉，而是动作麻利地把钱往自己裤子后面的口袋里塞，然后准备溜之大吉。

小偷！

老汉还在电话里嘱咐："乖孙子，你的病一定会好的，相信爷爷，等做完了手术，爷爷带你去吃你一直想吃的火锅！"

周六一立刻把手机塞回口袋，把滑板放下，赶在绿灯灭之前踩着滑板冲过去，在小偷把钱塞进口袋之前撞上了他。

小偷摔了一个狗啃泥，钱脱手而飞。

听到动静，老汉低头一看，发现自己的钱不见了。这时小偷爬起来拍拍身上的土，捡起钱又要往自己口袋里塞，操着一口流利的方言骂道："你瞎呀！在马路上玩滑板是违法的，你看你把我撞成什么样了，得赔钱！我现在走路都不利索了，先赔两百块钱，让我去拍个片子看看！"

老汉十分着急："那是我孙子的救命钱！"

小偷翻个白眼，还很嚣张地拿钱在老汉眼前晃了晃："什么你的钱，就你这一身的膏药臭味，老子就算是沾一手屎也不会摸你的钱！还好意思说钱是你的。"

老汉气得直跺脚，拿出手机要报警，但是他的老人机这时候打不了电话。小偷说着风凉话："老头，你看你诬陷好人，老天都看不下去了吧？手机坏了就回去买一个，老年痴呆了就回去吃药！"

老汉眼泪都快要落下来了，对着周六一哀求道："孩子，能不能帮我报个警？那钱是救命钱！医院打电话催了好几次，我好不容易才凑齐的！今天如果不去交钱，我孙子可怎么办！"

小偷表情凶恶，手指快要戳到老汉的鼻子上："我今天是不是出门没看皇历，遇上你们这一老一小在街上讹诈我。我现在就应该报警，让派出所把你们两个抓起来！"

这个小偷是个地痞流氓，彻头彻尾的烂人，居然反咬一口，诬陷老汉和周六一讹诈。

老汉是个老实巴交的农民，现在已经一句话也说不出来了，半天才颤巍地说："你怎么能颠倒黑白呢？"

如果是象牙塔里的学生，面对这小偷的咄咄相逼，现在肯定会手足无措，但是这小偷不走运，他碰到的是周六一。

周六一毫不畏惧，胸有成竹地笑道："请你把钱还给老人家，并且赔礼道歉，这样我还能放你一马，否则后果自负。"

小偷一下子就乐了，朝着周六一逼近，痞里痞气地说："后果自负？你个小屁孩，能把我怎么样？"

周六一往前走了一步："我能让你出名！"

小偷感觉在听笑话："你什么意思？"

周六一把手机掏出来，调出来一段视频，晃了一下手机："我是东华大学新闻系的，专业拍视频的，现在在电视台实习，有随手记录素材的习惯。刚才我拍下了你偷东西的视频，而且我手机质量特别好，拍下来的都是高清素材，你脸上的痘都清清楚楚的，你说你今天晚上会不会出名？你觉得一个出了名的小偷，警察会怎么收拾你？"

小偷气得脸直抽搐，威胁道："老子弄死你！"

周六一手握杀招，表现得特别淡定："你把钱还给老人家，我把视频删除，否则，就凭你偷了钱还讹诈我，我就让你吃不了兜着走！"

小偷将信将疑，瞬间觉得手里的钱特别烫手，周围的人越来越多，大家指指点点的，他害怕眼前这个小年轻直接报警。

那么厚一沓钱，起码要蹲半年。

小偷不情不愿地和周六一做交换，他把钱拿出来，丢给了老汉，然后点开周六一手机里的视频，烦躁地说："快点删了，没备份吧？你要是敢报警，我就把你打出屎来！"

小偷瞪大了眼睛，一帧一帧看过去，越看越觉得不对劲。他这才发现这根本不是他偷钱的视频，而是一个短发女孩牵着狗过马路的视频，画面里那女孩一回头笑得十分灿烂，只是因为封面也是红绿灯，和这个路口差不多，他才看错了。

这哪是犯罪证据？

因为他心虚，所以被周六一耍了。

小偷一回想，自己刚才用身体掩护，从周六一的角度，根本就拍不到他的小动作。

但是这小子信誓旦旦，一脸真诚地说拍了，他居然信了！

谁能想到，这年头的大学生，骗起人来，居然比他还专业！

小偷气得不行："你这是诈骗！"

周六一一脸无辜："什么诈骗？明明是善意的谎言！"

小偷气不打一处来，恨恨地看着周六一："我今天非好好教训你一顿不可！"

周六一指了指道路监控，气定神闲道："你刚才已经承认了偷钱，现在还想打我，你是真的想去坐牢吗？那你快点打我一拳，还赶得上去局子里吃早饭！"

小偷恼羞成怒，拍着大腿骂："妈的，还没见过比老子不要脸的！"

周六一露出狡黠的表情："我还以为你是要助人为乐，提醒大爷钱掉了呢，我哪知道你是个扒手！你到底滚不滚，再不滚我现在报警还来得及！"

眼看着围观的人越来越多，小偷不敢提自己刚才偷钱的事情，一时词穷，只得骂道："妈的，没见过比老子还'渣'的'渣男'！"

周六一做个鬼脸："我又没欺骗你的感情！"

小偷往地上吐了一口唾沫："我今天是屎壳郎出门遇到拉稀的，白来一趟！"

周六一的嘴皮子可比小偷的利索："不不不，我看你是武大郎放风筝，出手就不高！"

小偷指着周六一："给老子等着！"

话是这么说，但是他不敢继续纠缠，赶紧跑了，跑的时候还挡着脸，生怕被人认出来。

老汉对周六一千恩万谢，下了很大决心，从这一沓钱里面抽出一张："年轻人，太感谢你了，你拿去买瓶饮料。"

周六一再三推辞，他看到老汉装钱的黑色塑料袋破得不成样子，就从登山包侧边口袋里掏出一个装零食的结实的袋子，帮老汉把钱给装进去："不用谢，您拿好去医院吧。"

老汉有些为难地问："年轻人，你能不能陪我去医院，我活到七十多岁，头一回来省城，我都快转晕了，也不知道路怎么走。早上刚下火车，有人非要拉着我去男科医院，我好不容易才摆脱他们……"

周六一看了看腕上的表。

他今天要去派出所报到开始实习，梁处千叮咛万嘱咐，这个派出所非常特殊，要严格遵守各项规章制度，今天绝对不能迟到，否则很可能会影响他的考核分。考核分不够的话，他很可能没机会留在警察队伍里了，这不是危言耸听，之前有人实习期没过就走了……

周六一还专门搜集了这个派出所的资料，龙华街派出所，被三江市公安局的警察们戏称为"地表最强派出所"。

其辖区的流动人口最多最杂，八万人口，流动人口将近四万，光听口音分不清人是哪儿的；案件最多最杂，从黄赌毒到老太太当街碰瓷、骂架应有尽有。

一般的新警察被丢到龙华街派出所历练三个月，差不多就能胜任警务单位的所有职务了。

如果历练不出来，差不多就可以滚蛋了。

龙华街派出所的编制一直都不多，正式民警几乎从来不超过十个人，平均下来就是一个警察管两万的群众。

据说，龙华街第一任派出所所长是南下的干部，当年打过解放战争，又是会计又能拿枪，后来还能剿匪，特别擅长人员的精细安排。

到了这一任的所长付胜，也是个挺有能力的人，派出所就那么几个人，可辖区从来没有因为治安问题闹过大新闻。

在警务单位，尤其是日理万机的派出所，不闹大新闻，就是最大的成就。

周六一要去报到，紧张了一晚上，为了不迟到才早早过来，但是现在已经耽误了四十多分钟，再迟到下去，他真的担心第一天就被赶出门。

但是眼前的老人，眼神恳切，步履蹒跚，他在这个城市孤立无援。

所长专门换上了新警服，坐在办公室里。

桌上堆着不少需要处理的文件，全都很紧急，手机信息不断，一直有人催，但是他无心处理那些事，一直拿起手机看时间，还时不时地朝窗外张望。

新人怎么还不来？

虽然嘴上嫌弃得不行，但是他心里其实还是有些期待的，这个〇〇后的高才生，到底能给这个基层警务单位带来什么样的惊喜呢。

老同学梁培禾的眼光向来毒辣，他往往能在一群新兵蛋子里挑出个金凤凰来。一般来说，最好的人才他都会放到尖刀单位，用来处理最难的案子，比如刑侦大队、缉毒大队，还有这几年专门抓逃到境外的贪官的猎狐办。

这些金凤凰，接连办了不少大案。

付胜看着那些令人惊艳的新人，心里馋得不行，希望能有一个分到自己所里来，但是之前来的几个不错的，都只是实习一段时间，就被调去了其他单位补充警力，因为其他单位像治安大队、反诈大队，都缺乏骨干力量。

白白给别的单位做了几年的嫁衣，所长付胜非常期盼自己单位能有好苗子。

等了好久，没有等到新人过来，却等到了另一个人。

一辆大摩托车轰鸣着进了院子，原本休假的彭志远回来了，连续干了半个月，他好不容易才休一天。

他是军体院出身的军转干部，特别能打，全身结实的肌肉，让人看一眼就觉得有震慑力。

所里没人打得过他，在抓捕中，只要他出马，犯罪分子能被当成小鸡崽给拎回来。

彭志远三步并作两步奔上楼，直冲所长办公室而来，脚步声特别响。进门后，他着急地问："新人来了吗？"

所长岿然不动，虽然他的体格比彭志远小了许多，但是彭志远看到所长，立刻像是士兵见到了将军，稳重了许多。

所长看了看表，黑着脸，惜字如金地从口中吐出两个字："没来！"

两个字，带着三分嫌弃、三分轻蔑、四分不耐烦，所长就差直接把"这人进门我就让他滚"这句话说出来了。

彭志远也赶紧看了看表，有点着急，这新人心里怎么一点数都没有，上班第一天居然敢迟到，他是没打听过所长付胜是什么人吗？

不过，他还是为新人辩解："我还是很期待来一个年轻同事的，毕竟现在用手机犯罪的案子越来越多,我连扫码都搞不明白,现在的年轻人玩这些可比我们厉害多了,兄弟单位里的技侦、图侦,对着电脑屏幕瞪眼看监控,一个个的都近视了。我听说现在都开始用软件识别了,哪怕是把女人化装成男人,都能识别出来,现在这些技术,年轻人学得比较快。他是不是堵在路上了,起凤街那里堵起来,可是要命的!新人是不是不知道?"

所长冷哼了一声。

彭志远手一直在摸他的大头,看起来特别滑稽,看所长这反应,他露出讨好的笑容:"才八点半。"

所长喝口水看文件,白了他一眼:"钢盆,你当年相亲都没这么积极!不就来个半大小子,你至于这么开心吗?"

叫彭志远钢盆,是因为刚来那会儿,有一次出警,彭志远在停电的大厦里,上上下下爬了六十多层楼,才把一个曾是国家二级运动员的嫌疑人给逮了回来。回来在食堂吃面,他直接用最大号的不锈钢盆,一个人吃了全所人一顿的量,因此得了这么个外号。

所长一般不喜欢叫人外号,现在老顾老贺都退休了,所里也就他够格叫彭志远的外号了,其他人都得叫彭哥。

彭志远挠了挠头,有点不太好意思,带着期待说:"咱们所之前好不容易来两个新人,才培养出来,就被上面调走了。招了四个辅警,就留下一个,现在难得来个人,而且我听说这是梁处挑中的尖子,可不是比相亲找对象还激动吗!"

所长看起来不在乎,随口道:"什么尖子?当自己还在上学呢,居然迟到,等他进门我先给他个处分,让他和小李一起写检查去。"

写检查?

那说明人还是能留下的,彭志远松了口气,但还是担心写检查影响新人的心态,万一和之前几个辅警一样,直接走了怎么办?

但是他不好意思继续说话,看到楼道里有个女警路过,赶紧挥手朝着外面示意。

多年的同事,大家早已十分默契,女警看到彭志远着急的表情,再结合新人迟到的事,就明白了七八分。

片刻之后,那名女警张桂兰拿着一份文件过来让所长签字,她四十多岁,管内勤,脸胖胖的,看起来十分和蔼,处理起事情来麻利干练,特别靠谱,是所长的得力帮手。

张桂兰一开口先转移大家的注意力:"大彭你那时候处对象可有意思了,短信发得冷冰冰的：刘明月，晚上我骑摩托车接你下班吃饭。明月受不了了，给你发信息：你就不能加个宝贝吗？你倒好，居然重新发了一条：刘明月，晚上我骑我的宝贝摩托车去接你下班吃饭。因为这事，明月和你差点黄了，要不是我和所长说和，你现在还打光棍呢。工作和相亲一样，谁能不犯错误？"

彭志远嘿嘿笑着，张桂兰的话让氛围变得松弛起来，所长不再揪着新人迟到的事不放，顺着台阶下了："行吧。"

张桂兰稍微松了口气，但也不时瞟向窗外，等着新人来。

随着基层警务单位需要对接的单位越来越多，要写的报告和台账就越来越多，杂事也越来越多……总之就是一个字，多，多到一周单休也忙不完。

内勤有几个文职辅警，但是数量远远不够。

张桂兰等着来新人，不是为了看"小鲜肉"，而是着急抓壮丁。既然是通过省考的，申论肯定写得不错，是个笔杆子，抓过来就能直接用。

张桂兰比较期待把新人放在她的内勤岗上，试探道："所长，粤省的同志来办案，需要我们配合，这几份文件需要您签一下。对了，新人来了让他先熟悉哪块业务？"

所长两条大黑眉毛皱起来，脸黑得像锅底："放在窗口查户口吧，上涌村刚来一群外地人，天天骑着摩托车去工地，经常来咱们这儿开加油的批准。让他盯着村里开出来的证明，核对身份信息。"

张桂兰心里窃喜，但是胖脸上略带怀疑："可是这原本是小黄和娟子的事，男生不办案放在窗口上，是不是不大合适？"

小黄和娟子是所里的另外两个辅警，都是女的，承担的是综合岗和户政的工作，也可以说是打杂的，不能说这样的岗位不重要，但是和忙得风风火火的需要办案出警的岗位相比，根本不是一个级别。

派出所最关键的业务，就是接处警和配合其他单位办案！

所长拿着文件，来回翻看，拿起铅笔把其中好几处圈起来，又看了一眼时间，发火了："就为了抓一个人，他们来这么多人？是来公费旅游的还是办案的，吃、喝、住宿、加油得花多少钱，我这师兄就是不会过日子，他们经费太多烧得慌？下半年还办不办案了？"

大家都是警校毕业的，办案一联系，发现都是师兄师弟，所以所长一看名单，脑子里就浮现几张熟悉的脸。

不过，以前拿到配合办案的文件，所长不是这么说的，他说的是："还是发达城市的经费高，瞧瞧人家办案的这规格配置，咱们也应该跟着学学！"

这次所长这么说，是因为新人迟到的时间太长了，他发火了。

这个新人忙什么去了？怎么能迟到这么久？

彭志远和张桂兰对视一眼，都为这个新人捏了一把汗，刚来第一天就撞枪口上，还能顺利留下来吗？

别看所里这么忙，这么缺人，但不是什么人都能进，所长要求极高，看不中的人，他会想办法把人给调走。

彭志远和张桂兰两个人又是失望，又是惋惜，省厅一年可不会往派出所多放几个人，现在各个单位都在压缩编制，节省开支，隔壁镇上的派出所，也是多年没有招过人了，副所长退休了，上面再没派下去一个副所长……

这时候，李华满头大汗，急匆匆地跑过来，气都没有喘匀，进来见了人他也不打招呼，几乎是对着所长扯着嗓子在放鞭炮，生怕落下一个字："所长，起凤街有重要警情，有个力大无穷的武疯子拿着两把菜刀在街上发疯呢，见人就砍，场面十分混乱，徐哥和亮哥都过去了，他们说他们顶不住了，请求增援！请求快点增援！"

李华转头看到了彭志远，像是看到了救星一样，就差跪下了："彭哥，你在真的是太好了，那个武疯子比你还壮实，完全不认人！亮哥说，你可能也拿不下来！"

现在过了早上八点半，起凤街附近有两个幼儿园、一个小学、一个中学，好多去工厂和单位上班的人都会路过这里，早高峰会持续到九点多。不少人把这里戏称为血栓路。

这条路上有个手持两把菜刀的武疯子？

徐海是立过个人二等功的专业刑警，格斗抓捕侦查，样样拿得出手；胡亮是徐海的徒弟，公安大学毕业，以前是经侦大队的，是所长当年专门要来的优秀青年警察。他们两人合作破了多起案件，接处警很少让人失望。这样两个人，居然会说自己顶不住？

所长听完，感觉自己血压都要高了，他腾地站起来，一脸严肃，立刻下令："桂兰留下看家，剩下的人全都跟我走，带齐装备，开楼下的七座车，同时呼叫附近的交警和警务室支援……"

彭志远心中疑惑："还有我拿不下的嫌疑人？"

他可是在军体院练过的，参加过作战任务，立下过赫赫战功。

不过，彭志远向来不会轻敌，立刻把头盔戴上往外走，大步流星地走到了楼道口，只剩下声音飘向身后的人："我先骑摩托车过去，肯定不堵，还能穿巷子过去，能稍微快点！"

整个派出所瞬间行动起来。

有人早餐没吃完，嘴里叼着一个包子，手里提着防暴钢叉往楼下跑；有人从宿舍出来，一边跑一边披警服，不走楼梯，直接从三楼楼梯口抓着钢管往下溜，三秒就能到楼下，直奔警车而去；有人把正在充电的执法记录仪拔下来，别在蓝衬衫的肩章上，往外跑的时候拉开抽屉拿了警棍，顾不上把抽屉合上……

此刻，他们朝着最危险的地方，拼了命地狂奔。

///

周六一从医院出来，时间已经不早了，肯定会迟到，按照龙华街派出所的惯例，他肯定会被开除。

不过他还是打了一辆车："快，我去龙华街派出所。"

出租车司机见周六一干净体面，年纪还小，以为他是只好宰的肥羊，心中大喜，但是脸上露出犹豫的表情，准备换一条赚钱的路走："起凤街那一片太堵了，咱们绕另一条路吧？"

第 2 章
智擒疯子如救火

Chapter 02

周六一把包搁进后备厢，拉开车门坐了进来。他没有打开导航看，立刻回绝了司机的建议，看起来极为老练地说："师傅，咱不绕路，就走起凤街，如果堵车的话我就提前下车，走路过去。绕路的话，就多了五公里，还不一定能顺利到呢。"

呦，遇到了本地人？

不妙！

司机被戳穿了，但是一点不脸红，反而振振有词，一副地痞样，反正这里不好打车，周六一一看就是赶时间的人，他继续讨价还价："但是那一片太堵了，是有名的血栓路，进去没有半个小时出不来，耽误我多少生意，得加钱。"

周六一一听，笑了，这司机是欺负他年轻，以为他不认识路，而且大部分年轻人都不还价，多个十块二十块的，都不会说什么。

可周六一不是这种人，他还真有那个耐心，绝对不会让人多占他一块钱的便宜。

时间已经这么紧张了，周六一还能一条一条地分析，好像没人比他更懂这个城市的交通："师父，您到丽景苑小区门口停下，我从丽景苑踩着滑板走东门穿过去，用不了五分钟。而且您也不会吃亏。这个时间点，您还能在门口拉一个上班快迟到的，那是个高档小区，价格还不是随您开吗？附近公交车站不多，您可以拉个去高新区的，或者是去机场的，距离快二十公里，保证无缝衔接还不堵，他们很乐意加钱，绝对不会为了几块钱和您扯皮。"

司机明白了，从周六一这个铁公鸡身上肯定拔不到毛。

司机本不想拉周六一，想要直接把他给轰下去，但是这小子已经坐在副驾驶座上，还把他的"空车"换成了"有客"，计价器也开了。得，遇到了这么一个年轻人，只能自认倒霉。

这做派，像个地痞流氓一样。

他狐疑地看了一眼这小年轻，这人居然能把他的心思猜得七七八八，还敢对他车里的东西动手动脚，一看就不是个好惹的人，八成是街面上惹是生非的小混混，可这人长相又比较周正。

不过，转念一想，只是少赚几块钱而已，自己没必要和生意过不去。他让周六一系上安全带，跟他攀谈起来："我看你也不像送外卖或送快递的，怎么对我们这一片这么了解。"

周六一靠在椅背上，笑道："我确实不是送外卖或送快递的，而且我也是第一次来三江市，您看我像干什么的？"

司机更惊讶了，周六一居然不是本地人，而且不是送外卖或送快递的，这两种人，是对当地交通状况最了解的。

他一踩油门，又看了周六一几眼，像推理小说里那样，胸有成竹地分析起来，说得头头是道："我在三江市开了二十年出租车，什么样的人没见过。我猜猜看。送外卖和送快递的每天累得跟狗一样，天天骑摩托车，吸尾气，干一整天，手特糙，毛孔也特粗，你看起来年纪不大，白白净净的，所以你肯定不是送外卖或者送快递的。现在过了九月中旬，大学都开学了，学生都在学校里，你也肯定不是大学生。你长得挺精神，没有黑眼圈，但是走路的姿势不那么板正，肯定也不是当兵的。"

"你肯定是……是……是个……你也不像个无业游民。"

司机有点犯难了，看上去有点尴尬，不过，他突然一拍大腿，音调升高："我知道了，你是搞互联网创业的，天天在电脑后头分析大数据！不过，你这个年纪创业的小老板们,恨不得把自己打扮成三十岁的,起码应该穿件白衬衫,你这打扮,深色卫衣,破洞牛仔裤,白色运动鞋,也不像个创业的。说你是个'码农'吧,也不大像。"

司机不断地侧过头观察周六一,脸绷得很紧,恨不得用眼神在周六一身上戳个洞出来。他把周六一全身都看遍了,还是怎么都猜不出来。

两个人陷入了沉默。

出租车司机开始怀疑自己看人的能力。

司机一脸茫然地看着周六一。

周六一笑着问道:"您平时都怎么看人?"

说起这个,司机可就来精神了,每个出租车司机都认为自己阅人无数,是这个城市里最了解这个城市的人。他一开口就滔滔不绝:"穿西装的,质量不怎么好,人还特能聊的,肯定是卖保险的或房产中介;戴眼镜的凶巴巴的嘴碎的干净体面的不怎么化妆的女人,肯定是老师;不怎么在意穿着的,一上车就冷着脸开始闭目养神,还老是拿个酒精瓶子消毒的,八成是附近医院刚下班的医生。

"不管是干什么的,八成都有些职业病,就像我,啥都不突出,就是腰椎间盘特突出,我还经常不按时吃饭,胃病早早地找上来了。

"你年纪还小,没怎么上过班吧,所以你现在还没有职业病,我看不出来你是干什么的。"

这么一分析,司机挽回了面子,心情变得愉悦起来,周六一问:"警察呢?您看我像不像警察?"

司机又看了看周六一,随后哈哈大笑:"喊,不可能!"

周六一好奇道:"为啥?"

司机转动着方向盘,这段路他走过好多次了,几个转弯转得相当自如,还赶上了两个绿灯的尾巴。他眉飞色舞起来:"你见过警察没?派出所的警察,一个个风风火火的,走路特别快,从他们的脸上能看出来他们没有休息好。他们开口像审犯人。

"路上那些交警,别看年纪轻轻的,就是个人形红绿灯,眼睛像个远光灯,表情都呆滞了。

"这年头不比从前,从前穿身警服出来厉害得不得了,一整条街的混混都老老实实的。

"但是现在呢?

"反正我肯定不会让我儿子去当警察,尤其是派出所,苦死累死也开不上个劳斯莱斯。

"其实我还有个闺女呢,在省实验中学教书,有人给介绍了一个派出所的小年轻,我直接给拒了。

"一年三百六十五天,将近三百天不着家,想出国玩一趟几乎不可能。工资外的收入一毛没有,熬上几年头发也秃了,'三高'都上来了。别人的行业公众号,天天都在宣传又挣了多少钱,就警察这个行业,不是牺牲了就是伤残了,连个单身宿舍都分不下来……"

在司机眼里,警察这个职业,几乎毫无性价比,还不如他开出租车轻松,周六一笑着说:"我没骗你,我真的是警察。"

司机不信:"不可能,现在的小年轻,除非是吊儿郎当啥也不会的才会去混个辅警,你看着不到二十,哪能吃那个苦!"

周六一不再争辩,他估摸着快到了,拿起手机扫了二维码准备付钱。今天已经迟到太久了,他有些忧心。

司机看到了他的手机,像是有了新发现,拍着方向盘,兴奋道:"我知道你是干什么的了!你是个美食博主!我认识这款手机,主打拍照功能,龙华街那一片有不少本地特色的早点和夜宵摊子,你现在是着急过去吃早饭!"

司机猜错了,周六一看着这个工龄可能跟他的年龄差不多的司机,心里有些惆怅,苦笑道:"这年头,电商崛起,淘宝和拼多多的山寨货质量越来越好,已经很难通过一个人穿什么来判断他的职业了。早几年,用苹果手机的还是有钱人,现在苹果手机很多人都买得起了。"

司机明白自己又猜错了,干瞪眼。

周六一打量着司机:"那我也分析一下您,您看对不对。"

司机巴不得快点跳过这个话题:"行!"

周六一开口很谨慎:"您说话'街''尖'不分,这个口音肯定是本地人,我看到您带着一件厚衣服,肯定是一大早就出来了。这个年纪有个工作稳定的女儿,不在家里享清福,却要出来跑车,家里一定有啃老的吧?您和我聊了这么久,只说了女儿的信息,不怎么聊您儿子,儿子肯定是个不省心的主,眼高手低,不听话,总想着发财,但是一直靠您兜底吧?

"您的衣服鞋子干干净净的,还穿着西裤。您说您开了二十年的出租车,以前是个国企厂子里销售科的领导吧,只有销售才喜欢琢磨人,您是在下岗以后才开出租车的吧?这几年出租车业务才开始下行,您之前也是挣过大钱的!就算是现在,您的收入也比同行高一大截吧?"

司机瞠目结舌,周六一全分析对了,他不由得重新打量周六一,似乎不相信周六一看得这么准："绝了，小伙子，好眼力！我那儿子要是眼光和你一样好该多好！"

司机随后侃侃而谈："我开出租车，还真的比别人厉害一些，我一个月比别人多两千多呢！和你挺投缘，我就不多收你钱了，给个成本价，十二！"

聊天到这个地步，司机不再把周六一当成小孩子，而是把他当成一个能说心里话的好友，开始向他大吐苦水："我那个儿子，实在是太不省心了！二○一七年玩P2P（点对点网络借款），说以后要多一笔'睡后收入'，结果把我们老两口给他攒的房子首付给打水漂了；二○一九年的时候说要投资共享经济，比股票稳妥得多，结果把我们给他准备的结婚的钱给赔光了；今年又和我说刷单挣钱，每一笔都能快速提现，结果媳妇在医院马上要生了，他连住院费都没钱交……"

周六一神色凝重起来，现在互联网诈骗越来越多，防不胜防。他问："那您报警了吗？"

司机更愁苦了，无奈道："怎么没报警，P2P的案子都三年了才破，三十万返回来八万，以前是首付，现在只够交定金；共享经济的现在前面还有十万八千人在排队退押金，我觉得我再活五百年都见不到退钱了；至于刷单的，连骗子是男是女都不知道……"

车拐过路口，司机一脚刹车停下，整条路远远看去是车的海洋，都是开着双闪堵在一起的车，喇叭声此起彼伏。

司机有些奇怪道："就算是血栓路，天天堵成停车场，也不至于在这儿就堵了。"

出租车不再往前走了，司机回头看，路口的红绿灯虽然是绿的，但是穿着绿色荧光背心的交警在路边把车都拦了下来，还在疏散人群。

司机立刻把车窗摇下来，询问前面发生了什么事情，好几个被堵在这里的人七嘴八舌地唠上了，指着前面不远处商铺的位置。其中一个女司机说："吓死人了，有个拿两把菜刀的神经病，把一辆电瓶车和一家早餐店的门都给砍烂了。"

另一个胖男人玩着手机问："不是报警了吗？"

有个去现场看了几眼又跑回自己车上的人说："警察已经用了辣椒水、催泪瓦斯还有防爆电网，但是都没用！"

///

周六一打开车门，从车上下来，往不远处看。

两名警察正在用身体抵着早餐店的门，玻璃和铝合金制成的门摇摇晃晃的，不少人举着手机在拍照，实在是看热闹不嫌事大。

警察声嘶力竭地喊着："都离这里远点！"

但是没什么用，还有人嫌自己离得太远，伸长了脖子想更近一点。

这两名警察，是龙华街派出所的刑警徐海和他的徒弟胡亮，他们两个是所里的骨干力量，处理过各种各样的突发事件，接到报警，两人立刻就过来了。

然而，他们俩控制不住这个武疯子。

门还是被砸烂推开了，一个个头极大，像个巨人一样，力大无穷的男人瞪大眼睛，大声嚷嚷着："谁敢挡我！"

声音传了半条街，把一个小孩吓得哇哇大哭起来。

更可怕的是，武疯子手里有两把锋利的菜刀！

两把菜刀之前卡在铝合金门框里，武疯子抽出来就砍，铝合金门框已经变形了，被砍出来歪七扭八的切口。再不把这个武疯子拦住，后果不堪设想！

两名警察距离两把菜刀最近，他们合力想要把人给堵回去，可铝合金的门框瞬间成了两截，武疯子挥舞着菜刀，准备往外面冲。

看热闹的人群现在才意识到危险，赶紧往远处跑。

"都给我闪开！"

"我是警察！"

一个大块头骑着摩托车赶来，摩托车喷出来一阵阵黑烟，直接朝着武疯子冲了过去。徐海和胡亮松了口气，总算来了支援。

彭志远来了，他们差不多能稳住这武疯子了！

龙华街派出所的民警们十分默契，对彭志远的抓捕能力极为信任，立刻闪身给他腾出了空间。

但是令人意外的是，武疯子居然抬脚就踹，摩托车一下子冲向早餐店的门，这一下以后，早餐店的门彻底烂了，碎玻璃哗啦啦散落一地。

彭志远连人带车摔在了一边，摩托车轮胎还在空转。他顾不上停好车，快速爬起来逆着人群，朝着武疯子的方向冲过去，想借这股冲劲，先把武疯子给撞进去，然而武疯子左手拿着菜刀朝着他的头盔就是一下，彭志远躲闪不及，头盔瞬间就裂了。

惊险万分！

彭志远眼冒金星，被震得耳鸣，摸了摸头盔开裂的位置，忍不住骂了一句脏话："我×！哪来的那么大的劲！"

看到彭志远没事，另外两名警察松了口气，不过武疯子没有被制服，三个人还得往上扑。

徐海是个在一线办案十几年的刑警，就连连环碎尸杀人犯都抓过，现在也紧张万分。他身上只穿了一件蓝衬衫，对抗锋利的菜刀根本就没有任何防御力。

胡亮是公安大学的高才生，是经侦转派出所的，他有在各个单位学习的经验，这种闹事案他也处理过，但是他很少见到像武疯子这样疯得如此彻底的。这个武疯子力气实在是太大了，手上还有菜刀，十分危险。他今天多穿了一件执勤服，肩章上别着的执法记录仪，现在也掉在地上被踩碎了。

人群中一阵尖叫，更多人赶紧往后面躲。

然而，三名警察没有躲，反而咬着牙，赤手空拳堵着这个武疯子。

徐海满头大汗，眼睛通红，刚才用了催泪瓦斯，他离得那么远都觉得很难受，但是武疯子没什么反应。他大喊："彭哥，我不是说要所有支援吗？你怎么自己一个人来了？"

彭志远发力，硬咬着牙，手抓着武疯子的手腕，靠着一股悍勇劲把武疯子推进去一步："你昨天不是还夸我以一当百吗？我一个人顶得上一百个人，再撑会儿，所长马上就来！"

昨天晚上刚下过雨，胡亮像在泥里滚过一样，浑身泥点，双目通红。他一只脚踩在泥坑里，不断往后滑，嫌弃地说："专心点，督查离这里不远！要是搞不定这个神经病，我们要写检查！"

其实三个人都已经尽力了，但他们都没有把握能制服这个手拿两把菜刀的武疯子。

还能回去写个检查就了事，其实是最好的结果。

他们三人合力堵着的这个武疯子，好像有使不完的力气，而且看到有三个人推他，他还更兴奋了："我乃长山真人也，谁敢一战？"

声音隔着半条街都听得清清楚楚。

一辆警车从一条窄路飞速赶来，几乎是贴着墙冲出来的，警灯闪烁，警铃大作，交警立刻打手势，让沿途的小汽车往边上让。警车停靠在路边，车上下来几名警察，正是带来了各种警械的所长他们。

所长立刻指挥大家，众人拿着防暴钢叉、防暴盾牌、辣椒水、催泪瓦斯冲过去。李华跑得最快，已经快把催泪瓦斯罐拧开了。

胡亮对着所长的方向大声喊着："嫌疑人对催泪瓦斯和辣椒水都没有反应！"

"真是个疯子，这季节，嫌疑人居然穿了三件很厚的羽绒服和大棉袄，警用电棍没用！"

"嫌疑人有非常严重的暴力倾向，完全没有正常人的认知！"

///

有了胡亮的警示，七八名警察用各种警械把武疯子围了起来，但是武疯子不但没有被逼退，反而更加兴奋了，大声喊着："快和我比画比画！"

两米多，快三百斤的武疯子，看起来更加凶悍了！

周六一也没见过这么骇人的场面，但他还是准备过去帮忙，司机一惊，急忙喊他："小子，快点回来，没看见警察快撑不住了吗？你别为了点流量往跟前凑，我拉你走另一条道！有个小区的墙塌了，去派出所更近！"

周六一摇了摇头："我就是去找他们的！"

司机急得下车拦他："那么多警察都没办法，你能怎么样？你没看到大家都躲得远远的吗？年轻人不要多管闲事！这些是警察的事！"

周六一已经朝着武疯子跑了过去："我就是警察！"

司机急得直拍大腿："这还不如我儿子！起码我儿子还知道跑！"

武疯子被一群警察围得结结实实的，所长站在外围，先和交警们交代疏散人群，拉开隔离带，又问精神病院的医生什么时候能过来。他观察地形，准备开车把武疯子给堵进去，右手放在腰间的枪上……

枪绝对不能滥用，除非万不得已！

这个持刀人是个疯子，并非主观故意危害社会，开枪的话事情就太严重了，可是现在围观的人那么多，这么多警察都制服不了他。

所长脸上的表情越来越凝重，他并不是在担心自己的仕途。

从警二十多年，不少老同学现在成了他的领导，他因为开枪射杀歹徒，两次错过了升迁，但是他从不后悔。

这时候，被武疯子砍坏了门的早餐店老板解了围裙小跑过来。

武疯子在街上砍电瓶车和绿化带里的花盆时，老板就赶紧报了警，他和赶来的徐海、胡亮把武疯子引到了早餐店里，把门锁上，拖延了几分钟，疏散了人群，但是自己的店被砸了个稀巴烂。

老板照着肩章和配枪认人，我国大部分派出所里只有所长是配枪的，他看着所长直接建议道："您就是所长吧？我开早餐店之前，当过六年的边防兵，在严重威胁到人民群众生命财产安全的情况下可以开枪，你看这儿这么多的娃娃，他们还小，要是您枪法不好，我觉得我技术还没生疏……"

我国枪支管理极其严格，任何一枚子弹的消耗，都必须经过层层把关，打完枪以后，要写好几个报告，打完枪的每一枚弹壳，都必须找回来。

枪支借给别人使用，会被扒警服的！

所长面色凝重，他不怕被扒警服，他担心的是伤及无辜。

这些警察快顶不住了！

所长的手放在枪套上，随时准备拔枪射击。

突然间，一个女人拉着一个男人和一个女孩冲过来，直接冲着所长就跪下了，男人跪得太急，假发飞了起来，露出两寸长的一道疤，再看男人这神色，十有八九就是那武疯子砍的。

女人开口说："警察同志，那是我爸爸，您可千万不能伤到我爸爸，我爸爸只是有精神病，他不是故意的！他现在还没有伤到人呢！你们不能把他当罪犯处理！"

男人看上去是个老实人，帮腔道："我丈人年纪大了，你们不能欺负老人！"

早餐店老板没那么好的脾气，指着女人破口大骂："你瞎呀，你老公的头都快被砍掉了！"

女人理直气壮地说："我爸又不是故意的！"

老板一听这话，瞬间就气炸了，推搡着女人，手指着不远处情况危急的现场："那你自己去处理你爸的问题！"

女人转头看了一眼寒光闪闪的两把菜刀，厌得恨不得躲到所长背后，但是嘴里还在说："你们是警察，必须再撑会儿，精神病院的人马上就来了！"

老板往地上吐了一口唾沫："马上？还在外环路上堵着呢，没有半个小时根本过不来！所长，别听这个女人胡说，人民子弟兵和警察的命，也是命！"

情况越来越复杂了！

几名警察撑到现在，筋疲力尽，而武疯子越来越有劲："我乃长山真人，谁能与我一战！"

突然间，武疯子身子一抖，挣脱了所有的警察。

李华摔了一个狗啃泥，胡亮跌倒在泥里，徐海抱着武疯子的腿，被拖行了两步，彭志远手里的防暴钢叉被震落……

千钧一发！

所长的手，解开枪套……

然而，这时候周六一跑了过来，速度特别快，毫不畏惧地站在了武疯子面前，弯腰双手抱拳："我乃武当真人张三丰，见过长山真人！我想和你切磋切磋，但是我今天出门匆忙，没有来得及带兵刃，你能不能也把兵刃放下，我们空手切磋一下招式？"

原本紧张的氛围，瞬间松弛下来。

所有人都看呆了，武疯子手里的两把菜刀，距离周六一的脖子不到十厘米。

武疯子身高两米多，比彭志远还壮硕，而周六一还在发育的身体看上去像路边刚种下的小白杨。

他根本就打不过武疯子！

李华从地上爬起来，问最近的胡亮："亮哥，不会又来一个疯子吧？"

对付一个武疯子就很麻烦了，再来一个？

胡亮恨不得给他一个耳刮子："闭嘴吧，杠精！你这张嘴，好的不灵坏的灵！我再也不想和你一起值班了。"

李华一晚上都没咋好好休息，昨晚所长也一直快到天亮才睡觉。

此刻，派出所所有的警力都在这里了。

社区民警王才智，年纪大了，头发斑白，他摔倒在地，一身发旧的警服满是泥点子，他非但没有撤离的意思，反而打算爬也要爬过去，拖住武疯子一条腿！

教导员姜汉山是缉毒警出身，应对过更复杂的局势，他站在不远处，准备随时起身去锁喉武疯子。

尽管武疯子手里的菜刀可能比他的动作更快。

刑警徐海已经筋疲力尽，但他是胡亮的师父，他挡在胡亮面前。

年轻的胡亮双手都在流血，却丝毫没有撤的意思。

///

周六一现在直接和武疯子对上了，他看了一眼这些派出所的民警，年龄不一，气质不一，有正式民警，有辅警，但是大家在这个关键时刻，没有一个退缩的。

原本他还在担心，派出所这种事务繁杂的地方，和他想要去的地方差别太大，现在看来，他应该是来对了。

武疯子一脸茫然，但是菜刀并没有落下来。

周六一再次抱拳，用更文绉绉的话说了一遍："在下武当张三丰，见过长山真人，不知道阁下可否有兴趣和我徒手切磋一下？"

武疯子一直在看自己手中的菜刀，似乎是准备放下了。

王才智好不容易从地上爬起来，顾不上拍腿上的泥，匆忙之中先抽空从兜里掏出护肝片，在手掌磕出来两片，扔嘴里嚼了几下咽下去了。

彭志远也伸手要了两片，掀开头盔上的面罩，直接把药扔进嘴里，没嚼就咽了："老王，还有没有速效救心丸？"

平时彭志远一个人能掀翻四五个醉鬼，可这个武疯子完全"超纲"了，他心脏有点受不了。他没闲着,伸手摸向旁边被砍得变形的不锈钢椅子,目光紧紧锁住那个武疯子,随时准备再战。

王才智拧紧了手中药瓶的盖子,很宝贝地放回了兜里。他也握紧了拳头,摆开了架势,随时准备往上冲:"那你得问姜教导员。"

教导员姜汉山刚过四十岁,面相颇为儒雅,还戴眼镜,曾经参加过全国散打比赛,也是格斗擒拿的好手,在边境和毒贩子打过交道,是个能力很强的儒将,但是现在他的眼镜掉在地上,被踩坏了一个镜片。

他紧紧盯着武疯子手里的菜刀,拳头攥得紧紧的,结结实实地捏了一把汗,却还是装作镇定地回答:"出来太急,没带。"

时间像是停滞了一般,空气中弥漫着一股腥咸的让人呼吸不畅的味道,所有人的眼珠子都瞪大了看着这里。

然而,意外发生了。

不过不是坏的意外,而是好的意外,这个武疯子居然听进去了,把菜刀放在了地上,说话的口气也是文绉绉的:"老夫出山以后,从未有过敌手,今日就会会你!既然你没有带兵刃,那老夫就先放下双刀。"

两把锋利无比的菜刀,终于落在了地上,而且武疯子的视线也离开了菜刀。

几名警察甚至不敢相信自己的眼睛,几乎喜极而泣了。

这疯子,终于舍得把菜刀放下了!

他们对抗了那么长时间,菜刀像长在武疯子手上一样,根本就夺不下来。

然后让人更意外的事情发生了,武疯子学着周六一的样子,双手抱拳,弯腰施礼:"见过武当真人,别来无恙!"

武疯子的腰弯下去,突然之间,看起来小白杨一样天真无邪的周六一瞬间跳起,握紧拳头,朝着武疯子的后背砸下去。

周六一并不擅长格斗,立马就被掀翻了,被甩出去一米多远,武疯子也跟跄一下,差点摔倒。

这宝贵的几秒钟的时间,已经足够警察采取行动了。

根本就不需要打招呼,大家心有灵犀地一拥而上。

大块头彭志远直接压在了武疯子后背上,防止他乱动:"快,手铐!"

王才智立刻把手铐递给他:"给,铐子。"

他把所里最好的玫瑰金铐子带来了,而且不是带了一个,是带了三个。然后他从兜里掏出了准备好的约束带,给李华分了两根:"还有脚,也得绑结实。"

李华赶紧把约束带拿过来,怕这个疯子再挣脱,紧跟着彭志远缠住武疯子被铐上的双手:"这疯子的手也太大了!"

徐海和胡亮配合默契，赶紧控制住武疯子的双腿："千万不能让这人起来，万一跑了就麻烦了！"

姜汉山立刻压上去，给徐海和胡亮腾出手，他拿出早就准备好的尼龙绳："快，把他的腿捆起来。"

捆完了王才智还觉得不放心，像哆啦A梦似的，又从兜里摸出来一卷宽透明胶带："多缠几圈，这个比约束带和手铐还牢！"

周六一摔了个大马趴，两眼冒金星，脑子暂时短路，在地上挣扎了一会儿，爬起来以后，卫衣上沾满了黄褐色的泥点子，他顾不上擦，赶紧把两把菜刀踢到远处，看到武疯子被警察完全制服了，他才松了口气。

武疯子像个大闸蟹一样被捆得结结实实的，他想要扭动，但是这些警察打结都很有技巧，他连翻身都做不到，只能下巴磕在地砖上，但是这扑腾劲，还是让人看着捏一把汗。

几名已经耗光力气的警察站在旁边，依旧神经紧绷。

武疯子瞪着铜铃一样的眼睛，对着周六一嚷嚷："你不讲武德！"

周六一蹲下来笑着问："我怎么不讲武德了？我不是说了咱们放下兵刃切磋切磋吗？"

武疯子生气道："说好了切磋一下，你们这么多人欺负我！"

围观的人都在骂："这神经病害得大家差点被砍，还好意思叫委屈！""真是脑子出毛病了！"

周六一完全不生气："咱们切磋的时候，我也没说到底几个人，你当时同意了，也是我掀翻你的，对吧？"

武疯子似懂非懂："好像是。"

周六一又问："按照我们武林的规矩，是不是谁赢了就要听谁的？"

武疯子点头："没错。"

周六一继续问："那你输了，是不是就应该听我的？"

武疯子很认真地想了一下，牙还啃下来一点地砖角，让人看着害怕。现在他对周六一恭顺起来："没错，你赢了，你比我强，我应该听你的。"

周六一在他脑袋上摸了一下，颇有仙人抚顶的气势，言语缓慢："所以，你现在忙了一晚上，该睡觉了，醒过来以后，也不许再拿菜刀，因为真正的大侠，从来不靠兵器取胜，我们一般以德服人。"

武疯子现在特别听话，周六一手放在他的眼睛上，强迫他把眼皮合上。

武疯子实在是太壮硕了，一张大脸接近脸盆的大小，两只眼睛像两个鸡蛋，周六一的手显得特别小："你现在很累了，必须好好地睡一觉，睡吧，睡着了就好了。"

好像真的有真气传过来,这个武疯子居然感觉到困得不行,打哈欠打得眼泪直流,眼皮都快睁不开了。很快,响起了震天响的呼噜声。

这时候,警察才真正松了一口气,这个武疯子终于对周围的群众没有危害了。

围观的群众也纷纷叫好,还有人想过来拍一段小视频,会耍嘴皮子的已经编好了题目:"智擒疯子如救火!"

所长走过来,想要对周六一表达一下感谢,他的手还没放到年轻人肩膀上,刚才还威风凛凛像个大侠一样的周六一,瞬间直接一屁股坐在地上,也不管地上脏不脏,大口喘着气,说着:"妈呀,吓死我了!我出了一身冷汗,现在腿还在抖!"

第 3 章
唇舌无敌收残局

Chapter 03

周六一坐在地上,手蹭破了一层皮,有血冒出来,他没有注意到,擦在卫衣上,胡亮从急救包里翻出纱布和创可贴,先递给了周六一:"小朋友,谢谢你了。"

周六一这才觉得右手火辣辣地疼,一下子跳起来,抠衣服上的血迹和泥点子:"哎呀!我妈刚给我买的衣服,洗不干净了!"

所长本来在检查武疯子的束缚情况,确定人完全控制住了,就算打雷也吵不醒这个大家伙。听到周六一的话,他回应道:"我们所对面有个干洗店,等会儿把衣服送过去洗洗,老板我熟,能打折,你就不用操心了,回头我再给你申请个见义勇为奖,给你送到学校去。"

周六一注意力立刻转移到见义勇为奖上:"我这算见义勇为吗?"

所长黑脸带笑,一脸的愉快,很久没见到这么可爱的年轻人了,要是马上来所里报到的新人和这个年轻人一样机灵就好了:"当然算了,见义勇为,指的是个人不顾自身安危通过同违法行为做斗争或者抢险救灾、救人等方式保护国家、集体的利益和他人的人身安全,你刚才的做法,当然是见义勇为了。不过你是怎么想到那么好的办法的？"

早餐店老板的儿子、媳妇来了，在店里收拾，他就抽着烟，站在警察们旁边，享受这片刻的闲适。他也追问周六一："你这法子是怎么想出来的？"

周六一摸了摸后脑勺，看上去有些腼腆，他不好意思地说："其实原理挺简单的，心理学上有个例子，有个精神病人认为自己是个蘑菇，打一把伞蹲在角落里不吃不喝，不管别人怎么劝都没有用。有个医生换了一种思路，也拿了一把伞和病人蹲在一起，照常吃饭睡觉。他告诉病人，蘑菇也可以吃饭睡觉，正常社会的每一种行为蘑菇也可以做，精神病人听了他的话，逐渐像个正常人了。

"既然这个大叔认为自己是个武林高手，他是长山真人，那我就是武当真人，顺着对方的思维和对方交流，才有可能奏效。"

所长若有所思，这是梁培禾在办案过程中一直强调的，要学会用罪犯的思路去理解案情，同时和海量的证据及公安机关的人海战术相互配合，两条腿走路，才能达到及时遏制犯罪的目的。

梁培禾一直在一线办案，他的职位是实打实因为破案升上去的，他是三江市破案工作的门面，所长当面总是不服梁培禾，但是心里还是服气的。

这小子，和梁培禾站在了一个思维高度。所长有力的大手拍了拍周六一的肩膀："对，沟通是最重要的！"

武疯子被制服了，这些警察轻松了很多。

彭志远捡起了已经裂了的头盔，他老婆明月舍不得吃舍不得穿，攒了两个月的钱给他买了个质量最好的头盔，女儿嫌太黑了，还用学校发的彩笔画了简笔画，这是世界上独一无二的头盔，现在被砍成这样，他特别心疼。

徐海观察力敏锐，看到路还堵着，立刻道："我去下个路口帮交警老陈疏散一下车辆。"

胡亮毫不犹豫道："我也去。"他的手上有伤，雪白的纱布渗出血来。

武疯子的女儿把包垫在了她爸头底下，还用纸巾擦了擦她爸脸上的血迹，一点都不嫌他嘴边的口水脏，口中连连安慰："爸爸，你别怕，我们一会儿就能回去了。"

疯起来六亲不认的武疯子，连女儿女婿也照砍不误，居然会有这么孝顺的女儿，大家不由得有些同情这个女人了。

没想到，安抚完武疯子，这个女人气势汹汹地走过来，翻着白眼阴阳怪气地说："你们这些警察真是没事找事，我爸爸哪有那么暴力，我昨天才把我爸爸带回来过生日切蛋糕，怎么出来就成了'武疯子'，是你们警察处理不当，刺激了我爸！瞧把我爸给打的，你们必须赔医药费！"

什么？

她是不是眼瞎，看不到她老公头上两寸长的刀疤？这女人的父亲是个神经病，她也是个神经病？！

这也太不讲理了吧！

李华一听这话，立马火了。在这支队伍里他年纪最小，最沉不住气，有那么多人举着手机在拍，他也照骂不误："你是个傻子吗？就你孝顺，你怎么不上？你有本事控制住你爸，就别找我们警察！报警五分钟，我们来现场，所有人都在往后面躲，就我们在往前冲。你说我们处理不当？怎么才算妥当？我们轮流叫爸爸吗？你给我一边去，不然把你也当作扰乱社会治安的神经病控制起来。"

女人没想到李华居然这么横，一屁股坐在地上，开始哭："你们那么多人，还都是警察，我没地方说理了！你看你们，把我爸打得手腕都青了！回头我得告你们！警察打人了！"

警察打人，这是一个特别恶劣的，很可能引起轰动的话题！

李华无端被这么指责，直接被推到了风口浪尖，远处还有车过来，不明真相的人不知道警察在这里擒获了武疯子，看到在地上撒泼打滚的女人，人们只会认为警察在打女人。

这年头，人人都有手机，已经有人拿起手机在拍了。

李华气愤地抬起手指着女人："我们这些在现场的警察，哪一个身上的伤不比你爸身上的重？你能不能要点脸。要不是我们，你现在得赔得倾家荡产！"

女人捡起地上的垃圾往李华身上砸，指着李华的鼻子骂："我爸招你们惹你们了，你们居然群殴！"

李华气得一脚把地上的瓶子踢到一边："你再给我说一句试试！"

教导员姜汉山走过来，挡在了李华和女人之间，他没有制止撒泼的女人，反而教育李华："群众情绪激动，我们要理解。"

李华特别委屈，哼了一声："当警察真没意思！"

女人看到李华的气势萎了，十分得意，继续骂："那你辞职呀，还不是因为待遇好有特权。"

这话说得太过分了！

更让人心寒的是，这个女人拿着手机在录像，她那些用词，全都在敏感点上，她还不断威胁警察："我要发到网上，让大家都评评理！"

刚才警察们拿命拼，才阻止了一场几乎必然发生的流血事故，胡亮和周六一两个人身上都带了伤。

彭志远如果不是戴着一个质量特别好的头盔，现在头就被菜刀给劈了。

他们在拼命，在搏斗，在流血。

但是这个女人，轻描淡写地否定了他们的努力，还把屎盆子往他们头上扣。

李华的眼圈都有点红了，姜汉山给其他人下令："把人看好，确保顺利移交给精神病院的医生。群众情绪激动，大家要理解，不能和群众吵架。"

女人嘴皮子利索，指桑骂槐："还是这位正式警察说了算，我们是纳税人，交钱就是为了让警察好好保护我们。要不然，你们都回家种红薯吧！就你这思想觉悟，一辈子都当不了正式警察。"

这话侮辱性太强了！

李华实在是受不了了，刚才他冲在前面，现在手腕还震得疼，但是这个女人居然骂他当不了正式警察，他气得眼泪掉下来。

姜汉山走到女人面前，平静地说："女士，请你把不当言论收回。"

而这个女人鼻孔朝天，冷哼一声："警察打了人，还不让人说？"

向来儒雅随和的姜汉山，也被气得无奈："警察，是在正常执法，没有暴力伤人，请你尊重事实情况再发言！"

碍于社会影响，在那么多的手机摄像头下，警察们不想和那个女人说话，担心言多必失，造成更加恶劣的社会影响。

周六一看得一愣，问早餐店的老板："警察经常挨骂吗？"

老板皱纹密布的脸上露出见怪不怪的表情，他抽了口烟，说："习惯就好了，人民公仆嘛，为人民服务，难免受点委屈。"

周六一皱了皱眉头："最起码应该是个保镖，这不成保姆了吗？"

老板还是悠哉悠哉的："你又不是警察，不用待在派出所这种地方，担心啥？"

谁知，这个女人骂完了警察，竟然开始骂军人："真不知道国家养你们有什么用，就会吓唬老百姓，浪费粮食……"

老板实在看不下去了，掐灭了烟，直接冲过去，气愤地反驳："一个正常人，怎么可能当街拿着菜刀砍人？你好好看看，我的店被你爸爸砸成了什么样子？万一真的伤到人怎么办？"

女人反咬一口："你怂恿警察开枪，你才是暴力分子！你把我爸关在你的店里，我爸是想要恢复自由才不得已拿起了菜刀，这是正当防卫，我要告你非法拘禁！"

这绝对是颠倒黑白！

老板气得脸红脖子粗："我非法拘禁？我刺激了你爸？我根本就不认识你爸。我是老兵，我为国家流过血！"

女人翻个白眼："兵痞！"

老板不讲道理了，直接开骂，骂人的话特别难听："……你脑子里灌的都是粪！"

周六一站在跟前，他不认识这个女人，但是这个女人非要往他身上贴："还是这个小兄弟人好，救我爸爸于水火之中，要不然我爸爸就让警察给逼死了！"

火烧到了周六一身上，周六一不回避，不骂街，淡淡地开口，语气里还带着一丝亲切："这位女士，请问你家住哪里？叫什么名字？"

女人脱口而出："我叫刘丽华，家住龙凤苑，怎么啦？我不就是说了几句实话，警察还能打我不成？警察打人是犯法的，要脱警服！你们一个个的都过了三十五岁，脱了警服就是无业游民，去给人当保安都不要！"

她越说越离谱，几乎是对着警察们在破口大骂了，警察们对她也没啥办法，只能暂时先不理会，毕竟还有很多事情要忙。

周六一也不想理会她，但是她的孩子站在不远处瑟瑟发抖，眼睛单纯得像小鹿一样，茫然无措，脸上也溅了不少泥点子，看起来脏兮兮的，手紧紧地拉着书包的带子，看看警察，又看看父母，站在马路边上不知道听谁的，也不知往哪里走。

长在这样的家庭的孩子，挺可怜的，周六一心生怜悯，对着小女孩招了招手，让孩子过来，掏出纸巾把孩子的脸擦干净。六七岁的小姑娘看起来十分可爱。

"小妹妹，别怕。"周六一说完，小女孩怯生生地看了一眼她妈，才哇的一声哭了："我好怕，外公不认人，拿着菜刀砍电视，砍冰箱，还砍了爸爸，但是妈妈还逼着爸爸去给外公送饭、换衣服，不让爸爸用绳子绑住外公，以前爸爸报过警，妈妈把警察给骂走了，我真的好害怕……"

这么吓人吗？

警察们全都同情地看着这个小姑娘，才多大年纪，每天和暴力伤人的武疯子待在一起，简直太可怕了。

小姑娘还这么小，以后吓出毛病怎么办？

这个武疯子疯起来六亲不认，见人就砍，万一真的出了人命怎么办？

周六一紧紧盯着这个女人，但是这个女人眼睛瞟向别处，装作没看到，周六一的语气冷硬起来："我告诉你，我怕死得很，我家距离龙凤苑不远，我现在回去就做几百张海报，贴满龙凤苑，上面就写'持菜刀大闹起凤街的人住在这里，希望大家小心'。"

刘丽华嘴角抽搐，这才意识到，眼前这个看起来善良单纯的小年轻，居然是个刺头："你什么意思？"

周六一笑道:"没什么意思,就是突然想起来个事。前几天看新闻,有个恶犬撞了孕妇,孕妇的丈夫直接抄起一块砖,追了三条街,把恶犬给打死了,狗主人要求赔偿,所以发了微博,结果下面全是骂他的,不少人说自己也会那么做,而且会把狗主人告得倾家荡产。"

"你家里,可是有手持菜刀砍人的精神病人,你认为正当防卫的人会做什么?"

刘丽华不由得和周六一拉开了距离,有些心虚地说:"说什么呢,我爸是人,不是狗。"

周六一笑着说:"阿姨,我没说你爸是狗,新闻后续是孕妇受到过度惊吓,要了六十多万医药费,狗主人把房子给卖了。当然,您爸爸和狗不一样,您也比狗主人有钱。"

现在轮到刘丽华生气了:"谁是阿姨,你小子嘴巴放干净点!"

周六一面不改色:"阿姨,我是在摆事实讲道理,一个字的脏话都没有说。您有钱,您孝顺,您能感动中国,哪怕是您爸爸拿刀砍了您丈夫,您也坚持把您爸爸从精神病院接出来过生日,真是感天动地。不管发生什么样的后果,您都要承担!"

围观的群众,不少是早上出来买菜的大爷大妈,知道了前因后果以后,他们你一言我一语,指着这个女人的鼻子:"我孙子天天走这条路上学,要是伤到了一根头发,可让我怎么活!"

"你孝顺是你家里的事情,别拉着我们担惊受怕!"

"真没素质!"

///

刘丽华有点怂了,却还在狡辩:"我又不是故意的,做女儿的想要让父亲回来吃口生日蛋糕,有错吗?你们这些冷血无情的人,一点都不知道体谅一下我的难处,等你们老了,就知道子女不孝顺有多惨了!"

这时候,精神病院的车到了,周六一高声问周围的人:"我们是不是应该把她爸送回她家?"

周围的人看热闹不怕事大:"对!"

"说的没错,应该送回她家。"

"让她回家尽孝吧!"

刘丽华也害怕她爸手里的菜刀,所以没说话。

周围的人都在煽风点火:"菜刀也给他们带上,这才是相亲相爱的一家人。"

"医生护士可千万不能打扰。"

"我觉得把她爸送去精神病院不好,她爸就应该和她生活在一起。"

水已经让周六一给搅浑了,围观的人都在批评这女的,警察们完全插不上话,不过大家脸色现在都好了不少。

李华甚至举手:"我今天休假,我帮你把你爸送回去!"

女人着急得厉害,但是医生让她闭嘴,径直走过去和警察们说话。

医生是真的明白一个有暴力行为的精神病人到底有多恐怖,现在警察在现场,肯定要首先询问警察。

戴着金丝边眼镜的医生走过来,语带埋怨地解释,把责任推给患者家属:"警察同志,这个病人之前是我们院的,但是我们和家属说了几百次了,病人情况不稳定,不能随意带走,她不听。"

所长原本想按照程序让医生把人带走,他也犯不着跟一个有疯子的家庭计较,但是看到周六一眼巴巴地看着他,自己又憋了一肚子的火,便顺水推舟说:"毕竟没有造成严重的危害,我们尊重当事人的意见,送回家吧。"

医生松了一口气:"好嘞,那我们现在就帮家属送回家。"

周六一站在一边,还煞有介事地分析:"出了事不关警察的事,也不关医院的事,我看这绳子绑不住人,晚上他就会自己挣脱,既不认识警察,也不认识家人⋯⋯"

刘丽华被吓到了,赶忙改口:"不不不,你们快点把我爸带走吧!医生,你快点给我爸打镇静剂,我保证这次不会去医院偷偷带我爸出来了。"

但是医生一摊手,嗓门比她还大,一点好脸色都没有:"你保证了多少次,每次都偷偷把人带走,万一真出了什么事,是我们医院担责还是你担责?别耍赖了,送回你家,省得讹我们医院。"

威胁到自身的人身安全,刘丽华立刻苦苦哀求:"我错了,我爸这个情况不能在家,他只要醒过来,就会把床板门板都拆了⋯⋯"

医生回答:"关我们什么事?"

这话说完,周围的人都在嘲笑那女人:"听说过叶公好龙的,没想到现在见到现实版本了。"

"就是,她自己也没多孝顺。"

"要求她丈夫伺候她爸,要求警察照顾她爸,当社会是个幼儿园呢,惯着这样的巨婴!"

刘丽华很害怕医生和警察都不管了,把医生当成了救命稻草:"快把我爸带走!医生,我求求你了!"

医生看向所长。虽然刚才这个女人一直在撒泼，诋毁警察，但是所长并没有成心为难她："医生，该怎么办就怎么办吧！"

医生得到了警察的指示，这才带人去检查武疯子，准备药品和担架。

女人松了一口气，失魂落魄地站在一边，眼眶红红的，掉着眼泪，不让她的孩子和丈夫靠近，只看着不远处的父亲，嘴里嚷嚷着："你们都欺负我！没一个好东西，我要是被你们逼疯了，你们也会把我送到精神病院关起来！"

她的丈夫和孩子都显得很无奈，不知道怎么安慰她。

这一家人挺惨的。

周六一请示所长："我还有几句话和这个阿姨讲，我能不能去说一下？"

所长点头："你刚才见义勇为，也是当事人，可以。"

周六一走到她身旁，递给她一张纸巾，刘丽华不接，反而警惕地看着周六一："你想干什么？"

周六一态度放软，完全没有刚才那种针锋相对的态度："阿姨我知道你日子过得不容易，丈夫的事业没有起色，女儿成绩也一般，你自己上个班数着工资过日子，紧巴巴的，只能看着同事炫富晒娃秀恩爱。父亲在精神病院，你会觉得父亲吃苦都是你的错，但是你又没有能力照顾父亲……"

刘丽华瞬间绷不住了，接过纸巾，捂着脸号啕大哭："小兄弟，第一次见面，你就这么懂我，他们都不理解我！我的日子怎么过得那么苦！我丈夫是个废货，女儿是个笨蛋，我爸爸忘记了我！"

这一幕，看得所有人都愣了，刚才还张牙舞爪的"鲁智深"，一瞬间变成了"林黛玉"。

周六一在刘丽华的后背上拍了拍，安慰她说："我知道你已经很努力了！生活过成这个样子，不是你的错。你不是个不讲理的人，更不是个坏人，你一直都很拼命，但是生活的走向越来越糟糕，你怕别人责怪你，所以就提前责怪别人。"

女人哭得更厉害了。

周六一继续："你的女儿漂亮听话，就已经比很多人的孩子要好了，你的父亲已经生病了，你不想让家里再多一个病人，就要多听听孩子的意见。你的丈夫宁可挨刀子，也一直陪在你的身边，没有和你吵架，也没有说离婚，说明他特别在乎你，这不是金钱可以衡量的。

"你的父亲现在虽然不记得你了，但是你们曾经有过很美好的时光，很多重男轻女的家庭中的女儿一辈子都不知道父爱是什么滋味，很多孩子甚至连父亲长什么样子都不知道。

"只要你记得你们曾经在一起多么快乐，你的父亲就从来没有离你而去。

"你已经比很多人幸福幸运得多。"

刘丽华哭着道："你说的挺有道理的，之前没有人和我说过这个。我敢那么对我老公，就是因为我知道他肯定不会离开我，我女儿，她挺听话的。"

刘丽华委屈地看着她的丈夫和孩子。孩子扑到她的怀里："妈妈，你不要哭了，你哭我也想哭。"

她的丈夫走过来，揽住她的肩膀："丽华，你别难过了，我和你一起想办法。"

刘丽华抹抹泪："其实我也没那么惨，没那么丢人。"

眼看时机成熟，周六一趁热打铁："你爸砸了人家的早点摊子，得赔，人家老板六十多岁了，年轻的时候扛枪镇守边疆，老了还得为一家人的生计起早贪黑，太不容易了。

"今天要不是人家不计较损失，把你爸爸关在了自家店里，要是真的砍伤了人，你就算把自己骨头渣子敲碎了，也不够赔的。那些上学的孩子，和你的女儿一样大，你觉得你赔多少钱合适？"

女人不哭了，听着周六一的话，越听越后怕，不住地点头，已经开始信任周六一了："可是我怕那个凶巴巴的老头讹诈我！才摔碎了几个碗，一口油锅，他向我狮子大开口怎么办？"

周六一不由得挠头，但是依然非常有耐心："人家老板，为了保家卫国，命都不要了，为了保护那些路边不认识的人，连自家的生意都不顾了，你觉得人家会敲诈你吗？"

刘丽华放下心来："那我现在去和他谈一下赔偿。"

周六一拉住她："赔偿是次要的，关键是你要对人家道个歉，这样人格高尚的人，最需要的是尊重和认同。"

刘丽华还是有点犹豫，让她放下面子去承认自己的错误，很不容易，尤其是有这么多人看着，她就更不愿意了。

周六一对她做了一个加油的手势："去吧！我是支持你的，你这么孝顺的人，让我很感动。"

刘丽华小跑着到了老板面前，老板愣了，再三确定这个女人不是来找麻烦的，推辞好几次后才拿出手机，调出收款码，要了个象征意义的数字。

老板态度也软下来："人活一辈子，谁没个难处呢，大家都要互相体谅一下，你这么孝顺，你爸以后如果清醒过来，肯定还会很疼你的，以后你也要对你老公和孩子好点。"

这转折，太惊人了吧？

刘丽华眼眶红红的，脚步明显轻松多了："谢谢你，那我走了。"

周六一叫住她："那几位也不容易，刚才差点被砍死了，要是刚才真有人重伤，你爸就得在里面关一辈子，你见一面都难。"

刘丽华不乐意："这不就是警察应该干的吗？"

周六一解释道："我看得出来，你是个职业女性，给多少钱干多少活，要是让你加班垫钱还可能搭上命，你是不是就不干了？"

刘丽华脱口而出："当然了。"

周六一摊手："人家一个月也是几千块钱的工资，相当于挣着卖白菜的钱，操着卖白粉的心，这合适吗？他们这几千块钱的工资，真的可能会搭上命！你看那个大块头的头盔上，还画着画，他也是别人的父亲，不是神。"

刘丽华看着几个狼狈的警察，其中几个还流了点血，心生愧疚："我知道了。"

她走到警察们面前，一一鞠躬，道谢并道歉。

那些刚才对抗武疯子极其勇猛的警察，并没有为难她，大家都说的是："维护社会治安，是我们应该做的。"

刘丽华对警察们保证："我以后肯定看好我爸爸，不让他乱跑，在他恢复正常以前，就只把他留在精神病院。"

她哭着，她的丈夫女儿一左一右，扶着她陪她上了救护车。

戴着金丝边眼镜的医生对所长说："老付，你这新人有点意思。"

所长嘿嘿一笑，急忙否认："这半大孩子不是我们所的。"

武疯子被注射了镇静剂，已经上了救护车，刘丽华也在里面，她的丈夫特意下来，对着周六一鞠了一躬："太感谢了。"

她的丈夫诚惶诚恐，跑去所长旁边，满含歉意道："弄坏的东西，我们会照价赔偿，给你们添麻烦了。"

所长大气地摆摆手，并没有和惹出了大乱子的这一家计较的意思："这是我们应该做的，你们配合医生，好好给老人治疗就行。"

几名警察的脸上都露出了如释重负的表情，惊险无比的早晨总算过去了，每个人都在大喘气，擦着额上的汗水，每个人都沾了一身泥点子，把藏蓝警服都弄成了花的，现在还顾不上擦一下。

李华去车上找出来一瓶饮料，一口气灌下去大半瓶。看着武疯子被带走，围观的人群逐渐散去。

李华叉着腰，郁结一扫而空："当警察还挺有意思的。"

所长在他后脑勺上敲了一下："你是不是很闲？快点去帮交警疏散一下交通，你瞎呀，看不到这条路又堵成血栓了吗？"

所长分配人手，让大家去帮着交警疏散一下交通，有的司机刚才情急之下把车停在了边上移不出来，还得找人帮忙。

还有些新手司机，只顾着看热闹，完全没有意识到自己的车已经和旁边的车挤在一块了。马上还得上班，这会儿车从犄角旮旯挪不出来，大家第一时间想到的还是报警。

好几个人现场打了110："喂，警察吗？我在起凤街，我的车堵在里面出不来了，外面还有三辆，能不能找人给我挪出来……"

有人过来挪车，是一名头发斑白的民警，他不知道从哪儿摸出来一个喇叭，大声喊着，声音朝着四面八方扩散："谁需要挪车？别报警，来我这里排队，一个一个来！"

马上有小年轻跑过去："警察叔叔，我的车堵在里面了，你快去帮我看看，我那车是刚买的，别蹭马路牙子上，我车贷可还没有还完呢……"

王才智年纪虽大，但是动作麻利，簇新的奔驰他上去开动，慢慢旋转轮胎，一分钟就把车开了出来。

胡亮的伤口在流血，所长让胡亮赶紧去附近的卫生所打个破伤风针，但是胡亮不去，反而在最堵的那一片挥舞着手臂指挥交通，配合着王才智挪车，让周围的车辆有序地离开。

穿着荧光背心的交警站在胡亮旁边，心里满是对胡亮的钦佩……

早餐店老板拎了一袋子油条包子，送给这些一大早就在拼命的警察，但是他们全都不要，推辞得很坚决。

老板把小笼包拿给周六一，周六一推辞不过，只好拿着边吃着，边找那辆出租车。

老板好奇地问周六一："你是怎么说服这个女人的？我觉得她爸脑子不正常，她也脑子不正常。"

周六一两口咽下一个包子："她全家，包括她患精神病的父亲，穿的衣服虽然比较旧，但是都洗得干干净净的，尤其是她，穿着黑色工鞋，拿着公文包，还背着女儿的书包，走路比她丈夫快，说明她对生活一丝不苟，对自己的要求也很高，也会照顾家人，就是性子急，脾气差。当时情况那么危急，她还要维护她的父亲，说明她是真的孝顺，真的在乎父亲的死活，不是装出来的。就算我们看到她有很多令人讨厌的地方，但她的人性毕竟没有泯灭，还可以拯救一下。对吧？"

老板听着，竖起了大拇指："不错呀，小伙子！"

所长带着一队小朋友过了马路，回来后听到了周六一的话，一脸喜色，和搭档老姜说："好苗子，比李华强多了，等会儿和这小子说说，大学毕业以后，一定要考公务员。这处理突发事件的水平相当不错！真是后生可畏。下周，你去学校法制讲堂，一定要讲这个例子！"

教导员姜汉山却微微皱眉，总觉得有点不对劲，阅尽沧桑的眼睛反复审视周六一，但是他什么都没有说。

只希望自己的猜测是错的吧。

周六一吃完了包子，都没有找到那辆出租车，他一下子就傻眼了。

他的行李、证件、手机，全都在那辆车上。

这一早上，也太曲折了吧。

周六一说："我得去龙华街派出所……"

所长笑得格外开怀，打断了他的话："走，去所里，给你做个笔录，我们和出租车公司关系挺好的，他们的司机遇到事也第一时间打我们所里的电话，我给你找一下。

"我们辖区治安在省里也名列前茅，是出了名的夜不闭户路不拾遗。

"你的包，绝对能找回来。"

所长说完以后，周六一想解释，但是彭志远用长臂直接钩住了他的脖子，把他往车上带："你这个朋友，我交定了！你骑摩托车吗？这个宝贝头盔质量贼好，我媳妇买的，我也送你一个。"

第 4 章
新同事各有千秋

Chapter 04

老板坚持把一大兜打包好的包子油条豆浆从车窗塞进来，然后手揣进围裙跑开了，皱巴巴的脸笑呵呵的："军警不分家！"

大家推辞不过，只好把早餐留下了，先塞给了周六一一个肉包子。

李华吃得太急被噎住了，直翻白眼，所长从车里翻出王才智的保温杯给他，骂他："饿死鬼投胎呀？"

李华咽下去以后，长长地舒了一口气，嬉皮笑脸地说："这家的包子油条实在是太好吃了，能不能把咱们食堂的换掉？"

所长又往李华的嘴里塞了一根油条，有点嫌弃道："瞧把你能的，我把所长这个位置让给你好不好？一天到晚总想着吃。"

李华三口把油条吃完："所长，上周我忘了带值班室的钥匙，怎么都开不了门，也没有称手的工具，最后就是用食堂早上剩下的油条把门打开了。"

所长的脸立刻沉下来："谁开了值班室的门？"

李华没意识到事情的严重性，还在吐槽："真的，李大妈炸的油条太难吃了，我听说她以前是在工地上用扳手拧钢筋的……"

其他人意识到不对，已经开始自证清白。

胡亮率先说："所里的案卷和表格基本上都是我填的，就算是值班，我也经常睡在档案室里。值班室四天一打扫，应该没有我的指纹。"

王才智笑眯眯地说："所长，你是了解我的，我这人除了嘴皮子功夫，就啥也不会了，不然也不会来这儿一待二十年。"

姜汉山还在掰他坏了的眼镜，镜框已经差不多弄好了，下班再去买一个镜片就行。他语气平淡地说："我出差了一整月，帮助兄弟单位破了一起电信诈骗案，你看我像有空回来睡值班室的吗？"

彭志远大手里拿着包子，正准备吃，听到所长的话，他大大咧咧地说："我要开门，还费那劲？一脚踹开不就完了吗？"

大家把目光都放在了徐海身上，徐海把咬了一半的包子塞到了李华的嘴里："闭嘴吧，杠精！"

所长嘿嘿一笑："老徐，你觉得咱们所的伙食怎么样？"

徐海闭上眼睛靠着椅背，慢悠悠地说："咱们所的油条，天下一绝，太好吃了，只此一家，别无分店。我是一天也离不了。"

李华诧异："师父，你不是说这么难吃的油条吃到退休那天，就是一场灾难吗？一定要找个机会换了。"

徐海双手抱胸，又打了个哈欠："从明天开始，你负责出来给我们买油条。"

李华生无可恋："可是我起不来。"

徐海眼皮耷拉着："那你说个屁呀！"

教导员姜汉山戴上眼镜，看着周六一，问他："年轻人，你还是大学生吧？上大学几年级了？"

所长乐呵呵的，看这个年轻人是越看越喜欢："有什么文件需要签字的，我今天正好在，都给你办妥了，省得你一趟一趟地跑。我看你很有当警察的天分，要是明年毕业的话，可以考虑省考国考考警务单位，同样是公务员编制。我们这个系统的岗位更好考一点，首先体能和职业技能考试就能刷下很大一部分人了，待遇方面，工资和其他公务员差不多。现在单位大部分都是满额，就我们公安岗位一直缺人，就业那么难，你好好考虑一下。"

周六一终于能说上话了，为了避免再被人抢话，他语速极快地说："我叫周六一，东华大学计算机专业二〇二一年毕业生，通过省考进入三江市公安局，因为我之前没有任何警务方面的实践工作经验，所以市局安排我来龙华街派出所实习。"

这个见义勇为的年轻人，就是所里的新人？

周六一的话音刚落，原本吵吵嚷嚷的众人，一下子安静下来，所有人的眼神都落在周六一身上。

目光中有不解、探寻、质疑、困惑，最后定格为惊喜……

王才智彭志远几个资格较老的警察，看着周六一，眼睛都在放光。他们是发自心底喜欢周六一，都想给周六一当师父。

然而所长付胜盯着周六一，脸色很难看："梁培禾让你来的？"

周六一回复道："梁处说，在这里我能学到很多东西。"

所长付胜冷笑了一声，把快散架的破桑塔纳开出了敞篷跑车的气势，一脚就把油门踩到底，很快回到了派出所。

车进了派出所大院，扬起一阵尘土，所长让所有人下车，自己快速穿过整个办公区域，上了楼上的大办公室，端起来一杯水，咕咚咕咚三口喝完。

所有人都不敢说话，跟在所长身后。

所长这是生气了。

所长的眼睛刀子一样在周六一的身上刮了一遍又一遍，他冷冷开口："我们所的规矩，早上八点到，八点以后算迟到，梁培禾有没有提醒你？"

周六一点头，目光毫无畏惧："提醒过。"

所长语气更冷："那你为什么会迟到？"

周六一平静地解释："我原本可以早到，但是路上碰到一个小偷偷老人的钱，后来我又陪着老人去医院，所以就晚了。"

所长冷笑："你是不是要说，你现在也拿不出局里的证明，因为你的行李在路上丢了？"

周六一点头。

所长从兜里摸出钱包，拿出来一张二十块，拍在了周六一的手里："哪儿来的回哪儿去，你现在出门打车，去市局，告诉梁培禾，你没有通过我的考核，我不要！"

办公室的空气瞬间冷到了冰点。

周六一把二十块钱放在办公桌上，依旧为自己辩解："我没有说谎，我来这里是为了好好工作，学习怎样成为一名警察。"

所长冷笑，语气很凶："你连上级单位的证明都拿不出来，还当个屁警察，你是粗心大意，还是包被人划了？"

周六一说："我当时着急下来对付武疯子，所以包落在了出租车上。找到那辆出租车，我的包里，手机、证明，全都在……"

所长打断了周六一的话："还说谎？你要让我们为了你的谎话，浪费警力，去排查全市一万四千辆出租车？你哪来的那么大的脸？"

周六一却一如既往地平静："不需要，我现在返回早餐店，那个老板以前是个侦察兵，当时我从那辆车上下来，他距离不远，肯定能记住我那辆车的车牌号。"

所长指着周六一的脸，近乎咆哮道："看看，还能把自己的错误赖在人家早餐店老板的头上，这甩锅的本事一流！我留着你这种只会耍嘴皮子的人有什么用？"

周六一站得笔直，看了一眼墙上的钟，语气还是不卑不亢："再过五分钟，那个出租车司机会把我的包送过来。"

所长的语气转为嘲笑："你老师有没有说过，作业没有带就是没有写！"

其他人想要为周六一说句话，但是互相交换一下眼神，没有人敢贸然开口，他们从来没有见过所长发这么大的火。

其实在李华那一批辅警以及几年前胡亮报到的时候，他们都出现过失误，所长并没有找过任何人的麻烦，让他们快速处理麻烦就行。

今天这是怎么了？

这时候，女警张桂兰拎着一个登山包和一个滑板急匆匆地推门而入："所长，有个出租车司机把周六一的行李送过来了。我检查了一下里面的东西，看看能不能联系到失主，没想到就是咱们的新同事！你说巧不巧。"

证明交到了所长的手里，其他人都松了一口气。

所长看着梁培禾的签名，越看越火大，恨不得直接把证明烧了："解释一下，你为什么确定人家会给你送过来？"

周六一很有条理地解释："车辆疏散的方向是单行道，大概会路过两个高档小区，这个时间肯定有客人去金融街或者机场，返回时再接一个客人回来，路过龙华街派出所不会堵车，司机师傅选这样的线路，时间差不多。我之前跟他说过，我是来报到的。况且早上那会儿这边堵车至少要十分钟才能进来，交警还在这里给路边的车贴罚单，他就更不会过来了。"

所长问张桂兰："这小子编得对吗？"

张桂兰笑着说："和事实情况应该一样，司机师傅说原本是想尽快把东西送过来，但是很不凑巧，这边堵车，那边一直有客人上车，耽误了一个多小时，希望你别介意。"

分析得这么准确？所有人看周六一的目光都变了。

所长态度有所缓和："你为什么说早餐店老板是侦察兵？"

周六一略加沉思："周围那么多的店铺行人，只有他在看到武疯子砍电动车和花盆的时候报了警，而且这么多支援的警察，警服上警衔都差不多，他却能一眼看到您的配枪确定您是所长，立刻过来和您交涉。"

所长琢磨一下周六一的话，摇头道："不对，光凭这两点，不够吧？"

周六一不好意思地笑了笑："打仗前拍照，事后想抽烟，这个理由够不够？一个六十多岁的老人，一直拿着手机在拍摄，我很确定，他不是为了发朋友圈。武疯子被制服以后，他先拿出来一根烟抽了。"

彭志远脱口而出："哎呀，还真是，我以前在连队，那些侦察兵都有这个习惯！"

确定周六一没有说谎，人还挺优秀的，姜汉山这才开口劝："老付，所里还忙着呢，赶紧安排大家休息一下，然后干活。"

张桂兰也帮腔："这孩子一天警察都没有当过，得找个好师父带一带，我看大彭老徐都挺不错的。"

几个身经百战的老警察，都跃跃欲试，把周六一当成了宝贝，眼睛都不眨地盯着看。

所长把证明搁在了桌子上，继续问周六一："你说你早上帮老人抓小偷，这条不能证明真假，这才是你迟到的原因。我再问你一个问题，过关了才能开始干活，但是我告诉你，做好了未必有嘉奖，做错了，我随时能让你走人。"

周六一没有争辩，直接点头："可以。"

所长大手压在证明上，似乎那张纸有千斤重："你从进门，到现在，都看到了什么？"

彭志远立刻开口说了句公道话："所长，你进门就黑着个脸，大家都被吓到了，急匆匆地上楼，能看到什么？"

李华也嘟囔着："没啥吧？"

胡亮盯着周六一，似乎想要看到点不一样的东西。

徐海也露出感兴趣的样子。

姜汉山多了几分期待，又多了几分忧心。

所长厉声道："都别打岔！"

周六一看了一眼窗外，整理一下思绪，再次开口："咱们所门口的绿化带让抄近道的人踩秃了，所以咱们所是不是特别忙？户政综合岗一共三个窗口两个人，两个人交换了零食就各忙各的，所以这个岗的人很少加班吧？我们在楼道里碰见了食堂的人，是一个特别精干的中年妇女，她一个人开门扛着二三十斤重的土豆放进去，所以咱们所的人不超过十五个。哥几个全都是勾肩搭背的，一看就是相处得比较久，平时应该比较忙，一个月回不了几次家。"

所长脸上的表情显得有些不自然，说明周六一全都说对了，他指了指所里的几个人："具体点。"

刚才大家制服武疯子，也是一窝蜂的，大早上的有人穿着警服，有人穿着作训服，乱七八糟的。而且除了彭志远，其他人没怎么提到身份信息。

周六一看起来有些为难："必须说吗？"

所长点头，脸色铁青："如果你说的不对，我还是不能留你。"

周六一松了口气，先走到张桂兰面前，放松地说："这位警花姐姐虽然是内勤，但是在所里的大小事情上还是很有话语权的。您是内勤吧？"

所长不在，内勤最大，刚才所长带着所里的人出去，确实是让张桂兰看家，而且刚才张桂兰直接推门而入，打破了尴尬的氛围。

她确实有话语权。

张桂兰笑笑，白胖的脸上充满和善，她说："你小子挺机灵的，不过上一次有人叫我警花姐姐，已经是十多年前了。"

解完一道题，再解下一道，周六一走到李华面前，李华穿着半袖的夏季作训服，光看衣服并不能判断其身份。李华开始胡诌："你好好猜猜，哥是干什么的，我告诉你，这个所离了我就不能活，上个月我破了三起大案……"

周六一等着李华吹完了才说："你是个辅警。"

李华瞪大了眼睛："你是怎么看出来的？"

周六一不紧不慢地说："我不是说你业务能力不行，你刚才很勇敢也很拼命，而且冲在最前面，你明明是个话很多的人，却没有喊'警察'。"

辅警没有执法权，而且大部分辅警都不认为自己是警察，现场那么多的警察同事，李华肯定不会喊出来。

李华的眼中闪过了一丝失落："没错，你说对了。"

周六一走到胡亮面前："如果我没猜错的话，你肯定毕业于公安大学，而且成绩优异，工作这么多年，几乎从来没有出过错。你的袖扣和领扣扣得一丝不苟，你应该在高强度的文职单位工作过。所长是两杠三星，你是两杠两星，对这个年纪而言，显得过于年轻了。我没有猜错的话，你是经侦？"

胡亮是个高才生，曾经在经侦大队，跟他打交道的都是当地的企业家和高官，他有自己的骄傲，虽然周六一的出现解决了一场危机，但是被人看得这么透，他还是不大舒服。

可是，仅凭这些穿着和警衔，也未必能看得那么准。

还有痕迹、法医、宣传口，不少也符合周六一描述的特征。

所以他皱了皱眉："你怎么知道？"

周六一当然不能说这些信息全都是在分局的公众号上看到的，他狡黠地笑了笑："你的气质和其他人不一样。"

这是个万金油式的回答，天桥底下算命的都会这么说，周六一这么说，也就说明他肯定不会说出实情了。

胡亮没有为难后辈，微微点了点头，这事就算过去了。

接下来，周六一又走到王才智面前，笑着说："您的警龄可能比我的年纪都大，肯定是负责社区调解这一块的吧。您口袋里速效救心丸、护肝片、约束带等东西全都有，保温杯不离手，肯定和各个小区的刺头大爷大妈都很熟，哪家夫妻要离婚，哪家因为财产分配不合理天天打架，您门儿清，所以您对自己的工作满意度挺高的。"

王才智点头，脸上露出自豪的神色，他向来是一个工作努力认真的人。他笑眯眯道："一点没错，我当社区民警这么多年了，因为调解工作被评优四次了。"

周六一走到所长面前，深吸了一口气："显而易见，您应该是所长，这里所有人都听您的，因为您做事公正……"

所长打断了周六一的话，冷声道："别以为你拍我马屁，我就能给你安排个好位置，说点其他的。"

周六一略显迟疑："您确定？"

所长点头："废话，我找上头要人是为了干活，不是为了往我自己脸上贴金的。"

周六一往后退了一步，免得口水落在脸上，这才说："所长，您是不是快离婚了？"

这新人，可真敢说！

其实所长的老婆在医院上班，也是个炮仗脾气，两个人三天两头吵架打架。但是毕竟是家事，只有相知多年的老同事们才知道一小部分，一个新来的，怎么会知道这么隐秘的事情？而且看样子知道的还不少。

所长是个很老派的人，周六一当面说他是不是快离婚了，弄得他很没面子。

所长脸色铁青："周六一，我们是警察，工作不是儿童过家家，你空口无凭造谣，会对当事人造成不可挽回的伤害！你说这话什么意思？"

周六一却一点也不怕，继续道："所长，是您让我说的，那我把证据都指出来，您看看对不对。您的头发多久没有打理过了，头发都快要盖住耳朵了，您这么大的人可不流行这个发型。现在已经九月份了，您大早上出去也应该穿长袖而不是短袖，而且您的两只袜子颜色不一样。和这形成对比的是，您桌子上的玻璃杯居然有一个毛线编织的防烫杯套，杯套看起来并不旧，说明之前嫂子是很关心您的，就连一个玻璃杯的防烫都这么上心，生活的其他方面肯定也照顾得很周到，但是突然间您变得这么邋遢，只能说明你们之间的关系出现了问题。回去好好哄哄不就完了吗？"

说到最后，周六一埋怨起来，说话的口气和李华一个调子。

所长的脸黑得已经不能看了："那我也得把工作做完，有空才能回家，新来的都是你这样的歪瓜裂枣，我啥时候能放心回家？"

所长很有威严，没人敢笑话他。

他指着姜汉山："那你说说，教导员有什么秘密？我和教导员搭伙已经十年了，你最好说点只有我们两个人知道的，或者是我不知道的！"

周六一猛抬头，和姜汉山对视，姜汉山肩上的一杠两星格外耀眼，斯文儒雅的外表和新警服十分相配，就算是眼镜被踩烂了，年纪已经过四十了，看上去依旧风度不减。

姜汉山的第一反应是低头躲闪，再次对视，眼睛里虽然闪亮，却让人觉得怪怪的。

这个细节，一闪而逝。

周六一瞬间看清了其中隐藏的秘密，但是看到这些警察站在一起，氛围极好，他话到嘴边，变成了："对不起，姜教导员事业有成，儿女孝顺，家境也不错，我实在看不到什么不该看的。"

姜汉山似乎松了口气，脸上挂着谦和的笑容："这段时间人手奇缺，所有人都很长时间没回家了，大家家人都有意见，你来了就多个人，大家轮流回家，家人那边也算有个交代。现在都快十点了，老付，赶紧给周六一安排工作吧，总不能这么多人一直在这儿大眼瞪小眼，台账还没做呢。"

其他人也跟着打圆场，你一言我一语的："你小子别嫌累，先值两个夜班，扛下来再叫我们一声师父！"

"不许置气，派出所可是距离危险最近的单位，所长说的你得仔细听，关键时刻说不定能保你一命。"

"等你实习期满了，你就会发现，机关和其他大队能干的活，你都能干，但是你能干的活，其他单位的人可未必能干了。"

大家都想快速化解刚才的尴尬。

所长把市局的证明拿起来："市局把你安排在我这里实习，就是让你学会怎么当一名警察，现在，你跟着张警官去熟悉内勤吧，就去户政内勤，干满一个月以后回市局交差去吧。"

户政内勤？查户口盖章？

周六一一听这样的安排，脸色一变："我不愿意！"

所长看着周六一，像是看着猴崽子："不愿意是吧？大彭，给他上一课。周六一，你要是能撂倒大彭，岗位你随便挑，你要是撑不下三个回合，就给我滚蛋！"

彭志远有点不太情愿："所长，不好吧！"

所长已经让李华和胡亮两个人搬桌子腾地方了："快点，早点把这小子解决了早点干活。"

大彭转过来对周六一说："小子，我挺喜欢你的，但是我首先是名警察，而且是龙华街派出所的警察，在这儿，就得听我们所长的。"

周六一点点头："彭哥，我明白。"

明眼人都看得出来，这是一场必输的比赛。

周六一和彭志远体格相差极大，而且论格斗和抓捕彭志远是专业的，周六一完全都比不上。

不过周六一并不气馁，反而笑嘻嘻地说："彭哥，你可不许放水！"

说着，周六一一鞠躬，彭志远以为周六一故技重施，想要用对付武疯子的那一手对付他，立刻摆开了架势。

但是没想到，周六一只是虚晃一下，快速低身，把自己的整个身体当成了支点，手托住彭志远的腰和肩膀，想要对彭志远来一个过肩摔。

这个思路没问题。

周六一完全把面门最脆弱的部分暴露出来，但这不是生死格斗，而是后辈在和前辈切磋，无论如何彭志远都不可能对着周六一下死手。

如果彭志远是个两百斤的胖子，现在肯定会被一个过肩摔摔得躺平了。

彭志远底盘非常稳，周六一用上了全部的力气，都没有撼动他分毫，反而被"连根拔起"，倒在了地上。

这是水泥地，周六一结结实实地摔下来，张桂兰忍不住别过头，她觉得周六一一定疼得不行。

周六一仰躺在地上，只有出气的声，但他仍挣扎着爬起来。

李华和他说："算了吧，我就没有见过所里有人格斗能超过彭哥，彭哥一个人能挑翻三个醉鬼，咱们所的电视机空调，都是彭哥大比武的时候赢回来的，特警队的都不一定能稳赢彭哥，何况是你！"

王才智伸手把周六一拉起来，劝他："其实当内勤没什么不好的，所长不在内勤最大，多写写材料，很快就能调进机关。"

周六一爬起来，完全无视其他人的话，只是对彭志远坚定地说："彭哥，不用放水！"

毫无悬念，周六一又被摔在了地上。

所有人都忍不住吸了口气，但是周六一爬起来以后，居然还对着彭志远说："再来，别放水！"

李华悄悄对着胡亮说："我刚来那会儿被彭哥摔了一下，三天都爬不起来，这小子怎么能被摔三次？"

胡亮淡淡地说："不，是四次，武疯子还摔了他一次，那一下可比彭哥狠多了。"

李华倒吸一口冷气："这还是人吗？"

周六一抖得像筛糠一样，但是他仍对彭志远说："彭哥，你早上是不是没吃饭？"

彭志远为难地看向所长，其他人也都眼巴巴地看着，所长利落地在那张纸上签了字："你大概得休息个一周，就在所里备勤吧，先从内勤开始轮岗。"

周六一从所长手中接过那张纸，他浑身被汗水浸透了，手上都是汗，那张被他小心保存的光洁的纸，瞬间被水洇透了，显得皱巴巴的。

周六一眼圈有点红。

手中这张纸，似乎有千斤重，是他拼了命才得到的。

从今天开始，他就是一名警察了！

这一刻，他等了好多年！

卷 二
Volume 2

初 入 警 门

第 5 章
新入职艰难险阻

Chapter 05

　　所长以为周六一受了这么多的委屈，现在要哭鼻子了。他硬着心肠说："既然你从今天开始就是警察了，保护人民群众的生命财产安全就是你应该做的，见义勇为奖别想了。还有，别把你在学校里自作聪明出风头的那一套带到单位来，在这里，集体大于个人，别连累其他人为你流血，为你逞英雄的行为买单。听明白了吗？"

　　所长的语气，严厉至极，其他人都没有见过所长这么生气的时候。

　　周六一实在想不明白，为什么头天来这里他就得罪了所长，但是所长说的话他不能反驳。

　　周六一低头看着自己脏兮兮的衣服，突然眼珠子一转，很赖皮地把衣服下摆拉过来："那我妈给我买的衣服脏成这样了，怎么算？"

　　这小孩思维也太跳脱了吧？

　　而且，胆子也太大了吧？

　　居然让领导掏钱赔他的衣服？

　　其他人也都觉得浑身的汗毛竖起来一下，在龙华街派出所，需要绝对听从领导的指挥，之前那几个辅警辞职，在朋友圈发辞职信的照片，已经闹了不小的风波，龙华街派出所一度成为整个分局的讨论热点。

　　周六一居然让所长赔他的衣服？

　　更出格，更过分，更……有意思。

　　原本大家都很忙，一大堆的工作都做不完，但是现在有这么个年轻人来找所长的碴，当然要多看会儿了。

　　所长付胜，在分局十几个派出所中，向来以善于管理精兵强将著称。现在大家都伸着脖子，看所长怎么解决这件事情，尤其是李华这个年轻的胸无城府的辅警，就差把"看好戏"这三个字写在脸上了，他看热闹不嫌事大地说："所长，这衣服，是篮球全明星赛季的联名款，不便宜呢！"

所长瞪了李华一眼，这个"杠精"，哪里都有他："一件衣服能值几个钱，顶多两百。"

李华已经挨骂挨惯了，完全没有觉得不好意思，他展示着周六一的衣服下摆："所长，这衣服最少值两千！"

啥？

两千？

就这破衣服？

所长瞬间感觉血冲脑门，一下子快气炸了。

梁培禾给的什么奇人，还是个富二代？这打不得骂不得使唤不得一身臭毛病……真让人窝火到了极点。

现在他再看周六一，完全没了之前的惊艳之感，只剩下了一肚子的意见，这家伙像个烫手山芋，他只想快点还给梁培禾。

刚才一直是他在为难周六一，现在轮到周六一为难他了。

这件事情比刚才迟到还要严重，要是压不住这小子，以后他还怎么带人？

所长本来觉得这小子碰了那么多的钉子有点可怜，现在只觉得这小子太过滑头了，而且一点亏都不肯吃，锋芒毕露得扎手。

梁培禾把这么个人丢到他这里，根本就是故意的！

不光是让他给培养一个新人，还让新人磨砺他。

工作已经那么忙了，还来找碴，真没意思！

所长的脸黑得像锅底，他从兜里掏了半天，掏出来两百块钱："对门那个干洗店，看见了吧？会给你洗得像新的一样。"

一般来说，听到领导这么说，下级肯定会不好意思，但是周六一居然大大咧咧地接过了钱，还笑嘻嘻地说："所长，谢谢了，多余的钱我请大家喝奶茶。"

这一脸没大没小的贱样，真有点欠抽，所长看着李华和周六一，一个九五后，一个〇〇后，都不服职场规则和老幼尊卑的排位，他瞬间觉得血压又升高了。

所长看了一圈人，李华还往周六一跟前蹭，他就点了李华："你先带他去宿舍，然后熟悉一下咱们所的环境，他的警服和警八件还没有下来，你和胡亮跟他的身材差不多，先把衣服借给他穿两天。都该干吗干吗去。"

李华非常开心，扶住了周六一，关切地问："彭哥打得你疼不疼？你别记恨彭哥，他很克制了，没下重手，你要怨就怨所长，七〇后的人都不讲理，老下一些莫名其妙的命令……"

所长觉得自己快心梗了，现在的这些小孩，太没素质了，还没有出他办公室呢，就开始吐槽领导，他又不是聋子，全都听见了。

所长对李华吼了一句："记得写检查。"

李华回过头来："所长，我写一半了，你别催了。"

所长又把周六一喊住："周六一，你也写份检查。"

周六一觉得莫名其妙："所长，我做错什么了？"

所长的态度一如既往地气势汹汹："警察，不能拿群众一针一线，你早上吃了人家摊主多少包子？我告诉你，以后出警，一瓶水也不许拿，一根烟也不许抽。"

周六一低着头，有些不服气："又不是我一个人吃了。"

王才智笑眯眯地说："早餐店老板给的那些油条和包子，我透过后窗玻璃扫码支付了。"

还能这样？

周六一瞠目结舌："不是说警民一家亲吗？我们吃群众几个包子，不算违法乱纪吧？"

王才智拍了拍周六一的肩膀，一脸前辈对后辈的和善："我党的优良作风，绝对不能拿群众一针一线，你看你吃了多少包子。写检查吧，规定就是规定，令行禁止，要养成习惯。"

周六一当惯了好学生，刚来就要写检查，他还真有点不习惯，才想继续争辩，李华高兴地把周六一架走，激动之情溢于言表，差点当场就和周六一拜把子了："可算是有人和我一起写检查了，你是不知道，我写检查已经写到手抽筋了。我就奇了怪了，怎么他们都不犯错，就我一个人天天有写不完的检查。我觉得我比那些犯人还可怜，天天都在这儿改造。

"对了，你会不会写检查，我看资料，你省考是第一名，妥妥的高才生，肯定比我这个'学渣'强！

"晚上的夜宵，我请！"

周六一一头雾水："哪个学校的学霸还写检查？我活了这么些年，根本不知道检查什么样子。"

李华一听："这么嚣张？我们派出所就需要你这样的人才！"

李华的这些话，把所长刚才使劲打压的效果都给冲没了，所长看着这两人勾肩搭背的背影，觉得自己血压有点高，吼了李华一句："穿着作训服呢，注意点影响，别像个没骨头的一样叠在一块！"

李华居然无视所长那张黑脸："所长，警校规定的是男女穿制服不能手牵手，我们两个男人怎么啦？你在想什么啊？"

我的天！

胡亮这个九○后刚来的时候，敬礼立正端端正正，绝对不会说这样的话。

就算是徐海这样的老刑警，战功赫赫，来的时候也是打报告的。

王才智这样的老警察，更不用说了……

这两个活宝，真是管不住。

但是所里其他人对周六一非但完全没意见，反而还跃跃欲试地想要当他的师父，恨不得把自己会的那一手倾囊相授。

真是难以想象，这些经验丰富的警察，向来看不上毫无本事的新人，恨不得出一大堆难题，没想到他们都被周六一征服了。

唉……

梁培禾送过来一个什么样的奇人呀！

所长转过头喊住了姜汉山："老姜，你留一下，我有话和你说。"

姜汉山闻言，停了下来："行吧！我看他脸生，今天晚上试试让他去出个任务。"

出任务，指的是新人入警，带着快速办案，就是黄赌毒这类短平快的案件。

派出所一共就这么几个人，而且都待了挺久的，早就成了熟脸，只要往大街上一站，抽粉的和站街的立马都跑了。

就连洗头房和足浴城，都成了正规的。

一般出去巡逻，都不能露脸，还得开个牌照比较生的车，或者是骑摩托车戴头盔。

新人的宝贵就在于他的"新"，等到混得脸熟，就不能用了。

所以，姜汉山本着物尽其用的原则，现在就想把周六一这个新人给带上。

所长一听这话，脸黑得不行了："让这个比我儿子还小的生瓜蛋子装嫖客，你也想得出来？"

姜汉山笑道："胡亮刚来那会儿，不也被带着去了两趟娱乐场所？"

所长一听这话就来气："胡亮？你可别提了，他那个长相做派，就差没有把'我是警察'这几个字写在脸上了！一周派出去三四趟，一条鱼都没有钓上来。"

长相气质太正派的人，根本就打不进犯罪团伙内部，这个化装侦查是失败的。

姜汉山优哉游哉地站在窗户边，看着李华和彭志远两个人一左一右搀着周六一下楼，周六一的腿还在打战，看来是被摔得不轻。姜汉山像在欣赏风景一样："我看这个就挺合适。"

周六一这年轻人脑子特机灵，怎么看都不像是在体制单位工作的人。

让他去化装侦查，还真挺合适的。

所长也往下面瞟了一眼："邪门！你说我见过的人，没有一千也有八百了，还没有走眼的时候，这小子，我一开始还以为他是大学生，是玩摇滚的、写代码的新新人类，但是我怎么都想不到，这小子居然会是咱们的同行，会是个警察！"

现在的警察，还真没有这样的！

梁培禾喜欢的，就是不像警察的警察，他冒险招过身家上亿的富二代做经侦，招过少年黑客做网安，招过快要沦为"三和大神"的体校生当刑警……

但是周六一，算哪一拨的？

所长的粗眉毛快皱成了一团，他想不想明白这小子像什么，反正就是什么都像，什么都不像，没有什么明显的特征。他有些担忧："他一天警察都没有当过，是校招上来的，别让他去，搞成了钓鱼执法咋办？"

所长铁了心先把周六一扔到内勤上磨磨身上的棱角，直接拒绝了姜汉山。

看到搭档如此愁苦，作为教导员的姜汉山开解道："老付，你也别生气，咱们年轻那会儿，不也这样吗？那时候新警训练，上头派来的警王架子太大，你不服气，和人家比业务，在操场上比谁站军姿的时间更久，结果你中暑进了医院，醒过来就问什么时候能出去接着比。你知道你当时的神态吗？那股不服输的狠劲，和这小子一模一样。"

所长看着雪白的墙壁摇了摇头，并不认同："他的眼睛里那火星子溅的，要不是大彭下不去手了，他能坚持到让大彭摔死，我站个军姿，不会出啥事吧？这小子，比我当年还狠！"

姜汉山却不这么认为，平静地说："他够狠的，也够机灵，我看他为咱们出头批评武疯子女儿时候，就觉得有点意思，又把简历拿出来看了看。真不愧是梁培禾挑中的人！这小子，抵得上十个李华了！"

所长听后眼睛瞪得像铜铃，他的搭档姜汉山的眼光和思维，要远远超过他这个基层的老民警。他生气道："你看出来了你不告诉我？梁培禾根本就没安好心！早上那种情况多危险，那两把菜刀距离他的脖子不到十厘米，我真不敢想象那武疯子要是砍下去会是什么样的后果？人家来这里报到的第一天，我就联系人家父母家人去医院太平间？没这么损的！老姜，不管你说什么，我都要想办法把这小子撵走，最好还要让他脱了这身警服！"

姜汉山给付胜接了一杯水："消消气，下下火！咱们那个老同学让咱们帮他教新人也不是一天两天了，你看经侦缉毒的那几个，从咱们所出去的，哪个不是业务上的扛把子。别多心了，该怎么带还怎么带。人家孩子就是喜欢当警察，想圆个梦怎么了？这年头，有理想有追求的人，可不多了。"

所长心情很差，语气低沉得可怕："老姜，你别自我安慰了，你在路上都没咋和那小子说话，你也记着那事呢。"

所长说完，姜汉山背过身去。

两个人都陷入了沉默。

这是一个大家都不愿意提起来的话题，压得人透不过气来。

被梁培禾挑中的人，要么破大案，成为英雄，要么……

成为烈士！

有这样的先例，谁又能舍得把自己亲自教出来的弟子，送去面对死亡？

所长不是不欣赏周六一，而恰恰是因为太欣赏太喜欢了！

这时，周六一把脏衣服甩了，披着李华的蓝衬衫出来，高挑瘦削的身材看起来特别有活力。他步子轻快矫健，意气风发，在太阳底下像发着光。

衣服上身，周六一兴奋得不得了，他可算离目标更近一步了，他扯着李华，大声问："你看我穿警服帅不帅？"

李华打量着周六一："挺帅的，不过……"

周六一还在欣赏身上的警服："不过什么？"

李华笑道："不过没有我帅！"

周六一似乎忘了周身的疼痛，大步地去追李华，追上后，两人居然互相敬了个礼……

年轻人有着一往无前的勇气，情绪来得快去得也快，根本就不会想那么多，刚才还遭遇了不快，现在穿上新警服就那么开心。

所长听到动静，走过来往楼下看："没想到，这小子穿警服像模像样的，咱们上学那会儿在部队军训，穿着人家给发的迷彩服。回学校拿到了警服，都对着镜子看了又看，给镜子里的自己敬礼。这么多年了，还真是一点都没变。"

姜汉山脸上的阴郁一扫而空："当警察的，不都这么过来的吗。和男人结婚那天穿西装一样，就帅一天，以后都是肩挑大义、惩恶扬善。"

所长听着姜汉山这文绉绉的词，有点不习惯，家境富裕的读过书的人，都有点文艺范,赶忙让姜汉山闭嘴:"行了,别感慨了,知道你文笔好,是出了名的笔杆子,但是你和我一个大男人来这种腔调……"

姜汉山转移了话题:"老付,你和嫂子是怎么回事?"

所长咳嗽了两声,缓解尴尬,看到姜汉山盯着他,逃不过去,他才开口:"别听那小子胡说,能有什么事。我岳父岳母住院了,我老婆去照顾岳父岳母了,就没空照顾我了呗。"

姜汉山一听这话,立刻急了:"啥?你就没去鞍前马后表现一下,直接在所里住着加班了?我早就说过你,别只一心扑在工作上,也得关心关心嫂子,人家对你那么好,是希望你回报家庭,结果你呢,没有了后顾之忧,加班更带劲了。"

所长三下五除二把桌面整理干净:"放心吧。你这个教导员,就是派来教导我的。你现在回来了,我就赶紧回家看看。对了,你能不能借我三千块钱?我现在回家照顾家庭,下个月发工资还你。"

姜汉山一听借钱,脸拉下来:"我工资多少你又不是不知道?咱俩差不多吧,而且我要养两个孩子,你要养一个,怎么比我穷?"

所长一摊手,有点耍无赖了:"可是我穷亲戚多!"

姜汉山打定主意不借钱:"你脸皮厚。"

所长露出狡黠的表情,一脸了然于心,就是不把窗户纸捅破的样子。他说:"你说你出差一个月,回来怎么不是灰头土脸的,还把新警服穿上了,不知道的还以为你是去哪个新单位报到呢!"

确实有单位在挖人,某药品检测设备公司,希望姜汉山能去当二把手,年薪大概是现在到手的十倍。

对方看中的,是他的专业能力,以及在体制内工作多年的经验。

如果入职,以后就再也不可能穿着这身警服了。

姜汉山无语,他最终还是选择了这身警服,现在他不想和付胜针对去留问题吵一架,拿出手机给付胜转了钱:"我真是服了你,明明没钱,还给那小子两百块钱洗衣服,对门顶多收他二十……"

付胜看到钱到账,喜滋滋道:"还是老伙计够意思,谢谢了,我下个月发了工资就还你。"

姜汉山挥了挥手:"走吧你,回头你真离婚了可别赖我。"

付胜说:"哪能呢,我老婆我了解呢,我们是患难夫妻!"

说完,付胜准备出门,早点回去,但是走了几步,又不放心,回来对着姜汉山语重心长地嘱咐了一番:"那小子早上拼了命,还挨了顿打,我总不能什么表示都没有吧？要是梁培禾打电话过来问那小子的情况，你就说烂泥扶不上墙，就是个法盲，台账报表都做不了，天天用咱们单位的电脑打游戏，就是个浪费粮食的饭桶。"

只有这样，才能让梁培禾在百忙之中遗忘掉这里还有个可造之材。

派出所虽然危险，但是户政、内勤、社区、法制、图侦等岗位也没有那么危险，能让人得到足够的锻炼，甚至会磨砺掉梁培禾想要的棱角。

付胜是打定主意不顺着梁培禾的意思培养人才了。

姜汉山挠头，显得有些无奈，作为一个曾经出生入死的缉毒警察，其实对于新的人才的培养，他还是寄予厚望的。

更何况，周六一大概是他这几年遇见过的最好的苗子了，可是现在这孩子被付胜这样说。

所长弯腰从抽屉里取了车钥匙出门，他那辆自己的私家车一直在所里，很少用来接他自己的孩子，都快要变成所里的警车了。

两个人到底搭档多年，对对方的心思比较了解，所长看到姜汉山不太高兴，就坐下来，为自己的决定做解释："现在的家长都只希望小孩找个钱多事少离家近的工作单位，宇宙的尽头是编制，但是你看咱们派出所像养老单位吗？等他年龄大了，他会感谢我们的，他不是计算机专业毕业的吗？能去互联网大厂，我听说最高的能年入百万，一年顶咱们十年。他没必要为了梁培禾的星辰宇宙，放弃自己的一亩三分地。你也知道，梁培禾手里都是些什么案子，像电诈集团，上面的头脑都是智商非常高的罪犯，底下的炮灰都是拿着刀子砍人的愣头青。真把这孩子扔到里面去，出了事，算你的还是算我的？"

周六一确实太年轻了，而梁培禾手底下的精兵强将，可是一群对着人体内脏吃饭都能有说有笑的老警察……

付胜急匆匆地走了："我先回去了，有事给我打电话，我马上就过来了。"

如果是其他人劝退，可能没啥说服力，但是付胜是个为了警察事业奉献自己的老基层民警。

为了干好龙华街派出所所长的工作，他一直住在距派出所两公里的那个最破旧的干警大院里，没有挪窝。

他的妻子为了照顾他，也放弃了好几次单位内的晋升。

在几次抓捕街面地痞流氓的时候，付胜极其强势，以至于有些黑恶势力对他的家人打击报复，蹲守在他儿子放学的路上。

他不光要面对来自案件的压力，还有来自上面的压力。钉子户死活不搬，几个领导部门都在问责派出所，把任务摊派给了派出所。

人口流动大的辖区，宾馆车站只要有重点关注人员出现，就得组织人去清查，甚至还有兄弟单位过来帮忙。

二代身份证更新换代，人口普查，发现了很多黑户，每个人单拎出来都非常棘手。

办案经费总是不够……

所长的工作，绝对不是那么简单的，上面千条线，下面一根针，不是说几句好话，漂亮地完成几件事情就能解决问题的。他每天都像个救火队员一样，冲锋在前。

姜汉山没有和付胜争论对错，派出所还有个习惯，那就是积案如山时，暂时处理不了的案子，就放在那里，等待时间和技术成熟以后，再着手进行。

他回到自己的办公室，关上门，从桌子里掏出来一沓纸，是一份合同。他哗啦啦地翻了一遍，然后毫不犹豫地撕了，扔进了垃圾桶。

///

所长下楼的时候，吼了院子里两个猴子一样的年轻人一句。这样一个领导，对新人的威慑力十足。

李华和周六一赶紧站直了。

所长看了一眼周六一，他站得笔直，英姿飒爽，要是给他拍个照，可以直接当所里的公众号封面了。

刚穿上蓝衬衫，周六一就有模有样了，立正敬礼都不错，挑不出毛病，所长便对李华说："站没站相，坐没坐相，你来得早，别把新人给带坏了。"

李华早就习惯了："报告所长，知道了！"

周六一忍不住发笑，所长立刻训斥道："反思一下你上午的所作所为，尤其是和群众打交道的时候。处理事情，一定要谨慎再谨慎，别让群众背地里叫你法盲。还好你把人哄住了，要是人家来告你当警察的威胁恐吓，一告一个准。现在是什么时代？自媒体时代，就是人人手里都有一部手机，你作为一个公职人员，一名警察，你要为自己说的每句话负责任！"

周六一连连点头："所长，你说的太有道理了，我都记下来了。"

态度这么好？

周六一这会儿十分顺从，一点不像李华那个"杠精"，所长没什么话能继续训斥了，但是也不能把脾气收起来，还是黑着脸道："我先出去一趟，回来的时候要是看见你一点工作也没做，你就滚吧。"

所长一走，周六一和李华两个人算是解放了。

从值班室出来，李华和胡亮带着周六一去看宿舍，顺便把行李放下。

李华帮着周六一整理行李，周六一的包里除了两身换洗的衣服，还有新电脑、新手机、CPS仪器等各种新奇的电子设备，但是李华的目光，放在周六一的毕业证书、工作通知上。看着周六一光鲜的履历，李华的目光有些黯淡："你们这些天才学生，都是怎么学习的。一样的教材，一样坐在教室里，你们这些聪明的学生，不用费什么劲，就能考那么多分，我也报了三不限的岗位，但是只考了很低的分……"

周六一磊落地笑笑："哪里有，你看我黑眼圈都熬出来了！我笔记也做了不少呢，我打电话让我姐给你邮过来，有好几斤呢！"

一听要看书看笔记，李华头疼："啥？学霸也看书？别给我邮了，浪费钱呢。"

东西放进了外面的储物柜。进睡觉的宿舍，周六一一下子就傻眼了，居然是没有地板砖的六人间，厕所还在门外，他有点失望："我记得我看过规定，农村民警一人一间，城市民警一人一床，咱们所在城乡接合部，以前是郊区农村，应该是一人一间！"

李华点头："没错，但是后来城市不是扩建了吗？现在郊区变成了东南新区，这里现在就是城市，咱们只能一人一床了。"

周六一看着上床下床的格局，不由得扶额："现在大学生宿舍都是上床下桌装空调了，我能自己在附近租房子住吗？"

李华拍了拍他的肩膀，直接说："不能！"

周六一问："为什么？"

李华用看二傻子的眼神看着他："现在警务单位都在推行住所制，一周住五天。还有，住在单位是为了方便备勤、出警、增援，你住太远的话，会耽误警情。这些话，有没有人和你说过？"

周六一很诚实地摇头："没有。"

李华又多看了周六一一眼，充满了同情，给他指了指三个铺位："等你真正了解了，可能就不想干了。咱们所，人员流动还是挺大的，这三个铺位，是前不久辞职的人住过的，床品都换了新的，你自己挑一个喜欢的位置。"

周六一面露难色，摸了摸床沿。李华确实没有骗他，床上没什么灰，床单被罩还是没下过水的，新色还在。

现在找个工作那么不容易，辅警都给上五险一金了，但所里还是留不住人，可想而知，这里的工作强度有多大。

李华以为周六一被吓到了，一边抖床单被子，一边安慰他："咱们所，天塌下来有所长和教导员顶着，你熬一段时间，不就是写写检查挨顿骂吗？怕啥？"

周六一是想要办案，办大案，并不想在这里混吃等死。

所以，周六一沉默了。

李华以为周六一是心理落差太大，所以还在继续换着花样安慰："派出所的生活也就那样，看起来忙得脚不着地，其实紧急的事情就那么几件，你处理好了就完了，其他的不紧急的就堆着，变成了紧急的你就再处理。别听那些机关大院的人埋怨基层有多苦，想要摸鱼，在哪儿都行。等会儿我教教你怎么在值班的时候偷偷睡觉，出警的时候去找网红小吃店。这附近的棋牌室和麻将馆我也知道，换了警服去摸两把也没啥事，这种劳逸结合的工作，比较适合我这种废物……"

胡亮处理完了手上的事情，原本想要过来看看新人适不适应，结果一来就发现李华在教新人偷懒。这他哪能忍，他直接在门外敲窗户："你也知道你是个废物？快点把检查写完了给我。"

李华苦着脸："亮哥，不就是笔录写错了一句话，用得着这么上纲上线吗？我都已经有十几份检查要写了。"

胡亮却不饶他："不让你写检查你怎么能记住，说得跟真的一样，这能写到笔录里面吗？"

李华唉声叹气："亮哥，你们公安大学的人都那么严苛吗？我怎么觉得你比所长还可怕。"

胡亮正色道："如果不是执法越来越严格，越来越规范化，老百姓还在骂我们是黑警呢。既然出了规章制度，就必须严格按照要求办事……"

李华一边给周六一归置东西，一边点头："知道了，亮哥，我会好好写检查的，深刻检讨我的错误，我绝对会严格要求自己，绝对不给我们公安队伍抹黑。"

胡亮看不惯李华毛毛躁躁的，自己上手了，两下就把床单铺得像豆腐块一样，李华竖起大拇指："亮哥，我记得你们学校的标语是，严于一线警队，严于地方院校，严于兄弟警校，看齐部队院校。这种'三严一看齐'的准军事化建设标准，我一直以为是面子工程，和你共事以后我才发现，居然都是真的，你比所长和彭哥两个人加起来还要严厉……"

胡亮无奈："闭嘴吧，杠精！"

李华和胡亮吵吵嚷嚷的，周六一却认真看着六人间的宿舍。简单到只有一个人一张床一个柜子，被子枕头整齐得像是军训学生的宿舍，衣架上挂着干净的警服，看起来很有秩序感。

尽管条件一般，但这里，就是他想来的地方！

这时候，有接处警的任务，李华被王才智叫走了，周六一接过胡亮手里的东西，自己收拾，问胡亮："对了，亮哥，咱们所是不是也有大案要案，比如说二十年没破的杀人案？"

胡亮看着周六一，看了好几眼，这么一个问东问西的好奇宝宝，和刚才聪明睿智的形象很不一样。不过考虑到周六一对警务工作一点也不了解，完全是靠突击才当上警察的，他就耐心多了："我们派出所的工作，主要就是接处警以及户政综合，每年也有一些指标任务。案件比较大的话，都会移交到治安大队刑警大队什么的，如果是特别严重的案子，还会向上层层递交，二十年没破的杀人案，应该在市局或者省厅。如果要接触这样的案子，你得调到刑侦大队或者分局。"

大案要案，不归派出所管，周六一有点失望，他又问胡亮："亮哥，你在这里多少年了？"

胡亮略加沉思："有五年多了吧。"

周六一焦虑起来："那你什么时候能调去刑侦大队？"

胡亮善意地笑了笑，眼中有向往，但他又摇了摇头："哪有那么容易的事，三年不调动，五年基层经验，干部年轻化，再加上延迟退休，调动只能等机会。"

听完这样的话，周六一心里翻江倒海，如果自己五年的光阴都花在处理琐事上，什么时候才能成为办大案的警察？

胡亮以为他是被一眼看到头的生活吓到了，安慰他："没事，一个省里的兄弟，工资待遇都差不多，你可别闹情绪，你看所长和教导员那么优秀的人才，不都在这里干了这么多年吗？"

不说这话还好，一说这话，周六一更失落了："亮哥，我觉得我今天被打得有点痛，我先躺会儿，你该忙什么忙什么去吧。你手上的伤口那么深，还没有打破伤风针呢，你快去吧。"

说完，周六一就在自己的床上躺下了，胡亮确实很忙，嘱咐完开水房的位置和中午去食堂吃饭，就匆匆忙忙地走了。

周六一把毛巾盖在了脸上，还把脚上的鞋给甩了，刚上班一上午就发生这么多的事情，他也有点累了，此时只想闭目养神。

这时候，一个穿蓝衬衫的年轻女辅警推门而入，鞋差点砸在女警身上，女警被吓了一跳："喂，新来的，你什么态度！"

周六一有气无力地说了一声："对不起。"

女警看到周六一躺在床上，就没好气地问："你躺床上干吗？装死呢？"

女警说话凶巴巴的，周六一也没好气地回应："我真死了。"

女警把周六一脸上的毛巾拿走："死了怎么还睁着眼？"

周六一看到鹅蛋脸大眼睛皮肤白皙的女警，长相清丽，是个校花级别的美女，不由得笑道："因为死不瞑目。"

女警对周六一一点好印象都没有："那你怎么还呼吸呢？"

周六一坐起来看到女警还在生气，就笑道："因为我咽不下这口气。"

女警被这没脸没皮的家伙戏耍，气得跺脚："还笑。"

警务单位很少有如此清新的丽人，周六一继续调侃："含笑九泉嘛。"

女警气得不想搭理这油嘴滑舌的小子，翻了个白眼，出门去了："张警官找你，一楼的办公室。"

派出所一共就那么几个人，都忙得像个陀螺，好不容易有个活泼可爱的小女警，周六一哪能放过："小姐姐，你带我去张警官的办公室好不好？我不知道在哪里。"

还撒娇？

女警做了一个呕吐的动作，有点嫌弃道："你多大了，上幼儿园吗？要是在单位都会迷路的话，直接回家吃奶吧！我表格还没做完呢，那么多人等着我盖章，我没空和你掰扯。"

说完，女警就踩着三厘米高的黑色工鞋出去了，脚步轻盈，声音充满了节奏感，听起来相当悦耳。

女警的年纪并不大，从前应该不是个精干的人，但是现在越来越有警察内勤的样子，忙着处理表格和上级的各种文件。

想到要做内勤，周六一有些失落。

往后，他也要在楼下的工位上坐着，天天做表格盖章，每天都保持微笑给民众服务，机械式地盖章再盖章……

他才刚毕业。

他才不会甘心听从所长付胜的安排。他从床上下来,走路带风,快速跑出宿舍,去张桂兰那里领任务。

不管是什么任务,他都要干到最好,不是普通的及格的混日子的那种好,而是让人的眼睛根本挪不开,出类拔萃的那种好。

///

张桂兰的办公室在一楼大厅旁边,方便直接处理各种问题,她处理不了的再送交所长。

她身着警服常服,戴着女警的卷檐帽,看起来端正庄严,她始终是笑眯眯的,看起来很亲切。

她现在也没有闲着,在处理刚刚报过来的案件。

有对小情侣在街上碰到了一个走失的小胖孩子,很难判断孩子是走失的,还是被人贩子拐走的。孩子站在电线杆底下哇哇大哭,小情侣给孩子买了吃的,开车把孩子送到了派出所就走了。

小孩子有六岁了,根据他提供的学校信息,警察找到了他的班主任,又找到了他的父母,现在他的父母正在赶来的路上。

孩子一直哇哇大哭,谁哄都不管用,张警官特别温柔耐心,拿自己钥匙圈上的毛球放在孩子的手心,半抱着孩子的肩膀,哄着孩子。孩子消停了一会儿,嗓子都哭哑了,眼睛肿得厉害,不多久又开始哭。张桂兰安慰道:"宝宝,不哭了啊,妈妈马上就来了,可以带你回家。"

张桂兰看到了周六一,立刻给他布置任务:"还在哭,这样下去可不行,你有什么办法吗?"

周六一看着哭泣的小胖孩子,突然灵机一动,蹲下对着小孩说:"来,警察哥哥给你变个魔术。"

小胖孩子不哭了,纠正道:"是警察叔叔!没有警察哥哥。"

呃……周六一有点无奈,他今年才二十岁,就因为当了警察,所以就成了叔叔?

周六一把小胖孩子手里的毛球拿过来,放在手心里,然后握拳快速翻了下自己的手:"猜猜毛球在哪只手里面?"

小胖孩子的视线被吸引过来,就不再哭了,先指了指周六一的左手,是空的,又指了指周六一的右手,居然还是空的。小胖孩子奶声奶气地问:"哪儿去了?"

周六一两手一合,再张开,毛球就出现了,小胖孩子眉开眼笑:"警察叔叔好厉害!"

小孩子的快乐特别简单,玩起来就啥都忘记了。

家长急匆匆来了以后,夫妻俩看着失而复得的宝贝孩子,对着张桂兰和周六一一再鞠躬感谢:"谢谢警官,我们孩子麻烦你们了!"

周六一面对群众的感谢,有些手足无措,但是张桂兰已经习惯了,还给家长普及防拐卖的知识:"没关系的,这是我们应该做的。以后把孩子看好,五六岁的孩子,好奇心特别重,我们接触过很多拐卖人口的人贩子,他们并不是熟人作案,或者用了药什么的,他们只要对着孩子说:我车里有小狗。孩子就立马跟着跑了。"

家长深以为然:"我们以后一定注意!"

处理完这件事情,张桂兰招呼周六一去办公室,让周六一坐。对待年轻的后辈,她很亲切:"感觉怎么样?"

面对张桂兰开诚布公的询问,周六一表达了自己的忧虑:"我们的案子,是不是太碎了?"

他刚来,就看到了处理武疯子、帮小孩找爸妈,还有大厅一群人排队等着盖章……确实很是烦琐。

张警官听了一笑:"我们派出所的工作,就是这么琐碎。我国的国情就是这样,遇到事情先给110报警,派出所先到现场。我们处理的都是一些和人民群众生活息息相关的小事,现在天眼已经遍布各个路口,不管是飞机场还是车站,安检都很完备,所以凶杀案越来越少,可能干好几年都遇不到一个大案。"

之前周六一穿警服去看宿舍,都是有意思的事情,他还不觉得身上疼,现在闲下来后背上像散了架,尾椎骨、肩胛骨一起叫嚣,他疼得倒吸一口冷气。

张桂兰从抽屉里拿出来一瓶药酒,递给周六一:"哪儿疼就擦哪儿,大彭下手知道分寸,肯定不会受大伤,但是你也得好好休息几天。"

周六一拿过药酒看了一下,收下了:"谢谢张姐。"

小伙子入职第一天,就遇到了生死攸关的事,张警官担心周六一出现什么心理问题,又说:"其实刑警和特警抓人,都不那么危险,因为都是事先蹲点摸排,能确定嫌疑人的数量和武器,会提前准备防弹衣和防暴盾。反而是我们派出所比较危险,接到报案五分钟内就要到现场,遇到的危险都是未知的,我们经常穿的都是常服,手里没有武器。所以,无论如何都要保护好自己,你的血型还有过敏的药物,都要备案一下。"

周六一笑笑："知道了，张姐，哪有你说的那么危险？"

张桂兰眼神透出疑惑，笑道："还是要注意的，别仗着年纪小天不怕地不怕的。手指头要是断了，可不会重新长出来。"

周六一晃了晃手中的药酒，笑着说："再有一个月就过期了，还剩下大半瓶。"意思是治跌打损伤的药酒用的频率也没那么高。

这么聪明？张桂兰笑意温和："咱们所人不多，所以大部分活都要一起干，虽然你现在是在内勤，但是外勤有需要也会叫你。咱们所出去的，可都是精英。现在刑侦大队的副队长、治安大队的队长，都是你的前辈。"

刑侦大队、治安大队，都能办标的很大的案子了，和派出所短平快的案子完全不一样，周六一眼睛一亮："我还能调出去办大案？"

张桂兰看着意气风发的年轻人，肯定地点了点头："年轻人，好好努力，机会自然就来了。"

周六一立刻立正敬礼："谢谢张警官，我一定会努力工作的！"

///

周六一去领办公用的东西，然后去大厅自己的工位。负责户政综合的都在一起，其中一个是社招过来的女辅警黄青梅，光洁的鹅蛋脸配雪白的皮肤，一双大眼睛非常有神，再配上蓝衬衫，整个人就是一道靓丽的风景。

刚才去宿舍叫人的就是她，黄青梅这样的颜值，就算在艺校都称得上校花，在这种男多女少的警务单位，她简直是女神一般的存在。

所以，周六一这么个和她刚见面就掐架的奇人，被她直接当成空气。黄青梅扫了周六一一眼，很是看不上，招呼都没有打，埋头继续做表格。

张桂兰让周六一过来先熟悉一下这个岗位的工作，明天再给他布置别的，但是黄青梅一直不搭理周六一。

周六一在黄青梅换表格的时候，挡在了她面前，好言好语地说："小姐姐，你大人有大量，你看有什么工作是我现在应该做的？"

黄青梅杏眼转动，看着这个年纪很小的新人。本来她是不想搭理的，但是周六一一直在她眼前转，被其他忙碌的人看到了就不好了。

想到周六一比她还小，她立刻有了主意："你先去把咱们所欠的电费交了，对了，记得保存好发票回来报销。公交站有点远，你打车去吧，如果速度快的话，还能赶上回来吃食堂的午饭。"

一句话，就让他从内勤变后勤了？

周六一当然不愿意直接沦为跑腿打杂的，笑道："小姐姐，有没有其他工作能交给我？"

黄青梅秀眉弯起，靠着椅背，不高兴道："怎么，你不愿意吗？咱们所里人不多，内勤就是后勤，你要是不想去交电费的话，我就告诉所长……"

所长最讨厌的就是不干活还一肚子牢骚的人，周六一刚来，不想给所长留下这样的印象。

不过这么漂亮的女孩子，居然牙尖嘴利的，现在的职场真的是越来越难了，一点不像以前那样轻松。

周六一赶忙做了一个OK的手势，笑嘻嘻地说："知道啦，青梅姐姐，我现在就去交电费。"

黄青梅摆了摆手，眼底闪过计划得逞的狡黠，但还是严肃道："早去早回，别误了吃午饭。"

周六一出去了，另一个女辅警李娟抱着户籍资料从档案室过来，看到了刚才发生的这一幕。

李娟比黄青梅这种小年轻大八九岁，兢兢业业工作好几年了，早就结婚了，孩子也有了，工作一板一眼，所以稳重得多，赶紧劝她："青梅，你怎么能让他穿着警服出去打车，他肯定是打不到车的，等交完了电费，也不好回来，那些出租车司机看到他穿着警服，肯定躲得远远的。再说了，现在谁还专门跑去供电局交电费……"

黄青梅十指轻快地敲键盘，把表格录入电脑，语带狡黠："让他吃点苦头没坏处，这种十指不沾阳春水的小男孩我见多了，他们以为，国家的电都是免费的，灯一直都是亮的，水也是从天上流下来的，一开水龙头就有了。我要杀杀他的锐气，再教他工作上的事情。我得让他知道，来了这里就得认认真真工作，别一天天吊儿郎当的。娟姐，你是不知道，我去叫他的时候，他居然把鞋砸到我脸上，不给他个教训，我怎么能咽下心里的这口气……"

周六一就站在门口的窗户底下，一字不落地全都听到了，这警花姐姐居然真的把他当成了生活问题处理能力为零的小孩子。

殊不知，他从高中起就经常做兼职来养活自己，交电费水费煤气费，都只是小事，比这更难的事情他都做过，而且做得不赖。

他不是只会读书。

周六一一边操作手机交电费，一边感慨："长得太帅了，让人误会是个'傻白甜'，也不能怪我呀！"

黄青梅还在和李娟吐槽，周六一拿着手机和一张纸进来了，满面春风地对她道:"青梅姐姐,我用手机交完了电费,用打印机把电子发票打印出来了。"

黄青梅杏眼圆睁,尴尬得不行,她万万没想到,这小子看着就像啥也不会的纨绔子弟,正常情况下一点家里的柴米油盐都不会管的,居然能熟练交电费。

她站起来接过打印好的电子发票,结结巴巴地问:"你怎么交的电费?"

周六一拿起手机扬了扬,掩饰不住得意:"网上缴费,青梅姐姐,你肯定是十指不沾阳春水,一直住在家里从来都不知道水电煤气费怎么交吧,我教教你。现在的网络这么发达,人就不要一趟一趟跑那么远了。还有,下班的时候,一定要把警服给换下来,不然你长得这么漂亮,肯定有人拉着你拍抖音,出租车司机会以为你是交警,赶紧跑了,拒绝载客……"

黄青梅好看的白瓷一样的脸气成了猪肝色,一句话都说不出来,这小子居然反过来教她做事。

李娟忍不住笑了,叫周六一过来,给他安排事情做。经过了刚才那件事,李娟看周六一不再是个孩子,而是年轻有为的同事,在交代事情的时候十分用心。

周六一认真听着,这是在基层窗口工作了七八年的警察的经验,花多少钱也买不到:"最近东边在搞拆迁,很多老人来办手续,他们的户籍都是半个世纪以前的,很多人的名字、结婚证、子女出生证明都发生了改变,原件找不到,电脑里没有存档,你一定得仔细,宁可多跑几趟多打几个电话核实,也不能糊弄过去。

"现在不少外来务工人员骑摩托车,不路过加油站,为了省事方便,都是先从村里开了证明,再来我们所里盖章,然后去加油站用油壶买汽油。你也要注意核实身份信息,这些易燃易爆品,一点不能大意。

"还有,虽然文件规定,失踪人口成年的三个月立案,不满十四周岁的四十八小时,但是孩子和妇女被拐走几个小时之内人贩子可能就离开了现场,四十八小时之后可能都被拐带出国了,所以你要酌情分析,如果是小孩失踪,哪怕只有一小时,也要引起重视,马上放下手上所有的事情,赶紧去找。没做完的表格还能再回来做,没写完的值班日志还能回来再写,但是孩子不等人。"

///

一口气交代了十几分钟,周六一不光在笔记本上记着,还打开手机录下来,重点部分在手机上标记出来。

这工作态度,一丝不苟,李娟不由得多说了一句:"华子要是有你这个工作态度,肯定能过联考了。"

交代完了事情，李娟让周六一加她的微信，加微信的时候，还在指点他："我提醒你，微信，可以用来联系，但是绝对不能在微信上面传输涉密文件，不能微信办公，尤其是在多人群里更要注意，查到了流出渠道，要通报批评的。我们这样的单位，只要批评，省里就都知道了，你还要工作四十年呢，从一开始就不要犯低级错误。"

验证消息发过去，看着可爱的微信名字，周六一愣了一下，这和李娟一丝不苟的工作作风不太相符，李娟有点不好意思地拢了拢头发："我儿子喜欢。"

看起来严肃认真的李娟，微信昵称居然是：飞天小女警。

第 6 章
打小赌打开局面

Chapter 06

时间还早，考虑到周六一一天警察都没有当过，处理事情的时候没有经验，李娟说得就比较多："规定是死的，人是活的，在派出所干的时间长了，你就知道事情应该怎么处理了。有些事情，不是只按照条例就可以的，我们要依法治国，但更要以人为本。"

周六一笔停下来，好奇地问："李姐，意思是我们处理案子的时候，不能全部按照法律法规吗？"

李娟点点头，恨不得倾囊相授："构成了违法，但是不到犯罪程度的，以批评教育为主。比方说两方打架斗殴，如果能达成调解，我们就不立案了。以后你可能去附近的小学中学当法制副校长，得去给小孩子们普法，要让他们遇到校园凌霸之类的问题第一时间给警察叔叔打电话。

"附近有好几所学校，小学、初中、高中、职校都有，但都不是重点学校，你是个学霸，所以可能不太懂这些非重点学校的生存法则，这些学校的学生素质比较差，有时候讲点东西就是对牛弹琴，但是绝对不能以为问题就简单了，处理起来可能更棘手，更复杂，你多打几次交道就明白了。

"每一次都要讲的一个例子，尤其是要给新生讲的，是一个情感纠纷引发的凶杀案件，有个男生的女朋友被另一个男的撬了，他就拿了刀去把另外那个男生给捅死了，当时还叫了宿舍的人去助阵。因为都成年了，主犯被判了十五年，跟着一块去的，拿刀拿钢管的那群人，都被判了好几年。

"处理学校的年轻人的案子，最重要的就是要普及法律，规劝年轻人不能一时热血上头，尤其是不能为了哥们儿义气，做出不理智的事情。"

///

不一会儿，周六一的笔记本上两页纸就都写满了，也快要到午休时间了，李娟让他看看台账表格，下午就开始工作。

李娟一直在看表，有点心不在焉，到点换了衣服，拎上包骑上电瓶车就走了，都顾不上去食堂吃饭："我孩子今天发烧，我先回去看看，下午我可能请个假，你和青梅好好工作，缺什么从我工位上拿就行。"

黄青梅还在和表格斗智斗勇，她离家远，中午在食堂吃饭，就不回家了。她看了周六一一眼："你是想问，李姐工作能力这么强，为什么还是辅警吧？本来她是有机会转正的，但是要去乡下锻炼几年。她孩子身体不好，又到了升初中的时候，她舍不得离开孩子，而且咱们所里人际关系简单，单位给交保险，也还算稳定，只要我们派出所不倒闭，李姐就不可能被辞退，所以李姐就一直当辅警了。在这里只做文职，时间还能规律一点，要是去了乡下人更少的派出所，恐怕忙起来连个接电话的时间都没有。"

李娟已经在这里干了不少年了，如果不出意外，她会在这里干到退休。

周六一的表情凝重起来，他有些担心，自己会在派出所的这个岗位上，干到老。

她看到周六一在认真听，而且没有嬉皮笑脸的样子了，语气就没那么冲了："不过，咱们所是真的忙，我这一上午了，还没有喝一口水。因为去叫你，我电脑黑屏了，好不容易弄了一半的表格，还得重新弄。"

原来黄青梅态度恶劣是有原因的，任何人工作一半被打断然后得从头再来，都不可能有好脸色。

周六一立刻拿一次性纸杯去接了一杯水过来。

黄青梅拒绝了，语气傲娇，一如既往地嫌弃："可别，万一洒到键盘上，我这个月都白干了。我再提醒你一句，不要把零食和水杯放在办公桌上，如果文件上沾上辣条的油点子和水杯印子，你就等着李姐骂你吧，要移交公检法的文件，必须干净整洁，最好连一个折痕都没有。我看你的字写得不怎么样，狗爬一样，最好能清楚一点，要不然等着所长把你骂个狗血淋头吧。"

周六一其实想说，他为了记得快，用的是速记的标记，并不是写文件时候的字，但是黄青梅关了电脑，还把电脑屏幕上贴着密码的字条撕了，显然是不领情，也不想和周六一在一个办公室和谐相处。

周六一现在肠子都悔青了，他当时干吗要把鞋子甩了，甩完了还不好好道个歉？

在这种单位，尤其是女少男多的地方，女同事一般都是很不好惹的，不然都留不下来……

美女不领情？

现在才去巴结，只怕是更不好相处，毕竟眼前是一个货真价实的大美女，什么样的讨好方式没见过。

为时已晚。

周六一不打算好好修补关系了，直接端起杯子，自己喝了，还嬉皮笑脸地说："不是给你倒的，不用说谢谢。"

黄青梅气得要冒烟，直接去了食堂。

///

周六一处理完了李娟留下来的工作，才去食堂。他看了看表，以为自己已经够迟了，没想到大家都到快一点才到食堂。

刚从大学到这里，他是真的不习惯，因为在大学一般十一点食堂就开饭了，快一点的时候去吃饭的人就不多了，而且大家都十分悠闲。

他不由得倒吸一口冷气，都说警务单位里派出所的工作量最大，看着食堂的氛围，他算真正体会到了，一个个的吃饭特别快，似乎不太关心吃的是什么，只是在完成任务。

彭志远面前放着一个不锈钢盆，里面有七八个馒头，他正在埋头大吃，警务通设备放在桌上，时不时地有几个电话打过来。

所长会问他案子的进度，公检法的人会催他赶紧把证据部分查漏补缺，兄弟单位的人会问他有没有时间一起联合抓捕。

总之一个字：忙！

周六一看着都有点害怕，彭志远看着眼前被吓到的新人，笑呵呵道："别怕，一件一件来，慢慢就习惯了。"

周六一很想说他习惯不了，但是彭志远已经一口塞完了剩下的半个馒头，一碗汤直接往嘴里倒。吃完了饭，他拿起警务通设备，大步出去了。

周六一看了看表，彭志远五分钟就吃完了，还说"别怕"？

王才智打了一碗面，又打了汤和小菜，很有仪式感地坐在了周六一的对面，跟他聊起来："他是军体院出身，在部队里待了十来年，吃饭比一般人快。"

他似乎在极力证明，派出所没有那么可怕，但是王才智的职业习惯还是出卖了他，一筷子挑起来半碗面，他一口就吸进去了，从远处看以为他是在"喝"面条，不像是在吃面条。

周六一瞠目结舌，吃个饭，用得着这么赶时间吗？

胡亮手受了伤，他往碗里盛了米饭，又拿了一把木勺子走过来，不说话，只是埋头认真吃饭。

李华打了饭，又加了一瓶冒冷气的可乐，迈着大步，朝周六一走了过来。坐下后，他一口可乐一口饭……

王才智看得直皱眉头，说李华："你这么冷热交替对胃不好，时间长了会胃溃疡，还会缺钙……"

李华当着王才智的面，快速喝完了一瓶可乐，舒爽地打了个嗝："虽然不健康，但是快乐！"

王才智无奈道："这小子！"

黄青梅打了蔬菜和半份米饭，一个人端着坐在靠窗户的位置，小口小口地吃着。

李华看到了黄青梅，立刻眼睛一亮，饭都不吃了，跑去买了饮料给她，黄青梅眼皮都没有抬，直接拒绝："我不喝碳酸饮料。"

李华不死心："我看到你昨天下班买了这个！"

黄青梅淡淡道："我昨天想喝，今天不想喝了，有问题吗？"

李华碰了钉子，一时语塞，不知道怎么回答了，愣头愣脑地说："没问题。"

黄青梅显得十分高冷："你挡着我看窗外的风景了。"

李华闻言，无话可说，垂头丧气地回来了。见此情形，王才智面条也吃不下了，笑道："年轻真好呀！"

李华瞪眼："老王，你别笑话我，你要是年轻二十岁，肯定和我一样！"

王才智摆摆手："不不不，我们不一样，我就算年轻二十岁，也绝对没有你脸皮厚。"

王才智说完以后，周六一忍不住笑了出来。

李华丝毫不气馁，和他打听："上午你们都聊什么了？我看你们在工位上嘀嘀咕咕了大半天，还有说有笑的。"

啥？

周六一还以为上午黄青梅是在针对他，现在看来，这个美女还真做到了一视同仁。他把蔬菜全都挑着扔了，只吃肉片，说："聊工作。"

李华急忙追问："没了？"

周六一挑完肉片就不吃了："没了。"

李华有点失望，望着黄青梅的方向，喃喃自语道："我什么时候能和她坐在一起吃顿饭呢？"

周六一往黄青梅的方向看过去，这人漂亮是漂亮，但是脾气太差了。他对李华说："你在网上没见过漂亮女孩吗？"

李华摇头："网上的美女，怎么和现实的比。"

王才智对年轻人这些话题没什么兴趣，但他还是笑眯眯地看着李华和周六一，吃完以后，他去给周六一又打了一份菜，还专门让李大妈煎了一个蛋，对着周六一谆谆教导道："年轻人不要挑食，这样身体才能长得好。"

周六一拒绝不了，只能道谢："谢谢王哥。"

王才智看着周六一，说："多吃点。"

这时候，指挥中心接到报警，胡亮接下了这个任务，他一碗面吃了一半，巡视一圈，眼神在李华和周六一身上停留了半天，不知道选谁。

虽然所长再三强调，周六一是内勤，但是在警务单位，尤其是人员奇缺的派出所，才不会有那么多的讲究。

周六一想出警，还招手示意："亮哥，我下午不忙！"

胡亮皱了皱眉，突然想起早上周六一那股疯劲，就把李华拽走了："华子，快点！"

李华站起来的时候，还拿勺子舀了一勺饭塞进嘴里："亮哥，我还没吃完呢！"

胡亮手上有伤，但也不耽误拽他："都二十分钟了，该吃完了。和你说了多少次了，吃饭时不要闲聊，专心快点吃，你就是不听……"

李华生被带走了，还哀号着："我连和美女说话的资格都没有了吗？"

王才智端起汤碗，突然，所长来电话问王才智上午的出警记录，还有，他的报案记录没有写完，明天需要统一交。王才智一句不争辩，放下碗，急急忙忙地走了，还叮嘱周六一："年轻人多吃点，下午才能扛得住。"

整个食堂瞬间显得空落落的，这样的生活，以后可能会成为常态，周六一有一点难以言说的失落感。

周六一坐的地方距离打菜窗口不远，正在收拾的李大妈和他搭腔："小伙子刚来不适应吧？以后你就习惯了。能在所里吃顿饭还算好的，夏天暴雨防涝，大家就在河堤跟前吃饭，巡逻就在马路牙子上吃饭。还有警情多的时候，面都放成饼了，也得那么吃。要不然，好几个人的单位，怎么只有我一个人在做饭？"

周六一突然觉得面前的饭菜似乎没那么难吃了。

这时候姜汉山下楼，他处理了一些事情，着急扒几口饭去街上修眼镜，看到周六一盘子里还剩下不少饭，就问他："饭菜不合口味吗？"

周六一一看是教导员，立刻摇头："没有，伙食不错，是我自己太挑食。"

姜汉山喜欢这个充满活力又机敏的年轻人，就坐在了他对面，职业习惯让他开始对着年轻人说教起来："我劝你还是吃完吧，不然老付看到了还得骂你一顿。既然来了食堂，就不能太挑食……"

周六一这时候遇到唐僧念经，感觉有点烦了，并没有听话地拿起筷子继续吃饭，而是很严肃地回复姜汉山："教导员，你们不挑食，是因为食堂买的做的都是你们喜欢的菜；你们工作不叫苦，是因为一个工作就要干一辈子，我跟你们不太一样。"

姜汉山有点头疼，怎么又来了一个刺头？

他原本以为，李华已经很喜欢抬杠了，但是没想到，居然来了一个更会抬杠的。他说："我并不是对你有意见，只是想提出一些更好的方案，年轻人不能总是顺着自己的意思，总要考虑和体谅一下别人……"

周六一笑着问姜汉山："教导员，您父母是做什么工作的？"

姜汉山脱口而出："我父亲是大学教师，辞职以后自己创办了一个培训机构，母亲是初中老师，辞职以后帮我父亲处理事情，怎么了？"

姜汉山衣着得体，出手也比一般的体制内上班的人要大方得多，绝对不只是他说的培训机构，他已经很谦虚了。

闻言，周六一不再抬杠，快速拿起筷子再伸向盘子，三口两口吃完了。姜汉山有些诧异，周六一说："我吃饱了，教导员，我先走了！"

周六一走后，姜汉山才发现自己从来没有留意过食堂的菜，他的盘子里确实都是他喜欢的菜。在很早以前，食堂征集过他们喜欢的菜品，只是后来人员流动太大，这些菜谱就固定保留下来，再也没有换过。

现在的小年轻不喜欢食堂的饭菜？

之前离开的三个辅警，会不会也不喜欢食堂的饭菜？

姜汉山思考了很久，他可能没有时间去修理眼镜了。

吃完饭以后，姜汉山去打菜窗口，看到李大妈在收拾，就问了一句："李婶，咱们天天买菜做菜有什么讲究吗？"

李大妈随口就说："老王爱吃面，胡亮口味偏甜，大彭饭量大，所长让控制成本，别买太贵的菜。娟子经常打饭回去和儿子吃，喜欢颜色好看的，你喜欢青菜，徐海这个刑警毛病最多，不让加辣椒花椒那些需要挑半天的调料，也不让买吃起来费事的鱼，让饭菜必须能在五分钟内吃完……"

所以，食堂的饭菜，就是便宜的土豆，加了糖的鸡蛋西红柿，特别下饭的红烧肉，花花绿绿的鱼香肉丝……搭配特别固定。

李大妈麻利地把不锈钢的操作台擦得锃光瓦亮，又把一件件厨具放回柜子里。看到姜汉山不搭话，有点走神，她问他："教导员，你突然问我这个做什么？"

姜汉山笑笑："没什么，就是觉得年轻人和我们那会儿不一样了。"

姜汉山自己都没发现，原来食堂一直是按照他们的要求在做菜，他以为本来就都是这些，而这小子吃了一餐就注意到了。

李大妈深有同感地点点头："就是，这些小孩就是新新人类，完全不知道他们的脑袋瓜里想的是什么，我和我孙子完全搭不上话。"

聊完后姜汉山走出食堂，但是又折返回来："对了，你回头问问新来的爱吃什么，中午再加个菜。过段时间可能还会来几个人，你忙不过来的话，我们就再招一个人帮你。"

李大妈乐呵呵地说："我早就问过了，华子说要炸鸡！老王认为不健康。还有就是不用招人了，我一个人应付得来。"

姜汉山听到炸鸡，想法和王才智一样，觉得很不健康，但是想到李华每天中午拿一瓶冰可乐的高兴样子和周六一在菜里面专注地找肉片的情景，就松口了："行，每人一个炸鸡腿。"

///

周六一回去的时候，黄青梅已经在工位上忙碌了。她并没有趴在桌子上稍微睡一会儿。

桌上的一沓单据，以肉眼可见的速度在变少。

李娟去分局领宣传材料了，张桂兰带着资料去刑警大队，配合外省同事来三江市的抓捕行动，内勤工作就只有黄青梅在干了。

周六一过来，黄青梅还是没有搭理他，完全把他当成了空气。

中间有人来换二代身份证，指纹录入登记，黄青梅也是放下自己手头的事情，一点不让周六一插手。

周六一坐了会儿，没什么事做，有些不好意思。所里其他人进进出出，胡亮中午饭没吃完，这会儿拎着外卖回办公室吃，他头发散乱，脸上一片乌青，手上不知道为啥又缠了一圈纱布，周六一赶紧去给他拆外卖盒子："亮哥，你怎么回来得这么晚？"

胡亮用嘴把一次性筷子拆开："我去医院处理了一起伤人事件，有人殴打医生，完事后我顺便打了破伤风针。"

周六一听说医生被打，惊讶道："还有这种事？"

胡亮开始狼吞虎咽地吃饭："以后你就明白了，公交车上遇到扒手，地铁站里遇到猥亵妇女的，学校门口碰到拐孩子的，你都需要出手。"

周六一又给胡亮倒了杯水，胡亮喝了水，一边大口吃饭一边和周六一说话："你知道在医院，拦医闹的患者最出力的是谁吗？"

周六一摇了摇头，不晓得胡亮问这个是什么意思，胡亮笑道："是黄牛，因为医术精湛的医生是他们的衣食父母，医闹的人把医生砍死砍伤了，医生就不能再看病上手术台了。黄牛看到医生挨揍，和自己挨揍一样难受。"

周六一诧异不已，胡亮继续跟他解释："但是我们警察不一样，没有利益相关，我们遇到所有的违法犯罪行为，都不能露怯，都要掏出警官证，大喊一声'我是警察'，上前制止。"

///

吃完外卖，胡亮又接了一个案子，急匆匆地出去了。

王才智、胡亮、李华，跑进跑出好几趟。大家都十分忙碌。

桌上有材料，写一半他们就出去了，忙得站在空调底下稍微凉快一下的时间都没有，即便是这样，都没有人叫周六一搭把手。

胡亮其实想带周六一出去，但是所长回来一趟后告诉他："亮子，这点事你也搞不定？"

胡亮看周六一，就像是情郎看着心爱的姑娘，可望而不可即，他咬咬牙，退而求其次，把李华给叫走了。

周六一憋着一股气，主动打招呼叫徐海，这个老刑警看起来散漫得多，一进来就在空调底下坐着，还时不时拿出手机玩会儿游戏，就是那种消消乐式的游戏，一点不怕头顶上的监控。

"徐哥，你出去的时候把我带上成不？"

徐海打量着周六一："想出去？"

周六一确定自己看起来肯定像一个善良单纯的大学生，特别诚恳，特别朴实。

但是徐海那双懒洋洋的眼睛,只是在他身上瞟了几下,像是老农看着瓜地里还不成熟的西瓜:"你忙你的!"

啥?

我有啥可忙的?

周六一一头雾水,看着徐海接了个电话又出去了。

///

李华跑第三趟回来,身上的蓝衬衫洇出来几道印子,是出汗太多了。他去宿舍换了衣服出来,手里拿着两瓶矿泉水就往外面跑,嘴上叫着:"累死我了,就算我是个牲口,也不能这么使唤吧?我的微信步数现在已经八千步了!"

徐海在警车上等他,还打电话催:"你快点,咱们出一个稍微远一些的养老院的警,你多大岁数了。怎么比那些老头老太太还慢?我要不要在养老院给你申请一个床位,直接把你放那儿住着算了?"

这话很不好听,徐海训完了李华就把电话给挂了。

李华欲哭无泪:"所长承诺还会招三个辅警过来,咋还不来?就我一个连轴转,人都要废了。"

这话在闲得发慌的周六一看来,简直是在炫耀,周六一觉得在李华这里能打开一个缺口,站起来叫住他:"李哥,带上我呗!"

周六一是省考第一名,他叫李华"李哥",李华是很受用的,他也觉得把周六一带上没什么:"行,来吧。"

但是一出门,徐海坐在副驾驶座上,耷拉的眼皮睁开。他看了周六一一眼,懒洋洋道:"两个老头在养老院为了一个老太太满嘴喷粪,这点屁事还三个人一块去?"

周六一也是有脾气的,用力地把车门关上:"我什么时候说我要出警了,我内勤的事情都做不完。"

徐海皱着眉看着周六一,眼神像是带着钩子,让他觉得有些害怕。

周六一忍不住退了一步。

徐海打量着周六一,开口:"我带着一个二愣子已经够麻烦的了,你就别找麻烦了,真有那本事,就算是在所里坐着,也能干出活来。不是有句话那么说吗,秀才不出门,全知天下事。"

这话让人很不舒服。

周六一转过身就跑回了办公室,光看背影都能感觉出来,他的火气在噌噌往上蹿。

　　李华挠挠头："师父,你这么做,会不会太过分了!"

　　徐海靠着椅背,懒洋洋道："快点开车吧,哪儿那么多废话。"

　　李华一脚油门,车子开动了,他一点都不心虚地继续为周六一说话："师父,你以前不是这么教我的,你说人一直窝在内勤,就废了,以后就是个写材料的,混办公室的。不当刑警的警察,绝对不是个好警察,你怎么就不带那小子出去呢?"

　　徐海不接他的话,又调整了坐姿："我就奇了怪了,老王开车稳得像家里的沙发,你开车怎么像能把我送走一样?"

　　李华拉长着脸,嘴里没一句好话："老王是专业押运的,手上各种驾驶证都有,以前可是拉重刑犯走无人区的,号称走两千公里车上就算放块豆腐都不会散,要是开职业比赛的车都是在欺负人家职业赛车手太业余。我才拿了驾照不到一年,连个高速路都上不去,师父你就将就坐吧。我就是一名辅警,就这点本事了,你还想让我当个变形金刚?"

　　徐海伸手敲了李华脑门一下："你做人能不能有点追求?所里现在有个现成的做题机器,你学着点。我可是已经听说了,人家要把考公的笔记给你,是你自己不要。"

　　李华有点心虚,不敢继续说话了。

　　徐海见李华不言语,开口解释道："你说我过分?我问你,早上那武疯子我们几个要是真控制不住,你会怎么做?"

　　李华一脑门的汗："当然是跑,朝着所长跑,所长带枪了!"

　　徐海点了根烟,把窗户打开,说："对!就是跑,正常人的做法,都是遇到危险,凭着责任和道德,先干到底。就像我们合力堵着那个武疯子,我们都会有对危险本能的恐惧,都在咬牙坚持,但是那小子呢?"

　　李华擦了擦头上的汗,回忆起早上的那一幕,回过神来了："他和那个武疯子能正常沟通!"

　　徐海掐了手里的烟："所以,以后出警别带他。"

　　李华苦着脸,一脸大惑不解："可是,我刚来时候,你们不是都教育我,不接处警的派出所民警肯定没前途吗?"

　　徐海又在李华头上来了一下："你和那个大学霸是一种人吗?"

　　李华梗着脖子,把除了喇叭不响,哪里都响的警车开得呼啸生风："他是考上了编制,但是实习期不是还有一年吗?我虽然是个辅警,但是只要能考过,差哪儿了?"

徐海看着李华。这小子不光是个"杠精"，还是个弱智，他抽了口烟，烟一下子下去了半支，他语气特别凝重："他是梁培禾招进来的。"

李华瞬间两眼放光，像是灌了一桶咖啡，瞬间激动起来："梁处？市局的大拿？他不是只办大案，只和省厅和公安部打交道吗？"

徐海意味深长地看了李华一眼，突然觉得，李华没有周六一聪明，各方面素质也没那么好，可能也是一种幸福。

///

周六一看着那辆灰色的警车出去了，回了办公室。黄青梅还在忙，还是理都不理他。

不过，眼前这个高冷的警花姐姐，比起来徐海那个老油条可好多了，起码不会拐着弯骂他。

他放下身段："青梅姐姐，你给我指条明路呗。"

黄青梅眼皮都没有抬一下，十指继续在键盘上飞舞："那你先把地拖一遍。"

黄青梅其实只是想让周六一别烦她。周六一提着水桶拿着拖布就出去了，拖地拖得特别认真，很快白瓷砖就干净得反光。

这小子居然没发脾气？

黄青梅总算抬头看了周六一一眼，但是也没把手上的文件交给他，而是继续布置任务："你把花浇一遍。"

周六一也没有抬杠，而是拿了花洒又出去了。他不光浇了花，还把滴水观音的叶子全部用抹布擦了一遍，做完了这些，他又过来对着黄青梅说："青梅姐姐，我也会做表格，要不你把这事交给我吧。"

黄青梅手上不停，不看周六一："你看不出来吗？我们所不缺人，就你多余，歇着吧。现在三点半，再过两个多小时就能吃晚饭了，所长虽然不在，但他会挨个打电话问工作情况。"

周六一无计可施，恨不得把黄青梅的椅子拉开："青梅姐姐，我错了，你就给我派个活好不好？"

黄青梅那张扑克脸毫无波澜，可以说直接把周六一当成了空气，不管周六一说什么，她都不再回应。

在职场，最可怕的不是挨骂，挨骂说明你还有价值。最可怕的是冷处理，所长把他扔到了内勤，张警官把他扔给了底下的人，如果他再不自己找到出路，那他就很可能被边缘化了。

周六一后背上冷汗都快出来了。这个机会对他而言，特别重要。

想起来所长那张黑脸，周六一就有点发毛，人都已经不在单位了，还要打电话问工作进度，如果打电话问他今天干了什么，他说什么呢？这一天，就是吃了中午饭，然后拖了地，浇了花？

所长特别能骂人，不用想都知道所长会在电话里骂他啥：饭桶，你这日子过得比退休的大爷还舒服，瞎啊，没看到其他人忙得快吐血吗？

真是令人窒息。

骂完了让他直接滚蛋怎么办？

…………

周六一再也坐不住了，离开座位，去看所里的宣传栏，上面是所里所有人的照片和职务，老贺和老顾退休了，所以照片被撤下去了。

从黄青梅到所长，每一个人都可以说是主力，精干、机敏，一看就是比较厉害的警察。周六一选来选去，最终锁定了李华。

他给李华打电话，想着一定要从李华的手里抢一个出警的机会。

李华挂断没接，这不太像李华平时的作风，就算对着所长李华也是直接抬杠，怎么会挂他的电话？

周六一加了李华的微信，居然一秒通过。李华的微信头像是他本人，穿着警服敬礼，昵称是三江捕快。

其实李华也想努力成为一名警察，成为一个真正的三江捕快，而不是一个临时工辅警。要不是有这点职业追求，他应该早和其他三个辅警一样离开了。

周六一原本想发消息问他，有没有需要处理的案子，但是想到了徐海的态度，他把打出来的字，问李华："黄青梅喜欢什么口味的奶茶和咖啡。"

李华发过来几个表情，兴奋之情溢满整个屏幕："兄弟，你也要讨好女神了？"

周六一看着黄青梅那张冷若冰霜的脸，拿起手机毫不犹豫地给李华回了一个字："滚！"

李华发过来一个贱兮兮的表情，还给他传授经验："讨好女神不丢人。我跟你说，虽然女神脾气大，人又比较做作，还花钱多，但是现在的女孩子，哪怕长得肥头大耳满脸麻子，也认为自己是个小仙女，你就是配不上她，还不如一开始就对女神下手。"

周六一无奈："舔狗！"

李华打字还挺快的，大概是这段时间在电脑上做笔录做得太多了。他回复周六一："如果你讨好一个女神，你就是女神的备胎，但是如果你讨好一群女神，那么你就拥有了一个鱼塘！"

周六一发了一串省略号，不知道怎么回答。

李华又发消息："看到你也对女神束手无策，我就放心了。黄青梅很高傲，你给她买的奶茶，她肯定不会喝。就像一只猫，哪怕你给它买全世界最贵的猫罐头，它还是不会搭理你的，而且看你的眼神充满了鄙夷和不屑。不过我就喜欢她这样的。"

周六一十分无奈，他只是想要办案子，对黄青梅没有兴趣啊！

但是李华三句话不离黄青梅，一句案子方面的话都不提。

周六一看向黄青梅："青梅姐姐，李哥想追你！"

黄青梅眼皮抬起来，朱唇开启："让他别做梦了！"

周六一现在是真不怕得罪黄青梅了："为啥？"

黄青梅思路卡顿，就多说了一句："他出去送酒鬼回家，酒鬼的电瓶车丢了都能把他讹上。他找不回来电瓶车，被投诉批评，天天挨骂，我找这么个废物干吗？"

周六一无语，不是吧，派出所还有这种案子？酒鬼喝醉了让警察送回家就算了，还得把电瓶车送回去？

话不投机半句多，两人又陷入了尴尬的沉默。

突然，黄青梅的电脑黑屏了，她赶紧站起来，先检查电脑的线路，然后一直按重启键，但是电脑什么反应都没有。她急得跺脚："糟了，我做的东西又没有保存，这电脑怎么又死机了！"

周六一毕业于东华大学计算机系，会修理电脑的硬件，也会写代码，还能把过来搞破坏的"黑帽子"的帽子给摘了。普通办公室的电脑故障，对他而言，就是小儿科的事。

这是他的强项！

周六一气定神闲，给李华发了一句："下午你回来，我让黄青梅请你喝奶茶。"

李华发了个瞪眼不相信的表情："这么牛？那我就请你一周的夜宵！"

周六一回复："不，你得带我出警。"

啊？

李华不敢随便答应了。

李华买了冰激凌回来，把周六一的回复给徐海看了："师父，这能答应吗？"

徐海拆着冰激凌的包装，懒洋洋地看着两个老头吵架。他到养老院以后，把两人从烈日底下带到了空调房里，然后让李华搬了两个凳子给两个老人坐，还让院长把电子血压计拿过来，血压稍微高点，他就提醒两个老人歇会儿再吵。

徐海咬了一口冰激凌，漫不经心地说："如果你想请那小子吃一周宵夜，你就答应。"

李华想了一下，回复周六一："成交！"

李华问徐海："师父，你怎么觉得他肯定能成？黄青梅和我们都不熟，就连所长和教导员的面子都不给。"

徐海看到两个老头口干舌燥的，指挥李华："大爷渴了，你给倒两杯水过来。"

李华赶紧去外面的饮水机接水，回来递给两个老头，两个老头咕咚咕咚喝完，居然忘记刚才吵到哪儿了，一拍脑门："我说到哪儿了？"

另一个大爷还保持着暴跳如雷的姿势："你说你喜欢刘……刘……刘什么来着？"

居然忘了老太太的名字。两个人大眼瞪小眼，看起来特别滑稽，李华忍不住发笑，他看向徐海，徐海脸上没什么表情，更多的是不耐烦。

就连李华这样的人都能感觉到难受：曾经威名赫赫的刑警，屡破大案，但是在壮年时，在还有机会破更多惊天大案的年纪时，却每天处理这些鸡毛蒜皮的纠纷，怎么能不让人觉得难受？

徐海慢悠悠地说："因为这小子够不要脸，能从所长手里抠到钱，真是个人才！"

李华表情黯然："那师父，咱们带着他出警，所长骂我怎么办？"

徐海忍不住想抽烟，但是看了看室内禁止抽烟的牌子，有点烦躁："你写检查呗。"

李华掰着手指头，一想到写字就头疼："我现在还欠所长十几份检查没写完呢。"

两个老头吵了半天，觉得没意思，但是不吵了又觉得没面子，需要有人给个台阶下。

徐海给李华使一个眼色，李华赶忙上去："两位爷爷，我知道你们都不是爱计较的人，大家给我个面子，这事咱们就算了吧？"

两个老头顺着台阶下："行吧，我们也不能让警察为难。"

"今天就到这里吧，我其实不是个爱吃亏的人，但是警察都说话了，我得给警察一个面子。"

李华心里嘀咕，真不想浪费警力的话，那就不要报警，这点鸡毛蒜皮的事，至于吗？

不过他还是笑嘻嘻的，只想快点把这事给处理完。

他拿出记录本，让两个人签字，然后想马不停蹄离开这里，这天气，热得人嗓子直冒烟。

养老院的院长拿着几瓶饮料出来感谢："今天辛苦两位警官了，我们实在是没办法了才报警的。"

李华才伸出手，徐海瞥了他一眼，李华瞬间想起来自己写的那些检查，立刻转为和院长握手，很自豪地说："没关系，都是我们应该做的。"

坐上警车以后，徐海给李华上课："调解工作，尤其是这种说不清对错的事情，最重要的不是事情的真相，而是要让双方都满意。养老院里这个年龄的老人，不缺吃穿，不缺钱花，最缺的就是陪伴，生活过得很寂寞……"

李华直点头，还伸出大拇指："师父，你说的太有道理了！"

徐海又在他头上敲一下："我说的有道理你不记下来？"

李华一摊手："手机快没电了，不能录音。"

徐海问他："你没长手吗？"

李华摇头："师父，手写太累了，我们现在做笔录都用电脑了，你还让我手写？"

徐海无语，继续懒洋洋地靠在椅背上闭目养神，似乎对周围的一切都不怎么感兴趣："闭嘴吧！出去别说我有你这么个徒弟。"

徐海现在觉得周六一可爱多了，起码上午张桂兰给他布置任务的时候，他拿了个本子，事无巨细地记录下来了。

他倒是有点期待，这小子，今天能折腾出点什么花样来。

///

黄青梅认命，心情烦躁得厉害。她去接水喝，平复一下心情。

意外的是，她倒水回来，看到周六一居然把主机拆了，拿了个小刷子在刷主机里面的灰尘，神情专注，好像他就是专业修电脑的。

"电脑用的时间太长了，所以灰尘堵塞了通风管道，影响散热，把灰尘清理了就好了。"

黄青梅埋怨道："你不早点弄？害我今天不能按时下班了。"

周六一有些无奈道:"青梅姐姐,我都和你说了多少遍了,让你把工作分给我一点,是你不让我插手的。"

黄青梅这才觉得不好意思,但她不道歉,反而问周六一:"你怎么会修电脑?"

周六一手没停,已经在装机了:"我家在电子城旁边,我初中就会帮同学修电脑装电脑了,这一点也不难。"

黄青梅催促他:"快点,表格肯定做不完了,很难弄的……"

周六一快速地在电脑上按了几个键,电脑重新启动,他问黄青梅:"有没有云端备份?"

黄青梅语气很不友善:"什么叫作云端备份?我们的文件在云端存储只有十个G,所以到了一定的时间,时间比较久的都自动删掉了,不是特别重要的文件,不要上传,我们所里的值班表,总不能让其他单位看见吧?"

周六一检查了一下文件路径:"确实都不见了。"

黄青梅语气有些轻蔑:"我比你早来两个月,你当我只会开关机?"

周六一翻了翻表格,然后说:"看来只能重做了。"

黄青梅更不屑了:"我还以为东大的计算机系男生多有本事呢,原来也只会重启重做重来这三板斧!"

周六一坐在黄青梅的工位上,开始重新做表格:"你用的输入法不对,没有词根记忆,效率太低了,你调用的函数已经太老了,还得一条一条计算。咱们所的电脑怎么这么老?现在就算在二手市场回收,都见不到这样的型号了,要是坏掉了,零件都买不到……"

黄青梅给他一个白眼:"干你的活吧,你本来就是理科生,这不是你的专长吗?"

周六一没有抬杠,手特别快,用了半个多小时的时间,就做完了黄青梅一上午才能做完的活。她摸了摸电脑,一点也不热。

黄青梅语气软下来:"机关单位你又不是不知道,一张办公桌能用三十年,电脑用个十来年怎么了?你去分局的文印室看看,那些打印机的年纪说不定比你还大。"

周六一这才反应过来,大部分单位的电脑,其实只有年轻人在操作,五十岁开外的人很多都已经到了内退的年纪,他们不会再批准采购那么多新的设备,而每十八个月电子设备就会更新一遍……

这就很难了。

周六一埋头工作,他总算接触到了所里正经的工作,得珍惜。

工作做完以后，黄青梅很谨慎地把所有的表格都检查了一遍，竟然没有纰漏，比她刚开始做的好多了。但是她不想承认，有点傲娇地问周六一："以后电脑再也不会死机了？"

周六一十分自信："那当然，我修电脑，就意味着有品质，我保证，三个月之内，不会再死机一次。"

黄青梅松了一口气，神采飞扬，终于拿正眼看周六一了："没想到你还有两把刷子。"

周六一趁机问黄青梅："青梅姐姐，那你请我喝奶茶呗。"

黄青梅一如既往地傲娇："修理单位的电脑，本来就是你应该做的。"

李华进来的时候，正好看到黄青梅在拒绝周六一。黄青梅从工位离开去取打印纸，没有看李华一眼。

看着周六一也在冰山女神这里栽了跟头，李华这下心里踏实了，笑周六一："我还以为你有多大本事呢，原来和我一样嘛。我和你讲，自从青梅在这里办公，要她微信的男生两只手都数不过来，街道办的大妈都来打听她有没有对象，想要给介绍呢，但是青梅一个都没有搭理。你也不会例外。"

周六一继续帮黄青梅优化系统，已经开始工作了，他心态就好了很多，不慌不忙道："放心吧，距离下班还有一个多小时呢，打赌算数。"

现在黄青梅已经愿意和他说话了，这就算一个进步，但是李华不那么认为："做不到就是做不到，我还没见过青梅给谁买饮料呢。"

黄青梅抱着一沓纸回来，没好气地瞪了李华一眼："我给你倒杯茶，里面放点泻药，你敢喝吗？"

李华急忙搭腔："青梅，你就算给我端一碗潘金莲当年给武大郎的药，我也照喝不误！"

周六一听着直笑，黄青梅却俏脸一白，彻底不搭理李华了："能来咱们所的都是什么人？不是痞子就是小偷，下半夜经常是嫖客，还有登记在册的戒毒人员，这种人我能给他买饮料吗？"

李华拍着胸脯："青梅，我可是社会的好青年！"

黄青梅看向周六一："一对傻子，脱了警服你们就是两个警痞。别以为我不知道，你们两个人打赌呢，把我给赌出去了。敢打我的主意，回头我挖了你们两个的眼睛！"

这姑娘够辣的。

她掀开旧打印机，放上了纸。

李华不以为意，还是笑呵呵的，似乎看黄青梅干活是一件特别解乏的事：

"六一,你知道在警务单位,比爷们儿更爷们儿的是谁吗?是我们单位的娘们儿……"

黄青梅是真的生气了,白眼快要翻到天上去了。

恰好一个脑门反光的男人骑着电瓶车过来,拎着一大串钥匙,操着一口流利的方言:"后生警察,我拾到了一串钥匙!你们给看看!"

黄青梅放下手中的打印纸,走过去拿了个塑料袋把钥匙装起来,贴上标签,然后简单做个登记。

男人看了看黄青梅,咧嘴一笑:"交给警察我就放心了,那我先走了。"

周六一看着男人锃光瓦亮的脑门,立刻意识到不对,往外走:"这个人骑电瓶车没有戴头盔!"

李华从周六一桌子上摸了一支笔,跑去自己办公桌旁,抓耳挠腮地写东西:"哎呀,我这检查还没有写完呢,那么多份,真是要命,所长今天还会调监控看我今天都干了点啥。"

黄青梅继续做登记,没有理周六一。

见两人都没有反应,周六一问:"那个人没有戴安全头盔,我们不去追吗?"

李华咬着笔头:"当没看见吧,他从起凤街过来,那边一直有交警执勤,不也没扣下他吗?你考驾照没,有没有学过这一条,轻微的违法行为,尚不构成犯罪,也没有造成危害的,口头教育一顿就完了。"

黄青梅准备把钥匙放在旁边一个柜子里,她和李华想法一样,但是话从她嘴里说出来更有说服力:"上午娟姐不是教过你吗?有些违法行为,不是特别严重的,口头警告教育一下就行了。现在临近下班时间,要是堵在了起凤街,不知道多麻烦呢。再说了,市里三百米一个红绿灯,速度不能超过三十公里每小时,出不了事的。"

周六一若有所思,又问她:"那么大一串钥匙,我们现在不是应该帮忙找到失主吗?"

黄青梅像是看傻子一样看着他:"什么?"

李华本来在写检查,但是检查没有写几个字,所长的电话就打了过来:"昨天晚上的出警记录写完了没?"

李华结结巴巴,看着白纸:"写……完了!"

所长催他:"执法记录仪录下来的视频也要上传了,一起交。上传的时候你注意点,上次你上厕所时,居然不关摄像头,你知道省厅多少人看到了吗?还拍得那么清晰,当时局长正在指挥中心视察呢!我想想都觉得丢人!"

李华居然脸不红,直接把电话给挂了:"知道了所长。"

黄青梅笑得前仰后合，周六一也实在憋不住，李华没好气地瞪他一眼："我哪里知道现在的执法记录仪电量那么足，内存那么大。他们想看就看吧，我一个男的怕什么，我和你们讲，要是我不穿衣服的照片也能用来贷款，我先搞一套房子的首付！"

黄青梅觉得李华太不正经了："不要脸！"

周六一还是问李华："为什么这个钥匙我们不能还给失主？"

李华像是有狼在追，奋笔疾书，填出警记录，报给了指挥中心，他终于发现自己也有比周六一经验丰富的地方，给周六一解释道："这你就不懂了吧？我们辖区八万人，附近两公里之内有一个大市场，两个超市，流动人口那么多，去哪里找失主？你今天运气简直太好了，居然没有人报案说丢了电瓶车和手机，你是不知道，我来的第一天，居然丢了两辆电瓶车，三辆自行车，一部手机！那一天我头都快要炸了，调取了五六个监控摄像头，啥都没有找到，接了好几个投诉。别看现在都是天眼监控办案了，但是实际上，路上坏了的摄像头太多了，根本就找不到。还有人手机丢了，但是被人拿到了几十公里以外，你说这让我们怎么找回来？"

周六一拿起那串钥匙，大致数了一下，居然有二十多把，而且一看就是常用的，绳子都磨旧了："就算再难，也不能什么都不做吧？丢了钥匙的人，进不去家门，一定很着急。"

李华看着周六一胸有成竹的样子，有些惊讶："不会吧，你真的能找到？"

黄青梅又抱了一沓资料进来："我打个赌，你肯定找不到钥匙的主人。"

周六一眼神一亮，神采奕奕："如果我找到了呢？"

黄青梅在键盘上敲了几下，把做好的表格打印出来，装订成册。忙了一天，她的头发都打结了，她也不明白做那么多的汇总表格有什么用，但是如果能找到那串钥匙的失主，那可就有意思了。

在警务单位，最激动人心的环节，是破案。

她也很想看看，这个高才生有什么高招，黄青梅之前就听到了周六一和李华打赌，这下她痛快地说："那我就请你们喝奶茶，人人有份。"

李华高兴地从桌子边跳起来："青梅，我总算能喝到你请的奶茶了。"

黄青梅拢了拢头发："不过，你们也别高兴得太早了，如果没有找到失主的话，你们就要打扫一个月的厕所！"

第 7 章
办小案风生水起

派出所的人太少，许多事情需要众人轮流处理，像厕所就是众人轮流打扫，就算是黄青梅也不例外。

在这个劳动力严重缺乏的单位，基本上实现了男女平等，黄青梅不光要打扫女厕所，还要打扫男厕所。

李华拍板："为了不扫厕所，必须找到钥匙的主人！"

说完，周六一和李华两个人，像是在研判重大案件一样，开始研究这串不起眼的钥匙。

黄青梅眉头皱起，冰山女神思考的时候，有一种别样的风情。她不是警校毕业的，根本无从下手，但她还是凭着经验分析："这钥匙又不是手机，上面没有装定位设备，又没有联系人信息，怎么可能找得到。不过我肯定不会拿这么多钥匙，咱们所里的和我家里的加起来，都不超过十把，这二十多把，像是祖孙三代再加上单位的。"

李华拿来钥匙看了好几遍，还是觉得一点线索也没有，着急得不行，像是一个"学渣"看到了复杂的大题："我可是侦查学专业毕业的，我也觉得找不到。这么多钥匙，全都平平无奇的。"

周六一手里拿着钥匙，一把一把看过去："青梅姐刚才说的不错，这串钥匙数量太多，一看全都是家里的钥匙，应该是中年妇女的。现在的年轻人上班一个人住，不会有这么多钥匙。"

黄青梅也觉得无从下手："我就说嘛，除了能看出来是我妈那个年纪的家里的钥匙，啥也看不出来了。"

周六一拿出来其中一把，是一个类似电话线圈挂着一把有标号 139 的钥匙："其实也未必，这把钥匙比较特殊，还有洗发露的香气，如果我没有猜错，这个钥匙应该是附近澡堂的。"

黄青梅快速过来抢过去，看了好几遍："没错，从小到大，不管什么样的澡堂子，都是这样的钥匙！可是凭这个，也找不到失主吧？"

李华本来眼前一亮，但是一说澡堂子，立刻蔫了："就算知道是澡堂子的，我们派出所有备案，也不好找吧。附近有十几家洗浴中心，用的钥匙都差不多，我们要一家一家打电话吗？回头人家会以为我们是不是有新的扫黄打非任务。只为了这么一把搓澡工的钥匙,太小题大做了,影响不好,人家背地里还会笑话我们。"

好不容易有了线索,但是这条线索让人觉得非常为难。

周六一却不慌不忙:"没关系,我有办法。"

李华很想知道周六一到底会有什么样的办法,这时王才智打电话叫李华一块出警,李华拒绝了:"老王,你一个人去吧,调解夫妻吵架这种小矛盾就不要带我了吧,我想在所里多休息会儿!"

王才智当然不同意:"处理案子最少需要两个人,我不找你找谁?"

李华想找个人陪王才智去:"咱们所的人也太少了,正常情况下,不是应该两个人搭档吗?怎么你们每个人都和我搭档?"

王才智以前辈的身份教导他:"这说明你能力不错,我们都需要你,快点出来吧!"

这时候,胡亮回来了,李华像是看到了救星:"亮哥,你和老王出一趟警,晚上夜宵我请!"

胡亮看了一眼这三个年纪很小的警察,没有拒绝:"行,不过我晚上在食堂吃饭,夜宵就免了。"

他原本是想提醒几个后辈,不要在这些没有意义的事情上花那么多时间,但是想起来自己刚当上警察时,也曾经帮着群众指路,帮着找小猫小狗,也就不说什么了。

这是年轻人的一腔热血。

李华继续和周六一研究钥匙。

其实胡亮并不是想拒绝夜宵,而是点外卖有点浪费,一下子花那么多钱,谁都舍不得,胡亮不想让李华太破费。

周六一打开手机查看附近的地图,搜寻附近的洗浴中心:"我觉得还是有希望找到的,说不定我们运气好呢。"

黄青梅和李华都认为这是不可能的事情,但是周六一下一刻就语出惊人:"我找到了,这把钥匙是阳光洗浴中心的。"

黄青梅顾不上放下手里的东西,三步并作两步跑过来:"不是吧,这都能找到?"

李华瞠目结舌:"我的天!你怎么确定的?"

周六一把评论的图片给他们看,是一个消费者在用完团购券以后的评价,正好拍到了钥匙的图片。

周六一已经在页面上找商家的信息,给商家打电话了:"消费完评价有优惠和积分，和外卖一样，总要上传图片的，但是洗浴中心又不是饭店，不能随便拍。我就是碰碰运气，看看有没有人拍钥匙柜子之类的图片上传，没想到真的有。"

商家接通了电话，前台小姑娘的女声响起："喂，您好，阳光洗浴中心，请问有什么事情可以帮到您？"

周六一说："有人捡到了你们洗浴中心搓澡阿姨的钥匙，请速到龙华街派出所来领取。"

电话那边响起一阵欢呼声："张婶，你的钥匙找到了！快去龙华街派出所拿一下。太好了，那么多钥匙，你不用重新配了！"

黄青梅这种冰山美人，平时表现得比较矜持，但是现在她也忍不住脱口而出："神了！"

李华更是瞠目结舌地看着周六一："不会吧，真的能找到？"

没有定位，没有标记，普通到不能再普通的一大串钥匙，居然能在不调取监控，不找专业相关人员的情况下，准确无误地找到失主？

这还是新入职的警察吗？

这简直是龙华街的福尔摩斯！

周六一对着黄青梅和李华做了一个OK的手势，意思是这事现在已经办成了。

电话那边的中年妇女接过电话，声音特别激动："警察同志，你们找到了钥匙吗？"

周六一办成了这样的事情，却一点不激动，语气平静，把手机开了外放，继续核实情况："你的钥匙有什么特征吗？"

中年妇女急急忙忙地回答，声音有些颤抖："我家院子大门卧室，一共七把钥匙，我婆婆家六把，我女儿家三把，我儿子家四把，我单位有五把，我柜子的标号是139。警察同志，是我的钥匙吗？"

没有一点差错，可以确定这是这个大妈丢的钥匙。

黄青梅和李华激动得差点跳起来。

周六一故作老成，语气像是当了很多年的警察："你来派出所拿一下吧，是你的钥匙。"

挂断电话以后，李华跑过来，狠狠地拍了一下周六一的肩膀："以前一直看电视上的推理案子，玄乎得不行，实际上到了单位办案，是人海战术，是固定证据，根本就不是推理分析，耗时特别长。没想到你居然会分析证据，早上那会儿，我还以为你是偷看了楼下的民警公告栏，瞎猫碰到死耗子呢！"

黄青梅垂手而立，虽然还是不笑，但是眼睛里冰雪开始消融。

不到十分钟，一个胖胖的中年妇女来了，她来得太急了，满头大汗，还穿着洗浴中心的拖鞋，没有来得及换。看到自己的钥匙现在就在黄青梅的手上，她的心才踏实，对着周六一他们千恩万谢："谢谢警察同志，我这些钥匙都是家里的，儿子女儿不常在三江市，我得经常去给他们打扫一下，这些钥匙丢了我连配都没地方配。"

有人这么感激黄青梅，把她当成了救世主，她有些手足无措："我们是警察，这是我们应该做的！"

说完，她赶紧拿了笔，让大妈签字，把钥匙还给了大妈："您再仔细核对一下，看看有没有遗漏的。"

大妈心情好，还开黄青梅的玩笑："没有，都全乎着呢。妮子有没有婆家，我给你介绍个！"

黄青梅一直冷着的脸居然红了："我工作呢，您别取笑我。"

大妈拿到了钥匙，心情特别好："你看我这不是高兴糊涂了吗？现在的小年轻不兴这个了，哪有刚见面就介绍相亲的。"

随后，这位大妈出去了，但是不到十分钟的时间，这位大妈笑呵呵地回来了，还拎了一袋子水果："你们可帮了我大忙了！"

周六一没在意，伸手拿了一个苹果。刚摘下来的粉红的大苹果在塑料袋里，散发着诱人的芬芳。

周六一理所当然地认为，这是他辛苦劳动之后的犒赏。

黄青梅一直在大厅的综合岗，没办过案子，所以也从来没有拿到过群众感谢的礼品，她还挺开心的，伸出手拿了一个紫红色的李子。

但是李华完全不一样，他像被踩了尾巴的猫，抬手就打了黄青梅和周六一的手一下。

他看着水果，像是看着地雷，明显是想起了抽了一根烟、喝了一瓶水就有写不完的检查的事，他无视黄青梅愤怒的眼神，赶紧拿着水果追了出去："大妈，这是我们应该做的，您不用这么客气，这些水果您拿回去吃！"

李华费了好大的劲，硬把水果给塞了回去，大妈感动到不行："谁说现在的警察都是黑警，我看你们都是好警察！"

李华回来以后松了口气。

黄青梅的白眼都快要翻到天上去了："我就吃个李子，至于吗？"

李华喝着白开水，觉得特别踏实："我今天差点又多写一份检查，我都欠了所长十四份检查了。那一袋水果，所长回来起码罚我十份检查，还会骂我穷得连水果都买不起。"

黄青梅转怒为笑："我差点忘了，条例上写明了，不让拿群众一针一线。"

冰山美人的笑容如同昙花一现，美丽非凡，周六一不由得多看了两眼："青梅姐姐，你笑起来比不笑时好看多了。"

黄青梅长得漂亮，她自己也知道，男生越是捧着，她就越拿腔拿调，所以周六一夸她，她就收敛起笑容，双手环抱在胸前，表情一如既往地倨傲高冷："你这只是运气好，碰巧找到失主罢了，这儿还有这么多钥匙呢，你要是能再找到一个失主，我就买奶茶。"

周六一可不答应："青梅姐姐，你说了只要我找到了那串钥匙的主人就请我们喝奶茶的！"

黄青梅拢了拢秀发，反驳道："你才几分钟就找到了一个钥匙的失主，就换一杯奶茶，我一个月才挣几个钱？再说了，我还从来没有请男生喝过奶茶呢，都是男生请我喝奶茶。"

说完，黄青梅看了周六一一眼："别叫我姐了，把我都叫老了！"

女人的心思真是难猜，答应得好好的事情变卦了。周六一看向李华："李哥，你给我做证，刚才青梅姐姐不是那么说的。"

之前李华答应周六一的是，只要周六一能让黄青梅请他喝奶茶，他就要带着周六一出警。

出警，才是周六一的最终目的。

这个过程，一步都不能少。

但是，李华能和黄青梅说上话了，就没那么在乎一杯奶茶了，笑嘻嘻地讨好黄青梅："刚才那个太容易了，坑青梅那么多钱，你好意思吗？"

说着，李华就从抽屉里拿出来一串钥匙，是一个小区门禁卡加奔驰车钥匙："就找这个吧！你得让青梅的钱花得值得吧，要不然她怎么买账？"

周六一拿过来，在手里看了不到两分钟，就有了主意："好吧，那我先外卖点杯奶茶，但是这杯也要报销。找这个钥匙，必须有一杯奶茶，不然找不到。"

黄青梅认为周六一是想提前要一杯奶茶，十分不愿意，不过她也想看看这么个钥匙，没名没姓没定位的，怎么能找到失主，便松口了："按照咱们所的流程，大家都是先垫上，然后回来报销，你就先垫上吧。"

李华难得有个在黄青梅面前出风头的机会，赶忙说："你找到了钥匙，青梅要是不给你报销，我就给你报销！"

周六一眼底闪过一丝狡黠："李哥，我是肯定能找到的，要不你现在就点了呗，还有这周的宵夜，你也给包了呗。"

李华不想被黄青梅认为小气，动辄二十块钱起送价的奶茶，他还是有点心疼的。

但他想和黄青梅多说几句话，就把手机给了周六一："随便点，哥请客！咱们一人一杯，有小零食的也加点。"

其实，一周的宵夜，会用掉李华不少钱。

周六一立刻下了一单："舍不得孩子套不着狼，办案肯定是需要办案经费的。"

这一单让李华十分心疼，因为周六一点了店里最贵的一个品类。

半个钟头左右，奶茶就送到了，李华接过奶茶："我实在是看不出来，点个奶茶和找钥匙有什么关系。"

黄青梅也一头雾水，她以前从来不看外卖单，但是现在看了半天，也没有头绪，甚至觉得周六一就是在忽悠人。

周六一并没有让外卖小哥走，而是把奶茶从李华手里拿过来，直接给了外卖小哥，然后询问："我想问一下，这附近哪个小区还没有人脸识别，用的是门禁卡，但是入户是指纹锁的？"

外卖小哥跑了一天，也是口干舌燥的，既然警察盛情相邀，他也不好意思拒绝，一口气把一杯喝完了。想都不用想，他直接张口："锦城御苑，这个小区是精装房，开发商送的指纹锁，但是小区门口居然不刷脸，用门禁卡，我一个送外卖的，居然还得去物业那里登记办个门禁卡，还交了一百块钱的押金，可太坑人了，这玩意儿就算丢了也不到十块钱，这不是讹人吗？我们站点有人不干了，和他们物业吵了一架，他们才把押金给退了！"

李华这才回过神来："哇！真是绝了，你不是点了一杯奶茶，你是点了一个外卖小哥！"

周六一打了个响指："对，没有人比外卖小哥更了解这一片小区的情况。"

黄青梅还是没明白，周六一是怎么想到这个突破口的，她不说话，只是在一边看着。

周六一直接从外卖小哥那里得到了物业的联系方式，外卖小哥还提供了一条重要信息："我前两天过去，正好有一家因为男主人丢了奔驰车钥匙，正在天天闹离婚呢。"

这……

黄青梅惊讶得下巴都快要掉下来："不会有这么巧的事情吧？"

周六一笑道："按照洛卡尔物质交换定律，犯罪行为人只要实施犯罪行为，必然会在犯罪现场直接或者间接作用于被侵害客体及其周围环境，会自觉或者不自觉地遗留下痕迹。丢下这么一串钥匙，而且价值不菲，肯定会有别的线索出现，我们只要想方设法无限靠近就行了。"

黄青梅心里觉得周六一挺厉害的，但是嘴上不承认："掉书袋！"

周六一给物业打了电话："喂，您好，我这里是龙华街派出所，有人上交了捡到的一串钥匙，我想问一下，你们有没有业主丢了钥匙？"

物业那边反馈特别积极："警察同志，我们这边有位业主，丢了奔驰车钥匙，在我们这儿备案了，逼着我们把小区给他清扫一遍找钥匙呢，一天来我这儿闹三遍。现在我天天在业主群和朋友圈里发信息，大海捞针一样，没想到你们居然给找到了！我现在就联系业主！"

真绝了！

黄青梅这下是真的服了："这也能行吗？"

要是说第一串钥匙找到了主人，是瞎猫碰上了死耗子，可这第二串钥匙也找到了失主，说明周六一是真的有两把刷子。

李华却有些惋惜："要是找钥匙也能计入破案率里多好，咱们所里还压着一堆案子没有破呢。"

过了不到二十分钟，一个中年男人来了，他穿着西装，骑着破烂的电瓶车，看起来很不搭，很显然，在奔驰车钥匙丢失以后，他就能只能骑电瓶车了。

看起来真的是滑稽又辛酸。

这人一进门就倒苦水："我可太谢谢你们了！我上次应酬喝多了，不知道把车钥匙丢哪儿了，我老婆回去就和我吵架，死活不给钱让配一把新的。配把钥匙不到五千块钱，她至于吗？非逼着我天天骑着电瓶车上班。我一个销售部门的主管，就靠这点东西撑门面，天天穿着西装，骑着电瓶车，和人家谈几百万的生意，人家都质疑我的能力。真是丢死人了！我这车钥匙要是再找不回来，我看我的工作也干到头了！"

李华把奔驰车钥匙交出去的时候，看着手里小小的钥匙，还有些不相信："这钥匙值五千呢？"

以他目前的工资，得攒一阵子才配得起这钥匙，更别说奔驰车了。李华有些焦虑，销售都比辅警赚得多……

这个失主要给他们买饮料，他拉着李华的手，一直在感谢："警察同志，我请你们吃饭吧？这马上要到下班的时间了，我知道几家不错的馆子！"

感谢之情，情真意切，李华脸上的阴霾一扫而空："这是我们应该做的，小事，回去好好过日子吧！"

被三个警察义正词严地拒绝了，这个失主一直在竖大拇指："真谢谢你们！小区物业给我们找东西，还要钱呢，你们居然不要。"

李华不知道该说什么好，不过这人已经往外走了。他还没有出去，就给老婆打电话，喜滋滋的，一扫之前的颓废，中气十足地在电话里叫喊："嘿，臭婆娘，老子的钥匙找到了！"

周六一从椅子上转过来，十指交叉，笑嘻嘻地问黄青梅："青梅姐姐，你看现在能不能请我喝奶茶？"

然而，黄青梅像是找到了找东西的乐趣，不顾形象地蹲在地上，把抽屉里所有的钥匙都给翻出来，捧着拿过来给周六一，脸上的灰都顾不上擦："你快看看，把这些钥匙也给找找失主！"

周六一看着那么多钥匙，有些头疼，他又不是失物招领的。现在快到下班的时间点，食堂李大妈在群里问有几个人到食堂吃饭，大家居然都在群里回复会到。

周六一看着这一堆钥匙，随手拿起来一串。

他有信心，在大家都回来吃饭的时候，看到他坐在办公室办案的成果。

中规中矩的表现只能让他留在这里，而亮眼的表现，才能让他继续往上走。

周六一牢牢地握紧了手中的钥匙！

///

王才智是第一个回来的，从外头进来的时候，已经暮色沉沉了，他脚步缓慢，看上去有些疲惫。

忙碌了一天，他进来就先找把椅子坐下来，拧开保温杯喝水，但是视线立刻被三个年轻人吸引了过去：派出所里那些堆积起来的不起眼的钥匙，居然时不时有人来领取！

作为一个多年处在办案一线的老民警，询问过李华和黄青梅找钥匙的方法之后，王才智更是诧异至极，他以为周六一擅长的就是急中生智，可他万万没有想到，这个年纪轻轻的新人，对社会生活的方方面面，居然都那么了解。

他不像是一个刚从象牙塔里走出来的大学生，倒像是一个在社会上混了好多年的老油条。

但是周六一的热情，确实是一个刚入职对职业生涯充满了期待的新人才有的，王才智问他："这个钥匙不大好找吧？这个钥匙上面的健身卡，是个连锁的牌子，几乎每个小区都有，而且一个大的健身房辐射周围三公里之内的用户，按照我们这边的人口规模，起码有几百人吧？况且现在的健身房倒闭很频繁，大概一年半以后就关门了，就算是拿到了健身卡，也很难确定到底属于哪个小区。"

这无异于大海捞针。

周六一现在手中拿着的，是带着健身房房卡的钥匙，看起来确实像老王说的那样。

李华拿着看了半天："要不咱们换一个吧，这个难度有点高！"

黄青梅激他："找不到就算了，一杯奶茶嘛，我又不是请不起。"

围观的三人都把找钥匙当成了重要的案子，严肃得不得了，但是周六一像在打游戏一样，并不认为这是一件难度很高的事情："我们可以由小到大。比如我们确定了这个健身房，就可以在地图上确定这附近的小区，这个钥匙串上还有其他的信息……"

另外三个人都看不出来，这串钥匙上还有什么其他的信息，但是周六一给他们看这个钥匙圈："这个钥匙圈，是知名大品牌的，小配件不会随便送，必须消费到一定的额度才能有。"

黄青梅也用名牌化妆品，也从追求者那里收到过贵重礼物，所以看到这个钥匙圈，她突然就想到了："我知道了，我们现在能联系商场的柜姐！"

不料，周六一摇头："现在的客户隐私特别重要，人家根本就不会给我们提供，而且快到下班的时间，除了我们这种单位还在加班，正常的服务业的企业应该下班了。再说，这个钥匙圈未必就是失主本人的，可能是别人送他的。也有可能失主根本就没有品牌意识，只是在拼多多上几块钱买了一个，现在国货的制造品质，已经上来了。"

黄青梅有些沮丧："那看来是肯定是找不到失主了，这些信息怎么那么多那么乱呢。"

李华也有些郁闷，很没有耐心："换一个换一个，都多长时间了，失主肯定早就自己换了新的，我们别操这个心了。"

周六一没有灰心，还在认真看着钥匙串，试图从中找到可以破案的信息。

王才智喝着枸杞水，认为现在是一个好机会，给三个刚入职的年轻人讲讲什么叫作证据："我们从这串钥匙的单一情况上分析不出来，不妨想想证据链。以后大家都是要做案卷的，案卷不光需要我们送审通过，还得经得起时间，其他专业人士，还有我们自己的职业道德的考核。"

李华和黄青梅没那么浮躁了，视线落在了王才智的身上，听他分析。

李华挠着头："老王，你讲理论是想要让我们打瞌睡吗？能不能讲点实际的？"

王才智摇了摇头，有些恨铁不成钢："我这把年纪了，还经常会翻出理论书籍看看，你才多大，怎么一听理论知识就发晕？现在各个机关单位都一直在进行考核,你这样怎么往上走?"

李华苦着脸:"老王,你再不赶紧教教我,那我可就下班了。"

王才智让李华把办公桌上的纸笔拿过来:"你们还没有和法医一起去过现场吧?现在治安比较好了,凶杀案件比较少,我们到现场以后,要把所有的证据都标记下来。

"比如,健身卡,这是个关键性的证据,我们标注一,大致把范围圈定在附近的四个小区里。

"比如,这把光洁的新钥匙,标注二,和其他几把钥匙都不一样,我们推测可能是失主刚租了房子,或者是换了工作。

"比如,钥匙圈特别可爱,标注三,这属于比较少见的品牌款,我们可以推测钥匙的主人是个年轻的女性。"

…………

分析了半天,周六一注意到装健身卡的塑料薄膜似乎有夹层,被塑封得严严实实的,他找黄青梅要了办公室的美工刀,沿着边缘打开。万万没想到,这里面居然大有玄机:里面赫然放着身份证和银行卡,身份证上写明了姓名、性别,还有居住地址。

居住地确实在健身房三公里内。

性别女。

一九九二年生。

…………

虽然周六一和王才智分析得都很对,但是真正能找到是靠身份证,黄青梅惊愕得不行:"不会吧,还能这样找到失主?"

这完全超出了她的想象,作为一个已经在这里工作了大半年的辅警,她甚至都不需要登录户籍系统。现在已经下班了,她也没有权限登录户籍系统。

她打电话给街道办:"喂,你好,我是龙华街派出所的户籍警,有人捡到了李莹莹的身份证和银行卡,麻烦李莹莹来我们派出所拿一下,现在或者明天过来都可以,我们所有人值班……"

李莹莹刚下班,街道办立刻就联系上了,她是个小学老师,开车就来了。

这一桩案子算是了结了,周六一又拿起一串钥匙。

王才智拍了拍周六一的肩膀,笑眯眯的,像是名师看着自己的得意弟子,满意得不得了:"要不咱们歇歇,准备去食堂吃饭。晚上你肯定住在所里,还得处理案子。"

周六一抬头笑了笑,显然是乐此不疲:"没事,我不累。"

李华摸着肚子："哎呀，我饿死了。六一，我先去吃饭，吃完了饭，再过来和你一块加班。"

王才智忍不住说李华："你要是对工作有你对吃一般的热情，你早就考上公务员了。"

李华一点没有留下加会儿班的意思，准备往食堂走："要是考公的题目和吃饭一样简单，我现在肯定考了第一名。"

这话把王才智气得干瞪眼，李华看到老王坐久了腰疼，起来得扶桌子，就三步并作两步回来，一把把老王给搀起来，继续说着："老王，不是我说你，你们这代警察，做调解工作的，都有胃病，一年到头按时吃不了几顿饭；街面上巡逻的，都有关节炎。刮风下雨都在街上能不腿疼吗？至于刑警，我认识好几个，都在医院开过治疗失眠的处方药，太焦虑了……"

李华的意思是，工作不忙的时候，爱惜自己的身体，是为了能更好地工作。

这套道理，似乎没什么问题。王才智憋了半天，一个调解民警，居然无法反驳。

黄青梅也有点饿了，就跟着一块去食堂吃饭，她现在对找钥匙的主人兴致勃勃的，看周六一的目光和之前完全不一样了："你吃什么？食堂晚上有凉面、炒饭、烙饼和汤。"

周六一抬头，眼中有光在闪烁，黄青梅居然有点脸红，赶紧避开了周六一的目光："青梅姐，我什么都不要，我弄完了再吃。"

黄青梅不好继续上赶着给他带饭，就出了办公室。晚上凉爽的穿堂风迎面而来，带着一股泥土的清新。

黄青梅拿起手机，给周六一下单买奶茶，这还是她第一次请男生喝奶茶，不过感觉居然还挺好的。

风一阵阵吹，她听到办公室里传来周六一打电话的声音："喂，您好，请问是刘爱文女士吗？我们这里是龙华街派出所，您是不是丢失了一串钥匙，请来我们派出所领一下。"

///

另一边，付胜匆匆忙忙地回了一趟家。老婆秀芬刚进家门，正在收拾屋子，付胜进门，赶忙眉毛胡子一把抓地把扔了一整个屋子的脏衣服扔到了洗衣机里，转了账后又匆匆忙忙往外跑。

身后，是他老婆秀芬的咆哮声，整栋楼都听到了："你还知道这个垃圾场是你家？你看看你的臭袜子把老鼠都给熏走了！我的白衬衣被你的掉色的警裤染成了抹布……

"付胜，你给我回来！

"你转的钱不够给你儿子交暑期班的培训费！"

…………

付胜又从楼下跑上来，把兜里的工资卡给了他老婆，嗓门也很大："你声音能不能小点？有你这么当别人老婆的吗？"

然后，他压低了声音："这几个月的工资都在里面了，我可是一分都没有花，你看需要买什么，都拿去用吧。"

看老婆的脸色稍微好点，付胜转身就走了："我是真的有急事，梁培禾又坑了我，我得去他的办公室要个说法！"

他老婆秀芬的眼睛瞪圆了："都几点了，梁处肯定下班了，你给我回来。你看看这都几月了，你上次和我们娘儿俩吃饭还在春天！"

秀芬塞给付胜两个橘子："你看你嘴角都起皮了，吃饭别一直对付。"

付胜一边走一边剥橘子："他现在肯定在办公室加班呢！"

秀芬看到付胜真不回家，生气道："我就知道，对你们这些警察来说，单位才是老婆，我们这些领了结婚证的正儿八经的家属，都叫作小三！"

▰▰▰

付胜两口吃完了橘子，下楼就开上车，直奔三江市公安局去了。

已经到了晚上七点半，三江市公安局的大楼还亮着灯，明显都在加班，加班几乎成了常态。

刚进大院，就听到取外卖的年轻警察对话："咱们加班有加班费吗？"

另一个说："想啥呢？"

…………

付胜直奔梁培禾的办公室而去，这个时间点，梁培禾的办公室灯还亮着。有个年轻警察刚从旁边的会议室出来，他关了会议室的灯，打着电话："没问题，这个事情我们需要再沟通一下。"

显然是刚刚结束了一个会议。

付胜其实很清楚，梁培禾工作这么多年，可以说是抛家舍业，比他还不顾家，所以他清了清嗓子，这才进了梁培禾的办公室，声音提高："梁处，梁培禾，领导，你把我的骨头敲碎了榨油算了！我就不明白，那么多优秀人才你不要，要那么个愣头青？

"我知道你手里的案子多，但是你能不能找些稳妥的人来办案子？

"你知道那孩子今年多大吗？"

……………

然而，付胜说了一大堆，梁培禾没接话，眼圈红红的，表情极其凝重。他给付胜看电脑上点开的资料："你看看，这孩子现在都当警察了！他用的是老盛的警号！"

付胜拿过鼠标，上下拖动了一下，神色也逐渐凝重："长风那小子，现在也当警察了？我记得他小时候数学很不错，师兄的老婆是个会计，想让他将来考精算师……"

当初被寄予别的期望的孩子，现在居然当了警察！

梁培禾点了点头："这孩子毕业后工作了一段时间，但总不大喜欢，还是想当警察，就报考了三不限的单位，干了有一年了，但是从来没有联系过我们。你也知道，你在龙华街忙得像个陀螺，我在局里办专案，他入职培训、轮岗那会儿，都没有和我们见上。"

梁培禾说话很有技巧，他没有把今年他负责新警培训的事给说出来，免得挑动付胜敏感的神经。

对于周六一那个新人，梁培禾确实是另有安排，有大用处。

但是对付胜而言，这事是禁忌。

付胜目不转睛地盯着电脑，照片上的年轻人，是他们上警校的时候师兄的儿子。

师兄牺牲于公安部重点打击枪械那年，前胸后背被打了三十多颗钢珠，抢救的时候只挖出来二十多颗，剩下的钢珠在急救的时候挑不出来。抢救失败以后，钢珠随尸体一起火化。

他们的师兄，永远长眠于烈士陵园，年纪被永远定格在了三十二岁。

一晃那么多年了，师兄的儿子都已经长大了，成了他们的同事，成了他们的年轻的战友……

付胜心里百感交集，手微微颤抖着移动着鼠标，一句话也说不出来。

意气风发的年轻人一身藏蓝色警服，身姿挺拔，目光炯炯，长得非常像他们那个师兄。

付胜的目光落在他胸口的警号上，隔了十多年，他仍记忆犹新，这就是那位令人肃然起敬的师兄的警号，现在被授予他的儿子。

按照规定，牺牲警察的警号，会被永久封存，解封的途径就是在他们的子女当警察的时候,将这个警号重新授予他们的子女。

师兄的警号,在他的儿子当警察的这一天,被重新解封。

付胜眼圈也红了:"很像师兄,没想到那小子现在已经长这么大了,比师兄当年高一点壮一点。师兄脾气不好,这小子看起来比师兄温和多了……"

梁培禾点点头,他们两个人当年就是上下铺的兄弟,关系特别好,现在又在一个地方,虽然是上下级,但是彼此之间一点也不生分:"是呀,看到他,我就好像又看到了师兄。刚开学那会儿,他作为高年级的风纪委员查咱们宿舍,没收咱们的诺基亚,咱们没一个服气的,还成天给他们捣乱,把他们没收的手机给偷了回来。咱们那会儿也是不知道天高地厚,居然还和师兄约架,晚上在后面的操场上,被师兄的擒拿格斗压制得死死的。不打不相识,后来就成了哥们儿。也是咱们那会儿年轻,还能有这种打出来的交情,搁现在,哪还有。"

付胜也点点头:"师兄也没为难我们,还说年轻人都这样。他带咱们熟悉警校周围的环境,哪儿的小饭店好吃,哪儿的女生多,哪儿有老师经常出没,他都清楚。咱们班的女同学在公交车上丢了钱包,还是师兄帮着找回来的。"

那真是一段美好的青春岁月。

后来,峰会安保的时候他们第一次抓小偷,牵出来大案。在北京刚通高铁的时候,师兄带着他们去高铁站附近解决了一个拐卖残疾孩子的案子。

当时他们作为学警,还上了几次新闻。

年少气盛,一腔热血,他们把职业荣誉当成比天还大的事情!

但是那个时候,师兄不断地告诫他们:一代一代的警察,都是这么过来的,他没什么特殊的。

等到后来,他们自己成了新生的师兄,也学着师兄带师弟师妹。

付胜想起了很多事,不复刚进门时的气势汹汹:"我记得,每次任务完成了他都会带大家去喝啤酒。那个老板的店开在胡同巷子里,因为手艺好,生意很红火,可老有地痞流氓去要钱,人家那小饭店都被逼得快开不下去了。他把那些小混混堵在死胡同好几回,说自己是老板的亲戚,是警察,后来那些收保护费的就不敢来了。他上班比咱们都早,我毕业那年户籍地的实习生名额满了,没地方实习,他还让我去他单位实习,就连铺盖和实习警察的服装他都准备好了……"

梁培禾不断点头,他和那位师兄打交道的时间也不短:"后来我还去他家里送过几次抚恤金,那个年代,国家给的钱不多,嫂子一个人照顾一大家子,单位的人就凑点钱,但是嫂子一次都不要,和我说:'小梁,我有手有脚的,我能养活他留下的孩子,我能照顾他的爸妈。我不想让人认为,我们靠着他的牺牲吃饭。'"

那是一个特别好的师兄，有情有义，是一个好丈夫、好父亲、好儿子……除了走得早，人生没有任何遗憾。

付胜的眼圈更红了，眼泪忍不住落下来。

那位师兄，是他们牺牲的第一个生死之交，是过命的兄弟，是大哥！

那些不法私造的枪械，要了他的命，他曾经在报告中慷慨激昂地表示，如果这些非法枪支不被清缴，那么我们的人民就会付出血泪的代价。这些枪支，会落在毒贩手中，用于肆意残害我们的爱人、我们的朋友、我们的孩子！这些枪支会落在非法盗猎者手中，我们的濒危的野生动物，会永远地离我们远去，守护藏羚羊的志愿者们，会倒在这些枪口之下！

…………

字字句句，隔着十几年的光阴，依旧如同涛声阵阵，响彻在耳畔。

所长指着屏幕上年轻人的照片，不住地说："这是个好孩子！好样的！"

梁培禾给付胜递纸巾："当警察的，不就是一代一代这么过来的吗？你爸爸是警察，你也是警察，你看你那个警察家属院里，不少也都是子承父业，当警察也挺好的。"

付胜拍桌子表示赞同："对，当警察就是挺好的，我还跟我儿子说呢，让他也试试考警察，但是他不争气，早早地打游戏玩手机把眼睛给熬近视了！"

两个人聊了好一会儿，从毕业时候的社会犯罪聊到了近几年的形势，从毕业时单位允许喝酒聊到了现在喝口啤酒都需要报备，从以前的学警聊到了现在的辅警……

所长从分局出来的时候，天已经彻底黑了，他先给师兄的儿子打了个电话："长风，你这孩子，当警察了怎么不和我说？"

那边那人声音洪亮，一听就是个很讨人喜欢的孩子："联考成绩出来我就在省厅上班了，文职，和普通公务员没啥区别，我都不好意思和你们说我现在当了警察。和梁叔叔办专案不一样，和付叔叔你天天在派出所帮老百姓解决问题也不一样。有空我请你和梁叔叔喝酒！"

付胜心情极好："你这猴孩子，你才多少工资，应该我请你！不管是办案子的，还是指挥中心的，都是警察！"

没说几句话，盛长风那边传来一阵嘈杂的声音，他准备挂电话："付叔叔，不好意思，我同事叫我开会，我先走了！"

付胜没怀疑："咱们机关单位就是这样，现在开的会越来越多，经常加班，还没有加班工资，你注意身体。"

盛长风也叮嘱了一句"付叔叔，你也注意身体"，就急匆匆地挂断了电话。

付胜去拿车钥匙的时候，突然意识到不对，梁培禾是故意让他看到师兄的儿子当了警察的，他是从另一个角度在质问他：烈士的儿子都可以接过父亲的衣钵，从警拼在一线，普通人为什么不行？

盛长风可以做警察，为什么周六一不可以？

第 8 章
见微知著力争先

Chapter 08

付胜坐在车上，想了半天，都没有想出来一个合适的理由，他立刻给姜汉山发消息，想要个理由。

一般来说，他们两个人是搭档，但两个人都忙得不可开交，一个人管案子，一个人管流程，没什么太多需要讨论的，一直配合得十分默契，像是高速运转的机器。

可是在周六一的事上，两个人出现了不小的分歧。

姜汉山希望按照梁培禾的意思好好培养周六一，这孩子将来肯定是个可造之材。

付胜认为周六一的性格有重大缺陷，想让他在涉足太深之前改行。

"那个王八蛋在耍我。"

姜汉山回复："谁？"

付胜回复："梁培禾。"

姜汉山回复："我就当没看见。"

这……？

姜汉山的性子还是比付胜随和一些，人也更稳重。

其实姜汉山现在挺忙的，忙着看周六一怎么找到那么多钥匙的失主。

现在还剩下两三串就全都找到了，这效率相当高。

姜汉山不想错过精彩的推理部分，在他看来，这可比回家看孩子写作业要有意思得多。

看付胜在梁培禾那里吃了亏，姜汉山给付胜发了一条消息："那你来所里乐和乐和。"

乐和乐和？怎么可能？

现在天气还没有完全凉下来，街边的烧烤摊子边，都是喝多了闹事的酒鬼，每天晚上都得提防一大帮这种人，头疼得不行。

怎么可能会心情好？

今天晚上付胜不值班，但是姜汉山既然这么说了，他准备再回所里一趟。

///

所里灯火通明，已经到了下班的时间，但是大家都没有走，就连每天按时下班的辅警黄青梅也没有走。

所长付胜一进门，就看到那个高冷的女辅警黄青梅，居然亲手给奶茶插上吸管，递到了周六一的手里，完全没有平时对待李华的那股傲气。

周六一还横挑鼻子竖挑眼的，一手拿着钥匙，一手摸了一下奶茶就把手抬开，一眼不看黄青梅："太烫了！我要加冰的！"

黄青梅非但不认为周六一多事，反而立刻把李华才拿到手的奶茶抢过来，小跑着去递给周六一，脸上带着崇拜的笑意："这个是加冰的！还加了你喜欢的奶盖！没有放糖！"

周六一这才给面子地喝了一口，黄青梅还笑得甜甜的。

付胜看得目瞪口呆。平时就连他都很少使唤黄青梅，怕碰钉子。

周六一才来了一天，就和黄青梅熟络成这样了吗？

所长擦了擦自己的眼睛，确定自己没有看错。

王才智、胡亮、彭志远、徐海，这几个见惯了各种奇事，也特别会处理奇事的经验丰富的民警，居然全都围坐在旁边。

那表情，那姿势，像是在围观天桥底下算命的。大家都聚精会神，生怕错过最精彩的时刻。

周六一拿着一把钥匙正在灯下看，还时不时在纸上写写画画做个标记。

所长特别纳闷，一把破钥匙有什么好看的？

要不是确定这里就是派出所，每一名民警都是他优秀的同事，他会认为这里是传销组织。

所长拍了一下桌子："都玩什么呢？胡亮、徐海，指挥中心没给你们布置新的任务？老王，你的案卷整理完了？不用再检查一遍？上个月你被驳回两次了！李华，你的检查写完了？"

对着周六一，他语气更凶："咱们所人少，窗口、勤务都得干，分配给你的活干完了？"

周六一看到所长生气，一点都不担心，他现在已经成功地吸引了这位黑脸所长的注意。

领导生气不可怕，领导把他当成空气才可怕。

他站起来，把一沓打印出来的表格拿起来，心平气和道："所长，我把下半年的值班表都排出来了。"

所长冷笑一声，看都不看，说："派出所上三值一，完全不能按照正常的节假日和月份来排班，而且还有人出差，马上还有分局的人安排下来，你顶多能排一个月的，半年的肯定会乱套！"

年轻人刚来，这种态度也太狂了。

现在的年轻人，大部分都像李华那样，一来了就想着怎么摸鱼，可周六一把大半年的工作都做完了，这有点……违反人性。

事出反常必有妖！

周六一完全无视所长想吃人的目光，把身后的电脑打开，很自然地给所长介绍道："我没用纸排班，我写了一个程序，每个人都可以输入自己的名字，看自己的值班情况，如果出差请假缺勤，就重新排。"

所长将信将疑，输入了自己的名字，值班的日期一目了然，如果有请假或者遇到节假日，再输入，就会再显示一个新的日期表。

做值班表就更简单了，选中几个人名，往下一拉，就可以自动生成表格，可以直接打印出来。

显然，所长非常意外。

意外到一句话都说不出来了。

这是他在基层办公多年，从来没有见过的东西。

所长的眉头逐渐皱起来，看周六一的表情还是凶巴巴的。周六一现在已经放弃了用好言好语得到这个黑脸所长的认可，而是另辟蹊径，决定用亮眼的工作成绩来打动他。

姜汉山看到所长不说话了，还提醒他："你看，你儿子过生日那几天你休息，可以回家和嫂子吃个饭。你到了那几天能放松一下，提前给儿子买个礼物。"

所长看向周六一，特别严肃，有些咄咄逼人："这东西你是怎么做出来的？我们是国家机关，虽然不是涉密单位，但是也要注意，不能把我们所里的情况透露给犯罪分子！"

周六一眼中神采飞扬，谈到了专业的东西，整个人像是在发光，一点也不惧怕领导的威严，他解释道："我是东华大学计算机专业毕业的，写点算法简单的小程序不算什么。现在国内外的很多岗位，都已经被'程序猿'优化成自动化的，有的'程序猿'花了两三天的时间写程序，然后整个工作就成了自动化的。有的人因此五年时间上班不到五天，每天都在偷懒干自己的事，但是能拿几十万美元的薪水。我觉得，排值班表这种工作，完全可以交给程序来做。"

这样的专业技能对上基层的人力排班，简直是一种降维打击。

人工在算法的面前，简直是毫无战斗力！

所长看着周六一，突然感觉自己可能是真的老了："咋，你也想天天偷懒，然后拿几十万美元的薪水？"

所长居然会和他开玩笑了。周六一只是淡淡笑道："不是，我只是想当一名好警察。"

这样的话，如果换另一个年轻警察说出来，比如眼前的李华，比如黄青梅，所长都会觉得很欣慰，但偏偏是周六一。

所长想到那个师兄的儿子，再看周六一，表情缓和下来，只觉得情绪很复杂。

梁培禾的办案手段往往剑走偏锋，这么锋芒毕露的优秀孩子，如果被调过去，将来会面对什么样的命运？

///

所长看着周六一拿着一串钥匙在研究，就问他："你在做什么？"

周六一扬了扬手里的钥匙，脸上还挺自豪的："我要把这些钥匙还给失主。"

周六一还处在之前的工作状态中，整个人充满了兴奋感，面对所长的疑问，他指着钥匙道："这一串钥匙，可以从门禁卡上看出来是秀水庄园的，但是秀水庄园这个小区在网上找不到物业的电话，物业公司也换了好几个，我们现在也联系不上他们……"

所长看了一眼抽屉里的钥匙，原本放了半抽屉，有二十多串，现在已经被领走得没剩几串了。

这小子，真的没有上过侦查学的课吗？

他拿来周六一手中那串钥匙看了一下，这串钥匙有点特殊。不只是因为门禁卡上标清楚了是哪个小区，更令人感到疑惑的是这串钥匙上面居然有一把手铐的钥匙，就是那种和普通的门锁钥匙全都不一样，更小一点的套筒类的东西。这串钥匙的主人，十有八九，是一名警察。

在同行里找人，就容易得多了。

其他人也看出来了，尤其是王才智，显然是想提醒一下周六一。

但是所长给了王才智一个眼神，让他别说话，然后转向周六一："找到这串钥匙的失主没啥难度，找到这个小区的物业就可以了，不过这个小区比较复杂，属于社区集资房，没有物业，我们得跑一趟。"

周六一把钥匙拿过来直摇头："不不不，所长，亲自跑一趟多浪费警力，我就坐在这里，就能找到钥匙的主人。"

所长冷哼了一声："你怎么找？"

在他看来，这就是一件费力不讨好的事情。

周六一扬了扬手机，眉飞色舞道："用手机找。"

所长觉得这年轻人肯定是飘了："话别说得太满。"

周六一已经拿着手机开始搜索了："所长，咱们国家互联网没覆盖的地方很少吧？就连大山深处的养猪场，都有通信公司赔本拉三千米长的线过去，所以我们要充分利用我们国家的互联网优势。况且，咱们国家的互联网公司，现在几乎是万能的，衣食住行找相亲找工作找陪玩，哪一样业务没有？而且服务现在都是精细化的，只有你想不到的，没有人家办不到的。我现在只需要找个房地产中介小哥就可以了，他肯定比物业公司还要了解小区的情况，而且态度更积极。"

说着，周六一就下载了一个租房子的APP（应用程序），然后输入秀水庄园。看到搜索结果，他说："有七八套在售房源，八千九一平方米，还不算贵得离谱。有电话了，房产中介都在线，没有人比他们更了解一个小区的情况。"

周六一立刻打过去，很直白地说了目的，房产中介小哥不但给了周六一一个业主群群主的联系方式，还特别热情："警察同志，有您这样的人民卫士，我们小老百姓可安心多了。不像别的地方，我那么大的电瓶车丢了，报案半年了，一点信儿都没有。实诚人对实诚人，我肯定得把我手里最好的房源推荐给您，您要是在分局上班，秀水庄园就是您的不二选择，单价低，交通不拥堵，一脚油门到单位，路上一个红绿灯都没有，保证让你每天都睡得好，不用赶时间。您要是在交警四支队上班，门口就是公交站，我知道交警支队那里不好停车，自己人都想给自己贴罚单……"

这都行？

没有联系物业，居然拿到了业主群群主的联系方式？

周六一这一通操作，简直太厉害了，黄青梅眼里有小星星，李华甚至拍着大腿激动道："六一，我看你找个东西能把全市的人都认识了。"

周六一笑道:"有一项研究表明,每个人都可以通过六个人认识美国总统,所以只是找钥匙的话,完全没什么难度。"

现在,周六一刚来一天,已经完全成了这个派出所的中心人物,所有人的目光都落在他的身上。

中介小哥还在推销房子,所长抢过电话,打断了中介小哥的话,反问道:"那要是在龙华街派出所呢?距离远,常堵车,我还经常不在家,那我应该买哪儿的房子?"

这纯属给人出难题,中介沉默了一下:"派出所?那您就更应该买我们的房子了,现在派出所单位推行住所制,白加黑,5加2,个个都是'007',虽然您没有时间回来住自己的房子,但是这房子升值潜力大,您上一年班到手的工资还不如房价的涨幅。只要您买了我们的房子,我保证,您那点工资以后就是个零花钱。这投资,稳赚不赔,将来您的儿子肯定会感谢您这么有远见卓识,早早地买房,给了他一个美好而轻松的未来!就算您不住,您的儿子也住得着。怎么样,有没有时间,改天我带您去看看房?"

所长把手机还给周六一,瞪着他,他准备挂电话:"哥,我回头买房子肯定会联系你的。"

中介小哥服务态度极好,语气特别愉快:"到时候打个电话,我开车去接您,保准让您买到称心如意的房子!"

现在的年轻人,为了一份工作,可真是能屈能伸,都快能当相声演员了。

所长不再干涉周六一的工作,顺从地坐在了姜汉山拉过来的椅子上,示意周六一继续。

周六一按照中介小哥给的联系方式,联系到了小区业主群群主,然后把门禁卡的编号发过去,很快就找到了失主:盛长风!

///

这是一个长期不在家,一直在出差的业主,人比较年轻,一直是一个人住。

所长的表情变了。

怎么可能?

盛长风,是他师兄的儿子,之前一直是个会计,后来通过社招考了警察,他在电话里明明说他做文职工作,就像黄青梅和李娟一样,顶多每天加会儿班,怎么会长期出差不在家?

他记得盛长风在那个小区有一套分下来的安置房,但是怎么会这么巧正好是他？

　　按照业主群群主的说法，现在这位失主人在外地，刚下飞机，正在回家的路上。

　　所长半个多小时前刚和盛长风打过电话，他在单位上班呢。

　　这小子居然对他说谎？

　　盛长风为什么要说谎？

　　所长有些疑惑，还在想业主群群主说的到底是不是真的，但是这个业主还加上了周六一的微信，把水电费的账单发了过来。

　　连续两个月，水电费的账单几乎为零。

　　这足以说明人根本就不在家。

　　一个警察，长期不在家，肯定是在外面办案子！而且办的还是比较危险的案子！

　　所长现在有些坐不住了，示意周六一打电话，问问失主他现在在哪里。

　　周六一打电话过去，盛长风的声音热情洋溢，和之前那个房产中介差不多："警察同志，我的钥匙居然在你们那儿？那真的是太好了，我丢了钥匙后出差了，已经两个月没回过家了，我现在就去取钥匙。"

　　两个月没回过家了？

　　所长整个人都有些不自在了。

　　盛长风之前在电话里，可不是这么说的。

　　挂了电话以后，李华和黄青梅都欢呼雀跃，其他民警也挺高兴，商量着周六一做完了内勤的工作以后，就跟着他们出警……

　　但是所长此时心里五味杂陈。

　　半个小时后，失主带着秘书到场，这是一个西装革履风度翩翩的年轻男人，他就是盛长风，看上去就是个销售。

　　他一进门看到所长就站在门口，整个人险些石化，反应过来后，他直接抱了所长一下："警察同志，您现在帮了我大忙！"

　　盛长风身后还有一个贼眉鼠眼的人，这人眼带惧意地看着派出所里的这些民警，腿似乎不自觉想要蹲下。

　　这人就像是耗子进了猫窝里，表现得很不自然。

　　这跟班，警察只需要看一眼，就知道这小子肯定是个几进宫的惯犯。他一定对派出所、拘留所、看守所、监狱，都无比熟悉。哪怕没有犯事，只要进了派出所这种环境，这人的小动作都在朝着犯罪嫌疑人的行为模式靠拢。

　　所长付胜全都明白了。

不光是缉毒单位会扮成买家来抓捕毒贩，其他的办案单位也经常会进行化装侦查，尤其是在扫黄打非的时候，有些警察会扮成嫖客去获取证据。

这些任务都比较危险，要直接和犯罪分子打交道。

盛长风居然去了。

所长面无表情，转身指了指在他身后的周六一："不是我找到的钥匙，我哪来的那精力，是那小子。"

盛长风松了一口气，转头就朝周六一走过去，非常夸张地和周六一拥抱："太感谢你了！警察同志，我这整整两个月，有家难回！现在我终于能回家了！"

周六一没见过这么热情的失主，赶忙道："这是我们应该做的。"

但是接下来这位失主的行为就很奇怪了，他让后面跟着的那个人从公文包里掏出一大沓保健品宣传单，把派出所当成了广场，人手一份发了起来。

所长的脸全黑了，但是盛长风无视所长的黑脸，先给他发了一张："您家里有老人吧，我们这个产品用了可以延年益寿，是好东西，警察同志们帮我找到了我的钥匙，帮了我大忙。我作为我们公司的客户经理，也向警察同志们献上一份大礼，那就是诸位警察同志家里的老人的健康！这是比金钱更重要的感谢！"

盛长风的表现，要比刚才和周六一通话的那个中介小哥夸张得多。

其他人可能觉得这就是一个走火入魔的销售，但是作为一个看着盛长风长大的长辈，付胜看得十分难受。

盛长风是什么人？

虽然没有周六一那么机灵，但是他从小就是好学生，爱面子，比较腼腆，和女孩子说句话都会脸红。

为了办案，他做了他从前根本就不会做的事情。

盛长风和现场的每一个人都握了手，表现得相当夸张，他郑重其事地从黄青梅的手里接过了钥匙，并且还想吻一下黄青梅的手背。

黄青梅吓得跑开了，嫌恶地看着盛长风。碍于这么多人在场，她勉强说了一句："不用谢，这是我们应该做的。"

盛长风大大咧咧地数了数钥匙串上的数量，目光停留在黄青梅身上："警官，你可真漂亮，我能不能加你的微信？你马上就下班了吧，我能不能开车送你回家？我的车，是公司刚刚分下来的宝马。"

这话越说越过分了，而且轻浮得不得了，黄青梅恨不得把桌上的水直接泼在盛长风的脸上。

李华拳头一下子就硬了："我们好心帮你找到了钥匙，你连一句人话都不会说？"

周六一冷着脸，手摁在李华的肩膀上，拿出登记表把盛长风推开，让他签字："对我们的女警官客气一点。"

盛长风坐着签字，还抖着腿："我就是喜欢女警察，这又不犯法。"

签完了字，他带着身后的那个跟班扬长而去，还给那个跟班说："看见了吧，警察就是为人民服务的，我就说咱们的东西堆在外面丢不了，你们还不相信。现在该信了吧。"

所长的脸，已经黑得像锅底了。

盛长风出了门以后，上了车，那个跟班有些疑心，毕竟那钥匙串上有个手铐的钥匙，他汗毛直竖："经理，你那钥匙，我怎么看着像警察用的手铐钥匙。"

盛长风手中把玩着钥匙，表情没有一丝慌乱，很是轻松随意道："淘宝九块九包邮买的，你要不要链接，我给你发一个？"

跟班道："看不出来，经理您还有这个癖好呢？"

盛长风笑道："我从小就喜欢制服妞，自己也喜欢扮着玩，我家里还有好几套警服呢，你要不要去看看？"

跟班心中的怀疑打消了："不用不用。看不出来，您长得一表人才，居然好那口。"

盛长风靠着椅背，摸出一根烟，抽了一口，语气挺横的："长什么样和干什么事有关系吗？"

跟班连忙道："没关系，没关系，您放心。您这个特殊爱好，我肯定不会告诉别人。"

///

盛长风走了以后，钥匙已经归还得差不多了，剩下的只有一两串，一看就是办公桌的钥匙、宿舍钥匙，在外面配钥匙的小摊上两块钱就能配一把，估计失主早就配好了，没什么找的必要了。

其他民警都挺忙的，而且一看就知道所长准备训斥新人了，大家赶紧撤了，没有留下看热闹。在这样的警务单位，所长一开始下手越狠，新人的成长进步空间越大，这是好事。

况且，现在到了吃饭的时间。

去了食堂，所长招手让周六一和李华过去吃饭，吃完以后让他们俩留下来，先开口问李华："草包，今天再做笔录，最后应该让当事人写什么？"

李华硬着头皮说："以上笔录我看过，与事实相符。"

所长的黑脸露出笑容，他故意提高声音："不是说得跟真的一样？"

其他正在吃饭的民警听到了，全都笑了，张桂兰捂着嘴笑，胡亮也往这边看了一眼。

李华的脸红得像猴屁股一样，他十分羞愧地说："所长，这样的低级错误，我以后再也不会犯了。"

所长又问周六一："群众的包子好吃吗？今天你再做点好人好事，是不是要收一箱现金？"

周六一手搁在桌上的筷子上，整个人不自在到了极点，但是他并没有顶嘴。

所长继续说他："你来的是派出所，群众经常会给你递根烟、递瓶水，饭点了拉你吃顿饭，你觉得没什么。万一你现在在经侦单位，人家给你的烟里面有药，水里面放了金条，那顿饭抵你一个月的工资，你怎么处理？是一份检查的事吗？管不好手和嘴，将来是要坐牢的！要不要我带你去看看，为了三万五万脱了这身警服的人！现在警务自纠自查，有个词叫刀刃向内，你听说过没有？"

周六一压低了声音："我保证，再也不会拿群众的一针一线。"

所长冷笑一声："你保证？你的保证有用吗？你是才当警察不久，但这并不意味着你没有学过民警执法手则。你就只会考试？梁处也教过你什么能做什么不能做吧？你遵守了吗？"

周六一手中的筷子瞬间被掰断了，筷子弹出去很远，他脸上冷冷的，一点表情都没有，只有眼睛里火星四溅，看起来特别吓人。

他很少挨骂。

这样劈头盖脸、完全不留情面的痛骂，简直是把周六一的脸摁在地上摩擦。

刚来就丢光了面子，以后还怎么在这个单位混？

所长站起来，冷冷地说："我希望你能记住我的话。能力越大，责任越大，你这身警服不是用来显摆的，是用来约束你的！"

所长离开，张桂兰几个人才过来看周六一，周六一脸上依然挂着阳光帅气的笑容："我没事，所长说的没错。"

///

除了值班的，其他人可以回家了。李华和周六一住在所里，吃完饭后，两人去了办公区域，准备完成自己的事情。

他们发现所长居然没走。

所长让周六一拿着登记表到他的办公室去，表上盛长风的名字，赫然被圈了起来,还打了一个问号。他问周六一:"你怎么看?"

周六一道:"这个人名字叫盛长风,需要重点关注一下。他进门的时候,手里拿着一沓保健品的宣传资料,我看了他手机拨号的界面,联系人全都是张妈妈、李妈妈、韩爸爸,我还用微信加了一下他的手机号,发现是 A 打头的网名,叫替天下儿女尽孝,头像是精修的西装照。别看长得挺精神,但是我打赌,这绝对是一个搞保健品传销的骗子!咱们如果能早点下手,肯定能一网下去捞起来不少大鱼!而且能帮很多老年人挽回棺材本!"

周六一目光有神,一脸稚气,但是说出来的斩钉截铁,完全不容人质疑,似乎他的判断,就已经是事实的真相。

可所长神情复杂,连连摇头,开口就是打压:"年轻人,你还太嫩了,你的眼睛看到的,都只是别人想让你看到的。真正的人性,远远比你看到的和想象的更加复杂。"

周六一忙活一天了,都没有听到一句肯定和夸奖,有些不服气:"我用我的方式帮那么多人找到了钥匙,这说明我的工作方法没问题。"

所长拿过来周六一的实习记录本,在桌上挑了一只红笔,手起笔落,大字写得龙飞凤舞:差!

所长的脸黑得像炭:"我可警告你,别私底下偷偷地联系这个盛长风,听明白了吗?"

周六一不服气:"我们派出所也有办案的权限,只要是警察,在职权范围之内,就应该阻止犯罪,他们应该受到法律的制裁。"

所长制止周六一,是因为这个失主是师兄的儿子盛长风。

就在不到两个小时之前,所长刚刚在梁培禾的办公室的电脑上,看到了他身着警服,飒爽至极的样子。

盛长风在办案一线,根本就不是他说的文职,行政岗,也不在省厅单位,他是和那些丧心病狂的歹徒在搏斗拼杀!

他怎么能允许周六一自作聪明地出手,毁掉盛长风的计划?

"这事你就别管了,你现在是实习警察,就和那些来这里实习的学警一样,没有办案权限,明白?"

周六一年少气盛,还是不服气,虽然没有顶嘴,但是能看出来他眼睛一直盯着登记资料,显然是另有主意。

现在的年轻人,怎么都这样?

所长有些头疼,来的要不就是像李华那样的榆木脑袋乐天派,天天净想着怎么偷懒,要不就是周六一这样的,想法特别多。

"我警告你,如果被我发现了你偷偷瞎干,我第一个收拾你。我是你的实习期第一任领导,你的去留我说了还是算的!"

其实在体制内,开除一个人是相当难的,也就是周六一刚来,不了解流程,所以所长唬得住他。

周六一眼中的光黯淡下来。

找到一堆钥匙的主人,以及破一个虚假保健品诈骗案,哪一个更有分量,根本就不用想。

所长被最信任的人骗了,这些火还发不出来,他很生气,最后一笔直接把纸给划烂了,好像手里拿着的不是笔,而是刀子!

这一笔,周六一都看得有点心惊肉跳,好像真的有一刀捅在了他心上。

他并不知道自己到底做错了什么。

他这么拼命努力地工作,是一种错吗?

///

其实,更让所长生气的是,盛长风居然把传销骗子的角色演得非常好,连周六一这个小狐狸都被骗了,这说明盛长风干这么危险的事情,已经不是一天两天了。

在他没有看到的地方,盛长风可能走得更远,可能和更加危险的犯罪分子打过交道了。师兄是烈士,盛长风,会不会真的沿着师兄的路……

所长不敢往下想了,把思绪集中在眼前的事上。

周六一一下午在所里,分析出那么多钥匙的信息,并将钥匙准确无误地送还给失主,这样的侦查能力,是很多侦查学专业的高才生都没有的。

这需要非常强的社会实践能力,还有特别灵活的思维,而且要和所里老中青各种人都打好关系。

徐海和王才智这些老民警,都曾经是各自领域的英雄,其实是非常骄傲的,一般的人他们还看不上。但是,他们看周六一像看自家的孩子,恨不得立刻给周六一当师父,手把手倾囊相授,教他当一名警察。

胡亮、李华、黄青梅这些年轻的警察,性格都算不上好,甚至可以说是怪人,但是现在他们已经和周六一打成一片了。

这样的人,越是锋利越是出挑,所里就越是留不住,因为这样的人,就正是梁培禾想要的尖刀利刃!

所长把笔摔在了桌上,气势汹汹,看得拎着饭进来的黄青梅都不由得倒吸一口冷气。

她从来没有见过所长这么严厉。

所长还没完，他把实习记录本放在桌上，继续批评周六一："你是警察，又不是天桥底下算命的，现在移诉需要完整的证据链，否则公检法的人会直接打回来。你知道什么叫证据链吗？是指一系列客观事实与物件形成的证明链条，证人证言和痕迹物证有秩序地衔接组合出犯罪嫌疑人实施犯罪的主要环节，能够证明犯罪过程，才能判定有作案嫌疑，接下来再采取必要的刑事侦查措施！就凭你上下嘴皮子几句话，能断案？"

所长和周六一对视着，眼神交锋，剑拔弩张，好像下一刻就能吵起来。

所长是真的生气了。

///

徐海还没走，李华这会儿在另一个办公室里跟着他做案卷，也听到了动静。李华很小声地问徐海："师父，周六一不会要辞职吧？"

徐海在他脑袋上敲了一下："你问我，我问谁去？他脸上又没写字，又没有完整的证据链，我哪知道他想干啥。别担心别人了，先管好你自己吧。你看看你这案卷，字像狗爬，你看看人周六一刚才写的字，多漂亮。"

李华咬着笔："师父，别拿我和他比，他是名牌大学的高才生，我就是个专科生。"

徐海看着李华，就像如来佛看着孙猴子："那你写成这样，辞职算了。"

李华立刻揉了揉眼，认真起来："不行，我要写好！要比周六一写得更好。"

卷 三
Volume 3

小 试 身 手

第 9 章
陈年悬案遗腹子

Chapter 09

"所长,我们可以换个地方谈吗?"

空气紧张到了极点,周六一似乎落在下风,他并没有继续争辩,而是把登记表拿起来,抬头和所长提出换个地方谈。

冷静,克制,不带情绪,所长有点意外。

周六一看出什么了?

所长点头:"可以,我倒要看看你能说出个什么花儿来。"

换了个没人的办公室,周六一很诚恳地说:"所长,你能不能不打击我当警察的积极性,我现在已经在想辞职不干了,你知道大厂给我开多少钱吗?税后六十万,再加股权期权、独立办公室,还给我内部购房优惠价。咱们派出所宿舍差,食堂差,办公电脑的年龄都快赶得上我的年龄了,你再骂我,我可是会辞职的!"

所长冷哼一声:"我们可开不了那么高的价,想升官发财,趁早滚蛋。"

周六一干脆拉了把椅子坐下来,很严肃地说:"不管你怎么骂我,我都不会走,而且会拼尽全力达到你的要求。等我从这里走的时候,我绝对会让你在我的实习日志上打优。"

呵,这小子还挺有气性。

周六一指着盛长风的名字说:"所长,当着那么多人的面,关于这个人我不想多说,也不想多查,这件事情是我错了。这个人的身份,是警察!"

这小子不按套路出牌!

所长原本以为,周六一会说就要查,谁怕谁,肯定会查出来一个传销窝,但是他没有那么说。

周六一发现盛长风是名警察，但是他没有说。

哪怕他当着那么多人的面被骂得狗血淋头颜面尽失，他都没有说。

所长心潮澎湃，他在周六一这个年纪的时候，出去实习，在街上晃了一天，都没有抓到一个小偷，而周六一，连化了装的警察都能识别出来。

周六一说完了，看到所长脸上没啥表情，他站起来准备出去。

所长又喊住了他："你怎么看出来盛长风有问题的？"

周六一很自然地说："盛长风的钥匙里有一把是手铐的钥匙，像一个缩小的套筒扳手，这样的钥匙，我从来没有在配钥匙的人那里见过，只在早上看王警官掏手铐的时候看到过。"

所长摇头，目光犀利："万一人家就是喜欢玩角色扮演呢？"

周六一轻笑着摇了摇头："我原本也是这么想的，他还想吃青梅的豆腐，吓到了青梅，但是后来钥匙在他手里，他有个习惯性动作：他居然准备把那串钥匙往腰上的皮带上别。如果我没记错的话，除了警察的战术带上绑满了警用装备，就只有您这个年纪的人才有往裤腰带上别钥匙的习惯。我不知道他是不是个角色扮演爱好者，但是他肯定是警察。"

这一点，无法反驳。

盛长风这个动作，暴露了他是名警察，而不是有特殊爱好的人。

很多在侦查过程中的警察，就是因为暴露了职业习惯，才被犯罪分子察觉，盛长风有警察的职业习惯，而现在周六一还没有。

所长心里想：是周六一赢了吗？

既然烈士子女可以成为警察，那么其他人为什么不可以呢？

周六一有着不属于这个年纪的沉稳，还在问："他是在刑警大队还是治安大队？"

这是确定了所长付胜和盛长风认识，所长审视着这个年轻人，语气终于软下来："这几天所里比较忙，忙过了这一阵子，我请大家吃饭。你出去吧，晚上把检查写了，等哪天胡亮和彭志远值班时候，你看看他们是怎么接处警的。"

年轻人听到几句好话，就会心情明媚，他站得笔直，敬了一个礼："谢谢所长。"然后脚步轻快地出去了。

之前周六一说他快离婚了，其实是在找碴，反击他突如其来的歧视和打压。

这一个回合，盛长风这个警校毕业的高才生，输给了非科班出身的周六一，因为盛长风精心的伪装在周六一面前居然被识破了。

说实话，所长从警二十多年，如果不是认识盛长风，他都很难仅凭一面之缘看出来盛长风是同行。

办公室里，就剩下所长一个人，他慢慢地喝完了杯子里的热茶，心里七上八下，不知道什么滋味。

梁培禾办缉私、缉毒、传销、连环杀人案……在所有人都束手无策的时候，他往往剑走偏锋，用最卓越的年轻人当内勤，省厅经常会批给他一些优待条件。

案子办得好，就相当于坐上火箭，能去最好的部门，在短短一年甚至几个月之内，走完别人三年乃至十年都走不完的升迁之路。

但是，如果案子办得不好……

所长想起来每年清明节去烈士陵园看同行战友，忍不住用手挡住了脸，那孩子那么年轻，只因为一点点的纰漏，就失去了生命……

思绪再飘远。

大概十年前，他去边境某个省参加一次抓捕任务，在冰雪交加的晚上，服务区有一群刚上班的交警招待了他。那些人脸被冻得通红，手上还生了冻疮，脚上的鞋面上结了冰，大半夜还得出去执勤。整个路段开车一趟就是三个小时，但是他们给他泡了热腾腾的方便面，用牙齿给他撕开卤蛋和火腿肠的包装。去巡逻执勤之前，他们还给他留了一个暖壶。可是当他完成了抓捕任务，去那个服务区还暖壶的时候，那些年轻人少了两个，他询问的时候，才知道凌晨三点多有大车超载撞坏了红绿灯，交警临时穿着荧光背心在道路中间指挥交通，因此出了事。都只是二十出头的青年，前一天晚上，他们鼻子冻得通红，给他倒热水，给他把火腿肠塞到泡面里……

那两个年轻人如果还在的话，现在应该也当爸爸了。

他很难接受曾经相处过的年轻人离世，那太残忍了……

所长打电话把徐海和姜汉山两个人叫过来商量。

徐海是刑警，见惯了大风大浪，姜汉山曾是缉毒警，处理过惊险万分的事情，他们两个人是有眼光的。

徐海和姜汉山看问题的角度经常是反的，所长想听听他们的看法。

///

所长办公室内，付胜亲自给徐海和姜汉山两个人倒了水，里面还搁了茶叶。平时他都是自己拿杯子去饮水机接水，很少给别人泡茶。徐海和姜汉山听他开口："奶茶不健康，也就那些小孩喜欢，我觉得还是泡茶比较好喝！"

徐海喝了一口咂咂嘴，但是并不买账："又涩又烫嘴，怪不得现在的小年轻都喜欢喝奶茶，这几百块钱的茶叶就是没有几块钱的奶茶好喝。"

所长的话明显意有所指,但徐海居然和他唱反调。

不过也是,是个人都能看出来他对周六一的挑剔和不满。

所长又问姜汉山:"你喜欢奶茶还是绿茶?"

姜汉山喝了一口:"我同意老徐的话,说真的,一开始觉得奶茶不健康,不过现在觉得,真香。"

所长一口茶差点喷出来,这两个人现在已经背离了上午大家达成的共识。那小子有什么样的魔力,居然能让两个经验丰富、阅人无数的老警察改变想法?

"啥?"

徐海靠着椅背,始终是懒洋洋的,眼睛眯成一条缝,语气平淡:"我认为,应该给年轻人一个机会。新人报到的三个月培养期,非常珍贵,到底是养出来一个精兵强将,还是养出来一个只会吹牛的废物,这三个月就能看出结果了。"

从警时间越长,徐海越是对后辈寄予厚望,而且特别宽容。搁十年前,他根本就看不上李华那样的人,但是现在他每天耳提面命不厌其烦地教导着李华。

徐海的态度已经很明显了,要无差别地对待,否则就会浪费人才,这是所长不愿意看到的。

所长又看向了姜汉山,姜汉山扶了扶眼镜。他的眼镜上午被踩烂了,所长记得价值不菲,买时花了四千多块钱呢,但是现在姜汉山又换了一副新眼镜。

反观徐海,穿着朴素,警服常服里面的衬衣领子都快要磨烂了。

不管是什么样的单位,都有这两种公务员,一种是家庭条件好,自己又会打理生活的,一种就是徐海这种落拓不羁能把衣服穿烂的。

姜汉山的说法和徐海差不多:"干咱们这行的,最大的不变就是变化,一个廉洁奉公的官员,很可能变成一个巨贪,一个恶贯满盈的杀人犯也可能在二十年的牢狱生活之后良心发现变成一个好人。既然这小子想当一个好警察,他也通过了省考,国家都批准了的,我们为什么不能好好教导他?说不定,他在我们这里处理案子觉得新奇,回头去新警集训营待一段时间,会觉得日复一日的高强度工作枯燥无聊没意思,哭着喊着求着上头把他分配去做文职。还可能像之前那几个辞职的一样,来的时候胸脯拍得震天响,恨不得为了职业生涯献身,走的时候却来了一句:我现在觉得电子厂一点也不累。"

姜汉山这么一说,所长突然觉得自己压力没那么大了,可能周六一就是小孩子心性,新鲜一段时间就放弃了。

别看现在找钥匙找得热火朝天的,耗上一段时间,估计连杀人案都提不起劲了。

徐海从来不是个话多的人,但是现在为了周六一说了很多话:"咱们所里有个习惯，那就是除了内勤，新来的所有的接处警都要实行打分制，六十分合格，这项权利，在我们几个人的手中，考察和培养的是综合能力。老付，你总应该相信我们的眼光吧？"

实习生每个人都可以打分，所长有一票否决权。

听了徐海的话，所长突然觉得自己可能是神经太紧绷了："也行吧，有段时间没有进新人了，李华这货又太不省心，我都快把这事给忘记了。"

徐海喝了口茶："华子这孩子还是不错的，做事情总是有始有终。"

李华每天都在挨批评，如果他听到了徐海为他说话，大概做梦都会笑醒。

姜汉山还劝所长："你都连轴转多长时间了，让你回家休整一下。你倒好，跑完了市局来所里，搞得草木皆兵。"

所长这才靠着椅背，得到了这一天的片刻轻松："这不是新人来了，我不放心嘛。"

///

周六一忙完了，点的外卖也凉了，看到食堂的灯亮着，他就跑过去用食堂的微波炉热一下。

李大妈还没有走，从冰箱里拿出来水果给他。

周六一大受震撼，忙了这么久确实很饿很渴，他狼吞虎咽地吃着："咱们食堂还有西瓜？"

李大妈把炒饭从微波炉里拿出来给他，解释道："前段时间周边封城，水果滞销，瓜农们损失严重，所长就带头联系滞销的瓜农多买了点。我们所里好多人家里的水果也是通过这个渠道买的，你需要吗？"

周六一愣了一下："所长还忙这个事情？"

李大妈已经收拾完了，把餐具放进了消毒柜，准备下班，看到年轻警察一脸茫然，就笑道："那当然，你以为所长只会破案子盖章？那你可小瞧我们所长了。以前需要所长带头破杀人案，他就是所里的刑警，需要转型搞什么信息化，就是用电脑处理工作，他就学会了使用电脑打字发邮件，现在上头又提要求说派出所要服务大众，他就开始搞我说的这些事情了。咱们所收到的锦旗特别多，但是所长不让往外挂，全都扔在仓库里，不然你会发现咱们所墙上红艳艳的一片。"

…………

所长付胜，看起来凶巴巴的，居然是这样的人？

周六一大口吃着手里的西瓜，大概是因为忙了一天，这西瓜就是比以往吃过的更甜。

▅▅▅

王才智今天晚上值班，他没有楼上那三名警官想得那么多。既然周六一穿上了警服，人在龙华街派出所，那他们就应该教他怎么当一名警察。

他把李华和周六一都叫过来，拿了一张纸，纸上密密麻麻写着字："华子在我这里的考核还有两个月就满半年了，现在的分数是五十五，早上吃群众的包子，还得扣两分，要努力一下。"

李华挠挠头："老王，你这太严苛了。"

王才智戴着老花镜，看着新来的周六一，语重心长道："当警察的，不是靠一时的热血，而是数十年如一日的坚持，你今天早上的表现是不错，但是总不能靠那十分钟过吧？"

周六一没想到会这么复杂，王才智已经拿着笔开始勾选了："妥善处理紧急情况，加五分。现场处理不当，备注，拿群众包子，减两分。帮助群众找到财物，我数数，钥匙一共找到了十五串，一串零点五分……"

这……？

王才智这么一个身披警服的老民警，看起来像个小摊贩一样，加减乘除算了大半天。

周六一戳了戳李华："李哥，其他人的考核也这么难吗？"

李华摇了摇头："不会，老王以前在押运车队自己就是个财务，算账已经算习惯了。"

"那其他人呢？"

李华想了一下："跟彭哥出警，只要没投诉的，就给一分。"

周六一犯难："那六十分太难攒了！"

李华："我开始也觉得难，但是你知道现在彭哥给我打了多少分吗？一百一十分，每天至少五个案子，半个月就差不多满分了。"

周六一瞬间觉得头大，李华继续解释其他人的评分标准："亮哥比老王稍微严一点，他那边我估计我肯定要挂科了，你们这些高才生，可真难打交道。教导员经常不在所里，他那边完美完成三个大案子就可以了。我师父徐海比较懒，直接拿老王的成绩单。"

周六一又问："那内勤的张警官呢。"

李华终于露出了舒心的笑容："咱们桂兰姐姐，可是个大好人，她认为，就咱们所的条件，能有人来就不错了，还要什么自行车。你只要住进咱们所的宿舍，她就会给你个满分，生怕你留不下。"

李华一拍脑袋："你看我这记性，忘了说所长了，他的考核点就是把所有人的考核标准汇总一下，能行就留下，不行就打个差评。不过，所长的考核点，只有两个分数，一个是满分，一个是零分。我都辛辛苦苦当牛做马这么长时间了，还是个零分。"

周六一瞬间感觉自己像是戴上了紧箍咒的孙悟空，而念经的权力，就在所长那里。

王才智打好分了。下午他刚刚处理了一个案子，他就拿这个案子来举例。大概是因为周六一引起了黄青梅的兴趣，往常到点就下班的高冷女警察现在也留在所里多坐一会儿，而李华跟着两个人也终于有了认真的样子。

老王讲起案子来，绘声绘色："真是绝了，两口子在彩票店门口因为中一个亿怎么花打起来了，男的牙被打掉两颗。你们没怎么出过警，我补充一下，按照我国的法律，牙掉一颗，就属于轻微伤了，拘起来也是可以的，如果不调解，可能会判刑，治疗费用也不低，大概需要三千到三万，所以没事千万不要打架。不过，这对夫妻比较奇怪，结果你们猜怎么着？"

黄青梅先感叹了一下牙是真的贵，她高中时光整成一口整齐的牙就花了五六万，她好奇地问："男的有钱了就要离婚吗？"

李华一瞬间就被勾起了兴趣，伸长脖子："是不是为了买湖景别墅还是劳斯莱斯在吵架？好羡慕，我也想去买彩票，我一点也不贪心，不用中一个亿，一千万就行。"

王才智笑眯眯地摇了摇头，看着周六一："六一，你怎么看？"

周六一还在摆弄手里的钥匙，有点心不在焉，他被点名之后稍微想了一下，然后谨慎地说："那对夫妻，根本就没中奖吧？"

黄青梅愣了一下："不会吧？"

李华赶忙问王才智："老王，真的假的？你那么大年纪了还耍我们？"

王才智有些意外地看着周六一，拧紧了保温杯："你怎么知道？"

周六一把钥匙放下："我要是有个老婆，中了一个亿，我就回家和她打，不会在彩票店门口打。"

王才智示意周六一继续说。

周六一挠了挠头，有点不好意思："咱们国家，所有中了彩票的人，都是戴着口罩和棒球帽去领奖的，很少有这种敢抛头露面的。反正我看了这么多年新闻，只知道有人中了大奖，从来都不知道是谁中了奖。"

王才智竖起大拇指，不吝夸奖："不错，那对夫妻确实没中奖，六一猜对了。"

李华哀号一声："那报警的人也太无聊了，没中奖就讨论中了奖怎么花，还大打出手？"

黄青梅也忍不住吐槽："真是浪费精力，浪费警力。"

王才智趁热打铁，教育三人："其实，按照我们国家现在的治安环境和通信普及程度，我们接到的报警类型，有百分之五六十都是这样的情况，但是就算我们按照自己的职业经验，可以判断这个案子就是鸡毛蒜皮的事，也要出警，也要打起十二分的精神。万一真的遇到群众受到了不法侵害，那个概率对当事人而言，就是百分之百。所以，千万不要看不上那些小案。就算是浪费精力，浪费警力，我们也得出警。"

王才智说了很多，全都是基于他社区民警调解的部分。

比如两口子打架闹离婚，要根据事实，判断到底是家暴威胁还是两口子真的感情不好，否则发展成凶杀案件，杀妻杀夫，就不可挽回了。

比如小孩子不写作业这种青少年和父母之间闹矛盾报警的，要判断只是在气头上还是亲子之间已经有了不可挽回的矛盾。这几年青少年自杀率越来越高，中小学生患抑郁症的比例也越来越高，但是我们往往看到的只是孩子不听话。

比如邻里纠纷，有些是因为宅基地等切实的利益，有些是因为噪声或者垃圾妨碍了邻居的正常生活。遇到情绪激动的人，处理的时候要谨慎一些，以免引发肢体冲突。

///

黄青梅打哈欠，觉得很无聊："老王，天黑了，我回家不安全，就先走了。"

李华也听着有些烦："老王，我还有检查没写完，就先去写检查了，你讲这么多我也消化不了，遇到了案子再说吧。"

但是周六一录了音，听得格外认真。

王才智拧开保温杯的水喝了一口，问周六一："你不觉得无聊？"

周六一笑笑："我没有见过，觉得有意思。对了，王哥，如果是银行抢劫案呢？"

王才智摇头："你没有当过警察，我给你解释一下，同等案值下，抢劫罪是最重的，我在这儿当了十五年警察，都没有见过抢银行的。在手机支付普及以前经常在街上抓到扒手，现在也少了，主要是诈骗。上一次的银行抢劫案，在二十年前,我那时候还在外省,你那会儿才出生,不过不是我们所的案子。我听说案值过了一千五百万,现在都没有把那些钱给找回来,当时死了一名警察和一个银行职员,这案子到现在已经成了悬案。唉,作孽呀。二〇〇三年以后,银行支付就有了U盾,支付方式更安全。早些年,天网系统在各个部门之间也是独立的,不像现在调取监控这么方便,还有软件能进行识别。这也是二〇一二年六月份公安部牵头起草了文件,才开始把全国视频统一联网。要是晚几年,那么大的案值,根本就不可能发生,就算发生了,也会在限定时间内破案,人海战术和现在的技术加起来,肯定会破案的。我听说那个银行职员当时明明能逃出去的,但是他留下来救了很多人,可他被绑走了……"

王才智说话的声音越发低沉,惋惜之情,溢于言表。

周六一看向窗外的茫茫夜色,眼睛通红,紧咬着牙齿,脸上的肌肉绷紧,这才没有让眼泪掉下来。

周六一,出生于二〇〇一年元旦之后。

周六一,是个遗腹子。

周六一,自出生以来,就没有见过自己的父亲。

王才智掏出一支烟,抽了两口,语调上扬:"我听说市局法医部门痕迹检验科,加上刑警队,还有两名老警察当时参与办了这个案子。他们现在还在办,不光是为了牺牲的警察,还为了那个银行职员。这两个老家伙,比我大快十岁了,头发都白了,孙子都高考了,但是为了能让这个案子水落石出,已经两次让他们退休了,他们还天天上班。我相信,这个案子肯定会破的!"

周六一诧异,这事情他不知道,他说:"我也相信,这个案子肯定会水落石出的。"

王才智猛地抽了一口烟,但是语气十分平淡:"咱们这里是什么地方,是派出所,多的是案子,就好像你在医院能看到很多病人一样。"

周六一问道:"王哥,那你见过的最让人觉得遗憾的案子有哪些?"

王才智沉思片刻,叹了口气道:"七八年前吧,有个环卫工人,住在出租屋里,攒了一年要等着过年给孙子孙女的五千块钱被偷了,我们腊月里去给他破了案,偷钱的是邻居。大过年的,他也舍不得买点年货,就买了四十多个馒头,等着过了初五,孙子孙女来城里。但是除夕晚上,有人醉酒驾驶,把他给撞死了。我们去了现场,等到他儿子一家从县城赶过来,他买的那些馒头还没有吃完,装在塑料袋里,吊在房梁底下……"

真令人觉得心酸,周六一急忙问:"肇事者抓到了吗?"

王才智语气里透出一丝欣慰:"那是当然,八年前,老徐来了咱们所,刑事案件自然是都有了着落。"

第10章
救人一命试身手

Chapter 10

晚上，周六一和王才智值班，李华也睡在所里。

所长走的时候，还不太放心，反复和老王强调："如果遇到事情，就给我打电话。"

老王戴着老花镜，在值班室做台账，看背影像是批改作业的中学班主任。

李华哈欠连天，直接就去宿舍睡觉了，周六一其实想拉着李华把检查给写完。他从来都没有写过检查，但是也从来没有拖拉的习惯。

李华拉着他的手，语重心长道："六一，咱们现在已经毕业了，上班了，群众不会选在你上班的时候报案，他只会有了问题就报案。所以，你也不能像上学那会儿，按时上课，按时放学写作业。"

看到周六一没啥反应，李华直拍大腿，把话给说明白了："我和你讲，没案子的时候，你就抓紧时间休息，好好睡觉，赶紧吃饭；案子来了，你就得连轴转，很可能就是忙一个通宵。该偷懒的时候就偷懒，这是在给自己充电。

"我一天二十四小时只睡了四小时，我不写检查，肯定不会死在所长手里，但是我如果再不睡觉，阎王爷会因为我赶着投胎插队让我滚回来吗？"

这么严重吗？

王才智放下老花镜，看着两个新人："华子，你去睡吧，六一，你也去睡会儿。当警察的，不光得严防死守，也得学会休息，人要是一直把神经绷得太紧，用不了多久就废了。我年纪大了，觉少，等会儿有了事情我叫你们。"

周六一第一天来所里，现在并不困，就过来翻了翻老王做的台账，从报案人的电话住址，到调解民警掏了五块钱，全都记录在册。

这也太详细了，周六一看着不由得咋舌："咱们要把台账做得这么细吗？"

王才智给他解释："台账，就是名单名录一览表，我们这样的单位每天处理那么多的案子，都需要登记清楚。万一遇到了扯皮的事情，拿出来就是证据。"

周六一说："靠谱的邮件、OA系统，不行吗？"

王才智显然没有听说过,他放下笔,看着周六一,态度和蔼地道:"你要知道,科技在基层单位应用需要时间,不能让单位来适应你的习惯,而是你应该适应这个单位的工作流程。"

　　周六一听完,不再反驳,他不会像李华那样牢骚满腹。

　　他已经开始工作了,在做记录的时候,习惯性先做了目录一览表,然后分门别类整理,这和其他人眉毛胡子一把抓地做台账不一样。

　　年轻人,就是不一样。

　　王才智看着周六一,总觉得这小子干这些琐事有点屈才,毕竟这小子现在还年轻,还有无限可能。

　　工作了一会儿,王才智有些困意了,就去睡了。

　　偌大的办公室,就只剩下周六一一个人还在伏案工作。

///

　　周六一接了一杯水喝完,准备再做会儿台账,然后去食堂吃夜宵,李大妈专门留了饭。

　　但是这时候,接警中心报过来一个案子:凤凰小区有人要跳楼,119现在已经赶过去了。

　　王才智从值班室冲出来,进门就喊人,但是发现人都不在,立刻"抓壮丁"拉上周六一就跑。院子里没有警车了,这个一向挤公交都要报销的老民警,毫不犹豫地把自己的私家车开出来。

　　他揪着周六一:"快点快点,人命关天!"

　　按照惯例,应该由年纪小资历浅的人开车,周六一驾照刚拿了不久,赶紧去开车。

　　但是王才智让他坐在副驾驶座上,一脚油门出了派出所大门,转弯过了两个红绿灯上了高架桥,然后绕环城路去凤凰小区。

　　车开得挺稳挺快的,不知道为啥,周六一感觉到不太对劲,这速度也太快了,几乎是压着限速跑的。王才智和他说话:"凤凰小区八栋二十五楼的业主出事了,是对面楼的一个业主发现他把窗户上的纱窗拆了爬上去,看着别扭觉得不对劲,报了警,我们联系了物业,才知道他的父亲被骗走了十九万,还一直和他要钱买保健品,他和父亲大吵了一架,现在要跳楼。"

　　周六一想起了盛长风来取钥匙的时候拿着的宣传资料:"是健康宝吗?"

　　王才智点头:"现在的年轻人工作忙,不在家,家家户户又只有那么一个孩子，老人退休以后空虚寂寞，就被卖保健品的钻了空子。等到回过神来，老人已经泥潭深陷，把卖保健品的当成了自己的亲人，拿儿女的钱财给卖保健品的，儿女不给钱就认为儿女不孝顺，你说这怎么弄？"

这时候，他们已经距离凤凰小区不远了，消防员又打了电话过来："王警官，我们这边出了两个火警，人手不太足，你们来几个人？"

王才智道："我可以和当事人谈判，我还带了一个人能和你们一起救人。"

那边的人像吃了定心丸一样，觉得妥了："王警官，我们信得过你，有你们帮忙太好了。"

挂了电话，王才智和周六一说："以后你就习惯了，不管是火警、撞车撞人，还是病人突发意外情况，在打了火警电话、交警电话、医院的120以后，都要打110，我们也需要去现场。我们判断过以后，如果超出我们的处理范围，就联系治安大队、刑警大队什么的。所以大家都是熟人，去急诊科、消防大院、交警大院，和回我们自己所里一样。"

周六一点了点头，冷静地分析道："被对面的人看到了报警，说明当事人的情况已经很危险了，而且没有家人陪伴，家里不会有他的妻子和孩子，有可能是离异或失业，对生活完全失去了信心。因为父亲被骗而绝望到想要自杀，很可能还有网贷记录，而且当事人应该是个很难沟通的人，我们很难劝他放弃自杀。"

周六一打开了手机，通过全景地图，查看凤凰小区内部的环境："消防通道上停了四辆私家车，把路给堵了，消防车进不去，就算可以进去，也没有办法给他提供帮助，现在的办法就是和楼上的业主进行沟通，从楼上把他给带回房间内部。"

王才智有些意外，周六一居然会这么快就进入了角色，他还没有给周六一讲解，周六一就自己分析上了。

周六一分析完了，下结论说："从现场发回的照片来看，围观群众太多了，当事人情绪特别激动，我们只能对他进行救援，用谈话来拖延时间，如果时间迟了的话，很可能会发生我们不愿意看到的事情。要做坏的打算。"

王才智有些疑惑地看着周六一，这是完全没有经过任何警务训练的实习生吗？这简直是一个训练有素的青年警察。

再回想早上周六一当机立断，制服了武疯子，王才智不由得对周六一的经历有些好奇。

周六一很善于观察，看出了王才智的疑惑，他笑着解释道："我有个好朋友是警察，我和她认识很多年了，所以对办案比较感兴趣。我老问东问西的，是她给我解答各种问题。"

王才智以为周六一说的好朋友是个男生，赞许道："那你的朋友，肯定是个好警察。"

周六一点头，浮现一丝不易察觉的笑容："所以我才想当警察。"

///

此时人们已经开车下班回家了，进了小区以后，警车没有地方停，只能停在外面。停好车，周六一和王才智赶紧往里面跑，根本就不用找，那栋楼底下已经聚集了一大帮人围观。

一个叫老黄的热心业主，抽着烟，光着膀子，穿着塑料拖鞋抖着腿，看起来特潇洒。他拿着手机，正在给楼上的人打电话，劝楼上的人不要跳楼。

老黄的口才不错，像是在说相声："哥们儿，没啥过不去的，我也失业了，现在在家天天给老婆做饭，不也活得好好的吗？我干过的丢人事比你多得多了，怕啥呢！先活下去再说。"

周围还有人看热闹不嫌事大地吆喝："要跳赶紧跳，别耽误我回去吃饭！"

这人嬉皮笑脸的，一点不把人命当回事，老黄被那人惹怒了，脱下自己的拖鞋就砸过去，恶狠狠地骂："滚远点，不是你家里人你不心疼，他要是真跳了，就是你推的，得变成鬼找你索命！警察来了也会给你判个教唆罪！"

老黄显然是读过书的，这话说得够重，毕竟谁也承担不起杀人的罪名，挨了一拖鞋的痞子闭上了嘴，只敢小声说："关我什么事！我就是看个热闹！"

老黄还在劝着，声情并茂，语速缓慢，绝对比现在很多男生哄自己的女朋友用心得多："生命是自己的，别为了不值当的人轻易放弃！"

楼上的要跳楼的业主，名叫张栋梁，现在卡在窗户上。从下往上看，人只有巴掌大，但能听到他号得撕心裂肺的："老黄，你别管我了，让我死了算了，活着真没意思！我得了病，我不敢去看我的检查报告，我爸把我所有的钱都拿去买了保健品。我老婆和我离了婚，带走了女儿，我爸说我没本事，说我还不如卖保健品的小伙子孝顺。我怎么那么失败啊，我还怎么活！"

楼下围观的人议论纷纷，从自己的角度发表看法。有的人觉得他可怜："真可怜，离婚、失业、生病，当爹的还把他的钱卷走了！"有的人觉得社会就是这样："一过三十五，手里没钱，就是个垃圾。"有的人特别有共鸣："中年危机，我觉得我也快撑不住了。"有的人从社会方面分析原因："现在的人压力太大了！"有的人从家庭方面找原因："也不能全怪他，他老婆太狠心了，他爸不给儿子买房就算了，还拿他的钱给骗子，就不是坑儿子吗？"

……………

周六一捏了一把汗，刚上班第一天，碰见的不是砍人的就是跳楼的，这也太超乎想象了吧。

梁培禾可真是给他找了一个锻炼的好地方。

周六一擦了擦头上的汗水，现在他希望这个人千万不要想不开或者是体力不支掉下来。

这个热心业主老黄还在扯着大嗓门安慰楼上的张栋梁，他现在几乎词穷了，喊着："那你这跳了楼也没个人给你收尸，要不先别死了吧！"

楼上那人号啕大哭："我都要死了，还管有没有人收尸吗？"

老黄实在是把能说的话都说了，一句话也编不出来了，急得满头大汗，一转眼看到了警察过来，像是看到了救星，赶紧把手机给警察，向楼上那哥们儿喊："你看，警察同志来帮你了，你可千万别想不开，有困难咱们找警察，肯定会解决的。"

热心群众能做到这一步，已经很不容易了。

王才智接过手机，和楼上的人进行谈话："后生崽，我是龙华街派出所的民警王才智，有什么事情想不开，别走极端。我今天来这里，就是来给你解决问题的！"

老王的话，讲得很官方，也很负责，但是没有起到效果，张栋梁变得特别激动，破口大骂："你们警察就是骗子！打电话和我说我的账号涉嫌洗钱，要冻结我的卡，骗走了我两千块。我去报案的路上又给我打电话说如果我再交一笔钱就能快速受理，又骗走了我五百块钱！我在你们眼里就是一个二百五！你现在又来骗我！"

周六一和王才智对视一眼，都觉得事情不妙。

有不法分子冒充公检法工作人员对张栋梁实施了诈骗，盗取了他的银行卡账号和密码等信息，偷走了他的钱。

但是他现在认为警察偷走了他的钱。

王才智示意周六一走远点，去看救援人员来了没，他通过电话朝着楼上喊话："我们警察，绝对不会做这样的事情，这是一种新型诈骗方式，冒充国家公职人员窃取居民身份信息。我们省公安厅累计已经接到了上千起这样的报案，受害者不是你一个人，是上千人。我们省厅为了破这些案子，帮你们追回损失，成立了反诈大队、反骗中心，还有大案要案专案组。你给我们一些时间，我们一定会给你一个交代！"

字字铿锵有力，绝对是悍然无畏的态度，他是对着楼上在喊话，也是在对周围持怀疑态度的居民解释。

然而，张栋梁又往楼下扔了一个杯子，陶瓷水杯被砸得稀巴烂："骗子，你们都是骗子！"

老黄看得直皱眉，跟在周六一身后，和周六一说："你们警察快点想想办法，我真怕这二愣子跳下来砸到我。我老婆接孩子一会儿出辅导班要经过这里，万一砸了我的家人怎么办？前几天的新闻你看没？医院的病人跳楼砸了清洁工，病人当场死亡，清洁工成植物人了。你们要引起高度重视，真出了事怎么办？"

群众已经把警察当成了神仙，觉得只要警察来了，就什么问题都能解决。

周六一以前没有当警察的时候，也是那么想的。等到他现在自己成了警察，才发现警察遇到事情，也是临时想办法。

但是，不能这么和群众说，万一吓到了群众怎么办。

周六一说："放心吧，我们警察就是为这件事情来的，我们会竭尽全力解决。"

到了小区门口，周六一伸着脖子张望，眼睛都快要望穿了，才看到消防的人背着沉重的设备进来，向他招手："警察，我在这里！"

周六一没看到大型的消防车，赶紧问："你们的消防车呢？"

领头的大个子名叫马渊博，和龙华街派出所的人是老搭档了："今天有两个报火警的，居民楼里的煤气罐老化起火了，已经过去了，还有一个是工厂的废旧材料起火，这两起事件都在人员密集区，就先过去了。再说了，人在二十几楼，消防车来了也没什么作用，云梯搭不了那么高。"

另一个消防员孙斌说："应对这种突发事件，你们警察比我们消防有办法，你是新来的吧？不了解我们这地方的工作模式，以后就熟了。"

马渊博说："就是，差不多同样的距离，你们派出所现在已经到位开始工作了。"

这……？

周六一以为这样的救援，应该是消防当主力，派出所就打个辅助，没想到现在居然是派出所的一老一少两名民警当救人的主力，消防打辅助。

周六一瞬间感到血压都高了。

王才智还在用手机劝那人别跳楼，但是收效甚微。他们几个一商量，决定救援。

王才智继续在这里拖着，消防员和周六一联系物业，上楼救人。

但是物业拒绝了他们："警察同志，不是我们不帮忙，而是这边业主不好沟通，拒绝了我们，说他们在家也不会开门的。他们家的厨房是新装修的，花了不少钱，怕你们给弄坏了，要不你们试试从三十二层下去，也不差啥。"

马渊博背着一大捆绳索和设备，有三四十斤，却像是女士背了个包，完全不觉得有重量，站在物业面前显得很魁梧。他脾气很急，几句重话砸下去："什么叫作业主不好沟通，是你们在扯皮，根本就没有把沟通工作做到位！人命关天的事情，厨房的锅碗瓢盆再贵，能贵得过一条人命吗？三十二层下去，承重绳索都不一定受得了！"

物业一听这话，立刻翻脸了，阴阳怪气地说："业主不高兴想跳楼，关我们什么事？人家帮你们是情分，不帮你们是本分！你们还能私闯民宅？再说了，我们都是一个月不到三千块钱的临时工，不像你们端着国家的铁饭碗，我们招惹了业主肯定会饭碗不保，凭什么要冒这个风险？"

这种说风凉话的态度，让两个消防员火冒三丈，但是又找不到其他话反驳，而且人命关天，哪有时间在这里和物业吵架？

电梯马上就到了，周六一和两个消防员出去，物业不帮忙，他们就只能自己去交涉。

马渊博没有多少不高兴的情绪，反而开解周六一这个新来的年轻小警察道："别往心里去，我们天天都是和各种各样的人打交道，大家的素质都不一样，有人配合，有人不配合，但是不管怎么样，工作还得继续干。"

周六一点头："我明白。"

消防、急诊、派出所，这些基层单位，不光要处理技术工作，还要跟很多奇怪的人沟通。

周六一之前就听他那个好朋友吐槽过不止一次，所以心里也有点数。

他只希望，上楼以后碰到的业主不要和物业一样难缠。

周六一快步往张栋梁楼上的那家业主门口跑："我去和他们谈。"

他一边拿着物业电话打电话，一边敲门："警察，请开门。"

门内传来脚步声，一个矮胖的中年妇女开了门，手里端着碗，两个胖乎乎的孩子围在餐桌旁，手里拿着排骨鸡腿，吃得一脸油。他们都好奇地往外面看。

这个时间点，这个业主家正在吃晚饭。

中年妇女在窗边放了个小板凳，显然是在看热闹，她开门看到消防员还有警察，立刻翻个白眼准备关门，周六一向前一步卡住门，带着笑容说明来意："婶子，您楼下那个业主要跳楼，我们想要借用一下您家的窗口，对他进行救援，希望您能给我们个方便。"

中年妇女凶巴巴地拒绝，白眼快要翻到天上去了："不行！我又不认识楼下那个神经病，你找别人去。我楼上那家没人，你撬了他们的门锁进去吧。"

周六一倒吸一口凉气。

开锁公司过来得二十分钟，现在身上穿着警服，撬锁要负法律责任，不然周六一现在真的想去撬楼上的锁。时间一分一秒地过去，王才智还在楼下周旋，时间根本不等人。

还是劝楼上这家比较可行。周六一放慢了语速，看着这家的摆设，发现桌上有房产中介的宣传单，立刻有了办法："我知道，咱们小区不带初中学区，您两个孩子聪明可爱，为了上好学校肯定要换房子。您楼下的房子如果死过人，就会变成凶宅，肯定会影响房价的。原本卖了这个房子可以贴点钱全款买新房，但是楼下那人要是真跳了，这房子的价格可能只抵得上首付了。"

中年妇女脸上闪过一丝犹疑，怒声道："说什么晦气话呢，房价都会涨的！"

周六一拿出手机，给她看新闻："去年苏杭杀妻案，那个小区的房价可是降了不少。本来好地段，好格局，但是因为死过人，房子就不值钱了，降价也没有人想要。"

中年妇女拿过周六一的手机翻了翻，都是死过人的小区房子降价的新闻，她直皱眉头，改了主意："那快点救人吧！"

物业和消防员扛着东西进来，但是房子窗户太小，卸了一个窗户，空间也不够，消防员人高马大，钻出去费劲。

现在的新小区的窗户出于安全的考量，设计得都比较小，楼下那个张栋梁，个子不高，人也比较瘦，所以才能横着坐在窗沿上。

周六一虽然高，但很瘦，他掂量掂量绳索："我来吧。"

马渊博急忙拒绝，伸出大手拦着他。这种高空作业，可不是开玩笑的，万一有什么闪失……这名年轻的小警察，也是别人家的儿子，是别人单位的战友，他说："不行不行，你没有受过专业训练，很危险的。"

周六一把绳结锁套往自己腰上套："我练过攀岩，拿过全国攀岩赛的亚军，我会使用这些工具。"

马渊博还是拒绝："不行，太危险了，我来。"

但是马渊博的身体根本就挤不出窗户。

周六一已经扣好了锁扣，并且检查了一遍，故作轻松道："这比登山俱乐部的设备还好。"

两个消防员看到周六一确实表现出了专业水准，终于同意，但是一再嘱咐周六一要小心。他们固定了手里的装备以后，还检查了好几遍。

毕竟，这栋楼实在是太高了，有些恐高的人就算站在玻璃前，都会觉得头晕目眩，腿脚发软。

而周六一要探出窗户，还要借着力，把张栋梁给踹进去。

这个难度不是一般的高！

周六一出了窗户以后往下看了一眼，晕得天旋地转。他深吸一口气，拉着绳索踩着墙面往下走。

他的动作还得轻，不能把下面的人给惊到了。

王才智的喊话只起到了拖延的效果，张栋梁坐在窗沿上，号啕大哭着，发泄着情绪："是我自己蠢，是我活该，是我太贪了！要不是投资P2P赔了钱，我老婆也不至于和我离婚！是我对不起老婆女儿，是我忙于工作没空看我爸爸，要不然他也不会被骗钱！"

但是，这已经足够了。

王才智吸引了张栋梁的注意力，周六一就可以从容缓慢地往下爬，寻找一击必中的机会！

王才智看到从楼上窗户出来的人居然是周六一，不敢相信自己的眼睛。

这小子，才来上班第一天。

他是通过省考进来的警察，按照一般的人员分配习惯，他的最终岗位是文职，每天就写写材料，开开宣传会。

而现在，一天的时间，他已经出过两次危险任务了！

王才智吸了一口冷气，拿着手机的手都在微微颤抖着。很快他想明白了，那两个消防员块头太大了，出入窗口困难，物业的人肯定不可能上，就只能警察上。

王才智有点后悔带着周六一出来了。

可是如果今天没有带着周六一出来，现在这么危急，谁能绑着绳索去救张栋梁？

王才智看着蜘蛛人一样沿着墙壁往下爬的周六一，觉得一阵心痛。

周六一不光得保护好自己，克服恐惧，沿着那么高的墙壁往下爬，还得注意不要发出声音，不要惊动张栋梁。如果激怒张栋梁，这个需要他们救援的人，可能会当着他的面一头栽倒，从楼上跳下来……

王才智冷静下来，继续劝张栋梁，现在他唯一能做的，就是配合周六一："我看过好几个电诈案的案卷，都是侦破了以后把钱返还给了老百姓，我的同事们都在努力！你可以看一下新闻，现在全国各地，隔段时间都有退赃的新闻，很多人的钱都被追回来了。你给我们一点时间，我们肯定能把你的钱追回来！"

张栋梁想要转个身，现在有了一点求生意志，他看着楼下才觉得害怕，一眼都不敢往下面看，再次哭了："王警官，救命，我的脚麻了，动不了！"

然后，张栋梁的手机从手里掉落了，他的身体也不由自主地往外倾斜……

王才智感觉自己的呼吸都要停止了，似乎下一刻，眼前就会有一具尸体。

他大声喊着："抓紧窗沿，你抓牢，警察会救你的！"

千钧一发之际，周六一加快了速度，迅速往下跳了一步，然后借着绳索摆动的力量，狠狠地朝着张栋梁踹过去，一脚把人给踹了进去。

两个人都进了张栋梁家的客厅。

王才智赶紧揉了揉眼睛，确定自己没看错，地上没有尸体，才松了口气。

他发现，就在不远处，一部手机四分五裂，他擦了擦头上的汗。自己刚才也挺危险的。

但是王才智没有当回事，赶紧喊了几声："都散了吧，不要拍照。"

"有什么好看的，都散了吧。"

…………

然后，他往电梯里走，着急去确认现场，一定要看到周六一平安，他才能放心。

周六一，是他的新战友。

///

周六一落地之后，身体砸在了客厅的冰箱上，磕到了后腰，脸转过来整个撞在墙上。他疼得直冒冷汗，趴在地上，眼冒金星，半天都起不来。

张栋梁被踹了一脚，但是并没受伤。周六一比较克制，没有用特别大的力气，更幸运的是，张栋梁落在客厅的地垫上。地垫很厚实，很软。

他爬起来对周六一说："警察同志，谢谢你！"

现在看张栋梁这张脸，怎么那么欠打呢？

周六一爬起来，深呼吸了几下，坐在地上，对着张栋梁勾了勾手指头，脸藏在阴影下，看不出来情绪："你过来！"

张栋梁不明所以，以为是警察例行要和他说几句好话，就赶紧走过去："警官，有什么话您说……"

他话还没有说完，周六一瞬间爬起来，朝着张栋梁脸上就是一拳，然后揪着他的领口又是一记猛拳："说什么说！老子为了救你，差点摔下去变成饺子馅，老子的同事还有三年就能退休了，差点被你掉下去的手机给砸死，你让我说什么？！"

张栋梁被打得鼻涕眼泪都出来了，委屈道："警察打人了！"

周六一揪着他的衣领，表情凶狠，完全没有之前的阳光帅气，说出来的话像刀子一样锋利："我不光打你，我还骂你！你知道有多少人想活下去，但是没有机会吗？你连你的检查报告都不敢看，连你的老婆、孩子、父亲都搞不定，你的人生你还能搞定什么？你就只会认尿装模作样跳楼？你真想死，自己一个人趁着大晚上没人的时候自己跳，我还敬你是条汉子。坐在那儿那么长时间，一直折腾我们，算怎么回事？！"

张栋梁挣开，连滚带爬，但是被周六一踹了一脚，像只王八一样趴在地上了。他哎哟哎哟地喊着："你是警察，你打我犯法！"

周六一看到张栋梁现在和他差不多，这才满意，停了下来："真后悔，刚才救你的时候就该多用点劲，起码踹断你两根肋骨，让你知道，想跳楼，想折腾，也是需要成本的！"

周六一叉着腰站着，鼻血流进了口腔里，一股腥咸的味道让他恶心得想吐。他用手背擦了一下鼻血，结果血流得更猛了。他没当回事，还用手捧着，让血流到垃圾桶里。

这一幕，让张栋梁直接看傻了："你没事吧？"

周六一摇了摇头："死不了。"

张栋梁手忙脚乱地去给周六一找卫生纸，周六一又在他背后轻踹了他一脚，破口大骂："你丫要是跳下去了，现在就是碎了的血豆腐！"

张栋梁一瘸一拐地去卫生间把卫生纸拿出来给周六一，紧张兮兮地问："警官，用不用去医院？"

周六一用卫生纸堵上鼻孔，脑袋昂起来，还是觉得鼻腔火辣辣地疼。现在看张栋梁被打得鼻青脸肿的，他心里那口气终于下去了，心平气和道："你再找个工作很困难吗？"

张栋梁摇了摇头："也不是很困难，就是工资有点低。"

周六一忍着一嘴血腥气问："多少？"

张栋梁为难道："一个月到手八千吧。"

周六一给了他一个白眼："你知道和我同批次的研究生拿多少吗？不到三千，天天挨这个骂，挨那个骂，老惨了！你拿八千，还觉得自己不能活了，能不能别'凡尔赛'了？"

张栋梁嘟囔着："但是你们福利待遇好。"

周六一指了指窗外："我可谢谢你，我像个蜘蛛侠一样冒着比你先死的风险来救你，这叫待遇好！"

张栋梁脸涨得通红，无话可说了，嘀咕着："才那点钱，咋不辞职？"

///

这时候响起了敲门声，周六一满手是血，张栋梁去开门。看到他俩这模样，物业、消防员和王才智都面面相觑，王才智心疼坏了："六一，你没事吧？你哪里疼，你告诉我，我现在赶紧给你打120。"

检查了好几遍，确定了周六一没事，王才智对着张栋梁破口大骂："你说你，快四十岁的人了，能不能成熟点？居然学着那些傻子跳楼，你知道我们新来这名警察今年几岁吗？周警官，他今年才二十岁！现在他要冒着生命危险，来救你这个废物，你长点心吧！"

这口吻和刚才在楼下苦口婆心地劝解完全不一样。

张栋梁被骂得一点脾气也没有了，好像他所有的委屈，在挨了顿打之后都没了，他一个劲地对着周六一道歉。

王才智看着张栋梁脸上的伤，有点怀疑，周六一把人给救了，还把人给打成这样了？

周六一这人是不是有什么毛病？

但是，王才智是周六一的战友，他没有立刻说出来，而是犹豫着。警察打了当事人，这算什么事？

现在的年轻人在职场，都这么野吗？

这已经不是一份检查能解决的，周六一很可能会丢掉这份工作……

当务之急，是处理当事人的心理问题。王才智是社区民警，对当事人张栋梁循循善诱："以后还跳楼吗？你要是再跳，我和你讲，我们警察每天处理那么多的案子，可能就不会到得这么及时了。你知道跳楼的人，都是什么样的感受吗？五秒左右落地，面对死亡的那五秒钟，你有足够的时间去体验濒临死亡的感觉，最后你会清醒地感觉到你的骨头刺破了你的内脏，窒息和压迫感都一起袭来。我几年前处理过一个自杀跳楼的案子，那个姑娘没有你幸运，你知道她最大的不幸是什么吗？是她跳楼却没有死成，下半辈子都得躺在床上，连轮椅都没办法坐，每顿饭都需要鼻饲，牙齿都不能咀嚼。但是，即便过着这样的日子，她都没有勇气再去死一次了！"

张栋梁头摇得像拨浪鼓一样，听得胆战心惊的，他当时已经体力不支了，如果不是周六一那一脚，他现在已经死了。

近距离地面对过死亡，那种感觉极其恐怖，他现在感激地看了周六一一眼：

"不了，肯定不了，太吓人了。我觉得被骗了钱好像也没那么可怕，我现在觉得我哪儿都不疼了，应该没啥大病。警官，谢谢你们！我真的太谢谢你们了。如果不是你们把我救回来，我就再也见不到我的女儿了。我那会儿最难过的就是我不能看着我的女儿长大成人了，我如果离开这个世界，我的女儿就孤零零的。我前妻肯定会再嫁，会有自己新的孩子，再也没有人舍得给我女儿买最好的巧克力，没有人带着她去游乐园。我女儿，会吃很多很多的苦。"

…………

周六一听到了张栋梁说自己的女儿，把脸转向了窗外。

王才智突然想起来，他之前看过周六一的资料，家庭情况那一栏填的是单亲，父母那一栏填的是丧父。

周六一，没有父亲。

张栋梁的人生遗憾，还有无数的机会弥补。

但是周六一的人生遗憾，无从弥补。

此时此刻，周六一在想，当他的父亲倒在血泊之中，是不是心里也有无限的遗憾？是不是会担心他的生活，担心他以后过得好不好，是不是迫切地希望时间倒转，改变生死，跑到他的身边……

然而，这一切，随着死亡尘埃落定，成了未知。

王才智看到周六一的眼中有些红，心下一横，做了一件违背职业道德的事情。

他就当没看出来周六一打了人。

当事人自己都不追究的事情，他为什么要为难自己的战友？

不过，周六一就是不按常理出牌，看到王才智问完了，他做了一个咧嘴一笑的表情，脸上露出稍微有点邪气的笑容，有些嚣张地问张栋梁："你脸上的伤怎么回事？"

王才智的肩带上挂着执法记录仪，回头其他审核部门要看执法视频。

张栋梁摸着自己的脸，快要肿成猪头了，周六一下手真够重的。他对自己够狠，二十五楼说冲出来就冲出来了，对当事人也不留手。

张栋梁疼得直抽气，但还是梗着脖子道："回头装修的时候我就换成木地板，我的脸被砸得疼死了，我女儿以前摔一下膝盖都是青的，我没在意，现在得引起重视。"

消防员帮着张栋梁和楼上的住户把窗户给安回去，然后给队里打了几通电话，才腾出空来和王才智说几句话。

王才智很骄傲，得意地拍着周六一的肩膀，似乎这辈子就没有比这更自豪的事情了:"这可是我们所里刚来的高才生,省考第一!搁古代,就是状元郎,要重点培养的。你们知道我们小周今年多大吗?二十岁!你们家亲戚这个年纪的孩子在干吗?"

马渊博不可置信地看着周六一:"不会吧?才二十岁?我弟考公务员都在家里蹲了三四年了,笔试过了面试不过,要不就是笔试面试都不过。你居然是第一?你这支笔,能不能送给我?我拿回去让我弟沾沾喜气!"

另一个消防员孙斌,表现得更加夸张:"不是吧?现在的年轻人都厉害成这样了吗?"

"老王,你们所里又添了精兵猛将!你以后把活派给年轻人,你就能休息休息了。"

"后生可畏,我头一次出现场,可没这么麻利。"

他们还问王才智:"以后是不是就要重点培养小周办大案了?"

王才智想想周六一打了当事人,心里一阵忐忑,假装自然地笑了笑:"社招的,大部分都是文职。我们所你们又不是不知道,内勤都是辅警,桂兰快退了,总得培养个新人。"

马渊博一阵可惜:"不是吧,当一辈子派出所内勤?那不是女孩子干的活吗?去办大案多好。"

王才智把话题扯向别处,马渊博又给周六一讲自己出现场的事情:"今天这个事情,难度还不算太大,年轻人想要走这条路,就得做好心理准备。"

孙斌道:"你别吓唬人家新人,新人胆子小。"

马渊博拍了拍周六一的肩膀。不得不说,消防员的手劲是真大,周六一的肩膀都给压塌了,马渊博笑声豪迈:"你管这叫胆子小?我头一次出现场,那老高的火舌舔着屁股跑,我都淡定得很,还能把一百五十多斤的人抱出来,再回去把个消防栓打开,实际上等灭完了火,蹲在水龙头底下冲凉,我腿都在哆嗦。"

王才智这时也注意到了,周六一确实十分淡定,似乎这根本不算什么。

马渊博道:"前两天,我们去东都大厦一趟,那是个没完工的工地,有人被困在塔吊上面了,恐高下不来,整个人趴在地上。他是喝了酒摸黑上去的,白天往下面一看,吓得报警了。足足一百六十八米高,站在底下,仰着头都看不清,从上面往下看,一个个的人头还没有米粒大。我爬上去,还带着十几斤重的装备,完了还得把那个人给背下来。等回到地面,那个人生龙活虎的,连句谢谢都没有说。可我这手,你看。"

马渊博伸出手,手上青紫一片,肿胀还没有消下去。他看着年轻的后辈,语重心长道:"咱们这些近距离接触群众的,啥样的人都会见到。"

周六一点了点头。

消防员很快就撤了。

王才智看着周六一。

蓝衬衫衬托得年轻人身形修长，阳光帅气，脸上的伤让他越看越磊落。

这个年轻人的路，在何方？

王才智担心张栋梁情绪不稳定，联系了张栋梁的前妻。前妻骂得很难听，但是答应带着女儿过来看看他："要不是看在女儿的分儿上，我才不想搭理你这个窝囊废。"

张栋梁听到窝囊废三个字，眼神黯然，但是听说可以见女儿了，又闪着泪花。他从冰箱里拿饮料给两个警察，但是王才智拒绝了，他又拿冰块给周六一敷额头，周六一想到检查还没有写完，赶紧看王才智，王才智点了点头，他才拿过来。

他礼貌地说了一声："谢谢。"

语气温和，就像宣传视频里面的年轻警察一样，让人觉得十分正派。

似乎打人的事，和他全无关系。

周六一和张栋梁说："你再等几天，你的案子肯定会有结果。"

张栋梁无奈地说："诈骗案多难破，我天天晚上睡不着就在网上搜，一年光咱们省报案的就有一百三十七万次，你们一个警察分一个案子都分不完，什么时候能轮到我的案子？"

这家伙，倒是对现在的诈骗案的破案率这么清楚。

周六一拍了拍他的肩膀："我们可不是你，别对我们警察这么没信心。"

第 11 章
江湖夜雨十年灯

Chapter 11

返回的路上，王才智开车，一言不发，车里的气氛特别沉闷，周六一拿出手机，随便刷了下，就看到了新出现的视频新闻。

消防员从居民楼里把正在冒火的煤气罐给拎了出来，一直朝着没有人的公园的方向跑去。

场面很是震撼！

煤气罐随时都会爆炸！

其他人都朝着与煤气罐相反的方向跑，只有两个消防员，一个拿着灭火器在喷，一个拿厚衣服裹着手，拎着着火的煤气罐。

周六一看得心惊。

王才智发现周六一把这个短视频看了好几遍，心想这孩子其实还是很善良的，他问周六一："你还想当警察吗？"

周六一毫不犹豫，忍不住开口："王哥，你还收我当徒弟吗？"

王才智冷哼一声："你这么有能耐，谁教得了你？"

周六一清楚，王才智肯定看出他打了张栋梁。

这些年纪大的警察，都有自己的绝活，看人看事，一针见血，想要逃过他们的眼睛，很难。

周六一不争辩，他低头，鼻孔里的卫生纸团掉出来，血又流出来了，周六一扯了好几张纸巾，才勉强止住了。

这孩子，是在单亲家庭长大的。为了救人还受了伤。早上智擒武疯子，还和他们并肩作战。

王才智看着心软："上次我看到国外的新闻，警察冒着生命危险救了农场的猪，十个月后收到了农场主寄过来的香肠，就是用那些猪做的。但是国内和国外不一样，我们出警只为了救助群众，不能干别的，你这么做是不对的，太过分了！"

王才智是社区民警，特别会讲段子，人也和善，不像所长那么凶巴巴的，也不像徐海那么懒散。周六一被逗笑了："王哥，你看出来了？"

王才智虎着脸说："就你那两下子，骗骗那几名只处理危险事情的消防员还行，骗我这双眼睛可不行。你说你，冒着生命危险把人救下来了，还打人家一顿，你是不是有毛病？"

周六一靠着椅背，露出独属于这个年纪的人的轻快："王哥，你看张栋梁一直在责怪自己又蠢又笨，没有当好一个儿子、丈夫、爸爸，他认为自己对不起所有人，我救了他，救命之恩他拿什么回报？他黑眼圈重，平时休息锻炼都少，没个发泄途径，都闷出病了，我打他一顿，他以后就健康了。"

王才智给了周六一一个白眼："喊，你歪理还挺多，我看你就是觉得人家家里没监控，你想打他一顿出出气。"

周六一毫无思想包袱，也没有认错的样子，笑着反问："王哥，这是你的推理，没有证据，张栋梁自己都说是摔的，和我有什么关系？"

王才智头疼，他现在觉得所长慧眼如炬，把这么个看起来乖巧实际上放肆的家伙放在眼皮底下是对的，周六一实在是太让人操心了。

他现在也觉得，李华似乎好像可爱多了，除了吃得多偶尔偷懒，似乎没啥缺点了。

王才智不想和这个小家伙继续争辩，更不愿意像所长那样苛责他，换了个话题："你把我的保温杯拧开。"

周六一以为王才智要喝水，毕竟王才智也喊了那么久的话，口渴了也正常，然而他拧开以后才发现保温杯里水是满的。经过红绿灯路口，王才智踩刹车，周六一担心水洒了，赶紧盖上，但是王才智让他把杯子平放在前面，随后起步过红绿灯，水居然一滴都没有洒出来。

这是什么出神入化的车技？

这辆破捷达，除了喇叭不响哪里都响，王才智居然能开出豪车那种舒适感。

太快、太稳，远远超过以前坐过的所有的车，所以一开始周六一才会觉得不对劲。

而且，两名消防员也说，王才智开自己的车，所以比他们快。

王才智，居然是一个隐藏的大神！

周六一一下子高兴起来："王哥，你开车太快太稳了！"

王才智看向周六一，这孩子虽然行事乖张，但是有天真可爱的一面，也是真的善良，他年纪大了，看多了社会上的奇人怪事，现在比较宽容。

周六一愿意学，他就愿意教："这不算什么，我年轻那会儿开武警部队的重卡，师父的要求是不管出什么任务回来，放一杯水都不能洒出来一滴。"

这才是真正的车神！

周六一瞬间更感兴趣了，眼睛发亮："教教我好不？"

王才智顺畅地转过一个弯，杯中的水还是一滴未洒出来，他感慨地说："我年轻的时候，执行川藏线的押解任务，一开就是两千公里，沿途都是挂壁公路，就是悬崖峭壁，扔个石头下去看不见底。经常前不着村后不着店，不光得集中注意力跑，还得会修车，我跟了三年车，又跟着师父跑了两年，每次困了，就一手抓着方向盘，一手自己扇自己耳光，一趟跑下来，脸肿得厉害，嘴都张不开，一直到差不多六年才出师。那年头不比现在，路上还有打劫的，隔着老远就有人拿着火铳打玻璃，打轮胎，居然想要把犯人从我们手里抢走，我这种专用司机还得抽空练打靶。那时候的枪也不如现在好使，子弹卡壳走火也是常有的事，那时候年轻，也不知道害怕，和你小子一样。一晃眼二十多年了，谁能想到时间过得这么快，现在社会治安比以前好太多了，而且破案都用大数据了，我们这些老家伙学出来的手艺，都快赶不上时代了。"

周六一听得很认真，肃然起敬。

王才智顺着所长的意思劝退周六一："不管学什么，想要达到登峰造极的程度，都很辛苦，现在的年轻人，不用费那个劲了。"

周六一却说："我不怕吃苦。"

王才智不由得换了一种眼神看周六一，他清楚地记得，胡亮这种年轻人都对开车不感兴趣，而李华这个滥竽充数的更是嚷嚷着只想当个查户口的警察。

这小子，邪门了。

越是危险的，越是挑战人智商的，他就越来劲。

王才智皱眉，脸上的褶子像包子皮，急着想把这个烫手山芋给扔出去："你这小子，怪不得所长看你不顺眼。我和你讲，不管遇到什么情况，都得顾好你自己的命，你得先保护好自己才能保护好别人。不管开多快的车，转弯的时候都要放慢速度看路，要先学会判断危险……"

周六一觉得自己终于打开了一个突破口，赶忙道："谢谢师父！"

王才智感慨道："我这辈子，最大的成就就是一个字，稳，几乎从来没有给组织和单位添过麻烦，所有的任务都保质保量地完成了。"

周六一满含期待地看着王才智，觉得这名从警三十多年的老警察应该会有金玉良言相告，但是这人补充道："你要是在外头闯了祸，可千万别说是我教的。"

周六一有点不情愿："知道了，王哥。"

王才智开始教学："开车，第一，要保证遵守交通规则，第二，要保证人员安全……"

周六一道："王哥，这些在科目一里就教过了。"

得，周六一是个特聪明的小孩，得因材施教，王才智继续道："你看，如果要倒车入库，一把完成，你这个后视镜，要和这条线齐平……"

周六一学得很认真，而且还拿出手机，做了记录。

///

回到所里没多久，就有新的警情，还是在起凤街上。有人报警，一个小女孩在马路中间哭，让警察赶紧过去。

王才智从值班室出来的时候，把李华的外套拿给了周六一："晚上冷。"

上午他去张桂兰办公室领任务的时候，就有个小胖墩找不到家了，现在又出现这种情况，周六一有些奇怪："现在的家长都不看好孩子吗？怎么又有孩子走失。"

王才智出去开车，看到周六一疑惑的眼神，就给他解惑道："腿长在孩子身上，附近的幼儿园还挺多，孩子当然就多。

"现在的天眼系统比以前好用，所以拐走孩子的概率比以前低，孩子大部分是出来跑得找不到家门了。已经比从前好了。"

王才智在龙华街派出所干了很多年，眼看着禁用民间枪支、扫黑除恶、严查酒驾……对现在的治安他还是比较满意的，大案比以前少了。

不过，如果台账和行政任务能少一些就更好了。

这个时间点，街上不堵车了，两个人五分钟左右就到了现场，一个扎着羊角辫的小胖妞号啕大哭，报警的那个路人怎么哄都哄不好，看到警察来了，那人像看到了救星，赶忙跑过来："警察同志，你们可算是来了，我就没见过这么能哭的孩子，我自己家的娃我都没空带呢，结果在大马路上给别人家带娃。"

两名民警简单地向报警的路人了解了一下情况，就让路人离开了，路人松了一口气："后续出了事不会讹我吧？"

王才智有些哭笑不得，挥了挥手："不会，我们带了执法记录仪，这条街都有监控。"

路人这才放下心来："我就是看小丫头哭得可怜，但是我也怕被人讹。警察同志，我先走了。"

说完，他蹬上电动车走了。

小胖妞还在哭，号啕抽泣交替，一句话也不说，从她嘴里根本就得不到任何信息。

附近连个询问的人都没有，一百米之内有三四个便利店，周六一想要在附近的便利店给小孩买点零食，来止住孩子的哭泣，但是王才智阻止了他，现场教学："尽量不要在未经家长允许的情况下喂孩子，现在的小孩和以前不一样了，都比较娇贵，万一过敏的话，麻烦就大了。"

不能给吃的？

这怎么能把孩子给哄好？周六一只能先用纸巾帮小孩子擦了擦脸上的眼泪："听警察叔叔的话，先不哭了，告诉我你爸爸妈妈的信息好不好？"

但是这小胖妞的眼泪像开闸放水，她越哭越凶，比醉鬼还要难缠，反反复复只有一句话："我要回家！"

而且，王才智的意思是，这件事情就交给周六一了。

不管怎么哄都哄不好，周六一急得抓耳挠腮。出来比较匆忙，什么都没有带，手边根本就没有哄孩子的玩具。突然间，他看到了街边的抓娃娃机，灵机一动：" 警察叔叔给你抓个洋娃娃好不好？"

周六一面对这个小胖妞，已经完全适应了自己"叔叔"的身份。

小胖妞一听到娃娃两个字，立刻不哭了，眼睛发亮，拉着周六一就往抓娃娃机的方向走，还不断催促着："快点快点！"

王才智微微皱眉，提醒周六一："这一片的抓娃娃机比较难。"

周六一拉着小胖妞去了抓娃娃机跟前，扫了码，胸有成竹道："王哥，你就放心吧，我大二的时候就在造抓娃娃机的工厂兼职赚生活费了，这些机器我看一下就知道怎么回事。"

大二？

那就是十八岁，刚刚过了童工的年龄。大部分孩子还在读书，而且是在上补习班。

王才智之前以为周六一家境很好，没想到他居然小小年纪就去打工了，他不由得重新看待周六一了。

到底是什么样的际遇，让一个前途无量的年轻高才生放弃了其他的可能，来到了又苦又累的派出所？

周六一屏息凝神，很快就夹出来一个娃娃。

小胖妞的注意力被转移了，情绪稳定下来，这才告诉两名警察，她父母都在上班，还没有下班，姥姥带着她去打麻将了。大人在玩麻将，小孩子觉得无聊，看到窗外有只流浪猫，就出来了，结果越走越远，完全忘了从哪儿过来的。

周六一站起来和王才智说："咱们今天肯定还得抓赌，这属于违反了治安处罚条例的案子，是不是能给我加五分？"

王才智愣了一下。多年工作的老警察，才会敏锐地发现有人赌博，但是周六一上班第一天就发现了。他说："行，抓到赌博，给你加五分。"

周六一蹲下来问小胖妞："姥姥在哪里打麻将？"

小胖妞："棋牌室。"

周六一和王才智牵着小女孩，一家一家地找棋牌室。王才智好奇周六一怎么知道肯定是赌博，周六一信心很足，很轻松地解释道："这小胖妞只说了打麻将和她姥姥，但是又不知道打麻将的地点在哪里，说明她对那个地方不熟，也没有说打麻将的人是谁，说明对打麻将的人更不熟。我们只有过年过节的时候，一大家子人打麻将玩得比较小。"

王才智回味了半天，确实是这样。

这小子，看起来年纪不大，对人情世故居然已经这么了解了。

不过，年少气盛，还需要锻炼，王才智说道："一定要文明执法，我们执法的目的是维护社会治安,千万不能为了业绩本末倒置。现在的年轻人都在上班,每天累得不行,大部分人都没空打麻将,打麻将的都是一些老人。老人可能有心脏病、骨质疏松这些病,所以你在抓赌处罚的时候,一定要注意方式,不能吓到他们,不能让他们摔一跤,明白吗?"

周六一点点头:"我会注意的!"

十分钟后,周六一穿着一件格子衬衫,进了一家棋牌馆,老太太看到自己的外孙女回来了,才想起来自己的第一任务是带娃,从桌上散落着的至少两千块钱的钞票里拿出一张红色的,塞到了周六一手里:"后生,谢谢你帮我把孩子送回来了!"

然而,周六一问:"大家在玩麻将哪,是线上交钱呢还是线下?"

老太太打出去一张七筒:"我们年纪大了,不爱用手机转账,还是算现金比较方便。"

周六一继而确认了一下:"那桌上的钱,就是全部赌资了。"

老太太没觉得有什么问题:"对呀。"

周六一拿起了桌上的麻将,堵在门口:"我是龙华街派出所的民警,你们的行为已经违反了治安处罚条例,现在我要依法没收你们的赌具和赌资!"

老太太有点疑惑:"啥?你出去玩了会儿,就找了警察来抓你姥姥?"

…………

两个老头两个老太太被带到了派出所,老头老太太还在叫:"麻将,发源于唐宋,是我国的国粹。"

周六一道:"但是你不能用国粹来赌博。"

"我刚上场,马上就和了,我还杠了一把,他们得给我双倍的钱。他们赢的都是我的钱,我差一点就能回本了!"一个老太太说。

周六一道:"你的意思是所有的赌资都是你一个人的?"

老太太赶忙摆手:"不是不是……"

…………

忙了一个多小时,这件案子才算了结,周六一把收来的麻将贴上标签存起来。王才智戴着老花镜给他加了五分,周六一赶忙问:"王哥,我是不是很快就能及格了?"

外面下起了雨，周六一原本想休息一会儿，但是一直有人在拍派出所的大门，周六一赶忙拿了把伞出去。是一个老人，身形佝偻，看起来特别瘦，那人看到了周六一就跪："警察同志，你可一定要为我儿子申冤！"

周六一以为遇到了惊天大案，赶紧把人领进了派出所，但是王才智只是淡定地看了一眼，继续埋头做台账。

老头絮絮叨叨的："我儿子被车撞死了，司机跑了，我儿子还没有结婚呢，他娘走得早，留下我一个人，这日子可怎么过……"

周六一原本已经困得不行，但是听到这种让人咬牙切齿的案子，还是很生气，立刻给他做笔录，做完了笔录去询问王才智这案子是不是得立案。

王才智推了推老花镜："你去问问老人家，还有没有什么诉求？"

周六一去问了，老头哭诉："我整整一天没有吃饭了！"

周六一心生怜悯，但是他身上也没有现金，这时候王才智从工位上走过来，笑着问老头："老赵，下这么大的雨，就别出来了。"

周六一愣了一下，王才智居然和这个报案人认识，被称作老赵的老头张嘴，露出黄牙："我这不是没办法了吗？饿得我心发慌。"

王才智揭他的短："啥叫没办法了？村里不是给你办了低保吗？我听说你们村这两年新来的大学生村官，还在村里筹资办了老年食堂，过年过节扶贫还去给你送大米和油，怎么就把你饿着了？"

老赵撇撇嘴："村里的饭不好吃。"

王才智气笑了："所以，你就来我们派出所要饭了？"

老赵振振有词："什么叫要饭？明明是蹭饭，咱们打了那么多年交道了，也算朋友了，话不要说得那么难听。"

这人脸皮还挺厚的。

王才智做了一个请人出门的手势："我们所的饭也不好吃，走吧。"

老赵直接靠在玻璃门上，大有不要到钱就绝对不会走的架势："我就是想来城里逛逛。"

王才智其实并不富裕，而且要养活一家老小，但是，让周六一意外的是，王才智居然从兜里拿出来一百块钱，大大方方地给了老赵："行，拿上去吃饭，找个小旅馆住一晚上吧。"

老赵立刻双眼发亮："我就知道，王警官是个大好人，其他警察都是黑警。我先走了。"

拿到钱，老赵三步并作两步，快速跑了出去。

周六一看得目瞪口呆，久久回不过神来。

他自认为见多识广，但是这老头利用了他的同情心骗过了他，让他不由得怀疑："他儿子真被车撞死了？"

王才智点了根烟，点了点头，语气有些深沉，给周六一讲这个老头的来历："这老头，他的儿子被没有牌照的大货车撞死了，大货车逃逸了，当时我还不在派出所，在刑警队，帮着法医收集尸块，一共三十公里的路，全都封锁了，我们从地上找出来的眼球和人的组织，还有流浪猫狗在地上舔，恶心得我好几天都吃不下饭。到最后尸体都没有收集完整。你是不是觉得很可怜？"

周六一光听这个描述，都觉得很不舒服，点了点头，没说话。

王才智又狠狠地抽了一口烟："但是老赵和他儿子两个人，从来不打工，也不愿意做点小买卖，是靠着在路上碰瓷为生的。走那条路的司机，大部分是拉蔬菜的，他们从南方到北方，每一分钟都是卡着时间，稍微迟到一会儿，就会被扣好几千，要是和这两个家伙扯一天，好几十万的货可能就报废了，所以大部分司机都会认倒霉，直接赔个三五百到一千。那时候交警就已经成天见这对父子了，像狗皮膏药一样，甩也甩不掉，没脸没皮的，让人看着厌烦。我们都很不明白，父子两个人，有手有脚的，就算去给那些种大棚菜的送盒饭，做小工，也比在路上碰瓷挣得多，真不知道他们脑子里怎么想的。"

周六一惊讶得回不过神来，这老头刚才的悲伤愤怒太过真实，表现得太像一个需要沉冤得雪的老实人。

他胸腔里生出一股无名火。

但是面对这种连一百块钱都拿不出来的七十岁的老人，又实在没有什么办法。这老头就是摆明了来混吃混喝的，警察能把这种人怎么样？

不但不能怎么样，还得给点路费，让他哪儿来的回哪儿去。

要是这老人躺这儿了，还真有可能讹诈警察。

这种无力感让他很不舒服，他问："肇事司机抓到了吗？"

王才智补充道："碰瓷的遇上了没牌照的黑车，也真是倒霉。肇事逃逸的司机，交警队找了好几年了，也没有任何线索。"

周六一皱了皱眉头，这老头想要靠着碰瓷发家致富，但是真的有人敢开车把人给撞死，不知道这是意料之外还是意料之中。

看到周六一脸上的表情，王才智拍了拍他的肩膀："在我国，命案不死不休，说不定哪天就抓到了。一个做父亲的人，居然会拿自己儿子的命去碰瓷，这比肇事司机还要可恶，还要丧尽天良。张栋梁还会为了女儿痛哭，还想要为了照顾女儿好好地活下去。这世界上，怎么会有拿儿子去碰瓷的父亲？"

站在台阶上，雨凉飕飕地洒在了周六一的身上，他说："我还是很难相信，会有人连自己的儿子都坑。"

王才智苦笑着摇了摇头。到底是少年心性，他告诫周六一道："人心的恶，远远超出你的想象。"

不过王才智并不认为这是周六一的短板。

相反，这是好事。

周六一是〇〇后，他能这么去看待周围的人，恰恰说明全国的法治建设做得不错，社会治安和公序良俗都比较好。

王才智给周六一继续解释："之前这里拆迁，兄弟反目，父子老死不相往来，把出嫁的姐姐和姑姑的户口页从户口本上撕了的事，屡见不鲜。家里老人过世，为了能继续拿老人的退休工资，有人整整两年不给老人发丧，任由尸体在家里烂掉。有老人还没有咽气，几个儿女就已经因为遗产怎么分配打得不可开交。有丈夫出了事故，结婚多年的妻子卷走了所有的赔偿款，抛下孩子和所有的亲人，人间蒸发十几年不露面，老了需要人赡养，回来和孩子打官司要赡养费。有妻子身怀六甲，丈夫居然给妻子买了几十份的保险，然后杀妻骗保伪造事故现场，被我们给抓了还振振有词地说老婆没了还能再找，但是钱没有了，可不好挣了。派出所这种地方，会让你看到这个社会最阴暗的一面。"

大部分年轻人都不喜欢这样的和各种烂人打交道的工作，看到周六一皱眉，王才智拍了拍他的肩膀："这老头今天来了也好，你没有上过正儿八经的警察课，现在就算补上了。你每天在办案的过程中，会遇到各种人，每一个当事人，为了自己的利益，都会和你哭诉自己的委屈。老人会利用自己的体弱多病，女人会利用自己的眼泪和柔弱，小孩子会利用自己的年龄小和单纯。但是，你要抛开现象看本质，绝对不能被这些人迷惑了双眼。我们是警察，要以法律为依据，而不是看谁巧舌如簧。就算你看到的黑暗再多，你也要努力变成一束光。"

王才智说完以后，周六一似懂非懂地点了点头，王才智又问他："遇到这种案子，我们怎么处理？"

周六一总结道："速战速决，少讲理，可以稍微花点小钱，让他赶紧走，别耽误了咱们其他的案子。这种怪人肯定不是一直有，要不然所里肯定会另外批一笔经费。"

王才智有点意外，周六一年纪不大，看问题倒是看得挺通透的，多少人都是被一点小事绊住了，才酿成了大祸。

招了这么个徒弟，王才智挺欣慰的。看了看漫天的雨，王才智说："这其实是个好天气，今天晚上应该能睡个好觉了。这种天气人们都在家里玩手机，出来吃烧烤喝酒的比较少，下半夜打架的案子就能少了。"

不过，周六一去值班室睡觉的时候，王才智还是嘱咐他，至少要穿着警服内胆，别脱了睡。

万一晚上还有警情呢。

周六一这才意识到，自己也忙了一天，每次拿起手机都是在处理事情，还没有回复亲人的消息，打开手机他发现，置顶的昵称为白富美的人发过来好几条消息："崽儿，上班第一天工作环境怎么样，给妈拍个照看看！"

"崽儿，你们单位有食堂吗？伙食怎么样？"

"崽儿，同事好相处吗？"

…………

这么多信息，全是老妈发过来的，周六一看得眼花缭乱，手机差点死机。他没有一一看完，直接回复了一句："妈，我们单位挺好的，钱多事少离家近，女同事年轻漂亮，男同事平易近人，你就放心吧！"

他刚关了对话框，没想到那边回复了："那我就放心了。你怎么还不睡？"

周六一如果不回复，他妈肯定不会睡觉，一直拿着手机等，他赶紧回复："我不到九点就睡着了，现在起来上厕所，别回复了，我要睡了。"

再看他姐姐的消息："加油加油，你的复习资料我都已经打包贴上了胶布，老妈不会发现的，姐姐相当看好你！姐姐就是你强大的后盾，不过一定要注意安全！"

鼓励的话下面，还有一笔六百六十六块钱的转账。

周六一一笑，收了钱，回复道："谢谢老姐支持！"

另一个置顶的昵称是国宝的，头像是警徽，发过来几条消息："菜鸟，上班第一天怎么样？"

"一线很辛苦的，现在跑路还来得及。"

"我可是听说了，你们单位，比电子厂还累。"

…………

周六一心情很激动，睡意全无，跳到自己床上，伸出手连续给自己比画了几个胜利的手势，然后小心翼翼地回复："别小看我，我会坚持下去的，今天我干得不错！"

///

特警队。

值班室还是灯火通明,一个身高腿长,留着利落短发的女刑警大步走进来,英姿飒爽。

路上碰到的基本上是年轻的警察,都被她训练过,和她打招呼:"雷警官,出任务回来了。"

她只是微微点头示意。她脱了外套挂在左手手臂上,右手拿着手机看了一眼,嘴角冒出一丝旁人难以发现的笑容。

她交还了设备。这时整个人感觉十分疲惫。

回到宿舍,她把外套挂起来,露出胳膊上的一道道或深或浅的伤痕,都已经结痂了。她把身上湿透了的背心脱下来,对着洗手池一拧,拧下来好多水。

这是出这趟警的汗水。

这样的生活,她已经过了快十年,只要没有伤重到起不来,她就会一直过下去。

她的手机里,有很多信息,是她的妈妈发的:"一个女孩子有几个十年?我都放下了你咋就想不开呢?搭上了你爸爸,我总不能再搭上你!"

"你要是个男孩子也就罢了,我不管你,可你是个女孩。"

"这周末的相亲你必须去,人家可是县长的秘书,前途无量,家里有三个铺子在收租。你打扮漂亮点,人家问你的工作你就说你是个文职,每天查查户口,按时下班,一点也不累。"

"妈妈可全都是为了你好,只有你平安顺遂,我这颗心才能放下。"

…………

雷明直接把她妈妈的信息全部设置成了静音不提醒。

一个人能有几个十年?

如果这个十年做不到的话,那就下个十年!

///

下半夜,周六一在值班室睡得正香,梦里,他是个蹒跚学步的小孩,一直叫前面的人:"爸爸,抱!"

"爸爸!"

但是,前面的人的脸,他怎么都看不清,特别模糊,而且距离他特别远。

他拼了命想要往前跑，但是因为距离太远，怎么都追不上，追着追着，他泪流满面，只能看着父亲模糊成了远处的一个光点。

其实，哪怕是在梦中，周六一都很清楚，他永远都不可能追上父亲。因为他们之间，隔着生死，隔着将近二十年的距离……

突然，老王砰砰砰地敲门："六一，有人报警，我们得出去。"

周六一揉了揉惺忪的睡眼："不是说下雨了都在家里窝着玩手机，出门吃烧烤喝酒打架的人少了吗？"

王才智无奈地一摊手："我哪能想到，不吃烧烤，改吃火锅了，怎么有那么手贱的人？吃完了买单走人就行了，是篮球玩得不够吗？那人居然隔着五米远把纸团子往人家的陈年卤锅里扔，这火锅店主打的招牌就是百年老卤，火锅店的猪蹄、猪耳朵、鸡爪都是从那个锅里捞出来的，这还让人怎么做生意？"

周六一也听得头大，他觉得，用不了半个月，只需要一周，就能让王才智给他把分数加满。

到了现场，火锅店散发着浓厚的老卤香味。两个警察都有些瞌睡了，王才智还没有忘记拿着自己那张评分表："刚才你表现不错，给你加两分，这警情你也去处理一下。"

周六一已经从一开始的紧张激动，到现在的漫不经心哈欠连天："这人怎么一点都不让人省心。"

推门进去，吃宵夜的人都在看热闹，头发变成地中海的老板都快哭了："我这店还怎么开下去！我这牌子都砸了！我这可是百年老卤！你必须赔钱！"

扔纸团的人是个烫了一撮头发的青年，手插在兜里，嘴还挺毒："我就住在后面这个小区，你这个火锅店去年刚开，现在距离百年老店，还差九十九年！"

这句话引得众多食客哄堂大笑："老板，你这是虚假宣传吧？"

"虚假宣传，假一赔三！"

"那我这边吃完了，到底是买单还是不买单？"

…………

周六一没睡醒，语气有些不耐烦："让一让，让一让，警察！"

围观的人自发地让开了一条路，周六一拿出随身的本子，把执法记录仪夹在肩章上。他简单地问了一下情况，老板把卫生检疫证、营业执照、大厨们的健康证复印件都拿过来了："我这店经得起查！"

录像上也表明，这家店没有过失，看着锅的大厨戴着口罩和厨师帽，出于卫生的考虑，手上也戴着一次性塑料手套。

可以说，完全是这个一撮毛一个人的责任。

这个一撮毛还嬉皮笑脸地说:"要是真的百年老店,是不是一百年前就备案了,那会儿我们新中国还没成立呢!"

周六一冷着脸,对这个没事找事的人全无好感:"你手怎么那么贱?你闲得没事为什么要把纸团往人家的锅里扔,这叫作危害公众安全你知道不知道?你那张纸有没有擦过农药,如果让我检测出有百草枯,那这就是投毒案。你今年几岁了?有没有病,我用不用给你监护人打电话来把你给领回去?跟着一块的这姑娘,是你让他扔的纸团,一起扔的纸团,还是只围观?"

周六一不停地问了半天,一撮毛被问得十分尴尬,只会说一句话:"不就是一张卫生纸嘛。"

周六一声音比他还大:"我怎么知道你有没有擦过屁股?"

一撮毛彻底住嘴了。

周六一环视一圈:"你不嫌恶心别人还嫌恶心呢。一块的都有谁,我登记一下。"

跟一撮毛一块吃火锅的漂亮女生赶紧撇清关系:"警察叔叔,和我无关!这店里有监控,我可没有让他往锅里扔纸团。"

这女生明显比他年纪还大。

不过,周六一已经懒得和人斗嘴了,只想赶紧把这事给处理了。他打着哈欠,拿手机搜了一下:"我查一下危害公共安全罪需要判几年……"

这女生先急了:"警察叔叔,我能不能先走?我妈让我晚上必须回去!"

周六一挥了挥手,女生忙不迭地跑了,一点都不想和警察打交道。

这时候,这一撮毛才有点害怕了,一脸快哭了的表情:"警察同志,我只是往锅里扔了个纸团,没那么严重吧?要是判刑,我妈会打死我的!"

这女生和这一撮毛,看样子都有二十多岁了,但是行事十分幼稚。

周六一走近了那口锅,锅里,汤散发着浓郁的香味,鸡腿鸭架肥肠都在里面翻滚着,锅大概直径两米,也有两米深。半晚上卖了一小半,但目测至少还有一百斤的肉。

老板已经叫停了整个店里的卤味上菜。

老板苦着脸:"我这可是百年老配方,现在肯定是卖不出去了,我这招牌都让人给砸了。这家店,我前前后后光装修和宣传就投入了一百六十万呢,我这生意还怎么做?"

问题相当棘手!

第 12 章
案情迭起不眠夜

那怎么办？

周六一看了看王才智，王才智让他继续，现在局面已经稳定下来了，只剩下收尾了。周六一把老板拉到了一边，问老板想怎么解决，老板很为难地说："我这面子上肯定是下不来，这么一闹，你看见了没？我所有的顾客都会知道，我这锅肉不干净了。"

周六一笑道："那你的意思是说，如果没有人看到的话，就只需要把里面的纸团捞出来就行了？"

老板盯着周六一使劲看了一眼，赶忙摆手，压低了声音："警官，这话可不能随便说，要负法律责任的。你知道现在的卫生、防疫、消防、工商、税务都审查得有多严格，你看我这个厨房都是全透明的大开间，我就算胆大，把猪肉掺着羊油给客人上了，明天都可能会开不了店。"

周六一的瞌睡没了大半："那你看怎么办吧？"

老板眼睛滴溜溜地在那个一撮毛的身上打转："我这锅肉，可是值一万多块钱呢。"

周六一招呼一撮毛过来："你想怎么解决？"

一撮毛两手一摊："警官，我还是学生，我没有钱。"

周六一冷下脸："给你妈打电话。"

一撮毛打了电话，手捂着话筒，委屈巴巴的，显然是已经打电话和爸妈联系过了："我爸妈说了，最多只能买那锅肉，再多的部分，就让我进监狱里踩缝纫机去。"

一撮毛还把电话拿过来。显然他的父母是在单位上班的，他爸说话比较有水平："孩子不懂事，给警察和老板添麻烦了，是我们不对，孩子年纪还小，闹大了不好，我们各退一步好不好，我正在开车赶过来，我先在这里替我儿子给大家赔不是了！改天我做东，请老板您喝顿酒赔罪好不好？"

意思是不要往他儿子的档案里面放处罚记录，但凡是在乎孩子的家长，都很看重这一条，所以他希望可以调解，不希望真的处罚。

这个父亲为了儿子，也算是完全把面子给舍了，甚至有些低声下气。

周六一给老板使了个眼色，老板露出了幽怨的表情："我看你也是个学生，还是个孩子，我也不能坑你，咱们就按照价位表，该多少钱就多少钱，我那锅汤，确实不是熬了一百年了，要是真一百年了，那亚硝酸盐和调料都成有毒的了，人也不敢吃。但是这里面的卤料，也值三千块钱，你再给我加一笔，你看行吗？"

一撮毛含着泪答应了。

那口锅，里面起码有个一百斤重的东西，猪肉一斤三十五，肥肠一斤七十五，牛肉一斤八十五……一撮毛看着价目表，心疼得不得了。他爸妈还有一句话，这一年都不会再给他一分钱出来吃东西。

店员在称重："猪蹄十五斤，一斤五十五，共计八百二十五元。"

"牛肉十斤，一斤八十五，共计八百五十元。"

…………

现在围观的人都不再调侃老板，而是兴致勃勃地看那一锅肉到底多少钱。现在已经加到了一万四千块。

"我以为过年走亲戚才会碰到熊孩子，没想到二十多了还这个样子，尽给爹妈添麻烦。"

"快点把他带走吧。"

"才一万多块钱买一锅肉，就觉得受不了了？我听说过一个熊孩子过年走亲戚把水往人家钢琴上倒，还辩解说洗钢琴，熊孩子和熊家长不但不承认错误赔偿东西，还说人家不大方。后来那家主人和熊孩子说，商场里面的钢琴，都需要清洗，如果他能用可乐帮人家洗干净，肯定能得到所有人的表扬。结果你们猜怎么着？熊孩子把人家商场里的钢琴用可乐给灌了，赔偿了整整两百八十万，连家里的房子车子都卖了！"

一撮毛悔得肠子都青了。

周六一把他叫到了一边，对他进行批评教育："多大了？"

一撮毛抽泣："二十一。"

比周六一还大，但是这嚣张劲，一点都不像个成年人。

周六一又问："在哪儿上学？"

一撮毛道："三江职业技术学院。"

"学啥的？"

"化工。"

周六一学着王才智调解时的语气："再过一年，就要进厂了吧？你这个专业就算是个专科，也不难找工作，但是如果让用人单位知道，你因为在公众场合投放危险物品被治安处罚过，你觉得单位还会要你吗？你这事，我能通知你家长，能通知你的学校，还能通知你的实习单位。"

一撮毛挨了不少训，耷拉着脑袋，嘀咕着："千万别，那我就彻底完了！"

周六一继续道："你也知道你会完蛋？你可以不把自己的前途当一回事，但是你得把别人的财产和生命当一回事。"

一撮毛越说声音越低："我真没有想到，这事居然会这么严重。"

周六一生气道："你回去好好查查，哪些看起来不严重实际上是大罪的。今天这个事情，你的父母为你出面解决了，但是你已经成年了，不能一直让别人给你收拾烂摊子。"

一撮毛一直在点头。

没过多久，一撮毛的父亲到了，对着老板和大厨们一个劲地赔不是，把这份账单给结了，把肉给带走，出门就把儿子塞到了车里："一百来斤肉，你好好吃！"

"叫你惹是生非！你给我好好待着，反省反省！"

…………

他担心他儿子再祸从口出，和老板道了半天歉，老板承诺不会在网上发这件事，他又小跑着过来给两名警察道歉，再三询问不会记入档案里，这才放心了："我儿子马上就要毕业实习了，我给他联系了实习单位，这小子真不让人省心。我们做父母的，这辈子最大的希望，可都在子女身上了……"

周六一眼神黯然。

这个案子处理完，已经到了凌晨三点半，夜凉如水。

周六一和王才智走在大街上，王才智好奇道："人家这个岁数，还在惹是生非呢，你咋就已经上班了？不考研不继续读书吗？"

周六一手插在兜里，觉得寒气逼人，狠狠地打了个喷嚏，眼睛看着前面的路，没看王才智，语调轻快："因为我没有一个能为我收拾烂摊子的好父亲。"

王才智没多问。

离开之前，王才智还给他们留了自己的名片，周六一讶异，当警察的居然还有名片。

他看了一眼，名片上有警徽，旁边写着：三江市龙华街派出所，下面是王才智穿着警服的照片。显然照片照得比较早，照片上的他看起来还没有那么多白头发。

旁边是王才智的名字，名字旁边是社区民警，下面是所里的报警电话、他的手机号码，派出所的地址。

最下面一行，是四个词：忠诚、为民、公正、廉洁。

王才智一再声明:"这个案子是我调解的,如果有什么事情,你们不要起冲突,先给我打电话。我们所距离这里不远,你们可以去所里,我也可以过来。"

送这帮人回去的路上,王才智有些累了,毕竟年纪不小了,但他还是打起精神来给周六一讲:"其实有些矛盾,一开始并不大,把道理说通说透,就能避免一场流血事故。如果我们放任不管,双方积怨越来越深,很可能会互相报复,引发更大的刑事案件。"

///

这一觉躺下,周六一是彻底睡不着了,王才智也躺在值班室,用手机玩消消乐。

周六一说:"王哥,咱们下半夜不会还有警情吧?"

王才智看了他一眼:"你去过急诊室吗?"

周六一点头,又摇头,意思是他只去看过病,但是并不了解急诊室的情况是什么样的。

王才智关了消消乐,和周六一聊天:"我们派出所值班室、消防队,都跟急诊室一样,那就是有些人值班,就风平浪静,一起警情都没有,有些人值班,就一晚上不消停。比如我,我值班的时候,一晚上警情基本上不会超过两起,经常可以一觉睡到天亮。"

周六一似乎明白了什么,不敢说话,他好像成了那个只要一出现,警情就很多的人。

这时候,又有人报警,值班室里响起了一声:您有新的警情请查收!

听到有新的警情,王才智点了根烟,起来穿警服外套,对周六一意味深长地说:"我年纪大了,不比你们这些小年轻,以后我就不和你值班了。"

///

报警的小区离派出所不远,周六一和王才智很快就赶到了。报警的是个中年男人,他拉着周六一往停车位那边走:"好好的停车位,为什么要上锁呢?我这车,结婚时刚买的,已经送修三次了,我都是请假去的,搭进去不少钱和时间呢。我平时工作那么忙,这个时间才下班,根本就经不起折腾,我现在都神经衰弱了……"

旁边一个穿着睡衣的干瘦的中年女人在玩手机,时不时地翻一个白眼,看中年男人像是在看傻子。

"警察同志，你可一定要给我做主，我这日子没法过了！"

"你看看我这车给划成什么样了！"

"停车位的地锁，太危险了，你说划破了我的油箱，要是再碰巧有人在这儿抽根烟，我是不是就直接葬身火海了？"

…………

王才智本来要抽根烟提神，现在赶紧把烟给收了回去。

周六一今天晚上刚刚见过了老赵，对当事人的信任度很低，他过来询问中年女人，中年女人把手机装到兜里，只有淡淡的一句话："这个停车位，是我掏了九万八买的，我已经和他说过很多次了，不要把车停我的停车位上，他从来都不听。"

周六一都想骂人了。

人家锁自己的停车位有错吗？

人家不让别人在自己的停车位上停车有错吗？

…………

没什么错。

中年男人不但不觉得自己错了，还振振有词："我和物业打听过了，你根本就没有车，你连车都没有，车位空着也是空着，让我用用怎么啦？"

还这么理直气壮？

中年女人一听这话，火大了："我没车怎么啦？还不准我以后买辆车？倒是你，连个停车位都买不起，脸皮怎么那么厚呢？"

中年男人气势一点不输："成天盯着我有没有用你的停车位，活该你没钱买车！"

"我就天天看着我们家停车位有没有狗拉屎，我乐意，怎么着？"

"骂谁是狗呢，你这人就是个神经病！"

…………

说着，两个人就要动手了，已经到了凌晨四点钟，小区的清洁工都已经出来工作了，穿着黄色的荧光背心远远地看热闹。

楼上听到了动静的业主们纷纷开灯，看是谁这个时间点打扰人休息。

周六一和王才智两个人费了挺大的劲，才把情绪激动的两人给拉开，男人突然哭了："我能怎么办？公共停车位距离这里一公里多，我店里剩下的货我还得背回来，五六十斤重呢！"

女人更是一肚子苦水，指着他的鼻子愤愤道："你弱你有理，我是花钱给你买的车位吗？本来有人要租我的车位，你给搅黄了，让我白白损失了一个月七百块钱的收益。我这个车位，是首付三万，贷款六万八买的！你是我儿子吗？我凭什么要给你！"

双方僵持不下，王才智看着两人，见缝插针地劝解几句，周六一去物业把值班的保安给叫了过来，以便深入了解情况。

这显然是一个积怨已深的矛盾，双方都非常不满意。

保安也很头疼："老方和孙姐？别提了，他们两个为了点鸡毛蒜皮的事情，大打出手几次了。老方的脸被挠过，孙姐的小臂还韧带拉伤过，不过那会儿没有人报警，都是我们小区的保安处理的，我们看见他们两个也发怵。"

保安详细说明了好大一会儿，从孙姐装修拿走了老方家门口的木板，到老方晒被子，孙姐在楼上晒衣服，水湿答答的弄脏了老方的被子，简直不胜枚举。

其实一开始，老方想租孙姐的停车位，但是一直拖着不给钱，孙姐没同意，老方想着自己天天停，她就慢慢吃下这个哑巴亏。

谁知道，孙姐装了地锁，老方没看见，直接撞上去，花了几大千修车，此后更是不愿意交一分钱的租金了。

小区保安连连摇头："这俩业主，没一个好东西！"

想要让他们两个人和睦相处，让老方出点钱租下孙姐的停车位，几乎不可能。

而且，两人的矛盾已经激化，这个节点，最好让他们距离远点，免得发生什么伤人事件。

周六一询问保安："这里空闲的车位，就只有这一个吗？能不能帮忙问问，还有没有业主长期在外，用不着停车位，可以按照比较合理的价格租给方先生。"

保安眼睛都亮了："对呀，我怎么没想到，他们两个只要不对上，就还是正常人，这小区还真有不少业主长期不在这儿住。"

老方还在声嘶力竭地喊着："老子就算有钱，也不想给你掏一分钱！"

…………

王才智干社区民警这么多年，就一直在处理这些矛盾纠纷，周六一都有些同情王才智了。王才智做老方的工作："天涯何处无芳草，何必单恋一枝花？"

老方立刻炸毛："我有老婆的，孩子都结婚了，一栋楼里住的，我怎么可能看上她？"

王才智点头："你看，这就对了，你有家庭，有正在经营的店铺，生活工作都那么忙，哪顾得上一直吵架？谈个恋爱都是不合适就换，一个停车位，怎么就不能换？我看这个小区挺大的，和物业联系一下，咱们正儿八经地租个停车位，成不？"

老方还在犹豫，显然不太愿意："租个停车位，一个月七百块钱，七百块钱，按照现在的行情，够买几十斤猪肉了。"

王才智说："那你不想租的话，你就买一个。"

老方又摇头："那更不行了，这一片的房价已经五年没有涨过了，我买个停车位，不就砸在手里了吗？"

话说到这个地步，王才智也不着急："你既不想买，又不想租，那你把车停到一公里以外吧。"

老方犹犹豫豫的，咬了咬牙："那我还是租一个吧，但是我绝对不租这女人手里的。"

孙姐翻个白眼："你当我稀罕？"

她看了看自己的地锁："我的锁被撞坏了，要一百八！"

老方喊："老子不赔，除非你赔我修车钱！"

得，又回到原点了。

周六一感觉自己脑袋里好像有个乐队，敲得锣鼓喧天的，让人头疼得不行。其实他心里是觉得老方错了："你一个男人，一直占女人的便宜好意思吗？是你的车非要停在人家的停车位上，人家现在叫个拖车把你的车拖走，回头也得是你自己去交拖车的钱。你上网搜一搜，这样的案例特别多。你不想赔偿人家的车锁，不想掏钱租车位，一分钱也不想出，你就天天步行吧，大马路是国家修的，不问你要钱。"

周六一说完，老方将信将疑地上网查了查。王才智叹口气："你说你有个停车的地方，是业务刚需，也不知道其他有空余车位的人会不会同意租给你一个。"

老方显然是搜索到了很多相关信息，知道自己无论如何得不到便宜，就放下手机："唉，算了，我还是租一个停车位吧。"

孙姐不依不饶道："你爱租谁的就租谁的，但是我这车锁，你必须赔。"

周六一拉住了还要口出恶言的老方："你看，给我这个警察一个面子，我大晚上的不睡觉，在这里看你们扯皮，我有好处吗？什么好处都没有。早上我还可能有高血压，上班迟到，被我们领导骂。这个孙姐和你斗了这么久，她什么好处都没有得到，你白白停了那么长时间的车，她还损失了一个停车锁……"

周六一嘴皮子快要磨破了，老方才终于同意了赔偿，不过是赔偿六十块钱。孙姐那车锁一百八买的，她虽然生气，但是有钱总比没有钱好，就同意了。

天已经快亮了，周六一和王才智两个人走在初秋的晨雾中，沾了一身露水。

周六一问："老王，咱们每天处理的都是这样的案子？"

王才智点了点头。忙着出警的时候，他居然还带着保温杯。他将杯子递给周六一，周六一不要，他自己喝了一大口："我给你个建议。"

周六一以为是办案的建议，就竖起耳朵，王才智喝完了半杯水说："你也买个保温杯，泡点枸杞、党参什么的，干咱们这行的，体力消耗比较大。"

周六一追问："那咱们什么时候才能办大案？"

王才智看着空旷的街道，自言自语："现在应该不会有人报警了吧？"

周六一感觉到饿了，他看到一些早餐店已经零零星星地亮起了灯："要不咱们吃个早餐吧？"

这时候，李华打过来电话："老王，你在外面吗，我给你发个位置，是个早餐店，一对情侣吃完了早餐不给钱，现在已经和老板娘吵起来了！"

王才智挂了电话，看向周六一的目光非常复杂。他慈爱地拍了拍周六一的肩膀："六一，今天我就不和你搭档了，你再找一个师父，咱们所都是能人。"

周六一有点倔强："老王，我觉得你教得挺好的。"

周六一能感觉到所里对他的去留存在争议，王才智是想要他留下的人的其中之一。

难得有人支持他，他要抓住这个机会。

王才智道："但是你这个徒弟，有点费师父。"

///

两名警察赶到了早餐店，现在是早晨五点。早餐店的大锅里熬着骨汤，老板娘和两个小工正在案板边包馄饨。老板娘特别麻利，一手摁七八个面团一起擀皮，速度特别快，包馄饨的小工都是四五十岁的阿姨，她们一手拿木勺子挖肉馅，一手拿着面皮，一秒一个馄饨，手快得能出残影。

小情侣正在和老板吵架。

女生快哭了："我真的付了钱，是现钞，我至于为了五块钱和你吵这么久吗？"

老板十分愤怒："你说给了钱，你看看哪张钱是你的？现在的年轻人都用手机支付了，谁还用现金？我一看你们两个就不是什么好东西，想白吃我的馄饨，门都没有！"

他们吵得不可开交，争吵的原因就是老板认为他们两个人没有付钱，而两个人声称自己付了钱。

王才智低声问周六一："看出什么了吗？"

周六一打量了一下那对情侣："年纪在二十五岁到三十岁之间，两个人带着行李箱，鞋子和箱子底部有厚厚的灰，头发似乎被晨雾打湿了，他们可能一晚上连个住的地方都没有。馄饨只点了一碗，两个人分着吃，说明他们经济情况不怎么好。那个男的一直不说话，女的一直在哭，我们得注意点。"

王才智点点头："那你去处理吧。"

老板看到警察来了，赶忙道："警察同志，你们可算来了，他们真的没付钱！你们可得给我做主。"

周六一看了看头上的监控摄像头："监控坏了？"

老板面露难色："我这就是小本买卖，我脑子转得快，电脑什么的我也不会操作，放在这儿还占地方，坏了就没再修。"

得，这案子成了糊涂案。

周六一走过来看着这一对情侣，男的脸上一脸嫌恶，还在责骂女生："早就说了不要吃了，你非要吃，我们现在可能赶不上公交去坐高铁了。"

早上的公交车特别挤，如果还带着两个行李箱和沉重的手提箱，就更难挤上去了。

女生哭得声嘶力竭："我真的付钱了！我想把剩下的汤喝完，把钱给了我男朋友，让我男朋友去给老板，我男朋友怎么可能骗我？我们是真的给了钱的！我只有这五块钱了，想吃完这碗馄饨就回家……"

周六一仔细打量着女生的男朋友，这人被看得发毛，说："警官，你看我干吗？"

周六一摇了摇头："你们就一张五块钱的纸币了？"

男生不耐烦地点了点头："对呀，要不然我至于为了五块钱耗这么久？"

周六一说："麻烦你把兜翻一下，让我看看那是什么。"

男生还想要狡辩，但是手不由自主地摸向了口袋，五块钱的一角一直露着，他的脸立刻涨得通红："我这不是忘了吗？"

女生震惊得都忘了哭："啥？我给你五块钱让你给老板，你居然装进兜里了？"

男生吊儿郎当的："我以为你会用手机扫码支付呢，我哪知道这五块钱就是你最后的钱了，我哪知道这老头子那么可恶，不依不饶的，非要这五块钱！"

女生立马和她男朋友吵起来："我和你在一起六年了，我一直养着你，我用最后的五块钱买一碗馄饨，你吃了馄饨，我喝汤，你还把这五块钱给昧了。你还有没有一点良心？"

周六一把他们两个人喊住了："所以，你们能不能先把那碗馄饨钱给付了？"

女生一把抢过了男生兜里的五块钱，给了老板，对老板说："对不起，我们给您添麻烦了。"

然后女生在早餐店门口，把这男生的联系方式全都拉黑了，大步走了。

周六一本来想给女孩解决一下路费，但是女生说只要离开这个人，她妈就会给她打钱，死活不要旁人的接济。

这男生还厚着脸皮过来找周六一借钱："警官，能不能借我二十块钱，让我打车到高铁站？"

王才智半眯着眼睛，不怒自威，口中只有一个令人不寒而栗的字："滚！"

男人拉着箱子，骂骂咧咧地走了。

这事解决了以后，周六一和王才智找张桌子坐下，对着老板招呼："老板，给我来两碗馄饨！"

老板麻利地数了十二个馄饨下锅："好嘞！"

周六一拿着手机对着监控摄像头照了半天，发现这店里的监控摄像头居然是好的。

老板端上馄饨来，笑道："两位警官，麻烦您二位了，这顿算我的。我当年和我媳妇在一块的时候，兜里的钱只够点一碗馄饨，我媳妇说她不饿，全给我吃了，我后来靠着包馄饨，养活了一大家子人。那人渣，还是算了吧。"

…………

吃完以后，王才智执意帮周六一付了钱，周六一有些不好意思。

王才智对周六一的观察力很满意。两个人走在街上，王才智已经不再用看新人的目光看待周六一："我是个社区警察，主要就是办办调解的小案子，其实也没什么技术含量，主要是比较费神。我给你几点建议：出屁大的警，也要把装备给带齐了，尤其是执法记录仪。办再小的案子，也要全程记录。半夜饿得不行了，也不要暴饮暴食。还有，服从命令，遵从法律。"

周六一本来很期待，但是听完觉得没什么干货："王师父，没有了吗？"

王才智摇头："比起案子来，更复杂的是人心，你似乎生来就具有看穿本质的能力。我记得有部电影讲过，半秒就能看透本质的人，和用半生才能看透本质的人，命运是截然不同的。我希望你不骄不躁，永远保持着现在的热情去对待每一件案子。也希望你可以在这条职业道路上，找到你自己想要的价值感。因为这个职业，比你想象的更危险，更枯燥，更需要才华和毅力！"

此时此刻，周六一还体会不到王才智这个从警多年的老民警的期待的心情，只是懵懂地点点头。

回到所里，周六一再也忍不住了，倒头就睡。

一觉无梦。

往常换一个新的地方，他总会做各种各样和父亲相关的梦，但是这一次，在单位的硬板床上睡觉，他居然睡得很踏实。

踏实到他不想醒过来。

///

早晨，周六一睡得正香，耳边一阵噪声，居然是李华拿着一个闹钟过来了，正在循环播放歌曲："伟大的祖国赋予我使命，复兴的民族给予我力量……我们的名字在警徽中闪光，人民警察向前进，我们的光荣在国旗上飞扬，在国旗上飞扬！"

李华对着周六一的耳朵一直喊："快点起来，打了卡再睡。"

周六一翻个身，把枕头盖在头上继续睡："你能不能换个闹钟？这也太响了。我昨天晚上处理了一整晚警情，你让我睡会儿。"

李华把他的被子枕头都掀了："所长要求的。咱们这种单位又不需要每周都升国旗，唱国歌和警歌，当然得在其他方面有点仪式感。

"值完班也要正常上班，听我的，赶紧打卡，别迟到了。你昨天就迟到了那么长时间，要是今天再迟到，所长肯定再罚你写个检查。"

周六一无奈地起床，闭着眼睛摸着衣服穿戴整齐，像梦游一样："太不人道了，我觉得我得睡到下午才能醒过来。

"所长他到底明不明白，毁掉一首歌最快的办法就是把这首歌当成闹铃！回头我得给他提提建议！要是想让咱们对人民警察之歌保持感情，就要在破了大案的时候放。"

李华连连摇头，拉着周六一就往外跑："不行，咱们是派出所，一般情况下是没有大案的，每年排查一遍戒毒所出来的料子鬼，就算大案了。"

周六一一只眼睁着，另一只眼闭着，这个新名词触及了他的知识盲区："啥叫料子鬼？"

李华解释："吸毒的，就叫料子鬼。"

周六一哈欠连天地摁指纹，碰到王才智急匆匆地过来打卡，手里还拎着从食堂拿的包子和鸡蛋，周六一和他打招呼："不是吧，王哥，这才几点？咱们可是忙乎了一晚上！你这么早就要出去，是有什么重要的警情吗？"

王才智也和周六一打招呼，他伸手摁了指纹打了卡，然后解释道："我还有一份材料要交，从交警四支队那儿拿来的，要送去分局。"

周六一直皱眉："那你直接从四支队去分局更近吧？从所里走，太远了。"

王才智已经习惯了，笑眯眯地说："打个卡，顺便拿个早饭，我已经习惯了。"

周六一一脸的不解："但是这也太浪费时间了。"

王才智看到周六一带着起床气，和蔼地安慰道："各行各业都这样，咱们隔壁的银行网点更辛苦，柜员桌上不能放水杯，离柜必须锁好所有的保险箱，下午五点半下班复盘开会，然后整理一天的流水，必须按照程序来。银行管着老百姓的钱，我们管着老百姓的安危，当然也要按照程序，不能胡来。"

周六一还是觉得费解，发牢骚道："咱们接处警就已经够忙了，还得按时打卡，还得整理卷宗……"

王才智拍了拍他的肩膀："年轻人，以后你就习惯了。这些规章制度，说得大一点，叫作把权力关进笼子里，说得通俗易懂一点，就是饭做出来总不能直接塞到嘴里吧，得盛到碗里，放在饭桌上，用筷子和勺子吃。"

还能这么理解？

周六一似乎明白了一点。

王才智打完了卡，换上便服，急匆匆地去坐公交车，看起来像是一个在城市里搬了半辈子砖的工人。

李华在后面喊了一句："老王，你不用跑，你的头发都白了一半了，那些挤公交的小年轻肯定会给你让座的！"

王才智摸了摸自己的头发，还用单位告示牌上锃光瓦亮的玻璃当镜子看了看自己的头发，他之前都没发现，自己居然已经老得有这么多白头发了："那我晚上下班去染发。"

李华双手叉腰，笑话老王："老黄瓜刷绿漆也不行呀！你得多休息，别跑了。"

周六一值班一晚上，上午还得负责派出所前台的工作。

他哈欠连天。

太过疲惫，他很快睡着了，一个头发花白的老太太把他给叫醒："警察同志，你帮帮我吧！"

老太太嘴里一颗牙都没有了，面露痛苦，浑浊的眼睛里全是哀求。

周六一一看表，发现自己居然睡了一上午，赶忙正襟危坐，还整理了一下衣领子，只看到老太太把拐杖放到一边，从兜里掏出了快磨烂的材料。

周六一拿过来，发现这是一份购房合同。

不过不是现在的，而是二〇一二年的，也就是说距离现在有十来年的时间了。

"我实在是被这世道逼得没法子了！我求求你们帮帮我吧，我大儿子现在已经离婚了，孙子现在和我睡在公厕……"

老太太泣不成声，人差点倒下，周六一被吓了一大跳。

黄青梅闻讯前来，给老太太倒了一杯水，加了一大勺她自己珍藏的蜂蜜，让老太太慢慢喝下，又从自己的柜子里拿了两个小蛋糕，给了老太太，让老太太慢慢吃。

周六一皱眉。

都这个年代了，还有人会因为吃不饱饭而低血糖？

黄青梅重重地叹了一口气，和周六一道："唉，老太太是真的被坑惨了。你知道咱们这边有个小区叫梓山苑吗？"

周六一点了点头。

黄青梅继续道："梓山苑的老板在塞班岛把项目的资金全部都输完了，好几百个亿，那可都是银行贷款和一期二期的业主交的首付。

"那边的房子可不便宜。

"欠下这么多的钱，那老板坐牢去了，留下这些业主，活得生不如死。

"老太太本来在郊区有栋小房子，一家人都挤在里面，后来修高速拆迁了，她把钱全都拿来给两个儿子交了首付。

"补偿了一百来万，房价两万多，首付还借了一点，每个月两个烂尾房的月供，就是七八千，家人还要在外面租房子住，老太太捡垃圾，一个月也弄不到一千块钱，两个儿子也都是打零工的……"

周六一看着老太太，也很同情。

黄青梅叹气："唉，咱们派出所，只能管小事情，几块钱自己垫上也就垫上了，可这种事该怎么办？"

周六一问："没有找律师吗？我记得有法律援助。"

黄青梅无奈地摇头："哪有那么容易，业主和银行签了贷款合同，银行和业主要钱，开发商早跑路了。"

黄青梅安慰了老太太一会儿，老太太一直在哭，黄青梅自己拿了两百块钱给了老太太，并且一再说，这个问题，他们肯定会和上级反映。

老太太最后拄着拐杖，步履蹒跚地离开了，但是走的时候，还是泪眼婆娑："你们当警察的，应该给我们想想办法。"

黄青梅觉得很愧疚，扶着老太太走了一段路，她自己平时不会打车，但她给老太太叫了车。

周六一再也睡不着了，询问黄青梅："这种情况，我们应该向什么部门反映？"

黄青梅原本早上来了会吃零食，忙里偷闲玩会儿手机，但是现在她靠着椅背，双目无神："找什么部门？老太太头一次来的时候，我和老太太去过了便民中心，那里的工作人员，和我的权限差不多一样。"

说完，黄青梅丢给了周六一一堆资料，几乎全都是烂尾房报案的。

意思就是在三江市，目前还没有统一的解决办法。

周六一有了精神，准备看看案卷，然后写检查。

快到吃午饭的时候，他去看李华的检查，万万没想到，李华坐了半个多小时，纸上居然是一片空白。

李华去看周六一的检查，结果发现也是一片空白，他问："高才生，你写个检查，怎么那么费劲？"

周六一两手一摊，理直气壮地说："我从小到大就没有写过检查！"

李华哀号："我以为你开玩笑呢，我还有那么多检查要写，真是要命！我感觉我天天都在写检查，我哪知道我怎么会犯那么多的错误，今天又是一份。"

周六一很认真地问李华："咱们每天都要写检查吗？"

李华苦着脸："不然呢？你以为那些条条框框都是空话套话？以前吧，我一直以为，当派出所民警挺风光的，现在我觉得，真有些辛苦。一个不注意就要写检查，得时刻注意自己的言行……"

周六一没那么多的牢骚，他思考着什么，然后打开了手机，开始在几个网站上搜东西："我要在网上买一个写字的机器，把咱们的笔迹录进去，然后下载一些检查，拼凑拼凑就行了。"

李华有些难以置信："不会吧，这玩意儿也有？"

周六一头也不抬："当然，科技改变生活，只有你想不到的，没有厂家做不出来的。"

李华摩拳擦掌，兴奋得不行："要是有了这个，多少检查都能写出来！"

周六一眉头一皱："有点困难。"

李华问："什么困难？"

周六一说："就是有点贵。"

李华一拍周六一的肩膀："贵算问题吗？能用钱解决的问题，都不叫问题！"

他低头一看，这价钱让他咋舌："这问题有点大，我出三分之一，你要是不同意的话，我宁可自己手写检查。"

周六一和他击掌："成交！"

两个人开始商量这个机器买回来以后放在哪里。肯定不能带回家，两个刚毕业的小年轻都租不起房子，只能放在所里，但是两个人住的宿舍和其他人的在一起，这么个玩意儿买回来以后肯定会被众人围观，所长肯定会逼着他们退货，并且针对他们弄虚作假的行为让他们再写一份检查。

李华一拍大腿："放彭哥屋里！"

周六一："啥？咱们的宿舍不是六人间吗？还有单间？"

李华立刻带着周六一去开彭志远宿舍的门："特事特办嘛。"

周六一好奇道："是不是因为彭哥立过大功？"

李华取了钥匙，直摇头，接着有些自豪道："这你可就错了，咱们所，除了我和青梅，每一个都是功绩彪炳，咱们光二级英模就有三个。彭哥分个单间，和他是不是立过功一点关系都没有。"

进门以后，李华就先往鼻孔里塞了两团卫生纸，周六一找插座的位置，并且在网上又下单了一个插座。

屋里的气味简直要让人窒息，周六一看到屋子中间横放着一双45码的大鞋，立刻冲出房门，大口呼吸新鲜空气。

这简直是生化武器！周六一坐在地上，缓过来以后，他对着李华竖大拇指："真是绝了，我再也不想进彭哥的宿舍了！"

李华也喘着气："每一个进过彭哥宿舍的人，都是这么想的。"

第13章
审怪人必用奇招

Chapter 13

周六一回到工位上，用电脑软件把表格处理以后打印出来，然后靠着椅背又休息了一会儿。黄青梅对这个软件特别满意，但是又不无感慨："以前这个工作，我要一周才能做完，现在居然只用了不到五分钟，其中三分钟居然是在打印机前等着，我真觉得我就是个等着拿表格的工具人。"

周六一安慰她："用机器代替人工，人工智能代替人脑，本来就是社会的大趋势。你看银行的柜台越来越少，高速收费站现在都成了ETC，人工收费窗口越来越少，以前交话费的服务点遍布全城，现在一个区域可能只有一个不起眼的办业务的服务点。"

黄青梅黯然神伤："那我肯定会被淘汰。"

周六一看到黄青梅真的难过了，话锋一转："不会的，你永远是我们单位的警花姐姐。"

黄青梅一听这话，露出笑意："我才不会一直当个辅警呢。"

"那你想做什么？"

黄青梅敷衍道："现在的年轻人，谁会一份工作做到老死？我想干别的很正常吧？到了午休时间，吃饭去吧。"

一听"吃饭"两个字，在偷懒的李华立刻从办公桌上弹起来："吃饭？青梅？你是在喊我吗？"

王才智回来之后就在做昨天晚上的台账，他看到李华，恨铁不成钢道："华子，你昨晚一直在值班室睡觉，怎么还困？"

王才智其实很体谅年轻人适应新环境需要时间，虽然是在批评，但是在李华和周六一睡觉的时候，他没有喊他们干活。

李华站起来，揪了张纸巾擦了擦嘴上的口水："这也不能怪我，我连轴转好几天了，会猝死的！"

说着他就催周六一黄青梅快点去食堂，还喊老王："老王，你也别太拼了，早点去吃饭，该休息的时候多休息一会儿。要是倒在这个岗位上，这么多年的养老保险不就白交了吗？年轻时没照顾孩子，退休以后总得为家庭发挥一下光和热吧？别染发了，一看你就是我爷爷辈的，咱俩要是在公交车上碰见了，我肯定给你让座。"

王才智拿李华没有办法，无奈地挥了挥手："我说一句，你回三句，走吧走吧！"

进了食堂，李华发现多了几样菜，高兴得不得了："虽然工资低，买不起房子，但是食堂还可以，比 CBD 那些白领天天点外卖强多了。李婶，你把饭做成这样，我愿意天天住在所里上班。"

李大妈憨厚地笑着："谁天天背地里说我就是个拧钢筋的？"

李华笑呵呵的："对呀，谁身在福中不知福？让我知道了，肯定把他给拧三圈！"

他不光给自己夹，还给周六一夹，黄青梅淡淡地问道："我的呢？"

李华万万没想到黄青梅居然会主动和他坐同一张桌子，兴奋到筷子用反了都没有察觉到，他马上给黄青梅夹菜，讨好道："青梅，下班我送你回家好不好？"

周六一不由得大笑。黄青梅用筷子优雅地把炸鸡腿的外壳撕下来，只吃里面鲜嫩的部分，缓慢咀嚼，咽下去以后才说："你先考上正式警察再说吧。"

李华瞬间像霜打了的茄子，蔫了吧唧的："我明白了，咱们这是完全没可能了。"

周六一今天吃饭没挑食，工作太忙，他就顾不上挑食了。他对李华说："认真做题，应该没问题。"

李华头摇得像拨浪鼓一样："不不不，这是罗马和牛马的区别，那题太难了，简直反人类！"

所长付胜难得有回来吃午饭的时候，看到三个年轻人聚在一张桌子上吃饭，他就不进去了，不破坏新人们培养感情的机会。

但他听到李华认为自己肯定考不上警察，眉头紧紧皱起来。

学习能力，尤其是考试能力，不是一朝一夕就能培养起来的，有些人考不上，可能一辈子都是个辅警。

他认识的同事里，这样的人太多太多了，有好几个都拥有以自己名字命名的警务室了，还是个辅警的身份……

而年轻人，最想要的就是身份的认同。

吃完饭，周六一回办公室，在网上搜索警务单位的检查怎么写。不搜不知道，一搜发现大家写检查的理由千奇百怪，一个个和段子一样。

社招生把警徽和肩章戴得乱七八糟，警容不整，得写检查。

在笔录下面乱签名，还有写"说的比唱的好听"，得写检查。

…………

周六一越看越觉得有意思。

这时候，报警电话响了，接警中心安排出警，彭志远两步就从食堂跑到了办公室，声音极富穿透力："华子，快，起凤街银楼有人偷东西！抓到了一个小偷。"

李华绞尽脑汁地在想检查怎么写，被彭志远打断，忍不住说道："彭哥，你吓死我了，不就是小偷吗，偷就偷呗，小偷已经被抓住了，金子银子又不会长腿再跑了，晚点去也没啥事。"

周六一也觉得这事不是很紧急。可再看彭志远，衣领上还挂着一根面条，一副急得不行的样子，他劝彭志远："彭哥，你先洗洗手擦擦嘴再去吧。"

彭志远立刻一改傻憨的气质，严肃地说："小偷被抓了个现行，顾客特别愤怒,正在殴打小偷,商场的柜员和保安拦不住也不敢拦,我们再不赶紧去,小偷的腿就要被打骨折了!"

周六一放下了写检查的笔:"不是吧,彭哥,我们出警是为了保护小偷?"

这也太黑色幽默了吧?

彭志远点头,义正词严地对着李华和周六一说:"对,你们记住,小偷也是人!"

但是周六一和李华两个人还是严肃不起来,尤其是李华,笑得前仰后合。

彭志远有点无奈,不知道怎么教育两个新人,索性让他们写写检查:"那啥,这案子办完,你们一人写一份检查。"

李华当即申请:"彭哥,我和你出警。"

彭志远摇了摇头:"不不不,你现在已经不适合这个案子了。"

他又看向还在发愣,刚刚又需要写一份检查的周六一,没忘记自己的教学任务:"其实,派出所的很多警情都不复杂,只需要把正确的人放在正确的事情上,不要把问题搞得太复杂。"

胡亮正在给女朋友打电话,打完电话从外面进来了,彭志远叫他:"亮子,咱们出个警吧,抓小偷。"

胡亮立刻拿上警服和执法记录仪,清点手铐、警棍这些警械,干脆利落道:"走吧。"

彭志远还指着胡亮道:"这就叫作用正确的人去处理正确的事。"

周六一和李华面面相觑,他们还理解不了,为什么要对人人喊打的小偷那么好。他们现在更关心的是,要多写一份检查了。

///

一个小时以后,胡亮和彭志远把小偷带回来了,小偷头上套着外套。一般情况下,很难缠的人,警方才用这种方式控制——背铐,再加蒙头。

周六一很少看到这样的场面,有点不太适应。

小偷感觉到了有人围观,哀号着:"快给我换成前铐成吗?我的胳膊疼得快要断了!"

一般的影视剧里,宏大的抓捕场面,大部分都是手铐在前,衣服遮挡,但是现实中的暴力抓捕,大部分都是铐在背后。

胡亮看到了周六一,不放过这个现场教学的机会,严肃地对周六一说:"别听他的,你没上过警校,不知道这些人渣都是什么东西,以前有人试过把背铐换成前铐,结果人犯把正在开车的警察的脖子给勒住了,一车五个人全部丧命。"

周六一赶忙摇头:"不,我是看到这犯人的小拇指指甲一直在抠手铐的锁眼。"

彭志远大喝一声:"还想着开锁呢!"

他直接拿约束带把小偷的四根手指头给捆成了一卷葱,没法再接近手铐的锁眼。

彭志远愤愤道:"新来的,我告诉你,这些社会败类说的话,一个标点符号都不要相信。他和你说想抽支烟,可能是想拿你的打火机纵火,他和你说回屋里换身衣服,可能是想拿把菜刀出来砍你。"

小偷认了命,任彭志远拎着。

还有一对骂骂咧咧的男女紧跟着小偷进来,两个警察稍一疏忽,男人一脚就踹在了小偷的后背上,小偷摔了一个狗啃泥,在地上打滚嚷嚷着:"救命呀,警察帮着刁民打人了!"

男人脾气很不好,彭志远和胡亮两个人拉着,这男人又是一脚,小偷差点来了一个后空翻。好在彭志远力气大,把这男人给提起来了,阻止了他的暴力行为。

男人一口唾沫喷出去,指着小偷狂骂:"不要脸的东西,老子打的就是你这个孙子!"

周六一作为一个好学生,很少见到这样的暴力事件。

李华见怪不怪:"这还算轻的,搁咱俩小时候,高速路还没有,要是小偷敢偷村里的牛,会被全村老小齐上阵给活活打死。"

周六一注意力在小偷的手铐上:"一般的在超市偷个东西,顶多是叫过来坐在办案中心的椅子上,现在上铐子了,说明案子挺大。"

李华竖大拇指:"不愧是好学生。"

两个人看到彭志远和胡亮忙不过来,就赶紧去帮忙,把小偷铐在凳子上,去开电脑做笔录。

那个胖胖的娇艳的女人气得捶胸顿足,眼睛猩红,像兔子一样,比男人还激动,也要去打小偷,周六一赶紧把人拉开。这女人居然脱了高跟鞋就砸小偷,下了死劲,彭志远用胳膊挡了一下,发出砰的一声。

女人号叫着:"他偷了我的黄金首饰!"

当事人情绪非常激动,周六一赶紧上前安抚,和女人说:"放心吧,我们肯定会帮你把财物追回来,你先不要这么激动,冷静一下,先坐下来。我们的目的是追回丢失的财物,而不是利用公权力对小偷打击报复。"

女人张牙舞爪的:"你让我怎么冷静?这个浑蛋,偷了我的黄金首饰,那是一串用皮绳穿起来的黄金转运珠，他居然把绳子剪断全吃下去了，那是我结婚买的黄金！"

那个小偷因为躲闪高跟鞋，趴在了地上，他理直气壮地说："捉贼拿赃，别血口喷人，你说我偷东西我就偷了？证据呢？"

女人气得要脱另外一只高跟鞋："你把我的黄金吐出来！"

小偷因为戴着手铐，趴在地上起不来，但还梗着脖子骂着："老子便秘，上厕所在下周！"

啊这……？

周六一觉得有点恶心，他问李华："这种事怎么这么多？"

李华极其淡定地和他说："咱们这个辖区八万人，就算每天有万分之一的奇事，每个钟头都不会重样，等你上够一个月班就会明白了。"

彭志远喊周六一和李华："把人弄起来，做笔录。"

小偷身上沾满了口水和灰尘，看起来特别恶心，李华熟练地把小偷从地上拉起来："这才哪儿到哪儿，昨天晚上那个醉鬼才恶心，吐了我一身，花花绿绿的和八宝粥一样，我直接把衣服扔了！"

周六一把笔录本拿过来，做了一个干呕的动作："我以后再也不想吃八宝粥了！"

李华看到周六一的反应，更来劲，继续说："上个月我们去抓一个料子鬼，那小子大腿上都是脓疮，我们五个人刚围过去，那小子就用刮胡刀刀片在胳膊上划了一道，那血喷得，像彩虹糖广告里一样！"

小偷被放在审讯椅上，他看到周六一身着警服站在他面前，忍不住闭上眼睛晃了晃脑袋，然后睁开眼睛，使劲打量着周六一，眼睛瞪得圆鼓鼓的，突然大叫起来："怎么是你？！"

这小偷，就是昨天一早周六一遇到的那个。

周六一一身飒气逼人的警服，一手拿笔录本，一手拿笔，俯视着他："没想到，这么快就又见面了。"

小偷脸上青一片白一片的，看着周围四名警察，嚷嚷起来："我昨天早上出门没看皇历，取了一万块钱就被你和那个老头骗走了！警察黑起来，比我们这些小老百姓厉害多了！今天我又被这对渣男贱女诬陷，我实在是太倒霉了！"

李华脸沉下来，直接把小偷铐在了暖气片上："孔龙，你手脚不干净不是一次两次了，闭嘴吧！"

孔龙？

周六一一听，就忍不住笑了。

小偷仰着头问："你笑啥？"

周六一看着孔龙，他坑坑洼洼的脸上满是油光。

孔，这个姓没问题，儒家文化发源人孔子，就姓孔，古人自我介绍，都是免贵姓什么，但是只有孔和李两个姓氏不需要免贵，因为一个代表着文化至高点，一个代表着王权，当然不需要免贵。

龙，这个名也没有问题，叫王龙张龙李龙的，人数众多。

但是，为啥偏偏叫孔龙呢？

这两个字结合起来，就很搞笑了。

周六一看着小偷，摇了摇头："没啥。"

如果解释一遍，那他得再写一份检查。

李华一点也不困了，指着孔龙给周六一介绍，就像是介绍熟人一样自然："他被我们所长逮到偷钱包，蹲了三个月看守所；被教导员逮到偷电瓶车，进监狱蹲了一年；被彭哥逮到偷电瓶，又蹲了一年；我来那个月逮到他偷自行车，那生锈的破自行车不值二十块钱，事主懒得录笔录，把他给放了。你上班第一天，居然也逮到了他。得，我现在觉得，新人来了逮这货一次，就能算咱们所的传统了。猫抓耗子，他就是个熟耗子！"

对于这人，周六一很是鄙夷。

李华对他说："这小子以前是个偷现金的，后来智能机刚普及那会儿，不管是苹果还是小米，手机都挺贵的，这小子明目张胆地在火车站搞零元购。"

周六一刚当警察，还不大了解情况："啥叫零元购？"

李华道："这小子，就在火车站，拦住背着蛇皮袋的农民工兄弟，问人家要不要手机，智能手机，一个两百。"

周六一："他还倒卖手机？"

李华嘿嘿一笑："犯罪分子的想象力，可比咱们丰富多了。他就站在那儿，一指车站里乌泱泱的人群，和人说，看上哪个，我现在去给你进货，都两百！"

呃……

还能这样？

周六一现在已经不能用看普通人的眼光看孔龙了。

李华搞明白了案子的前因后果，声音提高了八度："这也太损了吧？偷了金首饰，直接吃下去了？这怎么把赃物给找出来？"

孔龙不觉得丢人现眼，还对着周六一吹胡子瞪眼："看什么看？以前人赃并获我没意见，我都已经坐牢了，不能给我个改过自新的机会吗？坐过牢就不是好人了？法院都没有判枪毙我，你们倒好，一见到我就抓我，我就不明白了，那些有钱人能逛商场，我就不能了？就因为我穷，所以我连商场都不配逛了？"

一连串话，都不带卡壳的，像单口相声一样。

看到周六一不说话了，孔龙还以为周六一这个新人好欺负，朝周六一喊："你们派出所总不至于一杯水都不给倒吧，渴死我了！"

孔龙这么嚣张，居然使唤周六一，这让胡亮这种活雷锋式的人都很不满。他从口袋里摸出二十块钱给了周六一："六一，去门口药店买个果导、开塞露、番泻叶，拿回来给他泡上端进来！"

胡亮之前用U盘提取了商场的监控，这会儿拿了一台电脑过来开始看监控。

两个受害者终于不闹了，愿意坐下来歇会儿，男的去给女的把高跟鞋穿上："咱们的东西肯定会要回来的！警察不会不管我们的，怎么进去的，就让它怎么出来！"

孔龙这下慌了："你给我下药是犯法的！我出去以后肯定要上诉！"

胡亮指着李华和周六一的警服领子，对孔龙说："你瞎呀，看不见这两个都是实习生？肩膀上连个'一毛一'都没有，大不了写个检查开除，你上诉有什么用？别耽误我时间，快点！"

胡亮这种看起来老实的人，居然说这种话，孔龙顿时觉得不妙。

孔龙大叫着，又开始耍无赖："我不喝水，我一口都不喝！你们不能诬赖我，我吃的是巧克力豆，这年头，吃巧克力豆也犯法了吗？"

胡亮没搭理他，出了办案中心，周六一有些怀疑："咱们真的要给他吃果导吗？"

胡亮长得特别端正，是那种往宣传视频里一放，就让人放心的长相，而且他以前是经侦支队的。经侦，几乎是所有的警务单位里对权力和金钱最敏感的，敏感到每一笔支出，每一句话，都要想清楚前因后果，要作为重要的证据留存。胡亮本人，一直不苟言笑，所以，他说出来的话，让没有参与过审讯的周六一有些疑惑，不能真的这么对嫌疑人吧。

胡亮看向李华，李华没任何怀疑："那我先买点开塞露回来，对面的药店十块钱三支，正在搞促销呢，我去买十块钱的，给孔龙用一支，我留两支……"

结果，话还没有说完，向来文质彬彬的胡亮在李华的头上敲了一下："你再说一遍。"

李华一开口就意识到了不对："刑讯逼供，是不允许的。"

胡亮面对李华和周六一，神情极其严肃："不管什么时候，人的生命健康权排第一，就算我们的案件进展不顺利，也绝对不能动那些歪脑筋，还是要按照流程一步一步来，明白了吗？"

周六一和李华都道："明白了。"

那一带有好几个金首饰被盗的案件，所以数案并查，胡亮还有些卷宗要调取，急匆匆地走了。

李华摸着头上被敲了一下的地方，疼得直抽气："他们这些搞经侦的，别看一个个在单位里都穿着新制服，出了单位西装革履的，实际上手段可多着呢，亮哥没少这么折腾我。"

虽然是埋怨，但是李华更埋怨自己："我怎么就记不住呢？"

周六一看着胡亮的背影，却多了几分别的思考，经侦，是距离和钱有关的案件最近的地方。

///

时间一分一秒地过去，都快一个钟头了，不管胡亮和彭志远两个人怎么审，孔龙这个无赖就是一点都不交代，完全是死猪不怕开水烫的架势。

胡亮和彭志远两个人都已经是经验特别丰富的警察了，却始终搞不定这个孔龙。

两个人出了办案中心，到办公室商量对策，毕竟金首饰已经算案值较大，如果加上累犯，案子就不是一般的大了。

彭志远靠着椅背："二十年前，我刚当兵那会儿，当地群众收的玉米棒子被偷了，找我们部队帮忙。逮住了小偷找不回来玉米，我们把人带到小树林里揍了一顿，然后去山上的破瓦房里找到了好几千斤玉米。对我们当时的单位而言，老百姓的生命财产安全，就是头等大事。尤其是冬储粮，必须限时破案，在大雪封山之前找到！"

胡亮抽了支烟，眉头皱成了川字，他和彭志远并不是同龄人，彭志远大他十几岁呢，他是念了大学才参加的警务联考，而彭志远是十八岁就参军入伍，考的又是军体院。所以两个人在看问题的角度上，有着区别，他说："彭哥，社会在发展，不一样了，现在种个大棚菜，都会在塑料薄膜上装个监控，我们要讲证据，讲法律。"

彭志远听了，嘿嘿一笑："我可记得，你之所以会来我们所，就是因为特别会审人，我记得有个贪官是你审的，本来他不交代，你去审讯，和人家说小三生出来的是个女儿，那贪官当场就崩溃了，啥都交代了，前前后后追回来的赃款，足足两个亿呢……"

胡亮掐灭了手里的烟："没有的事，你别瞎说。"

进来给饮水机换水的李华和周六一一脸崇拜之情，尤其是周六一："亮哥，我听说您刚毕业两年，就是经侦支队有名的铁嘴了！"

胡亮已经站起来重新穿好警服，要去再审孔龙一遍，没有回答周六一的问题："没有的事，有些案子还没有到解密阶段，你们不要乱说。"

看周六一特别好奇，李华就有过来人的优越感了，给周六一讲故事："你别看亮哥在咱们所存在感不强，但是他办过的案子，好几个都是绝密，当时还有人扒了警服，他却安安稳稳地升了警衔，下沉到了咱们派出所。用不了几年，他肯定会调到重要的位置，对付一个弄了几条金链子的孔龙，根本就不叫事……"

这么厉害吗？

周六一不由得很感兴趣，看向胡亮背影的目光，多了几分热切。

这时候，王才智给周六一打电话："我交材料回去得晚，所里其他人有事，你就帮帮忙，多学习一点，每个人都有过人之处，都可以成为你的师父。"

周六一现在想当胡亮的徒弟！

///

这对男女急得团团转，男的急得脸上的汗一直往下掉，看到胡亮出来，立刻抓住胡亮的手："警察同志，你可得帮帮我，我这是结婚买的三金，明天要用，摄像师和我老婆的家人都要看，要验货，要是拿不出来，我的婚事就黄了。"

胡亮和女朋友也快到谈婚论嫁的地步，所以他很理解，但是他开口不着急，十分平静："我们一定尽力而为！如果实在赶不及拿不到，我相信只要向家人说明原因，家人肯定都会谅解的。"

女的一听这话，居然火了，站起来尖酸刻薄地骂胡亮，还想上手挠："警察同志，不能尽力而为，必须把金子找回来！不然我就投诉你们！"

周六一过来制止："这位女士，请你注意点，殴打警察，我们可以以袭警罪和妨碍公务罪逮捕你！"

男的看到未婚妻情绪失控，赶紧去劝："行了，大不了我再给你买一套！你别拿警察出气，又不是警察偷了咱们的东西！"

女的急得一直掉眼泪："本来我家人就看不上你，一直要让我们分手。买了房子我爸妈也不满意，非要让买三金一钻，这些金首饰也是咱们七拼八凑才买下来的，如果告诉我家人金首饰被偷了，他们只会认为你没本事，认为你在说谎骗他们！咱们怎么那么倒霉，才买了金首饰就被偷了！明天就订婚了，那么多亲戚都在，如果没有金首饰，我爸妈丢了面子，肯定会逼着咱们分手的。"

这一对儿，是真的有感情，要是真的因为金首饰丢了婚事黄了，那就太可惜了。

李华看得也很着急，甚至给胡亮出馊主意："要不我们先把他给放了，然后偷偷套个麻袋把他打一顿！"

胡亮敲了李华的头："老徐是我的师父，现在是你的师父，他就是这么教你的吗？你是想让我们所里这几个人全都被扒警服？我们是警察，又不是黑社会分子！"

李华说："能想的办法我都想过了，还能怎么样。亮哥，你这张铁嘴都没有办法，我肯定就更没办法了。你之前说，审讯，最重要的就是对症下药，不一样的嫌疑人，用不一样的审讯方案。如果是社会地位比较高的人，他们肯定自尊心更强，把他们晾着，从社会关系和地位上入手，他们多半就招了。普通人对法律和警察还是敬畏的，分析利弊，尤其是把法律条文拿出来读一下，告诉他们犯法对亲人的影响，他们也就招了。但是，孔龙这号烂人，根本就是硬化的大粪，就连苍蝇都嫌弃。"

胡亮无奈道："你再去换一桶水吧。"

再看办案中心里的孔龙，他悠然地坐着，大放厥词："你们派出所管饭不？折腾一晚上我饿死了，要是不管饭，能不能把手机还给我，我点个外卖！

"捉贼拿赃，二十四小时就得把我放了，我新找了个工作，你们可得给我老板解释我为啥没上班，得给我误工费！

"你们要相信我，我已经改邪归正了，怎么可能偷东西呢？他们结婚买黄金，我也是为我将来的女朋友去看看金子的。"

…………

彭志远气得一拍桌子，整个审讯室都在抖："监控上拍得清清楚楚，黄金现在就在你的肚子里！孔龙，你别胡搅蛮缠！"

孔龙一点不害怕，掀起了衣服下摆，露出白花花的肚皮，翻着白眼："你拿刀子来，我切开给你看看！你以为和电影里演的一样，还把肚子剖开看看我吃了几碗粉？现在可是法治社会，你要是敢那么干，你先吃不了兜着走。"

彭志远是真的想一拳把这个无赖的牙都打掉，再一脚踹上去，这家伙绝对会把肚子里的都给吐出来，但是墙上贴着"执法为公，立法为民"的标语，桌子上还竖着"禁止刑讯逼供"的牌子。面对这么一个油盐不进的无赖，他毫无办法。

彭志远摔门出来，从口袋里摸出来一包烟抽出来一根，一口气就吸掉了半根。

周六一过来的时候，彭志远把剩下半包烟给了周六一，让他自己拿一根抽，周六一没接烟，并且说："我没有抽烟的习惯。"

彭志远疲惫地笑了一下，看着眼前这个俊朗的年轻人，眼底是红血丝和深深的无奈："那是因为你还没有到年纪，等你在这些一线单位再待几年，再多见几个这样的烂人，就离不开烟了。"

周六一看起来没有那么着急，声音平静，没什么波澜，好像那个烂人的胡搅蛮缠对他没有丝毫的影响："彭哥，让我试试吧。"

彭志远看着这张稚嫩的面孔："你？不行不行，你不知道，这号烂人，难缠得很。而且很可能你处理了他，回头自己身上沾的都是屎。"

其实彭志远想多留这小偷一天，所长明天早上八点来上班的时候，肯定就会把事情解决了，但是这对夫妻第二天就要订婚，时间肯定来不及。

让周六一上的话，他可能会被嫌疑人难住，一旦嫌疑人心理上认为警察拿他没办法，第二天所长的突破就会有困难。

而所长和周六一现在明显很不对付，周六一太年轻了，如果处理不当……彭志远不想用自己的案子去给周六一添麻烦。

周六一却一再坚持："让我试试吧！"

胡亮现在明显不会带着他办案，他得自己找个机会。

彭志远掐了手中的烟："行！"

周六一进去的时候，孔龙已经毫无忌惮了，还恶心周六一："我和你说，我之前在号子里就因为便秘半个月拉不出来被狱医拉去灌肠。他们结不了婚，可不能怪我拉不出来，我上午吃了个榴梿，也不知道是啥味的……"

周六一平静地看着他，翻开了笔录本："家里还有什么人吗？"

孔龙往地上吐了口痰，白眼快要翻到了天上，在他眼里，周六一就是一个急于出风头的小年轻："别对我打感情牌，我从小就不是东西，我爸妈嫌我丢人，早就和我断绝往来了，老子就是个光棍！"

对付这种人，确实寻常的办法没有用，如果剑走偏锋，很容易就成了刑讯逼供。

胡亮一开始吓唬他用开塞露之类的泻药，也没有用。

周六一合上了笔录本，站起来准备出去："我给了你机会，但是你自己没有珍惜，这就不能怪我了。"

孔龙还是没有当回事，但是周六一出来以后就已经有了主意，他去找抽烟的彭志远，问彭志远："彭哥，你今天洗脚了吗？"

彭志远摇头，很诚实地说："别说洗脚，我中午吃饭都没空洗个手！这脚臭得，明天回家进家门之前，必须先在门口用两盆水洗了，不然你嫂子一擀面杖就把我给轰出去了！"

周六一眼中闪过一丝狡黠："要的就是这个效果。"

彭志远一头雾水："啥？"

周六一凑到他的耳边说："彭哥，等会儿你进去，把门窗关严，然后把鞋袜脱了放在地上。"

彭志远非常憨厚地说："这样不好吧。"

但他已经在开始动手松鞋带了，他一脸兴奋，迈着大步，直接进了审讯室，开始脱鞋。

胡亮连连摇头，审视着周六一："我觉得这个办法没用，这个孔龙太恶心了，万一之后被投诉呢！风纪委和督查一直在盯着我们。"

李华却很看好周六一，和周六一勾肩搭背，嘻嘻哈哈的："让这个孙子尝尝彭哥的厉害，彭哥要是因为这事失业了，就是个活广告，上大前门支个摊子卖臭豆腐去，保准比那个号称最臭的臭豆腐更臭！"

胡亮直皱眉头，不过两个当事人听到周六一和李华的谈话，不哭不闹了。他转移话题问周六一："你凭什么认为这个办法有效？"

周六一笑着问胡亮："亮哥，如果我说对了，能不能少写一份检查？"

胡亮沉思片刻才下决定："可以，我会帮你和所长解释。"

周六一又问："亮哥，我能不能跟着你办案？"

胡亮眯着眼睛，当作没听到，但是周六一没有离开的意思，胡亮只好说："人手不够的时候，你可以凑上。"

得到了肯定的回答，周六一现在气定神闲，去倒了几杯水给大家喝，还专门给受害女士倒了热水，给她解释："我昨天早上碰到孔龙的时候，他的鞋很脏，但是刚才我看到他的鞋已经换了一双，看起来挺干净的，说明他其实是爱干净的，只是为了脱身才故意恶心人，如果我们突破了他能忍受的下限呢？"

女的半信半疑："这管用吗？"

她的话音刚落，审讯室传来了孔龙的一声哀号："彭警官，你快点把鞋穿上！"

所有人的精神都为之一振，这个案子现在有了新的进展，而且很明显是势如破竹般的进展。

胡亮喜出望外，看周六一的目光都不太一样了。

他太想要赶紧帮这对即将成为夫妻的受害者拿回属于他们的财物，尤其是要检验一下周六一的成果，站起身就想去和彭志远一起审讯，但是李华拉住了他："亮哥，你等会儿，孔龙那一肚子坏水的无赖是活该，但是你又没做过任何伤天害理的事，没必要进去遭罪。"

　　胡亮反应过来，又坐下来，向来严肃的脸上露出了欣慰的笑容："你接下来就跟着我吧。"

　　周六一喜出望外，站起来赶忙道："谢谢亮哥。"

　　孔龙鬼哭狼嚎一般叫着："救命！

　　"我要被熏死了！

　　"你们警察太不厚道了！"

　　…………

　　外面的几个人全都憋着笑，看来所有人都知道彭志远那双大脚到底有多臭，同时大家都被孔龙这么个烂人为难过。

　　而现在，这个烂人，终于受到了惩罚！

　　女的破涕为笑，男的也松了口气，大家都在审讯室外等着。不到十分钟，彭志远开门出来了，一脸喜出望外的表情，就像是大丰收的老农："撂了！他不光偷了你们的金子，也偷了另外两对新人的金首饰，现在东西还没有出手！"

　　这三个案子，加起来的案值超过了五万！对派出所这样的单位而言，这就是大案子了，胡亮和李华特别高兴。

　　孔龙被带了出来，他脸色苍白，完全没有了之前的嚣张跋扈，耷拉着脑袋，一接触到新鲜空气就开始大口大口地呼吸，对着几个警察有气无力地说："你们太过分了，居然投毒！"

　　李华和周六一一左一右架着他，李华还故意和他说："快点把事情解决了，我们早点下班。我们所里的空间有多紧张你也知道，你总不想下半夜和彭哥住一个屋子吧？"

　　孔龙一听到"彭哥"两个字，脚都软了："不，我拒绝！"

　　周六一故意问他："要不要给你用开塞露和果导？"

　　孔龙脸又白了，使劲摇头："不不不！我自己可以！"

　　"三天不刷的厕所，都没有彭警官你的脚臭，你好好洗洗脚吧。"

　　彭志远道："俺舍不得洗！"

　　孔龙现在老实了，他现在只想快点去看守所，再顺利进监狱，这些平常人觉得很恐怖的地方和那个大块头警察比起来，简直就是天堂！

178

一直折腾到了日落西山，孔龙端着一个塑料小盒出来，里面都是用洗手液洗干净的黄金珠子，一颗一颗在灯光下散发着光芒。

这都是黄金，但是，所有人都拒绝用手去摸这些东西。

孔龙委屈地说：“我用洗手液洗了好几遍，是干净的，你们闻闻，是玫瑰花香味的。”

胡亮骂他："滚！"

彭志远说得比较多："你给我滚远点！"

李华嘿嘿一笑："我视金钱如粪土！"

周六一让孔龙自己端着去那两口子面前，两个人也是一脸的嫌弃，尤其是女的，一直往后躲，手背在身后："拿远点！"

男的和周六一说："这东西我对象肯定是没法戴了，有点恶心，我联系一下金楼换成别的首饰。"

没有人想在结婚的时候戴着别人拉出来的首饰，这也太恶心了。

周六一觉得没问题，他让孔龙把这些金珠子放在透明的小证物袋里，交给了这两口子，这两口子也嫌恶心，孔龙又套了一层塑料袋，他们还是不愿意接，周六一拿了纸巾垫着给了他们，然后去卫生间用洗手液洗了十多分钟的手。

出来的时候，周六一还使劲闻了闻手，总觉得有味。他看到孔龙坐在角落，等着最后的安排，这人一直在揉肚子，脸色惨白，显然这个过程也够痛苦的。

周六一从饮水机底下找出来一个一次性纸杯，倒了一杯水递给他："喝点水吧，这种钱，以后不要再想着挣了。"

孔龙看了周六一一眼，没好气地说："别以为我会说谢谢，要不是你搅局，我今天回去就能歇大半年了，现在还得进监狱……"

怪我了？

这什么强盗逻辑？

周六一绝对不会惯着他："你自己手脚不干净，怪得了谁。别啥都往肚子里咽，这珠子是圆的还好，要是你吃的是方的，医生得切开胃才能给你取出来，要是划破了肠子和胃，救不回来怎么办？"

孔龙翻了个白眼："瞎操什么心，我老娘都没你们关心我！"

周六一耐心地多说了几句："我要是像你一样三天两头进派出所，我妈也会不待见我。你说你出来以后能不能找个正经事干？"

说到前途问题，孔龙说话的语气有些凄凉："什么好事能轮得上我这种人？

我高中没念完就进了少管所，出来没两年又进去了，人家服务生端盘子都不要我这样的。"

说着说着，孔龙肚子咕咕叫着，人缩在地上，看上去有些可怜，豆大的汗珠往地上滚。

周六一问他："你是不是没吃饭？"

孔龙瞪周六一，埋怨道："要不是你害的，我至于一天没吃饭吗？"

周六一掏出手机问他："想吃什么，我给你点个外卖。"

半个钟头以后，孔龙一手握着筷子吃炒面，一手拿着塑料勺吃回锅肉盖饭，大口扒了几口饭，停下来口齿不清地说了一句："其实还是你们警察好，起码还管饭，等我进去了，每周还有猪肉炖粉条和红烧肉，比在外面过得好……"

语气很是幽怨。

周六一坐在旁边，用手机搜了搜："小推车鸡蛋煎饼一天卖出两千份……"

孔龙听得直皱眉，大口大口扒饭："别说了，吃饭都不让人消停，就我这种人，连个炒西红柿都不会，还做鸡蛋煎饼？做梦还差不多。"

卷 四
Volume 4

///

巧 过 难 关

第 14 章
险象环生收醉鬼

Chapter 14

这个案子处理得差不多了,就到了下班时间,同事们进进出出,都是匆匆忙忙的,连个招呼都顾不上打。

周六一手上的事情还没有完,就有人来报案,是个外地来的租客,不到三十岁的样子,戴着黑框眼镜,脸浮肿着,上气不接下气:"还有没有王法了,我租的房子,签了一年合同,一个月两千六,一年就是三万一千二;还交了一年的煤气费,一千一;一年的电费,八百;一年的暖气费,四千五。这些还是小钱,我还买了不少家具,花了两万多,厨房和卫生间旧的地砖、马桶,我还找人清洁了,又买了新的。结果房东给我打电话,和我说他打算把这个房子卖出去!只给我两个月的时间腾房子,而且中介一直叫人来看房。我本来睡眠就浅,现在快要崩溃了。他们一个个地和我打电话的时候,还都和我说,体谅一下,行个方便,也就十来分钟。我那卫生间里,放着内裤的盆子,都被他们拿来拿去,看底下的地砖。我那厨房里晾着菜,他们站在中间,唾沫星子横飞,我那菜是真的没法吃了。这天天早上八点钟,就让我开门看房子,晚上我在单位加班,居然让我找个跑腿的把钥匙给送回去。这日子,可真是没法过了。我快要被折磨得神经衰弱了!警察同志,我实在是没有办法了,你看这事怎么解决?"

周六一头上的青筋直跳,困得不行,态度不大好:"你直接和他们说不就得了?"

租客两手一摊,一个一米八左右的大男人,快要哭出来了:"警察同志,我要是能开这个口,还至于来这儿吗?"

李娟着急回家带孩子,背着包过来:"咱们国家租房子的事情,真不好解决,如果是租大公司的，公司容易跑路，新装修的又全是甲醛。如果是租个人的，和房东之间连个合同都没有，大家都是一口价，爱住不住，说赶人就赶人。这一个人孤身在外，要是租的群租房和地下室，晚上回来的时候，遇上检查，可能连带着墙板和行李都被当成垃圾一起扔出来了。"

听李娟这么说，黑框眼镜男都快要哭出来了，一口一个警察姐姐，就差直接叫知心姐姐了："说得太对了，我们这些外地人，来这里奋斗，不是本地人，小区里有点啥事，敲对门的门，都不来通知我。我都住了快两个月了，才加上了社区的微信群，就是催着让交电费。"

眼镜男大吐苦水。

李娟处理这些事情，已经很有经验了："六一，你看看给调解一下，我们一定要保障弱势群体，还有有理的一方的利益，不要让这个城市只留下青年奋斗的背影，但是留不下奋斗的房间。我家里忙，我就先走了。"

李娟交代了一下，快步离开了。

戴黑框眼镜的男人，一双眼睛期盼地看着周六一。

周六一深深地吸了一口气："你把手机给我，中介的电话，房东的电话，都给我。"

黑框眼镜男现在已经把周六一当成了救命稻草，忙不迭地把手机拿了出来："警察同志，给你。"

周六一先给中介打了电话："喂，您好，我是那房子的租客，您忘了吗？我就是想和您说一下，上一次您带来看房的客户，私底下一直联系我，问我能不能给他房东的联系方式，想要跳单，这样能省个七八万的佣金。"

中介一听，立马慌了："可别呀，我们中介就是为了房东服务的，要是没有我们，他啥时候能把这房子给卖出去。现在行情又不好，上哪儿找有实力的买家……"

周六一话锋一转："这房子卖不卖，和我其实没什么关系，就算是成交几亿，也不会给我一毛，主要是我在这里面投入了不少，我还得另外找房子。"

中介道："哥，给你找个便宜又靠谱的好房子的任务，你就交给我吧！"

周六一又道："可是你那边天天看房子，我这房东也催我催得紧，我爸妈也催着我在这边买个房子……"

中介狠下心："哥，这样吧，我们用VR看房，然后您看您什么时候方便，我带客户集中看房。您一看就是有本事的人，以后肯定会在这个城市安家落户的，您买房子的时候找我，我给您打折。"

黑框眼镜男面露鄙夷，小声道："呵呵，这吃了上家吃下家的，我们这些外地人,就是被这些黑中介给坑惨了。"

挂了电话,周六一开解他道:"现在中介肯定不会从早到晚骚扰你了,而且如果是换房子,他一定会给你想办法。至于装修和家具的部分,他应该也会帮你争取一部分。"

眼镜男唉声叹气道:"行吧。"

周六一又给房东打电话,换了一种口吻:"哥,最近中介那边一直给我打电话,天天都过来看房子,我也没有收拾,盆里泡的内裤都长了霉斑,把人家小两口都给吓跑了……"

房东一听这话,就慌了神:"你咋不把房间打扫干净!"

周六一笑道:"我一个单身汉,都花那么多钱租房子了,就是不想家里有外人跑来跑去,更何况,找家政也是要花钱的,而且回来给中介开门,那也是要扣工资的。"

房东一听就是钱的事,光说"嗯"。

周六一直接道:"这样吧,哥,我一个打工人,在这个城市混挺不容易的,三年搬了差不多十趟家,搬家花的钱,都够在我老家的小县城买个房子了。要不这样,厨房和卫生间,都是我收拾过的,你照原价给我点补偿,我肯定打扫干净,让来看房子的人满意,愿意掏钱。我这搬趟家也不容易,还得找货拉拉,找朋友,损失真不少,您看着给我点?"

周六一条理清晰,有理有据,房东答应面谈,给一部分补偿。

挂了电话以后,眼镜男看周六一的目光完全不一样了:"我就是吃了不会和人打交道的亏,警官,谢谢你了。我这事真不知道怎么处理,我和中介也不会说话,和房东也不会沟通,他们都是几句话就把我给打发了。"

周六一原本自己拿了一瓶水要喝,但是看到这个人挺不容易的,背井离乡,一个人生活,就把水给了他:"我们人类是社会化的人,免不了要和别人打交道,有时候我们占上风,有时候我们处在不利的位置,但是不管什么时候,都要本着和气生财的原则,同时维护自己的权益。"

王才智当了这么多年的社区民警,特别会调和各种矛盾,社区最多的也是这样的案子,所以他很有经验。

现在看着周六一处理起来游刃有余的样子,他觉得很欣慰。

现在的年轻人并非都是啥也不懂的生瓜蛋子,他们在和人打交道,以及接受新事物上,都很不错。

王才智很和蔼地把周六一叫出来:"六一,我有些案卷找不到了,你去档案室帮我找找,有什么不懂的就问胡亮,他是公安大学毕业的,整理核对东西又快又认真，很少出错，你和他学习学习。这个窗口的业务，看起来门类多，但是上手以后每年都差不多，可案卷就不一样了，你永远都不知道你作为派出所的民警接到报案后，在第一现场，会见到什么样的情景，什么样的嫌疑人……"

详尽，具体，内容又很宽泛。

周六一立刻明白过来，王才智不是要找案卷，是让他学着办案子理卷宗，快速弥补新人对警务工作不熟练的部分，成为一名真正合格的警察。

马上就能接触到核心业务，这让周六一很高兴，他疲惫尽消，起身道："谢谢王哥。"

王才智笑着说："别急着谢我，我这些年一直在社区里打转，天天打交道的都是老头老太太，全是些鸡毛蒜皮的事，就是遇上了大案，也会报给分局。"

听到大案，周六一眼睛一亮，但是听到报给分局，派出所不再管，周六一眼中的神采黯淡下来。

王才智只以为周六一想要当少年英雄，没多想："你一定要多和胡亮请教，他是我们所里科班毕业的，咱们的公安大学，被称为公安系统里的清华北大。他对案件条例门儿清，我们这些老家伙都是野路子，你别学我们。"

说着他敲开了档案室的门，对着胡亮说明来意就上楼了。

胡亮晚上值班，没有走，戴上眼镜在工作。外地警察来抓捕一个重要的嫌犯，要求他们配合，胡亮调集了大量的户籍资料正在看，桌子上摆得满满的，有些资料因为年代久远，纸张泛黄，笔迹潦草，而且签字的人外调又退休……可以说是着急上火，百爪挠心。

周六一识货，一眼就看出来他这副眼镜不便宜，套近乎道："亮哥，你这眼镜挺好的，咱们所工资是不是挺高的？"

胡亮这个神情严肃的年轻警察露出难得的笑容，解释说："我五年前体测入职的时候不近视，后来熬夜台账做多了就近视了，我这副眼镜有点贵，平时出警就不戴了。"

说完，胡亮还补充了一句："我女朋友给买的，花了她一个月的工资呢。"

说完，大概是觉得不好意思，他继续埋头工作，中间他手机振动了两次，他做完了一部分表格，才接电话，还挺高兴的。胡亮这个人，情绪不会写在脸上，他说了一句："我女朋友。"就赶紧几步出了办公室，但是，隔着电话都能听到女孩子在咆哮："胡亮，我给你买那么贵的眼镜，是想让你对我好点，过七夕你不出现也就算了，我过生日居然也放我的鸽子，我给你打电话，你居然过了十分钟才接，你是不是有了别的狐狸精？！"

哪有什么狐狸精，只有办不完的案子。

胡亮耐着性子解释："我在值班，在做台账，明天得交，所以没听见电话。没过七夕我也和你解释了好几遍，是因为送嫌犯去看守所，但是嫌犯发烧了所以又耽误了一天。我都忙成这样了，待遇也算不上特别好，你觉得哪个狐狸精能看上我？"

对面还是不依不饶："过分！你有空送嫌疑人去看病，我发烧了就让我一个人去打退烧针，你有没有点人性？"

胡亮有些无奈，眼睛还在盯着台账，柔声道："我这个月工资到手了，给你换新手机好不好？"

女孩子却有些哽咽："你也说了，就你那点工资，哪够用，攒着咱们买房子吧。我也不是想要钱，就是想让你有时间了能陪陪我……"

难得空闲出来一小会儿，他一直在做台账，还在楼道里一边吃烧饼夹菜，一边打电话，不苟言笑的脸上露出了难得的温柔。

在不工作的时候，每一名警察，都是有自己的家庭和自己的喜怒哀乐的普通人。

他们是别人的丈夫、妻子、儿子、女儿、母亲、父亲……

不仅仅是警察。

周六一看着窗外沉下的夕阳，以为今天警情比较少，这时候传来了熟悉的声音："您有新的警情，请查收！"

周六一还没有反应过来，胡亮匆匆和女朋友说了一句："我要出警了。"就直接把电话挂了，他拿起警服和执法记录仪，叫上周六一，把警用装备带全，急忙往外面走，一边走一边了解马上要处理的事情。

胡亮的眼神越来越凝重，因为这个案子有危险性："一个醉鬼走错了小区，醉酒驾驶不说，还把小区的保安给打了，然后现在逃窜进了小区，我们要赶紧过去。"

伤人事件，极为恶劣，必须尽快处理。

下楼以后，看到所里的老式捷达停在院子里，胡亮松了口气："还好还好，没有把车送去修理，要不然我们今天这起警情肯定处理不好。"

周六一这才明白，所里这辆警车，之所以一直除了喇叭不响哪里都响，是因为一直在岗位上，没时间送去修理。

///

两个人开着车，很快就到了金源达小区。

隔着车窗玻璃,都能看到保安的脸肿了,掉了一颗牙,脚上的鞋也烂了一只,裤子破了,大腿在流血。

这么严重的伤势,必须去医院处理,但是就他见过嫌疑人,嫌疑人现在跑了,他很负责地没有立刻去医院处理自己的伤口,而是等着警察来。

看到警车过来,这名身高一米八的保安,流下了激动的泪水:"警察同志,你们终于来了!太可怕了,看把我咬成这个样子。这人像疯狗一样,逮着人就咬,现在朝着那边三栋楼过去了,那边是社区刚成立的一个少儿互助中心,都是刚放学的孩子……"

胡亮没空理会他的情绪,先问那个人手里有没有武器,然后调监控,看那个人逃窜到了哪里。

不巧的是,下起了蒙蒙细雨,很多人都打着伞,从监控里根本就找不到多少有价值的信息。

而现在,小区里的人越来越多,其中有很多还是不够一米高的小孩子。

这个醉鬼逃到孩子们中间,后果简直不可想象。

胡亮脸色铁青,一遍一遍地快进看监控。

周六一现在才明白,像昨天早上那样的突发情况,并不是少见的警情,而是派出所的日常情况。

而每一次遇到这样的案子,路人能躲,嫌疑人的亲属能躲,小区的保安能躲,唯独警察不能躲,不但不能躲,还得用最快的速度把这人给找出来。

监控里只能看到人进了后面的几栋楼,胡亮又把监控倒回来,周六一指着监控的那部分,又把保安叫过来询问:"他当时说了什么?"

保安看着监控,一字不落地说了,一边说,还一边倒苦水:"他说他家在四号楼三单元,是这个小区的业主,我应该放他进去,但是我们小区车位太紧张了,这个时间点根本就不让外来车辆进去,一会儿业主回来肯定会吵一架……"

周六一和胡亮两个人都抓住了重点,伞都顾不上打,急忙往四号楼三单元的方向跑过去,这时候又有人报警:"不好啦,不知道哪儿跑过来一个醉鬼,正在暴打我的邻居!我在金源达小区,四号楼三单元,五〇四……"

这就没错了!

他们跑上去的时候,那个醉鬼正揪着这家女主人的头发,在地上把她拖行了好几米,女主人吓得大哭大叫,而醉鬼一直骂骂咧咧的:"敢上我们家来偷东西,你吃了熊心豹子胆了?知道我是什么人吗?"

看到周六一和胡亮都到了,女主人声嘶力竭道:"警察,快救救我,快把这个男人抓起来,我根本就不认识这个人,这是我的房子,这是我家……"

醉鬼一身酒气,大喊着,又扇了女主人一个耳光:"闭嘴吧,小偷!警察同志,这个女人在我家偷东西,还想把我给赶出去,我现在把她制服了!"

如果不是保安提前报案,看这架势,警察还真会以为这个挨打的女主人是小偷。

救人要紧!在醉鬼再次行凶之前,周六一和胡亮赶紧跑过来,制止他,胡亮从后腰摸出了手铐,戴在了醉鬼的一只手上,大喝一声:"放手!"

女主人的头发已经被揪断了不少,哭得没什么力气了,看起来特别可怜,但是剩下的头发,依旧被醉鬼牢牢地拽在手里。

醉鬼还委屈:"警官,你们怎么不帮我抓小偷?"

胡亮虽然没有彭志远高壮,但是身手还算利落,他成功地把醉鬼压倒在地,让醉鬼使不上劲,可这个醉鬼始终不松手。

女主人的头发,被来回扯着,她一直在哭:"痛死我了!"

周六一看到对门开着一条缝,就问:"姐,能不能帮我拿把剪刀?"

邻居大姐闻言,赶忙转身回了自家,片刻就取了剪刀出来:"这是我家的厨房剪,你看好不好用。"

周六一接过:"谢谢了!"

他手持剪刀,利落地先剪女主人的头发,但是这个醉鬼,居然从兜里掏出来一个红酒的开瓶器,把胡亮掀翻,朝着周六一的胸口捅过来。

胡亮眼睛瞪圆了,用平生最大的力气吼了一声:"让开!"

他再度把醉鬼给摁住了,开瓶器的尖端,在墙面划了一道长长的痕迹,大理石砖的灰屑不断往地上落。

周六一心脏剧烈地跳动着。

女主人的头发被剪断,逃脱了醉鬼的控制,周六一还推了她一把。

周六一整个人半跪着,完全没有了攻击的着力点,如果不是胡亮推了他一把,那个开瓶器,现在就插在他的胸口。

如果胡亮用的力气小一点,开瓶器的尖端就朝着他的眼睛划过去了。

周六一好几秒都一口气喘不上来,他手撑着地,大口大口地呼吸着,而醉鬼的两只手都被铐上了,安全起见,胡亮又拿了一个手铐,把他铐在防盗门上端的竖着的钢管上。

醉鬼还骂骂咧咧的:"你和小偷是一伙的!警察居然不帮我抓小偷,你们也是小偷!"

女主人的大把头发现在散落在地上,邻居把她扶起来:"吴姐,你没事吧!"

女主人的右手已经抬不起来了，左手指着嘴里，大哭着："我刚刚种植的牙！一颗三万！现在被打掉了！"

…………

现场终于控制住了，胡亮打电话联系了附近的医院："我们这里有受害者骨折，牙齿脱落，毛发头皮受损严重……闹事的醉鬼现在已经被控制，但是醉得特别厉害，请带解酒针剂过来。"

打完了这通电话，胡亮看着周六一，周六一立马反应过来："嫌疑人还涉嫌醉酒驾驶，我们现在还应该给交警四支队打电话，让他们过来处理醉酒驾驶。"

胡亮满意地点了点头。

半个钟头以后，医生就来了。

醉鬼用了解酒针以后，逐渐清醒过来，他名字叫黄建新，是距离这里五里路的一个小区的业主，醉酒之后误把这里当成了他所在的小区，开车进来了。

他醉得快醒得也快，现在酒醒了，一脸疑惑，看到这么多警察和医护人员，还有一直疼得大叫的女主人，居然吓了一大跳："我是谁？

"我在哪儿？

"我做了什么？"

医生检查了一下，他眼睛旁血淋淋的，是进小区的时候，和保安争执时被打伤的，那个保安受过一些安保训练，面对突发情况时，在手中没有武器的情况下，用手肘当武器。所以，醉鬼的眼睛旁，开了一道长达五厘米的口子。

黄建新现在才知道疼了："医生，快救救我，怎么这么多血，太可怕了！"

医生手上戴着橡胶手套，脸上戴着口罩，正在拿针线。长期的临床工作，让她变得十分淡定："我检查过了，皮外伤，没有伤到眼球和耳膜，警察打急救电话也很及时，现在只需要缝针，但是因为你过量饮酒，我们不能给你用麻药。"

什么？

五厘米长的伤口，需要缝好几针，居然不能用麻药？

黄建新惊恐地看着医生手里的针，听医生和护士说："消毒酒精从这个角度淋下来，我还得抠一下看看里面有没有其他脏东西。"

不打麻药的情况下，还要用消毒酒精冲洗伤口，还要手在伤口里面搅？"

他快要崩溃了："医生，我会疼死的！我求求你，能不能用点止疼的药？"

医生让他闭嘴："别喊了，你把人家打成骨折，手指头都断了一根，人家女的都没有你这么尿。"

救护车来了以后，胡亮想先把受害者吴姐拉到医院去进行救治，但是这位女主人吴倩然得知这个醉鬼要在不打麻药的情况下缝针，决定坚持看着他缝完针再走。接下来，整个楼道里都是这人的喊叫声："医生，轻点！疼死我了！"

....

警察不仅要制止犯罪，还得教育当事人。

周六一不是法律相关专业毕业的，所以站在旁边，用手机搜相关的法律解释："你这个案子比较复杂，比较严重，涉及醉酒驾驶、入室持械抢劫、袭警等多项罪名。其中，醉酒驾驶，是你这几条罪里面最轻的，记十二分，罚款两千，扣驾驶证，拘留十五天。入室持械抢劫并劫持人质，处三年以上，十年以下有期徒刑。致人伤残，处三年以上，十年以下有期徒刑。袭警，我和我同事都没有受伤，就先不给你算了。你说你酒量不好，你就不要喝酒，别和我扯什么酒桌文化。你领导要是知道你喝了酒是这个样子，绝对一滴酒都不让你沾。"

黄建新低下头，脑袋缝了针，他疼得说话都不利索："我就是多喝了一点点，怎么会那么严重？"

已经造成了这么严重的后果，这个人居然还不承认错误？

周围其他人的拳头都硬了，如果每个人喝了酒，反应都这样，那酒肯定会被列为毒品，禁止向任何人出售。

周六一盯着他的脸，脸色铁青，随后淡淡道："你以为的小罪，其实是重罪。我给你举个例子，有个你很熟悉的人，因为偷了个桃子，被判了五百年。"

....

▰▰▰

这个案子比较大，李华和王才智两个人也赶来了，受害者的丈夫本来在加班，现在也赶紧回来了，一同跟着受害者去了医院。受害者吴倩然女士上救护车之前，对着周六一和胡亮道谢："警察同志，谢谢你们及时赶到，不然我这条命就没了。"

说着说着，吴倩然又是眼泪汪汪的。

胡亮道："这都是我们应该做的，你现在好好治疗，早日康复，剩下的交给我们。"

处理完了，从医院里出来的时候，雨停了，路灯亮起，胡亮看着周六一，周六一以为胡亮要表扬他，如果不是他当机立断剪掉了受害者的长发，他们就制服不了发酒疯的黄建新了。但是，胡亮的表情，完全不像要表扬他。

"你犯了个错误，你知道吗？"

周六一有点疑惑。

胡亮走在前面，点了一支烟："我记得，不管是什么样的理论和培训，都有一条铁律，绝对不允许背对着行凶者，你为什么这么做？"

周六一没有回答，情况紧急，他当时那么做是最快的。

看到周六一不说话，胡亮继续说："咱们所的食堂不怎么样吧？"

周六一点了点头，他其实有点怀疑李大妈是所长的亲戚，但是感觉又不像，所长那人成天黑着一张脸，看谁都像嫌疑人，他的亲戚见到他肯定躲着走，怎么可能到他的单位来当临时工。

胡亮的表情十分严肃，目光变得格外深邃："我刚来那年，所里有个辅警，老木，业务能力特别强，他是所长刚来这里时招的辅警。那时候辅警还没有五险一金，他的日子过得特别清贫。他和我师父徐海两个人带我，教了我很多东西。但是一次和交警联合抓捕一个肇事逃逸嫌疑人的时候，老木牺牲了，他身后有三个年轻的交警，也是刚出来办案的。所长一再地想要为老木争取荣誉和抚恤金，但是都因为老木是个辅警，没有正式编制，很多福利都发不下来。后来，所长得知老木的妻子一个人在家里种地喂猪，就把老木的妻子叫来派出所给食堂做饭。不管别的单位怎么搞外包，不管老木老婆做的饭多难吃，所长都从来没有说过要辞退她。你明白了吗？"

周六一感觉到自己的手脚都有点冰凉。胡亮踩在初秋下过雨的水坑里，带起一地的污泥："当警察的，要先保护好自己，才能保护别人。

"法律，能保护这个世界上大多数人，但是没法直接保护警察。"

周六一并不赞同这样的话，如果畏首畏尾，想得清清楚楚再动手，早就失去了良机。在他的眼里，莽撞地开始，跌跌撞撞地完成，也比没有动过手要强得多。

机会，稍纵即逝。

胡亮拿出手机，询问周六一的衣服尺码，知道后说："一米七九，一百二十斤不到，有点瘦了，你得多吃点，遇到嫌疑人，还能用体重把他制服。你看我们处理突发状况的时候，用的都是大块头在前面，不到一百八十斤的，都不让上前。"

然后，他个人自费下单，给周六一在网上买了一件防刺服，让他以后穿在警服里面。

回到所里，胡亮进了档案室，开始做案卷。

周六一进门就给他倒了一杯水，但胡亮还是有些不大高兴，并且把水杯放在地上："咱们所有很多档案都有些年头了，而且调用档案文件太多，所以有个不成文的规矩，就是桌上有纸张就不放水杯，当然，所长也不例外。"

其实，这个规矩是在胡亮来了以后才定下的。

胡亮做事情极其谨慎，严格遵守所有的规章制度，哪怕没有人盯着的时候也一样。

虽然徐海是他的师父，但是刑警队出身的徐海路子更野，周六一甚至觉得把胡亮配给徐海可能是为了管着点徐海。

胡亮桌上有《公安机关执法细则》，他顺口问周六一："看过吗？"

周六一点头。

胡亮又问他："你还看过什么书？"

周六一说："《公安机关执法细则》《公安机关执法细则释义》《公安机关办理刑事案件城市规定释义与实务指南》，还有《公安民警执法和舆情风险规范实用手册》。"

听到最后一本，胡亮看周六一的眼神不太一样了，他指着自己桌子对面的凳子说："坐，我去给你拿案卷。"

周六一并没有坐，而是跟着胡亮去拿案卷，胡亮笑着说："要是李华那小子也爱看案卷就好了，辅警考警察是有优先录取资格的，可是他不爱看，有空你也多教教他。"

周六一点点头，视线始终放在案卷上，胡亮也就不说什么了，拿了案卷给周六一："这些案子，你先看一遍。天眼系统安装以前，办案的主要方法是摸排走访，手机支付以前是抢劫案盗窃案居多，前几年是P2P投资理财，这几年是电信诈骗，而且电信诈骗也一直在升级，我做了归纳整理……"

好几十斤重的案卷一下子就压在了周六一手里，周六一不由得吸了一口冷气，看了一下日期，居然只到最近十年："亮哥，咱们派出所，有这么多案子吗？"

胡亮笑笑："咱们辖区和驾校、学校、社区、医院、工厂都有合作，要求大家下载反诈APP，我们还经常去发传单，做宣传，还算好。有些地方，案子比咱们这里多几倍。"

周六一把案卷放在桌上开始看："亮哥，有没有二十年前的案子？"

胡亮以为是高才生好学，就没有在意："你指的是长期未结案件？应该在局里，有些案卷比较重要，时间又太长，不好保存，就调走了。"

周六一有点失望，埋头继续看案卷，他得把眼前所有的路都走完，才能找到最想走的那条路。

胡亮工作了一会儿，又和他说："对了，有没有人和你说，缉毒这一块你也得提起重视，马上下个月了，得抓一个吸毒的。"

周六一一脸疑惑："啥？"

胡亮看到这个高才生一脸茫然的样子，笑着说："你要是在下班路上碰到了，就抓回来，抓一个奖励一百，要是一个也抓不到，扣一百。"

周六一放下了手中的案卷，认真地摇了摇头："没有人和我说过这个事情。"

胡亮解释："这是指标任务，必须完成，咱们这么大的辖区每人一个指标，已经算少的了，压力别太大。"

周六一继续问："但是缉毒不是缉毒大队的活吗？"

就算是高才生，见多识广，也难免会有知识盲区，尤其是在一些内行一清二楚，但是外行完全不懂的地方。

胡亮这时候明白上面为什么要把周六一丢下来了，就是要让他快速熟悉基层办案的工作流程。

不过，所长没有给他安排师父。

一般的派出所的新警察刚上岗，接触的都是赌博、嫖娼、吸毒这些短平快有危险系数，但是危险系数又不那么高的案子，这样新人可以对派出所的出警任务快速上手。一个月下来，基本上面对什么样的案子都能有一套办法。

胡亮现在默认，既然所长没有安排，那么所有人都能给周六一当师父，就继续解释道："我问你，人民英雄纪念碑的第一块浮雕是什么？"

周六一是个好学生，书本知识极其扎实，不假思索道："林则徐虎门销烟，鸦片战争是我国近代史的开端。"

胡亮拿着笔靠着椅背，那张平时刻板的脸上神采飞扬，颇有些自豪："这就对了，我跟你讲，过腊八我们用腊八粥祭灶，过端午我们用粽子祭祀屈原，但是林则徐虎门销烟，我们用的是毒贩的人头。大部分毒贩的枪毙日期都在六月份，而且各级领导还会催着赶紧办手上的有关贩毒的案子。全世界范围内，我国的禁毒力度最大，在有些省市，就连交警和文职都有抓吸毒人员的指标。"

这时传来一阵摔门声，周六一正在疑惑，胡亮特别淡定地跟他解释："是我们所长和教导员吵架了。"

周六一一头雾水："啥？还有人敢和咱们所长吵架？"

在周六一的印象中，姜汉山戴个眼镜，斯斯文文的，好像没什么脾气一样，警服一直都穿得一丝不苟，好像随时都要接受采访。

这样的人，居然会和所长爆发这么激烈的争吵，而且还摔门而去？

这也太离奇了。

这也是周六一一直看不懂的地方，所长在这里几乎是一人独大，所有人都听他的，但是姜汉山居然敢跟所长吵架。

胡亮看到周六一疑惑，笑道："没看明白吧？"

周六一点头，把自己的困惑说出来："姜教导员比王哥徐哥年轻得多，也不像是有背景的，顶多是学历稍微高一些。但是我看过他的履历，他也不是所里学历最高的，你才是这个警务单位的学历天花板。况且姜教导员看起来挺随和的，而且和所长搭档多年，他们怎么会吵架？"

胡亮放下笔，解惑道："你这可问到点子上了，之前我不是问你，对咱们国家的禁毒了解多少吗？我这么和你说吧，咱们教导员，以前是缉毒警，曾经参与破获一起多省联动的制毒贩毒大案，抓了几百个人，冰毒铺了半个篮球场那么多。他们那个专案组，是当年的集体二等功，姜教导员是个人二等功。他负伤休养了一年多，不能继续在缉毒一线了，就来了这里。他来这里的时候，我的师父徐海和王警官就已经在这里了，但是对他当领导，大家都没有任何意见。所以，现在你能懂缉毒在咱们警务单位的地位了吧？"

听到这样的话，周六一心里的小火苗蹭蹭地往上蹿，尤其是看到姜汉山年纪不算太大，但是英姿飒爽，肩膀上的两杠两星，亮得灼人，他像是看到了指路明灯。

只要抓的毒贩足够多，就能走一条快车道！

周六一立刻问胡亮："那是不是只要我能破一起涉毒案，就能随便挑岗位了？"

那么聪明的人，怎么会问这么傻的问题？

胡亮现在在周六一的面前感受到年龄、经验带来的优越感了，他越过桌子，轻拍了一下周六一的头，以一个前辈的身份教育后辈："你是不是很少看缉毒类的新闻？以我们国家现在对毒案的侦破手段，就算把五克的冰毒倒在西湖里，都能在几分钟检测出来。制毒用的麻黄碱类，是一种高污染物，城市里大部分的污水口，都被安装了检测装置，你以为只是用来测水受污染的程度吗？而麻黄草生产地也被国家严密地把控着，去哪儿搞那么多的麻黄草制毒？就连多买几盒新康泰克，都得刷身份证。"

这……？

周六一瞬间头大了："现在当警察也这么'卷'了吗？"

胡亮笑道："现在各行各业，都'卷'成了'卷心菜'，警察这行肯定也不例外。"

周六一似懂非懂地点点头，然后问："亮哥，那办贩毒案危险吗？"

胡亮眼底闪过一丝悲伤，沉默了一下，开口一如既往地平静："路过KTV、洗浴中心，还有一些看起来就不正当的场所门口，要提起重视。当然，一定要注意安全，觉得不对劲就打电话要支援，别一个人逞英雄，一定要有集体意识。"

周六一是个外行，没有参加过任何安保任务，社招通过省考直接招进来了，别说毒贩，连小偷都没见过多少，他若有所思道："但是如果叫了支援，那一个毒贩算谁的，我的指标任务完不成了怎么办。"

嘿，这小子的想法。

胡亮都有点无奈了，生死关头，居然还在考虑指标问题。

真是傻得可爱！

胡亮把笔放下，收敛起笑容，很严肃地说："我们学校的学生毕业的时候，大部分都是通过公安联考就业的，很大一部分同门去了云南，很多出生于那里的同学也会回去当警察。那里是我国对金三角的门户，是全世界最大的毒品生产基地。我们在毕业聚餐的时候，几乎从来不会让那些同学付钱，这是一个不成文的规矩。抓毒贩是一件非常危险的事情，以后你就明白了，有很多东西，比荣誉、任务更重要。"

周六一问胡亮："那吸毒的一般都是什么样的？"

胡亮有些无奈地笑了笑："等到了晚上，尤其是后半夜，你就知道了，什么样的都有。吸了海洛因四号的，在地上像一堆泥，说自己是一团棉花。吸了冰毒的，一个个亢奋得像神经病，好几天都能不睡觉，多半还有嫖的，可以顺藤摸瓜，肯定会有几个冰妹。这两年又有了新品种，笑气类，吸了这两年新出的笑气一类的，会笑得像个傻子，而且大多是年纪小的。"

周六一原本有些睡意，现在完全被驱散了，只觉得后背凉飕飕的，汗毛直竖。

考虑到普通人其实很少和这些社会渣滓打交道，胡亮认为周六一的反应也很正常，就不再强求。

周六一再翻看案卷，觉得手中的案卷沉甸甸的。

他低头开始认真看案卷。他阅读的速度很快，看完一本放一本，胡亮以为他不认真，忍不住提醒他："别囫囵吞枣的，我们的工作要求严谨，不能模棱两可，现在推行的是疑罪从无，法律条例要以有利于嫌疑人的方向解读……"

195

周六一头也不抬，继续兴奋地看案卷："谢谢亮哥，我知道了。"

胡亮看着周六一这股劲，心说："反正我是不想带着你出警了。"

第 15 章
关关难过关关过

Chapter 15

晚上十点，所长付胜踏着大步上楼，所有人都能听到巨响，在一般单位，偷懒的肯定要赶紧切换电脑界面，但是这种本身就在工作的人就不怕。

路过档案室，付胜看到周六一在里面，又折返回来走进去。

他看到周六一面前摆着两摞案卷，一摞是看完的，一摞是没看完的，考虑到周六一是下午才开始看的，他认为周六一肯定是狗熊掰玉米，一边掰一边扔，就随手拿起来看完的，从中间抽了一本问他："上个月十五号的打架案件是怎么处理的？"

周六一放下手里的案卷，开口道："双方都没有明显外伤，都有调解意向，在现场签了现场调解书，因为没有带现场调解书，所以临时找了一张 A4 纸简单记录了一下，双方签字同意调解。内容是张秀荣赔偿方琦医药费一百五十元，关于此事双方不再追究。"

所长皱了皱眉，没说话。

这个调解协议书之所以没带，是因为李华忘了，他找了张上面还有油渍的纸。对比周六一的过目不忘，井井有条，李华做的事简直让人没眼看。

所长换了一个卷宗："出警必要的文书要带全，都是哪些东西？别照本宣科，你要把这些案卷里出现过的说一遍。"

这个问题太刁钻了吧？

就算是千军万马挤独木桥的公务员考试，也很少会出这样的问题吧？

很明显，所长就是在为难人！

周六一愣了一下，胡亮也觉得如芒在背，这种办多了案子才能记牢的东西，周六一还得一段时间才能掌握。

现在问他，和问文盲不差多少，他还没有真正意义上的接处警过。

一个长期在办案一线忙得焦头烂额的民警，根本就不可能想那么多，而是遇到什么情况拿什么东西，这些东西周六一还没有见过，怎么回答？

但是周六一定了定神，快速地回忆脑子里大量的案卷，那些不起眼的地方的名词被一个个调用出来："受案回执、询问笔录头、笔录纸、案件走访表、现场勘查表、图侦工作表、调取证据通知书，这里面包含了证据清单、接受证据清单。还有检查笔录、调解协议。我们带齐这些东西，为的是不让报案人往返派出所多次签字，把在现场能签的字全部签好。"

所长迟疑了一下，严厉道："没了？"

周六一点了点头，补充道："最好能随身带一个U盘，需要调取监控录像的时候，可以顺便拷贝，省得案件组的人单独下来跑，尤其是咱们这种警力不多的单位。所长您考我，并不是想问我东西带全了没有，而是看在要处理的案子里，我能不能把所有的问题解决，不给我的同事和群众添麻烦。您说对吗？"

周六一抬头，目光锋利如同一把剑，他毫无畏惧地看着自己的上司。

这样的眼神，是李华再过三年乃至五年都不可能有的。

一个一秒钟就能看透事情本质的人，和一个用了小半生才看明白的人，命运是截然不同的。

所长眼睛浑浊。

周六一最大的优点和缺点，都是他这个人太透彻了，不管是人情世故还是业务能力。

他就是一把刀，但是梁培禾把他放在这里，目的是想把这把刀磨得更加锋利，去办他眼里的那些大案。

可是这个孩子，还不知道一线，尤其是重案一线，有着怎样的风险。

那些穷凶极恶的犯罪嫌疑人，身上背着的命案，不止一桩……

他要把亲手培养出来的孩子，送到那么危险的地方吗？

亲手……

手把手，心换心，朝夕相处地培养……

所长呼吸沉重，拿着案卷继续翻看，没说话。

胡亮松了口气，这是近乎完美的回答，不是只回答了问题，而是解释了这些事情为什么这么做，深层逻辑明明白白清清楚楚。

但是他不明白，为什么所长的脸色并没有好多少，反而更难看了。胡亮没说话，所长经常会把荣誉让出来，将奖金平分，所以大家都很服气。

又翻了翻案卷，所长对周六一训斥道："别指望看了几本书又看了几个卷宗，就能把所有的案子搞清楚，犯罪嫌疑人不会按照你学过的东西去犯罪，更不会一直用一种思路去犯罪。"

周六一点点头，平静道："所长，你说的对，我会注意的。"

他不顶嘴？

这小子看着挺乖，但实际上肯定是个刺头，所长有点意外，周六一居然不发飙。他把案卷扔在桌上："记住，你现在是实习生，还没有转正，没有执法权。今天中午出警那事，给我交一份检查。"

周六一毫不犹豫，一口应下来，态度极好："好嘞，是我没有考虑到安全问题，没有考虑到当事人的身体状况和情绪，差点造成了严重事故，我应该检讨，应该写检查。"

所长更加没话说了，转而交代胡亮："那个协助调查不着急，你盯着这小子，让他别犯错误。"

胡亮赶紧点头："我肯定会的。"

所长负手离去。

胡亮现在看周六一觉得有点意思了："你是不是在海底捞干过？"

周六一忍不住拍着桌子笑："没有，不过亮哥，别人都说你不会开玩笑，可你其实很会调侃人！"

胡亮从地上拿起来水杯，喝了一口水："我记得小时候大家被抽查背诵课文，回答问题，去黑板上写题，都特别害怕，你为什么一点反应都没有？我坐在这里都捏了一把汗，生怕所长问我不知道的问题。"

周六一靠在椅背上，长长出了一口气，又拿了纸巾擦手上的汗，胡亮瞬间明白了，这小子在装呢，不过装得还挺像的。

周六一笑着说："怎么不害怕，我还没转正呢，万一答不上来，直接让我滚蛋，我的省考不就白考了吗？"

胡亮不由得感叹，感叹中多了几分羡慕："你们这些社招的警察，刚入职根本就不知道服从到底是什么，你们这些年轻人，更是不把领导当回事。"

周六一没想到胡亮会有这样的感慨，就问道："咱们之间差别大吗？"

胡亮点头："警校生一天三集合，规定制服，规定口号，四年的时间会在身上打下深深的烙印。比如说一个很简单的往胸口的口袋别钢笔的动作，这样的动作你没有，也不可能有。其实从我到李华到所长，都会有一种对人对事不耐烦的情绪，因为我们每天面对的都是各种扯皮的问题，还有欺骗。你和我们之间差别最明显的是眼神，如果是狱警，你就会发现他们看人的目光透着几分毒辣，就是看任何人都像是嫌疑人，而且绝对不会背着嫌疑人站着。你的笑容和眼神，都还很清澈，你对世界的理解和观察，是从生活的环境发展出来的，而不是和这些渣滓打交道发展出来的。你年纪小，和我们处理事情的方式也不一样，思维更敏捷，更接近普通人的想法。"

周六一有点意外，胡亮居然会说这么多，他目光没有闪避，想要从胡亮的眼睛里挖掘出更多的东西，比如他的渴望，他不顾一切都想要达成的目的！

而胡亮只是笑了笑："我还是挺佩服你的，居然不怕领导，尤其是一个一直在找你碴的领导。"

又回到熟悉的话题了，周六一一笑，有几分少年的狡黠："亮哥，你逗过小猫吗？你逗猫一下，猫反过来和你玩，追着你跑，你会觉得有意思。如果你怎么摸猫的毛，猫都没有反应，你自己就不想玩了。"

胡亮惊讶道："不会吧，所长有那么无聊吗？"

周六一两手一摊，有些无奈道："我也很想知道，他为什么会这么无聊。"

很快所长又回来了，并不是有什么东西忘带了，而是为了值班。

付胜和姜汉山是和其他人一起值班的。

黄建新的案子需要和交警队一块办，所长把胡亮叫过来，案子不复杂，几句话就问完了，交警队那边已经把黄建新带到医院去验血了。

复杂的是周六一。

所长之前问了姜汉山和徐海的意见，但是没有问过胡亮，现在胡亮也和周六一出过警了，算是周六一的半个老师。所长问："你怎么看周六一？"

胡亮诚实道："周六一办案，比贪官捞钱还积极。"

这个评价……

"亮子，你看起来最周正，但是讲起段子来，比你师父强多了。"

胡亮道："我只是实话实说。"

这个比方，其实非常贴合周六一的行为方式：巨大的热情，舍生忘死的投入程度，大胆的冒险精神……

似乎，他天生就应该干警察这一行。

所长有点无奈，这种苗子比较少见，他说："你让我再想想。"

这个晚上，是胡亮和所长值班，周六一和李华在宿舍睡觉。

周六一看着时间还早，就给姐姐发了几条消息，不过这回可不像上次那样秒回，半个多小时了都没有回应。

其实，这才是正常的。

她很忙，从参军入伍开始，一年就只能见家人几面。

她已经忙了十多年了。

周六一早就习惯了。

周六一看到对方没有回应，也不再在意，打开了另一个软件，用手机看法考的题，李华回来的时候，凑过来瞟了一眼："我这种废柴要被你'卷'成了'卷心菜'！"

说完，他把身上的衣服一甩，牙不刷脸不洗，横着躺在床上，唉声叹气道："我怎么觉得，是个男人都比我优秀，我之前还觉得我不差呢，我爸开着我们县城里第一家电动车店，不算大富大贵吧，咬咬牙也能在三江市买个老破小的房子。虽然我是个辅警，但是也有五险一金，派出所不倒闭，我就不失业。我怎么在女生眼里成了这种惨样？她们上哪儿遇到那么多的高富帅，豪车别墅随便买，账户上还有几百上千万的股票基金，这辈子就算瘫了，雇个人天天喂鲍鱼海参都花不完。真有这么多有钱人吗？"

周六一做着题，正确的就略过，错误的放到错题本里，随着熟练程度的增加，他越来越快，还有一搭没一搭地和李华聊着天："相亲了？"

李华一个鲤鱼打挺，从床上蹦起来："你咋知道？"

周六一继续做题："我姐也在相亲，我当然知道了。她就很奇怪，现实世界的男人怎么都那么普通却又那么自信，连房子都买不起，还成天幻想有个自带房车的田螺姑娘给他们端洗脚水。人家网上的男人，随便卖个小罐茶，在理财网站上赚一笔，就能实现财务自由了。"

李华眼睛一下子就瞪圆了，狠狠地拍了一下手赞同道："对呀，怎么最优秀的人都是在网上？你说看不上我就看不上我，我也能接受，至于把话说得那么难听吗？我也不想找个比我大好几岁还凶巴巴的老婆，要不是我爸妈逼着，我怎么可能和她相亲吃饭。我现在想想，五六百块的日本料理，就吃了几片不熟的生肉，真觉得肉疼。我犹豫了下，最后一分钱都没掏！咱们食堂仨月也吃不完五百呀！"

周六一放下了手机，把手机充上电，仔细打量了一遍李华。这人真是搞笑，和女孩子相亲吃饭，居然不掏钱？

李华理直气壮地说："我妈让我每周都去相亲，要是每周来一次，我这个月就得喝西北风了。你是不知道，咱们的工资到底有多低！还不如进厂里拧螺丝。"

这么一算，好像也是。

李华追着问："你是好学校的好专业毕业的，能进大厂，你说在大厂里工作的那些人，真的动不动就谈着上亿的买卖，每年都赚上千万吗？"

周六一摇头："想啥呢？天天忙着工作的人，根本就没有时间出来相亲，基本上靠加班和项目的奖金赚钱。我师姐现在在维护一款游戏的后台，年薪六十万。我师兄在金融行业，一个月三万五。这些人鬼精鬼精的，都想着找个比自己条件好的。再往上的人尖子，哪有空天天在网上聊天？"

李华挠头："那他们去哪儿找到的优质的人类男性？"

周六一道："大概是遇到杀猪盘了吧。"

李华头摇得像拨浪鼓一样："不会吧，和我相亲的那个女孩，今年二十七，研究生毕业，工作也挺好的，在银行当会计……"

周六一听完，笑道："这就是杀猪盘最喜欢的用户画像，年龄偏大，小有资产，从象牙塔直接到工作单位，几年已经积攒下了一些钱，但是距离人上人还有不小的差距。二十多年过得顺风顺水，她们怎么可能想到有人会看上她们兜里的钱，花那么长的时间哄她们开心就是为了狠狠地敲一笔。她是不是还说了她遇到一个人，投资理财特别厉害？"

李华一听，十分激动："对呀，和我说什么死工资一辈子都没有出头之日，工资就只能当个零花钱，说她认识的那人一年就能把本金翻三倍，还会避税……"

周六一手枕在头下，懒懒地打了个哈欠："那她距离倾家荡产不远了。"

李华立刻着急了，到处找自己的手机："那我得赶紧告诉她。"

周六一："人家未必会领你的情，还会认为你堵了她的财路，你怎么和她说？说你年纪大了没钱没本事的，脾气还大，哪个高富帅能看上你？图你什么？图你想得美？你说完人家会骂你一顿把你拉黑。"

李华："那我怎么说。"

周六一不疾不徐道："晾着呗。"

李华是真着急了："可我是个警察，不能因为她对我态度不好，我就眼睁睁地看着她被人骗。那姑娘挣点钱不容易，现在银行压力那么大，奖金绩效提成都不多，她和我相亲，拿的包都磨破了。六一，你比我聪明，你是高才生，你比我会说话，你帮我打电话劝劝那个姑娘。反诈骗可是我们的工作，我们可以让她下载国家反诈APP，可以给她分析骗子。"

周六一等着李华说完，看着他的脸，然后摇头："李哥，这个电话，不管我们谁打，她都不会领情的。她每天在银行，不在柜台在会计岗位，见到的都是企业老板、政府官员，她自己也有金融知识，她绝对不会认为自己会被骗。不管我们说什么做什么，她都不会相信的。"

李华不听周六一的话，跑出去在阳台上打电话。初秋晚上的风有些湿冷，他打了半个小时电话，回来沮丧地和周六一说："我被拉黑了。

"她说我是吃不到葡萄说葡萄酸，自己是个穷鬼，见不得她发财。

"她还警告我，别去她单位闹，不然就举报我，让我连辅警都干不成。"

…………

周六一是真的困了："好言难劝该死的鬼。"

关了灯，睡觉之前，李华还是不甘心，借了周六一的手机继续给那个银行女发短信："可我是个警察，我不能看她的钱就这么被骗走。

"反诈，本来就是我的工作！"

///

下半夜，睡得正香的周六一被李华叫了起来："六一，快点，前进路上抓了个扒手。丢了的东西还没有找到，亮哥和所长去找了，让我们先把人带回来。"

周六一睡眼惺忪，但是听到案子，他立刻打起精神，收拾收拾出门。

此刻，天光未亮，只有孤零零的路灯散发着冷冷的光，一口热水都顾不上喝的周六一和李华赶往前进路。

所里的警车，有一辆破金杯面包车，七座的，可以把人都拉上去参与抓捕任务，还有一辆破捷达，所长和教导员开会、去学校、下乡办案，开捷达充面子。

捷达被所长和胡亮开走了，周六一和李华就开面包车。

到了现场以后，一个细瘦的男子被铐着蹲在路边，胡亮在一边抽烟，烟雾缭绕的，看到周六一和李华来了，他急走几步过来："华子，你和我去追赃物，六一，你把人看住。"

胡亮还露出了很慎重的表情："六一，这个案子案值比较大，这个小偷把一个退休老干部的家给偷了。你也知道现在的形势，灰色收入怎么可能存在银行，都换成了价值不菲的东西。"

意思就是，这个小偷非常重要，一定要牢牢地看住了。

李华不想动，想留下来看着小偷："亮哥，我怕六一一个人看不住！"

胡亮在李华的后脑勺上拍了一下，厉声道："所长一个人追仨人，都是带着刀的亡命之徒，你说你不去？"

李华闻言，立刻不说什么了，赶紧乖乖地跟着胡亮。

现场，昏暗的灯光下，就只剩下了周六一和小偷，周六一戒备而警惕地看着周围，牢牢地拿着警棍，以防有小偷的同伙突然冒出来。

警棍是用特殊的橡胶做成的，打一下不会伤筋动骨，但是会让人疼痛难忍，瞬间失去所有行动力。

警棍，是比枪械更常用的警械。

小偷和周六一说话："警官，我腿麻了，能不能站起来？"

周六一冷冷道："不能。"

小偷叹了口气："警官，你说你看着年纪也不大，就拿着这么一份工资，连套房子也买不起，好点的车也开不起，你不觉得亏吗？大家都是干活，凭什么那些富人豪车美女，你就得比搬砖的农民工还累？我和你讲，为了那仨瓜俩枣的，不值得，你知道吗，我藏了个好东西，缝在腰上皮带的夹层里，是汉代的玉器，你拿着卖了，值一千多万呢。古董这东西，可是不记名的，你就说是你祖上传下来的。反正贪官的东西，丢了谁也不敢声张，那几个警察根本就不知道。只要你把我给放了，这东西就归你了。以后，你享你的福，我享我的福。"

一千多万！

汉代的古董！

一辈子都赚不到的钱！

马上就可以实现财富自由！

…………

这诱惑，实在是太大了。

小偷换了一个舒服一点的姿势蹲着："警官，你看天这么黑，就只有咱们两个人，你把手铐的钥匙丢给我，我把珍贵的古董丢给你，咱们各取所需，然后再也不见面，你看怎么样？我肯定不会影响你的生活，因为我得手以后，肯定是要出国的，这地方，我肯定是不会再待下去了。

"人活一辈子，总得为自己的家里人考虑考虑吧，你说你辛辛苦苦上班图个啥？累死累活的都不能给你爸妈倒口水喝，还得把爸妈的钱全都榨干了给你买房买车。你忍心吗？"

小偷絮絮叨叨地说了大半天，看周六一没反应，就不说了，周六一问他："没了？"

小偷摇了摇头："没了。"

周六一把手机拿出来，点了一下，开始播放录音："……我和你讲，为了那仨瓜俩枣的，不值得……"

小偷大惊失色："你！"

周六一没搭理小偷，打电话给胡亮，胡亮刚忙完："亮哥，所长在你旁边吗？我要和你报告个情况，嫌疑人有盗窃藏匿重大财物的行为，而且还想对我行贿……"

胡亮回应："我们马上回去。"

小偷惊得下巴都快要掉下来了："警官，你别录音，我脚底下的鞋里还有一根金条，只要你放了我，什么都好说……"

周六一一如既往，根本不搭理这个小偷，反而告诉他："你所有的非法所得，都会被上缴国库！"

然后，他警惕地看着周围的一切。过了不到十分钟，胡亮带着李华过来了，胡亮正要说些什么，周六一却对胡亮先开口了："亮哥，这也算一个考核吗？"

什么？

周六一连这都能看出来？

李华眼睛瞬间就直了："六一，你神了，这都能看出来？快给我说说，你是怎么看出来的？"

周六一颇有些得意，神采飞扬，双手环抱在胸前："等会儿再告诉你！"

胡亮有些意外，这小子的眼力居然那么好，真不知道他是在什么地方混大的，他先熟练地给小偷把手铐给解了："老杨，辛苦你了，改天我去找你们两口子喝酒。"

这小偷真的是派出所的熟人。

胡亮给被叫作老杨的小偷发了一根烟，老杨喜滋滋地接了："你们所没少照顾我们饭店的生意，我帮点小忙，应该的。改天去我们那儿喝酒，给你们打八折，庆祝一下所里又进了新人。"

这下，轮到周六一一头雾水了，这到底什么情况？

警察小偷一家亲？

这不成了猫鼠一窝吗？

信息量实在是太大了……

回程的车上，胡亮给周六一解惑："那个老杨，以前因为犯罪被抓了，出狱以后找了个老婆，也是坐过牢的，还是个累犯，两个人怎么都找不到活干，就在路边支了个摊子卖面。所长付胜总担心他们重操旧业，那时候所里没食堂，他就拉着一帮人天天去吃。一方面是盯着他们两口子不要又犯大案；另一方面，也是为了让这两口子能逐渐重新融入社会，重新过上正常人的生活。所长看人还是比较准的，能想着成家的人，一般都是想要好好过日子的，只要生活没有发生重大变故，不会铤而走险。后来，这两口子生意越来越红火，再也没有进去过，这几年还开起了不小的饭店，所里聚餐时还会过去。"

这事够新鲜的，他还从来没有见过这种事情，他现在对看起来凶巴巴的所长付胜，好感度直线上升。

他期待着能够在这里得到一个办大案的机会。

周六一兴致勃勃地问："所长还干过这种事呢？"

胡亮点头，他又给周六一上课："在咱们所，尤其是在和群众直接打交道的基层单位，不光要拼破案率，做好日常工作，还有很多很多事情需要我们去做。全世界每个国家都有维护治安的警察，但是只有我们国家的警察，被冠以人民两字的前缀。我们是人民警察。"

说了半天，胡亮从车上摸出来饮料给周六一，周六一说了谢谢，胡亮才问道："你是怎么发现这是一个考验的？"

这小子，大概是天生的侦查人员？

这目光也太敏锐了吧？

周六一拧开饮料瓶喝了一口，笑道："第一，每个人都和我说你是最谨慎的，我刚来几天，你肯定不可能会让我大半夜守着一个小偷，而且还是一个特别重要的小偷。第二，在制服小偷以后，肯定会搜身，抓贼讲究的可是人赃并获，亮哥你是经侦出身，不可能犯这样的错误。这个小偷从高档小区出来，贼不走空，就算他的同伙跑了，他身上也不可能是空的，抓到了肯定要先搜一遍，别说鞋底还有根金条，就算是牙是金的，也会被你给先搜出来。"

句句在理，很符合他们的习惯。

胡亮沉默片刻，眼神黯淡了一瞬，似乎是回味了一下周六一的分析："你对我们的业务能力，这么肯定？"

周六一点头，眼神炯炯，显然是在等待表扬。

这年轻人，挺厉害的，胡亮觉得自己像是个修仙的老顽固，遇到了一个根骨奇特的弟子……他感觉教不了这小子了："你答得很好，不过到底能不能留下来，还得看你其他方面的本事。"

李华对周六一竖了个大拇指，敬佩之心油然而生，他不是在佩服周六一能拒绝钱财的诱惑。每一名有信仰、有理想的警察，都应该能过诱惑这一关。但是，周六一居然能看出来，胡亮就是在考验他，这真的很不容易。

李华对周六一的态度热情多了："六一，行呀，我和你说，自从亮哥来了咱们所，新人考核就多了一项，能拒绝赃款，才算通过。我没想到，你居然还能把超纲题也做好！认识你这个学霸之前，我还以为学霸们都只会死读书呢！"

周六一礼貌地笑笑，不做回应。

胡亮不放过这个可以教育李华的机会："学霸能考一百分，是因为卷面上只有一百分，而你考六十分，是因为你只能考六十分。干咱们这行的，不是研究高科技，而是在和人打交道，和我们熟悉的辖区打交道。遇到了事情，要多思考。从常理的角度去思考，去发现问题，不能太想当然，一定要尊重客观事实。"

要不是开着车，李华都想把耳朵给堵上："亮哥，你说的这些话太空泛了，我遇到案子需要处理的时候，一句也用不上呀！"

得，这家伙，又把天给聊死了。

不过好在还有一个爱学习的，胡亮接下来的教学，主要是对着周六一了，他继续解释说："我以前是做经侦工作的，见过太多千里之堤毁于蚁穴的例子，也见过太多心智不坚定的公职人员。在我们经侦的眼里，案发现场的财物，就只是赃物赃款。在我们警察的眼里，这些就只是证据。"

说到这里，胡亮有些黯然神伤，语气悲伤起来："我曾经有一个同事，非常要好，我们一起上的大学，然后到了同一个单位工作，我们互称兄弟，他结婚的时候我当伴郎，去和他接亲，孩子满月我也像家人一样去了。我爸爸生病的时候在医院做手术，我在出任务，是他忙前忙后，还先垫了一大笔医药费。当时我们那个专案组刚刚成立，我们两个人就作为骨干被抽调过去了。这是一个跨国经济案，牵扯出来的嫌疑人和财产特别多，光钻石和黄金就搬出来好几个保险柜，里面的现金更是几百斤。当时我们顶着的压力特别大，一直有人打电话到专案组问工作的进度，还提出过不少无理要求。我们的组长关机，让我们统一对外回复，必须有法院或者局里的正式文件，否则谁说话都不好使。我那个同事，他过界了。为了调查他，我们组长因此晚节不保，整个组来回清洗了好几遍，才抓到我那个同事。他私下里拿了六十多万，造成了重要嫌疑人外逃，国有资产流失。他这辈子，大概都没有机会能再品尝一下自由的味道了。"

周六一有些惊愕。

胡亮给他上的这一课竟然是如此沉重！

这大概就是后来胡亮从重要的部门被调到派出所的原因。

所以，今天晚上这一出，胡亮不只是设了一个局，考验周六一到底能不能成为一名意志坚定的警察，更是给他设下了警戒线。

下车的时候，胡亮拍了拍周六一的肩膀："我们距离黑暗最近，但是我们应该成为行业明灯。"

夜凉如水，派出所的警徽，是整条街最亮的标志物。

第 16 章
警于事前反诈忙

值完班，第二天一早，胡亮请假回去了。

胡亮工作多年，从来都没有请过假，除夕初一也都是照常值班，之所以请假，是要商量结婚的事情，他和女友谈恋爱六七年了，到了应该有一个结果的年纪。

胡亮把办公桌收拾了一下，还擦了一下和女朋友的合照，这才离开。

胡亮休假，周六一就顶班再上一天。

李华一大早就到银行女的单位去了，一个小时以后灰溜溜地回来了，蓝衬衫上还被泼了咖啡。

李华气愤不已："那女的太过分了，把我轰出来了，当着那么多人的面骂我不要脸，图她的铺子、房子和正式工作。她那些同事对我指指点点，都在说我是个厚脸皮，我真是尴尬死了，恨不得找个地缝钻进去。"

周六一抬眼看他："所以呢？"

李华一拍桌子："所以，六一，你读书多，脑子活络，主意多，快给我想想办法，那女的已经快要被骗钱了！"

周六一笑道："她让你颜面尽失，还骂你不要脸，你都不生气？"

李华有些笨拙，但是郑重地说："那也比她来咱们所报案强。所长说过，警于事前，察于事后，不能以我们个人的好恶就对工作不负责了。我又不会和她结婚，想那么多干吗呢？六一，咱们所也有反诈任务，但是因为警力不够，所以上门的少，一般到了分局的接警中心就转到了反诈中心，但是这也是咱们的工作……"

李华是真的没办法了，眼睛直直地看着周六一。

周六一点了点头，李华打不通电话，有些难受，道："完了，她现在肯定是在开大会，他们总行那种大会，在摄像头底下开，根本就不让看手机，比咱们所的管理还严格。"

周六一道："咱们联系不上她，骗子肯定也联系不上她，上午她上班时间咱们如果过去，肯定会被银行保安当成傻子赶出来，咱们中午去。"

周六一答应了，还帮他出谋划策，李华兴奋道："好！"

黄青梅来上班的时候，看到李华一直为了个反诈的案子在和周六一说好话，不由得对李华另眼相看，在拿饮料的时候，多拿了一瓶。

李华以为黄青梅对他有意思，对她吹口哨："青梅，我晚上请你吃饭。"

黄青梅翻个白眼拒绝："我减肥。"

李华碰了一鼻子的灰，灰溜溜地又回到了工位上。

周六一耐心地看着案卷。

那里面，有他想要的那条路。

///

看案卷时，时间过得特别快，没多久胡亮居然回来了，显然，他的事进行得不顺利，这个点他应该在丈母娘家吃饭。

胡亮看起来有些落寞，在工位上坐了好一会儿，抽烟抽得特别凶，一会儿就把烟灰缸给堆满了。

胡亮其实很少在档案室抽烟，对他来说，那些案卷都非常珍贵。

如果起火，顷刻间就会付之一炬。

黄青梅看得心惊肉跳，提醒了一句，胡亮什么都没有说，出去抽烟了，楼道里开着窗户，他一支接着一支……

单位里众人忙碌异常，都顾不上劝。

周六一原本想说点什么，毕竟早上胡亮离开单位的时候，看起来很开心。这时昨天报警的那两口子又上门了。

男的开口就求："警察同志，你们好人做到底，去和银楼的人说一下，给我们把这个首饰换成新的，我总不能拿着脏东西回去订婚吧！"

女的也一直在说："一辈子只结婚一次，不能这么晦气！"

胡亮拿着案卷过来解释："陈先生，这属于你和银楼的经济纠纷，不归我们派出所管，你回去和他们好好商量！"

女人抱头就哭："我的命怎么那么苦，好不容易结个婚，这么多的波折！我要打市长热线，我要给打假办打电话，我要给纪委打电话……"

周六一原本不想去，这种事情王才智比较在行，而且他现在只是个实习生，没有执法权。

这对男女，感情算不错的，虽然首饰没有换好，但是他们早就去民政局把结婚证领了，男的抓了一把喜糖塞给周六一："警官，好人做到底，帮帮我们吧！"

胡亮点周六一："六一，你跑一趟，看看这事能不能调解。"

黄青梅接过了他手上的工作："快去吧，这个表格我都快做完了，你做就是添乱,别在我眼前了,还有这个公众号文章的排版,怎么搞的,主次不分,你别做了!"

黄青梅想让周六一赶紧把那两口子带走,免得胡亮看着心里堵得慌。

///

周六一出来,两口子像看见了救星一样,赶紧给周六一开车门:"我们实在是没办法了,那无良奸商一口咬死货物离柜,概不负责,明明就是在店门口被偷的,在商场里那小偷就吃了!"

周六一去了店里,店长正在招待另一对买金饰的夫妻,成交价六万多,店长和柜姐都眉开眼笑地招待着。看到了周六一穿的制服,店长明显有些厌恶,但是不得不赔着笑脸,把周六一拉到一边,吐着一肚子的委屈:"警官,我知道您为什么来,但是是他们自己没有把东西看好,金项链挂在脖子上,居然能让小偷用刀子划了偷走,这不是傻子吗?凭什么我要为他们的愚蠢买单?总不能他们弱他们有理吧?这还有没有王法了?"

周六一笑着说:"不瞒你说,我家里也是做生意的,不过是小本买卖,不值一提。但是从小我妈就教我,那些面生的,坐在门边,上菜时眼神躲闪紧张,最后逃单的客人,不要去追。"

店长脸上透着几分精明:"一道菜值几个钱,但是黄金一克加工费五十块,那么大一串,多少钱哪。况且我这是银楼,很多人都是一辈子只买一次金饰,又不是饭店,人天天去。"

周六一手插在裤兜里,不以为意地说:"他们是本地人,七大姑八大姨那么多,难保里面没有你的潜在客户。他们来你这里闹了又去派出所找我们,你看那女的,眼睛都红成什么样了,他们昨天晚上在所里,差点剥了那个小偷的皮,我们四个警察拦都拦不住,可是金珠子被弄出来以后,他们两口子无论如何都不愿意用手碰这些金珠子。你怎么能确定,他们就不是坐在门口准备逃单的客人?"

店长还在犹豫:"加工费都上千了,我这生意还怎么做,全是赔本的买卖。"

周六一笑着劝:"五十块钱的加工费,那也得落袋为安才是到手的钱,银楼也赚回收黄金的钱,这也是大头吧?"

店长心里合计了半天:"警官,你说的我也理解,我们隔壁市有个店就把一个两克拉的钻石戒指当成四克拉卖给了客人,能买得起四克拉的客人,肯定不是好惹的主,人家的面子比戒指值钱多了。那个店被人举报消防有问题,整改了两个月都没有开。"

周六一笑道："和气生财，人家买首饰也是诚心想结婚，不是想要故意为难你。双方各退一步，你看怎么样？"

店长点头，但是提出条件："我可不能再亏了，他们不能换小克数的首饰！那我可就赔大了！"

周六一看了一眼，那个男人还在耐心地哄着妻子，他就答应下来："没问题！"

周六一走过去，对着两口子说明，男人同意了："我老婆本来就不喜欢那串项链，是因为克数少便宜才买的，换就换了吧。"

女人坚决不答应："凭什么！我们门都没出就被偷了，他们商家就不能负点责任吗？"

周六一有点头疼，劝道："嫂子，结婚就开开心心结，他们打开门做生意，也是为了赚钱，又不是为了和小偷交朋友，发生这种事情，银楼是最不想的，这会影响他们的生意。以后你们要还房贷车贷生孩子，还会为了很多鸡毛蒜皮的事情吵架，你想想结婚的时候，你老公舍不得给自己买东西，但花钱让你开心，是不是挺甜蜜的？"

女人抹着泪："咱们家的冰箱电视都买的是便宜货，就为了给我买个没什么用的项链！"

男人拿纸巾给女人："玫瑰没什么用，但是女人收到花就是会开心。"

女人破涕为笑，店长过来和他们商量，很快两口子又挑了一串项链和一个金戒指，补交了三千多块钱，女人还是责备男人乱花钱，但是脸上带着喜色，把金项链和戒指试了又试。

店长笑脸迎人："女人都喜欢首饰，欢迎你们以后再来光顾我的生意！"

女人看着手上的戒指，爱不释手："大的就是好看，我表妹也快要结婚了，到时候我推荐他们来你这儿。"

两口子开车把周六一送回了派出所，千恩万谢的。

胡亮在这么短的时间里，居然也出了趟警，正在写笔录，写完了签名，办案人那一项写得十分端正。

周六一现在还是实习生，不能独立办案，也不能在案卷上写他的名字。

周六一询问胡亮那会儿为什么抽烟，胡亮脸上挂着疲惫的笑容："没什么，就是吵架了。"

周六一又问："那严重吗？"

胡亮摇头，一边检查案卷一边说："没什么的，我和女朋友都在一起好几年了,哄哄就过去了。大部分警察家庭都这样,住在单位,一个月回不了几次,另一半难免为家庭付出更多,时间久了,就算是天使和田螺姑娘,也会心有怨言。"

周六一表情有些茫然,胡亮苦笑了一下:"我忘了,你刚毕业,还不到想这些的年纪。"

黄青梅在窗外使劲朝着周六一招手,周六一出来以后,黄青梅有些无奈,又有些迷茫:"情人节、七夕、中秋节,亮哥都在所里值班,或者是备勤不能离开单位,这感情能好吗?现在到了结婚的时候,女方家人肯定很难同意,结了婚还是一个人过……"

李华道:"哪有你说的那么严重,我看所长和教导员,家庭都挺好的,而且现在宣传栏不都写的是舍小家顾大家吗?"

黄青梅懒得搭理他:"杠精,闭嘴吧,你穿着这身警服,我就永远不可能看上你!"

啥?

李华迷茫了:"青梅,之前你说的是只要我成了正式的警察,你就会和我谈恋爱。"

黄青梅捋了捋秀发:"你不知道吗?女人都是善变的。"

胡亮听到三个人在楼道里打闹,就从办公室走了出来:"你们再玩下去,那女孩的钱可就被骗光了。"

三个人这才赶紧麻溜地离开了。

/II

在银行的后门,黄青梅堵到了银行女,银行女的胸牌上写着她的名字:林雅思。

黄青梅按照周六一说的,落落大方地询问道:"林小姐,您好,我是华亿公司的出纳,黄青梅,想和您咨询一下大额存款方面的事情,我们方便谈谈吗?"

现在的银行,揽储是重大任务,林雅思日常的工作也包括这一项,吸收到了超额的大量存款,还会有奖励。而且黄青梅长得这么漂亮,一看就出身很好,林雅思不疑有他。

黄青梅顺手一指银行对面的咖啡厅:"我们去那儿喝点东西,好吗?"

林雅思点头,开始给黄青梅普及存款知识:"可以,不过应该是我请您,我们行的存款，活期大额可以到年利率百分之二点七，我给您建议，长期到我们行存钱，可以把大额存单分成三份，一年期，两年期，三年期，这样您每一年都有可以使用的现金流……"

然而，一进咖啡厅，林雅思就脸色大变，李华正笑眯眯地和她打招呼："大姐，这边，我们等你好一会儿了！"

林雅思转身就走："叫谁大姐呢！"

周六一和黄青梅赶忙跑过去，周六一把自己的证件拿出来，不过把实习两个字给挡住了："林女士，我们是龙华街派出所的民警，我们怀疑有针对年轻未婚女性的'杀猪盘'骗局正在对你造成不法侵害，我们特意过来核实，希望能够保护您的财产安全。"

周六一言辞恳切，很有礼貌，声音不大，林雅思还是有点犹豫，周六一又问："林女士，你喝咖啡喜欢冰美式还是卡布奇诺？"

有了台阶，林雅思把包放在了小沙发上，坐下来，还理了理西装领口："冰美式吧，我最近减肥，要控糖。"

周六一给她点了咖啡，然后询问："请问你和那位先生见过面吗？"

"请问你知道他的真实身份信息吗？"

"请问你可以找到他的具体工作单位吗？"

"……"

一问三不知。

周六一几乎可以确定，林雅思就是遭遇了诈骗。

黄青梅从随身的手包里拿出来一沓纸，都是他们搜到的交友被诈骗的案例，专门打印出来，方便举例说明："开发区的徐女士，因为在微博上认识了个男子，参与投资，被骗了一百四十万。

"东城区的赵女士，因为在微信摇一摇上认识了个男子，投资稀有金属，被骗六十八万。"

…………

一开始，林雅思还是不以为意的，她拿起来这些案例看，越看越心惊，可还是嘴硬道："我和她们不一样，我是研究生，我受过高等教育。"

李华拆台："这里面还有博士呢！不也被骗了吗？这案子我也跟着跑了一下，那女的哭得眼睛都睁不开了，见了警察就下跪，让我们救救她！"

林雅思瞪了李华一眼，然后靠着沙发，脸上露出一点红晕："我那位可和她们遇到的不一样，对我特别好，是真正的高知，投行的，我自己也是做金融的，怎么可能不懂这些。我现在投的钱，确实是有回报的，一百块钱回来二十，一千块钱回来三百。"

周六一笑道:"那他有没有送过你东西?"

林雅思连连否认:"我自己又不是不会赚钱,怎么能花男人的钱呢?再说了,我花男人的钱算怎么回事,家里又不穷,我爸妈知道了会觉得丢人……"

周六一看着林雅思:"你确定他爱你?"

林雅思点头,但是又有些犹疑,周六一让她试探性地和对方借一笔不多不少的钱:"我建议是八千到一万二之间,这相当于你一个季度到手的工资,我相信林女士你自己可以判断。向伴侣借钱这种事情,不用觉得不好意思,法律也规定了,夫妻之间有相互扶助的义务。难道你的母亲生病了,你的父亲有钱,还要让她出去借钱看病吗?我们都是俗人,总不能一直谈柏拉图式的恋爱吧。

"我还是建议,你们见个面,就像我们现在这样,好好地坐下来喝杯咖啡,谈谈人生和理想。"

周六一停下了,看了看时间:"我们下午还要上班,就先走了。"

李华和黄青梅还不想走,因为大家基本可以确认,林雅思被当成了猪在宰。

他们两个想要看着林雅思彻底醒悟,才能放心离开。

周六一已经走出了门,李华和黄青梅两个人都不那么有主见,只好赶紧跟上,黄青梅一头雾水:"万一她下午就被骗了怎么办?"

李华也很担忧:"一个季度才到手一万二,这挣的也是辛苦钱,要是被骗了,这一辈子不就毁了吗?"

周六一跑过去开车,他刚拿驾照没多久,胆子却很大,开车比较野,很快就把车从车位里开出来了:"放心吧,她肯定不会被骗了。"

李华和黄青梅都疑惑地看着他。

周六一解释道:"林雅思虽然没怎么谈过恋爱,但是她也是个会计,而且她的家庭还挺有社会地位的,她只是暂时被迷惑了,我们解释一下她就懂了。但是,她绝对不会向我们承认,她居然会上当受骗,还被人欺骗了感情。"

黄青梅还是有些不安:"咱们走了,又看不住她,万一她打钱了呢?"

周六一从后视镜里看着黄青梅:"青梅姐姐,我上班第一天就想请你喝奶茶,李哥每天都想和你坐一张桌子吃饭,你觉得林雅思的网恋对象一直不见她,她会一直甘之如饴吗?"

黄青梅一下子就回过味来:"对呀,从我上高中开始,和我要电话号码的男生,都会在第二天约我吃饭看电影,最长的也就一周,都会迫不及待想见我!"

周六一粲然一笑。

李华靠着椅背哀叹:"啊啊啊,男女关系真是一门玄学!"

黄青梅歪着美丽的脑袋,若有所思:"现在相亲的时候,女方都会化个妆,把脸上的皱纹和斑点遮一下,男生会穿增高鞋,还会对媒人夸大说家里有钱有势,这算诈骗吗?"

周六一转动方向盘,毛毛躁躁的,但因为是警车,其他车辆都给他让路,他速度慢了点:"白素贞隐瞒了自己是一条蛇和许仙结婚,这叫诈骗吗?"

李华摇头:"这怎么能叫诈骗呢?我做梦都想找个白素贞那样的老婆,长得漂亮,家大业大,还温柔贤惠,还和许仙的姐姐姐夫住在一起,实惠全让许仙一个人得了,这如果叫诈骗,我被骗也心甘情愿。"

黄青梅瞪了李华一眼:"白素贞为了许仙,好几次差点死了,如果这都不叫爱情,什么叫爱情?"

周六一笑道:"看来,大家想的都一样。"

/ / /

周六一三人走后,林雅思手摩挲着咖啡杯的杯口,有些心动。

周六一这些话说到了她的心坎上,哪有女孩子不喜欢俊俏的帅哥,她平时生活工作一直比较单调,客户都是把她当办业务的工具。

周六一微笑着看她,帅气逼人又阳光可爱,她都有点脸红了。

如果是她的心上人和她坐着喝咖啡,应该比这样的体验更好。

但是每一次她想要见那位罗切斯特,都会被工作和家事打断,总是没有时间见面。

林雅思总觉得,女孩子应该矜持一点,但是周六一的话让她起了疑心,她犹豫再三,还是给对方发了消息:"我休年假了,你能来三江市看看我吗?"

对方几乎是秒回:"行,我早就想去看看你了,我每天都在想你。"

林雅思松了口气,觉得那三个警察可能是错的,但是接下来一句话,让她如坠冰窟:"但是我有个项目,现在必须出国考察,今天晚上就要走,大概半个月以后回来,好不好?这是一个还没有开采的金矿,如果顺利的话,咱们家以后就会多一台印钞机。"

从前,林雅思听这样的话,会觉得很甜蜜,很向往,但是现在,她有些怀疑,不禁又问了一个问题:"我生病了,你会来看我吗?"

对方回复:"宝贝,生病了就别强撑着,多休息,有我呢。"

林雅思发信息:"是单位的常规体检,我胃里长了一个肿瘤,现在治愈的概率比较大,就是需要一些钱,我爸妈在医院账户上存了十二万,但是还不太够,你能不能帮帮忙?"

这一次,不再是秒回。

林雅思一直坐到咖啡凉透了,对方都没有回复。

///

回到所里,胡亮还在所里,整理孔龙案子的材料,从表情上看不出他遭遇过烦心事。

彭志远和胡亮准备把人移交走,证据笔录一应俱全,可以起诉了。

被派出所带走以后,二十四小时之内就应该通知家属,但是孔龙的家属一直没有来。胡亮和彭志远打电话过去,他的母亲直接把电话给挂了,他的哥哥更是直接在电话里说:"该枪毙就枪毙,该判刑就判刑,这是国家的事,和我们没有关系。"

孔龙大口大口吃着外卖,似乎早就习惯了:"打什么电话,我都成年了,自己不会坐牢吗?"

本来家属不理睬李华还有点发愁,但是孔龙这么一说,他就乐了:"呦,头一回遇到比我脸皮厚的。"

孔龙把外卖的汤一口喝完:"半斤对八两,谁也别笑话谁。"

所长下来看,脸色铁青,直接让李华手快点,快点弄完了该送拘留所送拘留所,放在这儿太浪费粮食了。

这时有人报警说钥匙被锁家里了,开不了门,徐海正在补觉,有些不大耐烦,让李华去。

李华皱眉:"师父,这是不是不合规矩?要是被所长看到了,我回来是不是还要写检查?"

徐海睡眼惺忪:"帮群众打个开锁公司的电话,多大点事?所长现在忙着处理分局拐卖儿童认亲的事情,顾不上你,你别让他看到不就完了?"

这……?

周六一在旁边看得心里像火在燎,天天被人教导要按照规章制度办事,这会儿居然碰到了一个野路子。

徐海没搭理李华,继续睡觉。

十几分钟以后,李华的电话打过来了,对方是个不讲理的大爷,死活舍不得出开锁的八十块钱,还打了119,让消防员帮忙,消防员到了,也只能打开锁公司的电话。

总之，如果让老头出了钱，那老头就要天天闹……

这种扯皮的案子，实在是让人头疼。

周六一左思右想，也想不出来这样的案子应该怎么处理，两头不讨好，费力又破财，但是很显然，在基层单位，这种事情很常见。

他问黄青梅："一般遇到这种事情，怎么处理？"

黄青梅压低了声音，有点神秘地说："各显神通呗。"

啥？

黄青梅没有再回答，周六一看到徐海换了一件便服，把孔龙给带走了……还开上了外面的警车。

半个多小时以后，李华回来了，手往桌子上一拍，眉飞色舞地说："我今天可算是遇到高人了，你说一样的铁丝，在我手里就是铁丝，在行家手里，就是开锁工具，这都怎么办到的？开锁公司的那些专业的，还没有孔龙利索，我看着都想学艺了……"

徐海又把孔龙像小鸡崽子一样扔到了办案中心，铐结实了，出来就在李华的额头上敲了一下："杠精，学啥，学着怎么把牢底坐穿？"

李华赶紧闭上了嘴。

周六一都看傻了。

这件事情，还能这么办吗？

这完全突破了他对这个职业的想象。

徐海摘了警帽，喝着保温里的枸杞水，意味深长地看了一眼周六一，周六一以为徐海要说什么提点他的话，赶紧凑了过来。

结果徐海说："当没看到吧。"

周六一灰溜溜地回到了工位上，找黄青梅聊："这不合法吧？"

黄青梅笑着说："老徐以前是刑警，抓过不少杀人犯，主要办的是拐卖儿童的案子，那种一村人半村不识字，方言比外国话都难懂的村子他都进去过不止一次，所以他做的事情，你不要模仿。"

周六一肃然起敬。

///

很快又接到报案，胡亮正在清点警械，周六一赶紧过来，想安慰两句，但是胡亮说："没事，当警察的，谁家不是吵吵闹闹的，过两天就好了。"

但是周六一能察觉到，现在胡亮说话的语气不一样了，周六一想跟着出警，但是胡亮拒绝了他："你去不太合适。"

周六一有点紧张，想着自己是不是又做错了什么，所以所长取消了他出外勤的资格。

胡亮看年轻人这么紧张，就赶紧解释："报案人是个年轻女性，在杏河桥上要自杀呢，我们一男一女搭配比较合适。"

但是环顾一圈，张桂兰警官现在去分局开会了，一般和宣传有关的会议，都是她去，和案子有关的都是所长去，和重大案件有关的是姜汉山去。

李娟和黄青梅，两个人必须留一个，要不然窗口就没人了，还有人来办身份证到期登记和开证明的业务，周六一才待了一天，对窗口业务还不那么熟悉。

李娟笑道："我去吧。"

黄青梅之前不喜欢出警，但是现在觉得和人打交道挺有意思的，胡亮看到黄青梅纠结，就点了她："青梅还没有出过外勤，这次和我一块去吧。上过心理辅导课程吧？"

黄青梅点头，她培训的成绩还算不错，只是来了单位以后，一直在做内勤。

虽然所长付胜定下来的基调是把男人当牲口用，把女人当男人用，但是并没有为难过这个小姑娘。

黄青梅欢欣雀跃，立刻收拾警械往外走。

胡亮多看了周六一一眼，周六一抓耳挠腮地在写检查，这小子有点厉害，他来了，把其他人的积极性都给调动起来了。

///

李娟坐在窗口开证明，业务非常繁忙，因为要核对身份证、户口本、本人信息，她比较仔细，在摄像头下也一定要用眼睛看好几遍。

周六一坐在窗口，拿了案卷看。

他实在是不知道检查怎么写，有时间写检查，还不如做点有意义的事情。

其实，在李华看来，看案卷还不如写检查。

没多大一会儿，就有一个男人带着一个女人来办户口变更，派出所有这项户籍业务，并不复杂，就是根据婚姻信息换张户口本里面的纸而已。

但是……

李娟把这个业务交给了周六一来办："六一，我这里有点忙不开，你来办。"

周六一漫不经心地拿过来各种身份材料，然后准备盖章，但是李娟提醒了他一句:"你得看清楚。"

周六一低头检查材料,翻了好几遍,一直在看这些材料上面的章,他不觉得有什么问题,但是李娟一直在看他。

周六一有点疑惑:"娟姐,这些材料有什么问题吗?"

李娟指了指窗口外的这对夫妇:"你再仔细看看。"

男人叫郑军,周六一拿着身份证看了好几眼,恍然大悟,差点拍案而起,后背上是一层一层的冷汗:窗口外的男人,和身份证上的郑军,根本就不是一个人!

这是冒用他人身份信息!

如果不是李娟提醒,周六一盖章换户口本很快就完成了,这样会埋下隐患……

太可怕了。

"说,你们为什么冒用他人身份信息?你不是郑军,你是谁?真正的郑军现在在哪里?"

外面的男人冷汗直冒,立刻就招了:"警察同志,我真不是故意的,我就是接了一个跑腿的订单,我没有想冒充他人……"

周六一看向这个女人,极其严厉:"你知不知道冒用他人身份信息是犯法的?"

女人不以为意:"我老公的信息,我都不能随便用吗?你们这些单位真有意思,结婚就是十分钟的事情,离婚都拖了一个月了,还没办。"

周六一真想骂街了,原来这是两口子之间闹矛盾。

上个月,女人简佳宁和郑军去民政局领了结婚证,但是在领证的那天,下了点雨,她在下楼梯的时候摔了一跤,她的丈夫不但不过来扶一把,还笑话她站都站不稳,丢人现眼。

简佳宁快气炸了,当即就要离婚。

谁知道离婚居然比结婚麻烦多了,不光有一个月的离婚冷静期,还需要两个人的户口本,户口本在领证之后,需要到派出所户籍处将"婚姻状况"变更为已婚。

虽然听起来挺有戏剧性的,但是周六一给她递了纸巾,冷静地问:"郑军现在在哪儿?"

虽然简佳宁是这么说的,但是谁知道郑军现在是死是活,要是死了被人冒名顶替那可就是大案了。

周六一感觉自己的血液都快要沸腾了!

简佳宁道:"那个懒货,现在在婚姻登记处等着我呢。"

周六一道："那你现在打电话，让他过来。"

简佳宁气愤地打电话，咆哮着："人渣，快点来派出所，二十块钱找的跑腿不给你办这个事。离婚你都不想亲自离，你个傻子！"

郑军也不甘示弱："这点小事都办不好，我要你有什么用？"

…………

那个冒充郑军的男子从帆布包里摸出来一件跑腿公司的衣服，讨好地对周六一说："警官，你看我现在能不能走？"

周六一当然不能让这个人走，万一真的有案子呢："再等等，万一这人没了，我上哪儿找你去？"

很快，郑军来了，他和简佳宁两个人就差大打出手了，李娟和周六一两个人帮着办完了户籍手续。

简佳宁拿着户口本，看着上面已婚的字样，皱眉头，眼泪流下来："拿了离婚证以后再来办户口，要换成离异……"

郑军看着新换的户口本，也不喜欢，但是嘴硬道："离婚怕什么，老子还是钻石王老五！"

李娟坐在窗口后面，对夫妻俩教导了一番："结婚是人生大事，一定要考虑清楚，别这么马马虎虎的，人生履历，一笔一笔的都会写在档案和证件上。"

…………

看着这对即将劳燕分飞的夫妻离开，周六一擦了擦头上的汗，要是他一个人在窗口，可能就忽略了。

他一阵后怕："娟姐，谢谢你提点，以后这种活我会干了。"

李娟看周六一挺虚心的，就给他讲窗口的事情："你比李华细心，那小子就差点犯了这种错误，还不当回事，把问题都推给了摄像头。要是机器都比人干得好，那我们不就被淘汰了吗？要是在没有摄像头的地方办公呢？

"想要做好一个内勤，其实也是很不容易的。

"之前，就出现过这样的事，有人带了陌生女子冒充自己的妻子去签离婚协议，结果把家里的钱全部都给卷跑了。有人带陌生人去签房产抵押合同，正主在国外呢，回来房子都没了，好几个人都坐牢了。

"还出现过老人火化的事，火化必须等到家庭成员全部到齐才能进行，但是当时家属特别恳切，就开了个特例，结果没来的家庭成员把医院和派出所都给告了，当时闹得挺大的，那个办事情的辅警辞职了。

"所以，办这种事情，一定要擦亮眼睛。就算有摄像头辅助，你也要有自己的判断。"

....

周六一以前真不知道派出所的窗口有这么多的门道:"我以为,综合岗主要就是盖章出证明。"

李娟摇头,她是个特别认真负责的人:"每一项规章制度的出台,背后都是血泪教训,盖下去的每一个章,你都要负责任,尤其是现在电信诈骗案那么频繁,我们更要提高警惕,那些人被抓到的时候,手里都有好几张身份证,好几本护照,而且都是真的,都是以前规章制度不够严才流出去的。"

周六一震惊至极:"这样也行?"

"以前全国的数据都没有联网,医院、派出所、社区都是混乱的,还有人专门买卖人的身份信息,从出生到上学毕业的,一整套的,和真的活人一样,有的还有点外卖和交手机话费的记录,通过大数据什么都查不出来,我们专门打击过,抓了不少人呢。

"六一,不是我说,办案不能只看大数据,你自己的眼睛也得用起来,人脑有时候比电脑好用得多,刑警队那几个办案的,不只是用电脑的。你要是去了刑警队,体会就更深了。不过现在都鼓励年轻人下基层,也不知道你会在派出所待多久……"

李娟手头上活还挺多,没有看到周六一的眼睛,声音特别平静,但是她的话在周六一的心头掀起了一个个滔天巨浪。

周六一手中的笔头被他弄折了,他久久没有搭话。

当年,警方也布下了天罗地网,但是银行抢劫案的主犯,还是逃跑了。

用的会不会是这样的方式?

不过,周六一并没有多少时间想以前的事,李娟继续现身说法:"拘留所的民警,也摊上过这种事,应该是六七年前,有个肇事逃逸的去自首,长相和身份证差不多,就进去了。结果,没过多久,因为其他事情抓到了真正的犯人,事情就败露了。拘留所的所长、民警,还有交警队来办交接的几个人,全都被扒了警服,直接开除党职和公职,当值的交警和民警还被判了刑。"

判刑?

周六一眼睛都瞪大了,他再也不能随便盖个章就了事,而是要反反复复对比,看到底是不是同一个人。

李娟把一沓资料锁在柜子里,看到周六一紧张兮兮的,就笑道:"我一开始也不会办这项业务,也担心搞错了,但是张警官让我下了班玩连连看这些找相同和不同的游戏,慢慢我就熟练了。"

周六一以前理解的临时工,就是混日子的,但是现在看来,龙华街派出所根本就离不开李娟这样的精干人。

周六一哗啦啦翻动着手上的资料："我们要做这么多的事情吗？"

李娟把另一项工作交给周六一："这个无犯罪证明你开一下。"

周六一拿过来惊讶道："不是吧？无犯罪证明还需要开？还有单位需要这个？"

社招进来的警察，没咋接触过警务工作，都这样，李娟很是耐心道："不然你以为呢？派出所的工作就是这样，什么都管，什么都查，而且我们还没有自由查询的权力，这个电脑你不能随便查，不然就犯法了。"

周六一拿过来，第一次见，觉得有点新鲜，无犯罪证明的格式还没有看明白，李娟又发过来一个表格："这家老人病死了，需要开个死亡证明。"

周六一觉得手里的工作咬手："死亡证明不是医院给开吗？"

李娟头也不抬，觉得自己之前没有说到位，又强调了一遍，语速变慢，方便周六一理解："医院的那个叫死亡通知单，我们这个叫死亡证明，火葬场那边要看到我们派出所出示的文件才能火化。你注意一下，老人的直系亲属必须全部同意，不然他们很可能来讹我们。尤其要注意，他们嘴上说的都是亲情感情，实际上是为了利益在演戏。你可千万不能被当事人的眼泪给骗了。"

周六一虽然觉得麻烦，但还是耐着性子看，这时李娟又拿过来一份材料："这个要开单身证明。"

周六一这次是真的惊讶了："不是吧，单身证明不是民政局开吗？结婚证不是他们办的吗？"

李娟看着这个问题那么多的小年轻，耐心地答疑解惑："虽然结婚证是民政局发的，但是户籍是我们公安局管的。小伙子你没有结过婚吧？如果你去领证，你就会发现民政局除了在小红本上盖章，就什么都不管了。既不会告诉你对方的案底信息，也不会告诉你对方的征信信息，还不会告诉你对方的财产信息，要想了解得多一点，还得上我们派出所来。"

周六一不由得感慨："那我们派出所，管的也太多了吧？"

李娟笑道："对呀，我们管天管地管空气，城管执法会叫我们联合执法，交警查酒驾也会叫我们联合执法，缉毒大队抓毒贩会找我们联合执法，治安大队扫黄还会找我们联合执法。"

说完，又有一沓厚厚的单子堆在了周六一的桌子上。

第 17 章
察于事后微知著

Chapter 17

周六一忙着做户籍登记工作,每一张照片都认真看过去。

他看了几个以后,就在网上搜索人脸识别的小程序,配合人眼来训练。

李娟说人口普查的时间快到了,派出所还得走访,有些黑户到现在都没有交社会抚养费,也就是罚款。

这时候,正在出外勤的黄青梅打了电话过来,而且还是视频电话:"六一,这女孩情绪比较激动,你安慰一下。"

啥?

周六一问:"具体点,有什么需要我做的?"

黄青梅简单地讲了一下:"这女孩被男朋友甩了,她气不过就要自杀,我和她说我们所里新来的警察特帅,是个计算机专业毕业的高才生,还没有女朋友,而且喜欢的就是她这种样子的女孩子。"

说完,黄青梅就把自己的手机交给了哭得梨花带雨的女孩。

女孩长得还算清秀,看到屏幕里的周六一,她有些害羞地低下了头。

周六一做梦都想不到,有一天他居然会用脸来处理警情。

一看这样的情况,周六一心里就有数了,他对着屏幕打了个招呼:"美女,你好。"

女孩听到美女两个字,抽泣着:"我不是美女……"

周六一笑着问:"如果你的前男友和现男友都掉进了水里,那我能不能请你吃饭?"

女孩被这么一调侃,扑哧一声笑了,显然没那么多防备了。

周六一又说:"你看,活着多好,你要是在一分钟以前跳河了,就见不到我这帅的警察了,你要是在看到我之后又跳江了,就见不到比我更帅的帅哥了,所以为了能找到更帅的男朋友,你是不是应该好好地活下去?"

女孩接过黄青梅递过来的纸巾,擦了擦脸上的鼻涕和眼泪:"你说的我都明白,我就是气不过。我找不到游戏打得那么好的男生了,你能带我上分吗?"

几个忙得脚不沾地的警察真的是要吐血了,合着这女孩自杀的最大的原因居然是前男友打游戏不带她了。

黄青梅表情尴尬,压低了声音:"六一,你会打游戏吗?"

周六一粲然一笑:"这么简单?你看你想玩哪个英雄?你想怎么虐菜?"

女孩看周六一的眼神充满了崇拜:"我要打爆那对狗男女,他们现在就在线呢。"

周六一把自己手机上的游戏截了个图发过去:"上号。"

简单聊了两句,女孩就从跨坐着的栏杆上下来了,黄青梅和胡亮就坐在马路牙子上,看着女孩和周六一在游戏世界里组队。

时不时地,手机里还传来一声声:

"Doublekill!(双杀)"

"Triplekill!(三杀)"

"Quadrakill!(四杀)"

"Pentakill!(五杀)"

…………

随之而来的,是一声声感叹:"全服大佬来了,打不过打不过!"

"这是什么神仙打法!"

"饶命呀!"

"不怕猪一样的队友,就怕神一样的对手。"

…………

连续赢了好几把,女孩终于眉开眼笑:"警察同志,谢谢你们!我现在肚子饿了,我们一起去吃饭吧?"

看起来就像是个邻家小妹,哪里还有刚才寻死觅活的劲,黄青梅不由得连连咋舌:"不是吧,学霸居然这么会打游戏?我那一届的文科状元,高三用的是功能机,连个QQ都登不上去。"

胡亮倒是笑笑:"现在的年轻人,素质教育全面发展,会的太多了。"

胡亮做了记录,教育了女孩:"年轻人要珍惜生命,你看现在发生的事情,都是大事,但是等到你四十五十六十再回过头来看,就会觉得这些事情都不算什么。要是真的因为自残,留下了残疾,你会追悔莫及的。"

女孩吐了吐舌头:"有困难找警察,这话说得太对了,我要是知道你们警察还能带人上分,我直接打个报警电话就好了,哪用得着这么麻烦。"

胡亮头大,继续教育:"警力资源非常宝贵。国家给警察发工资,是为了在紧急时刻保卫群众的生命财产安全,不是为了陪着你打游戏的。你要是报警的话,就属于报假警,滥用警力,是要坐牢的。"

女孩低下了头,有点害怕胡亮。

胡亮填写了出警记录,让女孩签了个字:"不要害怕警察,等你遇到了危险,还是要报警,我们会以最快的速度赶到你的身边。"

女孩这才表情严肃起来:"那我还找什么男朋友,警察比男朋友靠谱多了。"

这……

胡亮有些无语了,不过还是再三叮嘱这女孩千万不要想不开再自杀,然后带着黄青梅回派出所了。

///

周六一还在翻案卷,翻的速度特别快,把龙华街派出所的案卷翻完后,按照规定,分局的部分案卷他也可以去看。

不管有多少案子,不管这些案子都多难,他都要去看,去找。

经验丰富的老警察梁培禾说过,一个人犯了一个案子,从中得到了犯罪的赃款赃物,得到了正常生活不可能拥有的奖励,犯罪就会继续下去。

很多犯罪分子在被抓获的时候,犯案累累。

彭志远出警送交孔龙的案子,本来是要叫周六一的,但是看到周六一学习那么专心,就把正在打游戏的李华给揪走了,还罚了李华一份检查。

他居然为了打游戏,不第一时间接听报警电话。

彭志远的眼珠子都快要瞪出来了。

李华抱怨着:"彭哥,我就只打了一小会儿游戏,稍微休息一下脑子。铃声响的范围内,我和队友打个招呼退出一下游戏,一共不到二十秒,就要写一份两千字的检查,会不会太狠了?"

彭志远道:"不会。"

李华垂着脑袋:"那么多的检查,我像个没毕业的小学生,何年何月才能写完?"

彭志远看到李华这么不开心,就劝解道:"你想想,万一我们碰到的是暴力伤人案,早到一分钟,是不是就能早一分钟挽救人的生命?"

李华却反问道:"那我们自己的娱乐和生活呢?"

彭志远摸着他的脑袋,思考了很久,李华以为彭志远想明白了,结果彭志远来了一句:"我们是警察,啥叫警察的娱乐和生活?"

啊?

李华不知道怎么回答。

李娟笑着给周六一解释:"瞧见没?这就叫一物降一物。"

孔龙上车之前,喊住了周六一,眼里有热切的光:"嘿,小条子,我问你,卖鸡蛋煎饼真那么赚钱吗？"

周六一点头："当然，我妈在电子城旁边卖煮方便面，攒了两套房子呢，你说卖鸡蛋煎饼不挣钱？我妈开店的钱，是在工地搬砖收废品攒的。"

孔龙看了看天空，骂了句脏话："呸，老子那些狐朋狗友，只会让我干一票，没人叫我去摆摊搬砖！我也没摊上个好妈，她自己就是个赌鬼加酒鬼，没钱了就去找个男人。"

胡亮和彭志远把孔龙塞上车，黄青梅抱着资料出来，好奇地问周六一："我看这个孔龙是良心发现了，你成功改造了一个人，他出来后应该不会再偷东西了吧。"

周六一摇了摇头："盗窃罪，那些金首饰的价值已经超过了三万，而且多次盗窃，还是个累犯，最少会判三年，我估计起码四年起步，重判的可能性比较大。"

黄青梅倒吸一口凉气，手中的文件差点滑落，她不是警察相关专业毕业的，对案值没有概念，只对刑期有概念。

四年，社会要发展成什么样子，可这人要在牢里度过了。

黄青梅年纪小，一直在象牙塔里，对将来还抱有期望："说不定他被改造好了呢。"

周六一顺口道："但愿吧。"

但是实际上周六一认为，在那种地方，可能会沾染上更恶劣的习惯，学到更加卑劣的犯罪手段，出来以后的人会继续报复社会。

不是他秉持人性本恶的想法，而是这样的人他已经遇到过了，而且遇到了不止一个。

///

孔龙的案子处理完，第二天教导员姜汉山来上班的时候，把周六一叫到了办公室，让周六一坐下，还拿出来一些其他的资料给周六一看："我们在制止犯罪的时候，不光得制止犯罪，还得对他们的情况有个大致的了解，尤其是像孔龙这样的屡次犯案人员。他是我和老付来这里处理的第一个嫌疑人。当时这小子年纪还小，我们把案子移交以后，才发现这小子居然没有户口，他在家爹不疼娘不爱的，没有人给他交超生罚款，户口就一直卡着。检察院那边给我们的意见是必须给上户口。当时他偷了几百块钱的东西，我们把他拉去测了骨龄，然后给办了户口，这小子和他全家都很高兴，以后他就不是一个黑户了。"

周六一觉得，这事有点奇怪。

姜汉山道："当警察的时间长了，你就会发现，这个世界上，奇怪的事情还有很多。"

///

派出所人手不够，王才智出警的时候，又把周六一给叫上了，回来的时候，周六一拿着一大瓶水，一口狠狠地灌下去大半瓶，再一口就把一瓶喝完了。看到李华回来，周六一用手指了指，话都不想说一句，李华赶紧去给他灌满，周六一喝完水一直喘气。

李华赶紧问王才智："这是咋了？啥案子把学霸给难住了？"

王才智把警服脱下来，把警帽搁在桌子上，又把执法记录仪拿去充电，也是一副累死了的样子。

但是他不像周六一那么吃不消，还有劲给李华解释案情："我们接到一个家庭妇女的报警电话，她丈夫是个包工头，她在乡下把两个孩子养大上了大学，丈夫把她接到了城里，看她闲得发慌，就给她找了份月嫂的工作，结果她发现，这个女主人是她丈夫包养的小三，所以她就崩溃了。"

啥？

还有这种案子？

虽然李华也干了大半年的辅警了，还做了三年的学警，一直都在这个环境里，也算得上见多识广，但是听到这样的案子，他还是忍不住皱眉头。

黄青梅更是受不了："不会吧？还有这种事情？就算是在古代，也没有人能干出这种事情吧？电视剧都不敢这么拍吧？"

王才智一副见惯了大风大浪的样子："这算什么！从警十年，就算是看到死人从地底下蹦出来，我们都见怪不怪了。法律，只是一个人的最低行为标准。"

黄青梅一脸的阴郁，好心情全没了。

王才智又说："警察这个职业，注定要和社会的阴暗面打交道。青梅、六一，我建议你们两个人闲暇的时候，多看看法院的庭审记录，就在判决文书网，多的是突破你们底线的事情。人性的恶，会突破所有艺术家的想象。"

王才智很少这么严厉。

黄青梅抱着东西上了档案室，胡亮又问她："怎么样，你还想出警吗？"

黄青梅沉默了一下，然后头摇得像拨浪鼓，语气带着抱怨："我真不喜欢和这些缺德货天天打交道。"

而在楼下，王才智又问周六一："你还愿意出警吗？"

周六一毫不犹豫，立刻点了点头："这个案子，还可以继续跟进，原配说男主人挣的钱来历不明，和村支书有关系！我们要不要联络一下经侦？

"刚才咱们走的时候，我把我的私人电话号码留下了，也给社区调解中心打了电话，让他们一定要过去看看。我看那个小三年纪小，比原配还能闹，一直叫喊着要杀人。

"这已经算重婚罪了，我们证据充分，可以进行抓捕和起诉。但是我们是不是可以考虑给这个男的一点时间，让他把两边都安抚好？"

…………

王才智愣了一下。周六一对这么烂的案子都感兴趣？

这小子，怎么对什么案子都有这么大的热情？

而且，他的考虑非常到位。

谁教的？

王才智很清楚，短短几天的时间，自己根本教不出来这样的徒弟。

徐海从一张不起眼的桌子后面站起来，吓了所有人一大跳。

尤其是黄青梅，掩饰不住脸上的震惊："徐哥，你什么时候在桌子后面的，我以为你一直不在单位。"

徐海眯着眼睛看着站在不远处的周六一，点了根烟，徐徐地抽着："我昨晚通宵和兄弟单位的人蹲点，没怎么睡觉，就休息一下。你们都出了那么多趟警了，也没有叫我。"

黄青梅低下头，小声嘟囔着："我们没有一个人能看见你，怎么会叫你出警，还以为你熬了一晚上，回去补觉了。"

徐海不以为意，拍了拍身上的土，从桌子后面挪出来，一脸疲惫："抓捕蹲点、掩饰身份、摸排，都是刑警的必修功课。"

到现在为止，王才智教过了周六一处理社区小纠纷的案子，胡亮教过了他处理和钱有关的问题和紧急情况，张桂兰和李娟教过了他怎样当好一个内勤。

不过彭志远还没有教过他抓捕，姜汉山还没有教过他缉毒，所长还没有教过他怎么在警察这条路上走得更远。

年轻人，可塑性极强，不知道会走到哪一条路上去。

面对这个所里最神秘的刑警，周六一有点说不准徐海想做什么，他的眼神太犀利了，像是能把人一眼看穿。

徐海看着周六一说："明天你跟着我吧。"

话音刚落，李华和黄青梅都对着周六一投来了羡慕的眼神，好像能跟着徐海办案，是一件倍儿有面子的事情。

徐海掏出来一盒皱巴巴的烟，拿出来一根，李华赶紧拿打火机点上。徐海看了周六一一眼："你在我这里如果过不了关，就得卷铺盖走人了。"

李华和黄青梅面面相觑。

李华很难理解："师父，为啥呀？"

徐海抽了一口烟，对李华慢悠悠道："你高中在哪儿念的？"

李华挠挠头："我们县城，一中，吊车尾。师父，这有什么关系？"

徐海把烟圈吐出来："老师对实验班的学生和对你这样的学生，要求一样吗？"

李华不禁同情地看了周六一一眼。

那肯定是不一样的，吊车尾的那些，老师们早就放弃了，就像每天对牛弹琴，只要这群牛还能好好吃草，不惹是生非就行了。

但是对于尖子生，老师们恨不得把所有的教材都塞进他们的脑子里，还担心自己的水平不够，甚至想请外援辅导。

李华多看了周六一一眼，这小子和他，差别有那么大吗？

///

下班了，很快所里就只剩下了李华、周六一，还有值班的彭志远。

胡亮被所长叫去吃饭了，所长还叫了胡亮的女朋友。

李华神神秘秘地告诉周六一："咱们所长，管天管地管空气，还管分配对象，你要老婆不，给你发一个？"

周六一连连摇头，结婚这种事情，对他而言，十年后才会考虑。

徐海沉下脸："华子，你是不是检查还没有写够？"

李华赶紧闭嘴了，周六一记得，徐海还没有成家，就问李华："所长为啥不给徐哥找对象？"

一听这话，李华赶紧把周六一的嘴堵上了，看着徐海出了派出所的大门，才和周六一说："你知道徐哥为啥专门打击拐卖妇女儿童的案子吗？徐哥早就没了亲人，是他的大哥供他上了警校，直到他当上了警察，他哥哥才成家。但是他的侄子被人给拐走了，嫂子气疯了，到现在都还没有找到呢。徐哥发誓，一定要先找到孩子，再考虑成家的事情，这一晃，徐哥就这个年纪了。他哥哥和嫂子后来又生了女儿，现在都快初中了，但是徐哥还是不撒手，一定要把大侄子给找回来。你说找回来那孩子得多大了，按照年纪，现在也上大学了吧。那时候没有

DNA 检测，孩子正在学说话，连父母长什么样都不知道。"

周六一惊诧，居然还有这样的往事。

李华喝着饮料："警察也是人，P2P 案子发生的时候，不少人的亲戚都赔了不少钱呢，大家甚至把所有的积蓄都赔了。"

周六一想多了解这个派出所的情况，但是李华忙着写案卷，和彭志远一块值班。彭志远的文书工作做得不怎么样，还是得李华顶上。

黄青梅见状，就叫他："六一，我电瓶车座椅有点问题，你过来给我修一下。"

李华赶紧跑过来："我来！我家里就是开电瓶车店的，这是我的专业！"

黄青梅杏眼一瞪："我叫你了吗？失踪儿童的户籍信息要是弄错了，你自己受得了这个良心谴责吗？写多少检查也过不去。"

李华挨骂早就习惯了，不以为意："对，那青梅我就先忙去了，在我心里，你还是最重要的！"

黄青梅翻了个白眼，周六一放下手里的事情过去，蹲下把电瓶车翻过来，又去后勤室把工具拿过来，把电瓶车座椅给修好了。

黄青梅压了压电瓶车座椅："手艺不错。"

推着车子往外走，她和周六一说："你是不是觉得咱们所的人不大好相处，尤其是所长，一直针对你？"

周六一没说话，黄青梅轻笑一声："咱们这种单位，面向基层，对外的矛盾多于对内的矛盾，因为人少，所以所长和教导员都需要亲自下场捉人办案子，大家都忙得没空玩办公室政治。"

周六一松了口气。

所长应该不是专门针对他的。

黄青梅美丽的大眼睛扑闪扑闪，继续问："你是不是想知道咱们所都是些什么人？"

周六一点头，有点不好意思，他需要快速地做出成绩，这可不是一朝一夕可以达成的："请青梅姐姐赐教！"

派出所不远处有一个大超市，超市门口有抓娃娃机，正好是附近的高中生下晚自习的时候，好多人都围着抓娃娃机，不时传来一声："差一点点！"

"我就是想要那个米奇！"

…………

但是无一例外，几乎所有的人都抓不到。四台机器，生意火爆，四五轮下来，可能才有一个人抓到，抓到的人兴奋得手舞足蹈。

少年的快乐，简单直接。

黄青梅年纪不大，长相显嫩，如果不是穿警服，而是穿校服，看起来和这些高中生也差不多，她笑着说："你给我抓两个娃娃，我就告诉你！我要一个米奇，再要一个企鹅公仔！"

这难度也太大了吧？

周围的人听到了，也纷纷看过来，觉得根本就不可能。

黄青梅这是出了一道难题。

但是周六一很淡定。他抓娃娃的本事给王才智展现过，但是王才智没有在所里说过。

黄青梅长得好看，撒娇的时候格外迷人，还带着一点女孩子的娇羞："我还以为学霸多大本事呢，也只是脑子转得快，动手能力差。"

周六一原本手插在兜里，现在走过来："青梅姐姐，你想要哪个我就给你哪个。"

黄青梅笑道："夸这么大的海口？我会当真的，我可告诉你，你要是抓不到娃娃，不管请我吃多少次饭，我都不会告诉你所里的情况！"

周六一曾经在抓娃娃机厂里打过工，设计过程序和机械臂，他知道上千种抓到这些娃娃的方式。

对他而言，抓到娃娃难度等于零。

周六一随意地走到了一个抓娃娃机面前："没难度，放心吧！"

周六一扫码支付，然后手握操纵杆，开始抓娃娃，周围一群起哄的高中生："我都花了快一千了，都没有抓到一个，我就不信他能。"

"就是，企鹅身上根本就没有能着力的点。"

"还好天天考试都是轮滑和小木块，要是改成抓娃娃机，我得成仙了。"

…………

这时，三爪的一只钩子挂住了企鹅头顶的商标，然后缓慢地朝着边上移动，黄青梅忍不住屏息凝神，蹲下来眼都不眨地看着，企鹅最后真的掉在了出口。

黄青梅甚至不敢相信自己的眼睛，周六一居然真的能做到？

周六一把小企鹅交到了黄青梅的手里。

在不穿警服的时候，黄青梅就是一个娇憨可爱的女孩子，眼睛里闪烁着工作时没有的喜悦的光芒。

她的快乐，简单而直接。

周六一心里疼了一下，这是他在另一个女孩子的脸上从来没有见过的满足的无忧无虑的笑。

从他见到那个女孩子的第一面，她就是矜持的、冷傲的，刚硬得不像一个女孩子。

不管什么时候，哪怕是在白天遛警犬，她就算笑，眼睛里都有悲伤。

不是普通小女孩被男孩甩了的那种难过。

而是像心被戳得千疮百孔的那种难过。

周六一有点走神，但是黄青梅很高兴，她把周六一手里的企鹅拿过来，高兴地跳起来："你真的能抓到，你能抓到！"

围观的高中生羡慕地一阵阵惊叫，还有人说他只是运气好，

周六一笑："那我给你抓米奇了。"

黄青梅兴奋地点点头，周六一再次动手，抓了一只米奇出来。

很快，就有高中生挥舞着人民币过来："能不能帮我们也抓一个？"

"我也要！"

"我想要那个粉色的老虎！"

…………

周六一一一应下，然后开始抓娃娃，一抓一个准，声浪一阵高过一阵，大家都紧紧盯着周六一。

老板原本在二楼优哉游哉地喝茶，他专门给这些抓娃娃机设定了超级困难的模式，反正这里距离学校近，在小吃街的中心，不愁没有冤大头。

每天这些抓娃娃机，都能给他带来不菲的收益。

但是现在，这些难以被夹到的娃娃，居然被周六一给夹走了，他赶忙跑下来，赔着笑脸："后生，我收集这些玩具不容易，你别赶尽杀绝了！"

说着，老板还掏出来一百块钱："我们这抓娃娃机，今天出了故障，您去别的地方玩吧！"

其他人听了都起哄道："怎么可能有故障？老板，你遇上高手了！"

"愿赌服输吧！"

但是做生意的脸皮都比较厚，他对着周六一说："您是大学生吧？上楼喝点茶？我请！"

周六一也不为难商家，毕竟以后派出所还要在这里调监控，总不能和这些老板翻了脸，回头最为难的还是他。他说："我抓一个给你十块钱成不？我再给我朋友抓三个就不抓了。"

十块钱，是这些娃娃的成本价，老板松了口气，赔着笑脸送饮料："不用不用。不过，要指定三个！"

这老板居然选了三个角度最刁钻的娃娃。

周六一要是抓不到的话，就要在黄青梅的面前出丑了，他屏息凝神，尽可能地排除周围杂音的干扰，手心都出汗了，才缓慢地把其中一个的脚钩到了，慢腾腾地挪过来。

短短几十厘米的距离，硬是花了十分钟。

人群中一阵阵欢呼。

老板直挠头："我还从来没见过你这样的，这也太有耐心了吧？我们厂里有专门的数据，人的手，在这个点，这个点，还有这个点，都会松掉的，人哪能把弦绷得那么紧？"

老板怎么都不相信，周六一还能再抓到剩下两个特别难的娃娃。

但是周六一真的全都抓到了！

黄青梅目不转睛地看着周六一，眼神越来越温柔。

…………

喧嚣之后，人群逐渐散了。

所长其实就在不远处看得一清二楚，原本他对周六一已经放下成见了，但是现在脸色凝重。

他走的时候，旁边的垃圾桶上多了十几个烟头。

这小子，太邪门了……

这挑战的是人的心理素质，恐怕所里唯一能在耐心和持久力上打败周六一的，只有徐海了。

但是，徐海所有的专注力，全部都奉献给了案子，对案子以外的事情，他完全不感兴趣。

而这小子，面面俱到。

所长打电话让胡亮和他女朋友去家里吃饭。

他们两个订婚没成，所长有劝劝的意思。

对于下一代人的婚恋，所长一直都比较关心。彭志远的婚事，就是他和张桂兰还有姜汉山三个人费了好大的劲才促成的。

所长一边走一边在想，什么样的人和周六一最配。

一般警察找对象，要么是一个办公室的同行，要么是医生、教师、公务员，都是奔着两个人上班，好过日子去的。

但是周六一……

所长怎么都想不出，到底什么样的女孩适合那小子。

///

黄青梅左右手各一只娃娃，还沉浸在刚才的喜悦中："当警察这么久了，每天都和各种各样的怪人打交道，我快要愁死了，这是我最快乐的一天。"

周六一忍不住问："你不喜欢当警察？"

黄青梅点头，亲一下娃娃，像个小女孩："不喜欢，每天都是打打杀杀的，不是吵架就是抓人，然后还有做不完的台账，我怎么可能喜欢。"

黄青梅走着，周六一给她推着电瓶车，黄青梅给周六一解释所里的人际关系："咱们所，所长最大，所有人都要听他指挥，不过一般有重要的案子，所长有能力定乾坤，也会冲锋在前，你把他理解成一只老虎就行了。他是我们所的灵魂人物，要是没有所长，龙华街派出所可能都不存在。"

说到所长，黄青梅眼中显出敬佩之情，周六一不相信，一个一天到晚不在所里，忙得看不着人的人，黄青梅居然会给这么高的评价？

这有点不可思议。

黄青梅说："千金易得，良将难求，你们这些天天看新闻联播，关注国际形势的男的，肯定懂什么意思。咱们所能人太多了，都是其他单位的刺头，老是惹是生非，在其他单位都快要待不下去了。如果不是咱们所长把他们拉到一块，还能管住他们，那他们肯定都辞职了。都是那么有能力的人，要是走了，你说多可惜？"

周六一很难相信黄青梅居然会说出这样的话来，她往前走着，继续给周六一说所里的情况："咱们教导员姜汉山，年纪其实不大，也就三十五六，但是他地位高，也很神秘，认识很多人，做生意的，教育局的，工商的，税务的，关系特别广。不过也是，咱们这样的单位，要是没有个真正的大佛，还真的镇不住那些妖魔鬼怪，别看他待人一直都很儒雅随和，他可是眼镜王蛇。你想呀，能抓那些贩毒的吸毒的亡命之徒，可能是好相处的吗？"

周六一点头，姜汉山确实给人这样的感觉。黄青梅来的时间很长了，女孩子本身就喜欢观察，看到的挺多："徐海，以前是刑警队的，破了很多惊天大案呢，他在刑警队那几年，一直都在破妇女儿童拐卖案。他家里的锦旗，摞起来都一人高，到现在逢年过节，还有因为他破了案子而能团聚的家庭专门来看他。当警察的，能当到这个份儿上，也算是功成名就，此生无憾了。但是很可惜，老徐虽然叫老徐，但是今年也才四十岁，距离退休还有好多年呢。一般的警察，现在就是事业的上升期了，而他因为办案子时出了一点差错，被扔到了这种地方。真的是太可惜了。"

徐海是所里唯一一个不打卡，也不按照上下班时间考核的警察。

可以说，很有个性。

但是他从来都不挨骂，所长见了他就递烟。

还真是，地位超然。

周六一不插嘴，黄青梅继续道："那眼睛像钩子一样，别看他每天懒懒散散的，其实他是个老狐狸。"

路过小吃摊，黄青梅多看了奶茶两眼，周六一赶紧去买了一杯过来，黄青梅喝着奶茶，继续说："王才智。老王年纪大了，一直在社区，你要是和扯皮的单位打交道，有脏活累活找他，准没错。老王是个身怀绝技的人，在各种基层单位都干过，什么活都会干，尤其是修理各种东西。咱们所的车，一直都是老王修的。我一直觉得老王就是吃了没文化的亏，所以错过了警衔提升和职务提升的机会，虽然他快退休了，但是你要是说有什么事，他肯定会罩着你。所长如果骂你，你就去找他，他特别疼爱后辈，以前有来轮岗的警察，一个人在这儿没饭吃，那会儿没食堂，就是去老王家吃的饭。他就是老黄牛。"

王才智，兢兢业业一辈子，警衔虽然是两杠三星，但是职务一直都在基层。

黄青梅喝了一大口奶茶："彭志远彭哥之前是个军人，我听说他好像在维和部队待过，真传奇。好像在退役之后，还有国际上的雇佣兵团一年开上百万美金的价格请他。不过这都是传说。但是，他之前确实是扫黑办的骨干力量，自从他来了，我们所的抓捕效率提高了不少。之前还有人埋伏在路上，想要打击报复彭哥，但是彭哥一个人就把五个人都给打翻了，其中还有两个是在逃嫌疑人。他在咱们所也是中坚力量。

"彭哥很会打，却不太会和人打交道，这么多年了，一直在一线打打杀杀，从来不去局里开会什么的，表彰大会也不去。他样子长得也吓人，要是搞什么防暴训练，他经常演暴徒。不过呢，彭哥人很好，你把他理解成一只没什么心眼的熊就行了。你可千万不要有什么歪点子，彭哥一拳就能把人打晕。大比武的时候，分局的领导说过，近距离交战，彭哥的拳头，比枪还要好使。"

周六一眼前浮现彭志远那张憨厚的笑脸。

黄青梅继续道："至于胡亮……亮哥的身份复杂一些，你看他一身正气，不争不抢的，之前可是审贪官污吏的经侦，可千万不要招惹他，如果你办的案子移交公检法时出了纰漏，他会让你深刻反省，所长让写检查，都是让他收，李华和其他辅警最害怕的人,不是所长不是彭哥,而是胡亮。他就像个猫头鹰,不管多黑的夜,他都能看得一清二楚。"

路快要走到尽头,黄青梅手中的奶茶也快要喝完了。

她抬头看着周六一,周六一仔细聆听着,她眼中闪过了一丝淡淡的失望。

周六一,真的只把她当成同事。

黄青梅停下脚步:"当然,还有现在直接管着我们的张桂兰张警官,她很随和,经常会调解大家之间的摩擦。别看张姐是个内勤,有时候化装侦查,张姐可以是菜市场大妈、广场舞大妈,她还能在小吃店门口卖包子,晚上还会看着女嫌疑人。

"张姐很累的,所长不在内勤最大,遇到各种上级布置的任务,一般都是张姐处理,你可以把张姐理解成叮当猫。你现在听明白了吗?"

要不是黄青梅的一番话,谁能想到,一个小小的派出所,居然卧虎藏龙。

周六一点头,诚恳道:"青梅姐姐,谢谢你!"

周六一本来想要再送一段的,但是所里的电话打了过来,有警情,让周六一赶紧回去。黄青梅看了看周六一,突然有点庆幸周六一没有那种心思,否则以后无数次散步的时候,周六一都会被突然叫回去。

黄青梅骑着电瓶车离开:"行了,别送了,我走了。"

周六一一转身,再也没有回头,甚至跑起来了。

胡亮打过来的电话非常简短,有人报警,是个男的,听声音年纪不大,但是只说了一句话就挂掉了,还伴随着一声尖叫:"新通路的炸鸡外卖,太难吃了!"

这么一个没头没尾的电话,一般人听到可能会忽略,但是派出所不会,每一起警情都需要处理,如果是疑难警情,还需要去现场。

现在这起警情,就需要去现场。

第 18 章
管中窥豹急生智

Chapter 18

回到所里,徐海在抽烟,他已经简单地画了个图,开始认真分析起来:"我们又打了电话过去,但是没有人接,手机还关机,不在服务区了。"

李华抓耳挠腮："师父，会不会是小孩子报假警，我们现在除了新通路，啥都不知道了，新通路是条小吃街，卖炸鸡的太多了，怎么找？"

徐海头都没有抬："就算是报假警，我们也必须去现场。"

周六一问："徐哥，有没有定位？"

徐海摇头："通话时间太短，不能定位。"

周六一看着电话号码："那咱们出发吧，一条小吃街，大概有三到五家的外卖店，炸鸡这种食物大部分人都习惯吃酥皮的，不喜欢外卖的，我们一家一家去看看吧。"

徐海有点意外，周六一这小子，居然一点不惧怕这庞大的工作量。

周六一还说："我们速度要快一点，万一受害人是受到了胁迫，身处危险之中呢。"

李华还是不太在意："男孩子能遇到什么样的危险。"

周六一眼神复杂地看了他一眼："你确定？"

李华这才反应过来，拿警械的速度比周六一还快："我听到那个男的在电话里尖叫了！"

夜幕沉沉，三名警察快速开车，出了派出所大门。周六一开车颠得厉害，徐海说他："你开车是体育老师教的吗？"

周六一有点不好意思："我刚拿了驾照不久。"

徐海："华子，你来开。"

周六一牢牢抓着方向盘："徐哥，让我开吧，我多练习练习。"

徐海又继续看新通路的地图："得，人菜瘾大。"

///

所长取了车接上送了材料的胡亮，然后去街道办接了胡亮的女朋友。胡亮和女朋友明显不对付，刚刚吵过架，都冷着脸。

付胜倒是不怎么意外，年轻人嘛，都心高气傲的，吵了架，谁也不想先服软，都等着对方来哄自己。

付胜在前面开着车，两个人坐在后面，各玩各的手机，在路上碰见卖榴梿的，付胜黑脸带笑，显得有几分慈祥："你们等等。"

他又返回去买了两个，足足花了四百块钱。

胡亮女朋友在街道办工作，工资并不是很高，但是会过日子，比较省，这些特别贵的水果，她平时买得也少："付所长，三十多块一斤的东西，你居然买了这么多。"

言外之意是，他们两个人只是寻常做客，不用太破费。

但是付胜笑道："你嫂子好这口，我碰到了就多买点，榴梿炖鸡不错，直接吃也好，你们也尝尝嫂子的手艺。你俩都会做什么饭？"

胡亮的女朋友石静瞪了胡亮一眼："我和亮子在一起这么多年了，他就只给我煮过方便面，打个荷包蛋还经常是煳的，他哪里会做饭。"

胡亮解释道："我那不是忙吗？"

石静幽怨道："你对犯罪嫌疑人可比对我好多了，你还是和犯罪嫌疑人过去吧。"

说完，石静眼睛又看向了别处，不想再和胡亮说话。

胡亮工作太忙，虽然在本地，但是两人也聚少离多，他们的关系现在已经很紧张了。

车厢里相当压抑，付胜加快了速度。

回到家以后，付胜的妻子秀芬已经做好了一桌子菜，最后两个青菜都已经洗好了，放在沥水篮里，等着剥葱拍蒜就能下锅。汤在火上煲着，满屋子都是家常菜的香气，看着十分温馨。

石静贪婪地吸了一大口空气："我啥时候能过上这样的生活。"

付胜的妻子秀芬出来招呼年轻人："结了婚，不就都这样了嘛。"

她身上穿着围裙，显得相当干练，笑眯眯地到门口来让客人换拖鞋，看到石静就夸奖："胡亮可真有本事，能找到这么漂亮的女孩子做女朋友，我早就想叫你们来家里吃顿饭了，但是我家里事多，没腾开手。"

这一句话，让本来紧张的氛围得到了缓解。

秀芬又道："亮子，你带小静去洗洗手，过来吃饭。大胜，你去把垃圾倒了，等会儿吃鱼排骨又是一堆骨头没处扔。"

付胜的老婆年纪不小了，但是精力充沛，把一切安排得井井有条，向来凶巴巴的付胜，现在也赶紧拎上垃圾往外走："好嘞。"

他老婆还催着："快去快回，不许去买烟，要不然菜凉了。"

胡亮来过，所以轻车熟路地带着石静去洗手，胡亮这才发现，石静右手的食指贴着创可贴："你这是怎么啦？"

石静道："没什么，就是 A4 纸刚拆包太锋利了，拉了一道，好几天了，伤口已经愈合了。"

说完，石静直接就把创可贴扔到垃圾箱里。

言外之意是在埋怨胡亮什么都不知道。

然后，两个人又陷入长长的沉默。

胡亮原本就不是个善于哄女孩子的人，审犯人多了，语气习惯性冷冰冰的，对方听着难受，他就不大说话了。

秀芬又叫胡亮给石静端水果吃，石静看了一眼："你自己留着吃吧。"

然后她就去厨房帮忙了，没有接胡亮手中的水果。

秀芬微笑地看着石静，石静有些不好意思："我从来不吃番茄，会过敏，但是他好像每次都会忘记。"

秀芬道："那我和老付一会儿说说他。"

石静叹了一口气，还是不开心："不是这一件事情，我们之间的失望，积攒得实在是太多了。如果是从前，我还能体谅，但是现在马上要结婚了，我实在没有办法体谅了。"

付胜倒了垃圾回来，把买来的东西放进冰箱，从果盘里拿了一个小西红柿吃着，胡亮眉头紧锁，不知道怎么回应所长接下来要提的关于他私人感情的问题。

不料，所长根本就不按套路出牌："孔龙那案子，跟得怎么样了？案卷得慎重，这人比较特殊，按照以前的规定，二胎三胎都得交了罚款才能上户口，这家伙十六岁以前连个户口都没有，被抓了送去看守所的时候才开始补办。他盗窃是个老手了，这几年现金越来越少，他才消停，但是一直都在打金银首饰的主意。我们要并案侦查，还得走访……"

如果不是手里端着一盘水果，只看着所长的那张黑脸，胡亮真的会以为自己现在还在单位。

他看了一眼厨房。

付胜的妻子温柔贤惠，手法娴熟地处理着最后的两道菜，这简直是男人梦寐以求的妻子形象。

所长这种人，怎么追到人家的？

不聊私人感情的事情，胡亮的压力就小多了，他把孔龙最近犯的案子都讲了一遍，付胜表示："那几家商户，和他们说了几回了，让他们装监控，就是不听，认为让我们警察去现场比装监控便宜，这什么逻辑。"

///

厨房里，秀芬把提前切好的青菜下锅翻炒，接了一点热水均匀地从边上淋下去，绿油油的青菜让人看着心情大好。她对石静说："不管什么年头，日子还是自己过，别拿别人的错误惩罚自己，你年轻，街道办的那些干部都快要退了，升起来比在机关单位稍微快一点，你要是想进步，就加把劲。"

石静也很麻利："我现在都快要住在单位了，我们的主任和副局长还有两个月就要退休了，上面说要从我们这些新人里面提拔一个当副主任。"

聊起工作，石静也很上心。

秀芬是个聪明人，不会揪着年轻人一直问长问短，反而心思很活络："以前我一直觉得吃外卖不健康，还特别贵，就我在医院，他在派出所的那点工资，哪能天天吃。但是前段时间在医院比较忙，不能回来，去食堂也一直错过饭点，每顿饭都点外卖，我才发现外卖也挺好吃的，新用户还有满减，就是比自己费劲做的省事。哪像我们那会儿，还用煤球炉子做饭，做完了脸和眉毛都是黑的。现在这社会就是好了，大家都能按照自己想要的方式过日子。"

石静听完，问道："秀芬姐，你是怎么和付所长结婚的？"

秀芬翻炒着菜，把醋和葱花撒进去，拿出来一个盘子把菜盛好，动作一气呵成："这两个人就像是这盘菜，要刚好能成一盘才行。那个羊肉和萝卜，炖得不错吧，你看那个水果沙拉，草莓和青苹果就很搭。但是把羊肉和草莓弄到一起，就很奇怪了。"

石静点头，说出了她一直想说的话："就是它们两个都很好，但是不合适。"

秀芬边切菜边说："我像你这么大的时候，家里给一个亲戚送行，全家十几口人坐着小巴回来，但是车在下高速口的时候不知道为什么自燃了。当时我们都很害怕，急得厉害，可是车门打不开。是一个年轻帅气的警察扛着他车上的灭火器过来先帮我们灭了火，然后把门砸开，让我们有序下车。我们下车以后，他居然进了车里面，把车开到了几百米以外没人的地方，然后才往回跑。跑了不到二十米，那辆车就爆炸了，他被扬起来的灰弄得灰头土脸的，我都没看清他长什么样。后来我们想感谢一下那个警察，送个锦旗捐点钱什么的，但是找不到他。二〇〇〇年以前，找人哪像现在这么容易，有点风吹草动大家都拿着智能手机拍。我们找遍了，但是不管是分局还是派出所，都对我们回复说这些是他们应该做的。后来，这事也就搁下了。我在这边的医院上班，有人给介绍对象，约在了公园见面，我在公园等了两个多钟头，没见到人影，都等烦了。但是介绍人面子大，我就想着再等等，结果天都黑了，才来了一个小伙子。"

石静问："是付所长？"

秀芬神情温柔："才不是付所长，是个小偷。"

石静下巴都快要惊掉了："相亲对象没有等来，居然等来了小偷，您这运气可真够背的。"

秀芬处理另一道青菜，同样很麻利："谁说不是呢，那时候治安没现在好，现在到处都是摄像头，那时候主干道上都只有红绿灯附近才有摄像头。那小偷抢了我的包就跑，我急得一直喊：抓小偷。付胜突然过来，一脚就把小偷给踹翻了，那小偷是个老油条了，经常在这一片被逮到，他让小偷自己去派出所报到，小偷居然还真的乖乖去了。"

石静神情有些向往："英雄救美！付所长年轻时也太帅了吧！所以秀芬姐你就认定了付所长？"

秀芬连连摇头："哪里，他把包还给我，我就不想要了。他在乡下的猪圈边蹲守了一天嫌疑人，身上全是猪粪味，说要请我吃饭，我哪里吃得下！"

石静被逗乐了，哈哈大笑，这一瞬间她回忆起了自己的甜蜜过往："果然，不管什么年代，大家找对象都是看脸的。胡亮一开始去我们学校，我也没有看上他，他黑得像煤球一样。那时我们学校办市篮球赛，我是啦啦队的，摔了一下，他抱我去医务室。公主抱，可帅了。我当时感觉男人居然能有这么大的劲，能把我抱起来，还能跑。"

秀芬笑着说："也是，这些男人，就是在一个恰巧的时间点，俘获了我们的心。付胜给我们医院打了几次电话约我出来吃饭，但经常不是我忙就是他忙，老凑不到一块，后来第二次吃饭，他穿着警服，模样帅气。他还把工资卡给了我，见第二面就敢交工资卡了，我当时就觉得这男人能过日子。不管在哪个年代，敞亮的男人，都不多见。当时我的米面粮油煤气罐，都是他给扛上楼的，这一来二去的，整个筒子楼里的人都知道我俩处对象了。结了婚以后，我才知道这家伙本地一个亲戚都没有，啥事都指望不上，工作忙得不行，天天在家像个住宾馆的客人。"

石静叹气："还是你们那个时代好，直接就能交底了，不像我们现在，总觉得对方对婚姻付出的部分不够。我们有快递有外卖，不用换煤气罐，男人在生活里的作用越来越小了。我和胡亮在一块的时候，都不知道应该说点什么，做点什么了。"

秀芬笑笑："可不是嘛，你们现在压力多大，看起来生活条件好了，其实房贷车贷压得人喘不过气来，花花世界的诱惑还那么多。"

石静低头："我也没想着他能暴富，我就是想着他能把工资交给我，再多一点时间陪我就好了。但是我们去看房子装修的时候，我才发现他一直都在打电话，不是在和同事聊案情，就是在和相关的单位约定送案卷的时间。经常是饭吃到一半就走了，方案还没有定下来就走了。我们共同的家，居然没有他日常的工作重要。我也不是咄咄逼人的人，他说的有道理，我也就认了。但是，都多少次了，约好了一起吃个饭，一点不交代就走了，留我一个人多尴尬。又不是只有他一个人有工作，街道办的事情也特别多，我每次都是和别人调班，或者晚上回去再加班一会儿才能完成工作。更让我觉得难受的是，我看到了他的转账记录，买一套好点的家具没有钱，但是借给别人一万很大方。是他警校的学姐，学姐的丈夫也是警察，积劳成疾做了手术，手头上不宽裕，留言是不着急还。我知道他是个善良的人，是个好人，但是我在意的不是他给别的女生花钱，而是他一点都不顾及我们自己的家庭。我一想到以后结了婚他仍是这个样子，我就觉得很累。"

秀芬拍了拍石静的肩膀："我明白，现在的年轻人的感情，和爱不爱没有那么大的关系，是因为累了。"

石静的眼泪一下就下来了，这些事情，她压在心里很长时间了，把她刺疼得难受。

秀芬把火关小，盖上了锅盖，给石静盛了一碗汤，又拿纸巾给她擦了擦脸上的泪："我都明白。"

她继续说："付胜对谁都那么大方，那点工资够吗？这段时间我妈住院了，我不在家，他回来连个方便面都不会煮。他上次下厨还是在我们结婚第二天。我和我哥轮流在医院守夜，我休息的时候，还得每天回来做好饭给他放进冰箱，他用微波炉热一下就能吃。我要是不给他弄点吃的，他就能一直连轴转，派出所的工作，你也知道，很少有人能每天按时去食堂吃饭。错过了饭点，他就能再饿两顿。我有一次给他打电话，他说他昨天晚上刚吃过。这种人，我能有什么办法？跟了他，我心疼他多一点，就得在生活上多照顾他一点。要不然，他风里来雨里去的，谁照顾他？我回来的时候，他把脚伸出来，袜子是两个色，警服内胆都能闻见味了！就我们家那个洗衣机，把他的脏衣服扔进去洗，洗了三缸子，才算洗完。地上的灰，桌子上的灰，我擦了一天。"

石静震惊："这都能忍？"

秀芬摇头："当初结婚的时候，就知道他是这样的人，刚结婚我就知道以后过的是什么样的日子了，自己选的路嘛。"

石静小声道："其实也没有那么糟，我之前实习的单位在郊区，每天晚上胡亮都会接我下班，这么多年他的工资没有乱花，从来都是只在食堂吃饭，首付他出了大半部分，还一直在还贷……"

秀芬道："警察嘛，大部分都这样，不过你们年轻人的生活和我们不一样了，我这还是我自己打扫，你完全可以找个家政。他休息的时候，别带着他出去旅游，让他在家里做你做的事情，你拎上行李箱去游山玩水。"

石静脸上总算有了笑容，所有的情绪都找到了一个出口。

胡亮端着水果进来，脸上带着笑容，热切地期盼着石静能和他说句话："小静，我把榴梿剥好了，你尝尝，一会儿咱们回去时路过水果摊，我也给你买两个。"

石静总算和他说了一句话："行吧。"

所长付胜暗暗地对着秀芬竖了个大拇指："还是我媳妇厉害。"

秀芬适时地招呼三人把菜摆到了桌上："当成自己家，别客气，多吃点，尝尝我的手艺。"

///

与此同时，新通路，一个昏暗的小宾馆内，一个十五六岁的男孩子瑟缩地靠着床头柜，他想往里面再缩一缩，但是已经没地方了。

男孩子并不是一开始就这么屄的，他也反抗过，门牙都被打掉了一颗，脸也肿成了猪头。他倒不是怕挨打，而是这三个人太过分了。

他们不是和他要钱，而是要他这个人。

这还不如要钱呢！

其中一个带头的，撸起袖子，一个劲地和他说："把衣服脱了吧。"

男孩子真快绝望了，他活了十五年，从来没有遇上过这么倒霉的事情："我是个男的，男的，男的！"

另外两个哈哈大笑："你要不是男的，我们还对你没兴趣呢。"

"你长得比照片上好看多了！"

"和我们玩会儿，这个电竞房，今天晚上就归你了！"

…………

男孩子抓起床头柜上的台灯，朝着这三个人狠狠地砸过去："你们这些变态，太恶心了！"

///

周六一开车，徐海在软件上翻过来翻过去，实际上很着急，但语气显得有些散漫："这附近有五家炸鸡店，竞争还挺激烈的。"

车缓缓开过，徐海瞟了一眼："一家已经关门了，不纳入考虑，一家没有外卖业务，可以被排除了。一家月销量为零，也不纳入考虑。一家有很多差评，吃出来头发、钢丝球的评论就有十几条，如果我是个正常人的话，就只剩下一个选项了。这家炸鸡看起来不错，月销量三千多，平均一天一百多单，回来时可以带一个当夜宵。"

他们在单位值班，所以都穿着板正的蓝衬衫。

李华一听这话，立刻道："我和你说，千万不要穿着警服，一会儿回来的时候要把警服脱下来再去排队，不然那些排队的人会说：天哪，警察居然还买炸鸡，然后拍照往网上传。不过这家的炸鸡看起来确实好吃……"

徐海点了支烟，感觉像在听相声。

周六一咳嗽了两声，提醒李华不要再说了，集中精神，分析这个案子。

但是李华像没有听到，继续说："时代不一样了，我叔爷爷当警察那会儿，穿着警服，威风凛凛，只要他进了饭店，那些小混混，就全都赶紧跑了，哪像现在，根本就没有人怕我们。咱们这地位，现在是一降再降，已经从人民的卫士，变成了人民的保安。上次我穿的明明是警察的制服，但是酒店的那些土老板说我就是个保安，居然把车钥匙给我让我去停车场给他们停车。真是气死我了。"

周六一同情地看了一眼副驾驶座上的李华，徐海在李华头上敲了一下："现在在办案呢，你怎么一直惦记着吃？要吃也等着案子完了再说。你可庆幸你是个人吧，你如果是只警犬的话，肯定得把一包火腿肠当毒品给扒拉出来，你看看自己丢不丢人？一天到晚牢骚那么多。"

李华摸着脑门："师父，这也不能赖我，你先钓鱼执法的！"

徐海靠着椅背："抓人贩子和毒贩子时候，钓鱼执法不犯法，这一天天的，就你屁话多。"

李华还想说话，但是徐海一句话把他的话堵回去了："回去交一份检查，你们如果能分析出具体的地址，就能免罚。"

李华苦着脸："一天一百多单，那排查下来也得一晚上了。"

不过他随即又问："师父，分局承诺给咱们的警犬，啥时候能分下来？"

徐海没好气道："你问我我问谁去，我倒是希望能分下来只警犬，而不是你这样的半吊子。快点分析案情，那男孩子年龄不大，在我国，不少的猥亵案也发生在男童身上。"

李华这才着急起来："那咱们可得过去，要是发生了这种事情，会给当事人留下一辈子的心理阴影。上次亮哥带我去精神病院看过一女的，本来品学兼优的，现在一辈子全毁了！"

徐海道："那你还惦记着炸鸡！"

周六一开车转弯，到了这家销量位居榜首的炸鸡店前，周六一心里盘算了一下道："电话号码不是本地的，而且听声音，那个男孩子不像本地人，所以我们先从宾馆开始查。"

徐海点头，意思是路子对了："快点去！"

三个人进了炸鸡店，徐海出示警察证，店员很配合地把电脑给警察看，但是一直催促着："警官，你们快一点，我这单子迟了要扣钱的，现在这些平台扫得可狠了！"

李华道了个歉，周六一完全无视店员，快速地把他看到的几个宾馆的地址全部拍了下来。

他现在是实习警察，还没有带警务通的手机。

李华虽然是辅警，但是赶上了今年的装备发放，他用的是带警务通的手机，只要扫到有重点关注人员的身份信息，就会自动预警。

地址居然这么多，一共有八个！

周六一他们三个人脑袋都大了，这家的炸鸡得有多好吃，这么多外地人买了都非要吃一口不可。

店员还有些得意道："我们的炸鸡店，现在可是网红店，外地人来了这儿，肯定是都要尝尝的。"

李华看着这些地址："完了，一家一家地找过去，咱们今天晚上都不一定能找到。"

他没敢说，万一找不对的话，今天晚上还可能会出事，现在只能寄希望于对方是报假警了。

周六一看了一眼徐海，说："我认为，我们现在应该去这家电竞酒店。"

十几岁的男孩子报警，可能是遇到了"仙人跳"，也可能是约着一群人打游戏，鉴于年龄的因素，后者的可能性很大。

徐海表示同意："走。"

三个人火速前往电竞酒店，但是电竞酒店的距离最远，所以他们在车上时，还打电话给其他酒店的前台确认。

徐海是派出所的老刑警了，这些酒店又是重点排查的地方，所以他到酒店都会留下名片，现在一家一家打过去，对方都十分配合。

打完电话，徐海道："可以排除其他的酒店，今天没有初中生高中生入住，其中一家有，但是人家是一家三口出游，订的亲子房，犯罪概率不高。"

很快就到了电竞酒店门口，三个人停下车，就赶紧往里面走。

前台的工作人员看到三名警察过来，吓了一跳，一再声明："警官，我们这里是正规营业，一点黄赌毒都不沾的，你看你们让贴的反电诈宣传单，我全部都贴了……"

徐海出示警察证："我们要看监控。"

前台调监控的手法不那么熟练，周六一直接拿过鼠标，用好几倍速看，还拖动着鼠标："点了炸鸡的302房间，一共有四个人，看起来年纪都不大，一个人背包，应该是受害者，另外三个没有背包，目测没有凶器。"

徐海对着前台道："房卡。"

很快，三个人乘坐电梯上楼，断了302房间的电，随后周六一装作工作人员敲门："您好，客房服务，这个房间的电路出现故障，我们现在免费为您升级到VIP客房，您看您是去畅玩房间还是尊享房间？"

对方不管怎么选，都会开门。

如果不开门，周六一就直接用酒店的房卡进去。

周六一捏了把汗，徐海却挡在了周六一的面前，用极低的声音道："看清楚了。"

几秒钟之后，门开了。

开门的是个十八岁左右的青年，嘴里还叼着一根烟，骂骂咧咧的："什么破酒店，玩游戏还能断电？"

房间里还有几个人。

徐海的动作极快，直接把他的手反剪铐上，然后蹚出去，砸到另外两个人身上，三个人就像是三个摞在一起的麻袋，哎哟哎哟地叫喊着，但是起不了身。

李华也带了一副手铐，还带了几根束缚带，他也赶紧铐人，但是一样的动作，他和徐海比起来，就像是慢动作。

徐海看着一脸嫌弃："你能不能快点？"

把人都铐好了以后，徐海示意周六一叫酒店的人恢复供电。

一直瑟缩在墙角，身上已经几乎一丝不挂的男孩子眼泪汪汪的："警察叔叔，你们可终于来了！"

一般来说，如果是女孩子，都是快速将其盖起来，然后进行取证，警方会找年纪大的女警或者社区工作人员……

但是，这是个男的！

这个一丝不挂的男孩子，一把鼻涕一把泪地朝着三个警察奔了过来。

李华当机立断，揪起来浴巾扔了过去："别冻着了！"

李华词汇量特别丰富："玩得挺野的，'男上加男'，'强人锁男'，'满头大汉'……"

徐海瞪他一眼："别调侃。"

三个歹徒做梦也没有想到，警察居然真的能在打一个电话以后找上门来，其中一个大个子抬起头问："你们怎么找过来的？"

徐海淡淡道："大数据分析。"

其实，不到十个人的派出所，用的还是以前的老设备，能把户口查清楚，能把各个路口的监控看清楚就不错了。

歹徒哀号："该死的大数据分析！"

其实，所谓大数据，就是那通电话。

当然，这绝对不能和犯罪嫌疑人说。

周六一以为已经完事了，准备坐下休息一下，这时徐海命令这三个人站起来，让周六一和李华搜身。

这还是周六一第一次在案发现场抓人。

徐海站在一边，办案子的时候，他眼神锐利，站得笔直，掌控全场，不管谁想跑，他都能撂倒。

徐海的声音缓慢而有节奏，他正拿着三个人的身份证件扫描。

不扫不要紧，一扫吓一跳，有两个是有案底的，他指导周六一："一定要在嫌疑人戴上手铐以后再搜身。搜身要仔细，男人夹克衫的内口袋、女人的丸子头，都可能藏匿凶器。"

搜完身，确定不会有问题，他们才开上车回去，接下来回到所里就要做笔录，做案卷，做台账了。

五座的警车，坐不下七个人，徐海看着周六一和李华："你们两个人看看，怎么分配？"

李华看了半天："师父，要不咱们挤挤？"

徐海敲他的头："三百米一个红绿灯，晚高峰都有交警，怎么挤？明天早上各大新闻都是派出所民警超载，被交警给逮了，如何处罚，请看下回分解。到时候，大家可能不知道三江市的市长是谁，但是都知道龙华街派出所有个辅警叫李华。"

李华揉着头，十分为难："那怎么办？"

徐海恨铁不成钢："你问我？我问谁去？"

徐海看向周六一，周六一道："受害者和李哥打车回所里，我开车，徐哥你看着剩下的三个人。"

徐海抬手给了周六一一下，周六一长这么大，没有写过检查，也没有挨过体罚，这会儿有些疑惑。徐海说他："就你聪明？你开车，我一个人黑灯瞎火看着三个嫌疑人？这三个可都是身强力壮的小伙子，没有做过药检，谁知道是不是不要命的。电视剧看多了吧？真以为警察个个都能以一敌百？万一哪个家伙突然给我一下子，我死在这儿了怎么办？"

卷 五
Volume 5

///

齐 心 协 力

第 19 章
连克案件路子野

Chapter 19

李华和周六一都大眼瞪小眼，不知道怎么处理。

徐海的安排是打电话叫来所里剩下的不休假的人。

周六一道："不好吧，教导员今天不值班，已经下班了。"

徐海道："今天要是出点什么事，咱们几个月不用休息了。"

徐海平时看起来懒懒散散的，但是一有事，他非常靠谱，打了几个电话，就安排得明明白白的。

没多久，彭志远开车，把姜汉山带了过来。

姜汉山身上一股油烟味，袖子还是卷着的，明显是刚放下炒菜的勺，急急忙忙赶过来的。他没有埋怨，直接问："籍贯查了吗？

"有没有案底？

"年纪不大，通知监护人了吗？

"有没有人受伤，要不要叫个法医过来做个伤情分析？"

…………

彭志远也很惊讶："啊？我还以为受害者是个女的。"

他们俩对加班没有多大的抵触，但是他们的家人对加班比较抵触，姜汉山接了好几个电话，都是他老婆骂他的。

人多了以后，现场处理起来就快多了。

李华和周六一两人一个人开一辆车，嫌疑人全部背铐，被摁到了车上，徐海和姜汉山、彭志远，三个身经百战的老民警，一人盯一个嫌疑人。

周六一开车时候，还揉了揉脑袋："徐哥，不就是几个愣头青，我们是不是太谨慎了？"

徐海坐在后座，眼睛瞪得像铜铃，看着一个嫌疑人。嫌疑人背铐，脚上上了束缚带，被绑得像只虾，脸朝着徐海，稍微扭一下徐海就瞪他一眼。冲进门的时候还嚣张得不得了的嫌疑人，现在乖乖的，不敢动了。

周六一觉得，这样太浪费警力，照这个样子办案，他什么时候能透口气。

但是徐海不这么认为："我告诉你，我们的谨慎，全都是用流血和牺牲换来的。不能给嫌疑人留下任何尖锐物品，因为他们真的会自杀，会行凶。前年，距咱们开车不到四十分钟就能到的那个所，抓了个外地的扒窃犯，新来的民警看那个扒窃犯大冷天的挺可怜的，那小子一直又求着要根烟，就给了那小子一根烟。没想到那小子居然留了火种，把打火机藏到了屁眼里，下半夜趁人不注意，把派出所给烧了，自己被烧死了。最后涉事民警都被扒了警服。你去网上查查，去警务档案里面查查，类似的案件可不少。你敢放松，我可不敢。"

周六一听着瘆得慌："好，我知道了，以后对待嫌疑人，一定要慎重。"

徐海松了口气，笑道："对待同志，我们要像春天般温暖，对待敌人，我们应该像秋风扫落叶般无情。"

回去以后，徐海安排周六一给几个人做药检，联系他们的家里人，那个受害的男孩子坐在一边，还在瑟瑟发抖。

徐海让李华和周六一去安慰一下，两个人面面相觑，不知道这种事情要怎么安慰。

徐海道："你们去告诉他，男孩子出门在外，也要保护好自己，不就行了吗？"

李华过去，这男孩子抱住李华就不撒手："警察叔叔，谢谢你们，要不是你们，我今天肯定就惨了！"

李华拍了拍男孩的背，周六一拿了纸巾过来，这小子哭得一把鼻涕一把泪的："我要回家，外面的世界太可怕了。"

这案子说大不大，说小不小，但是肯定要忙个通宵。

李华以为这事这就完了，但是徐海拎着他的领子，对他翻了个白眼："要重视起来，现在也能对男人针对男人的性侵提起公诉了。现代的法律，对人身安全及个人权利的保护越来越注重。执法，也在与时俱进。咱们省上个月就有个判例，有个醉汉倒在大街上，被一个路过的男人摸了一晚上，判决下来，犯人获刑一年半。"

李华瞪大了眼："啊？这么严重？"

徐海道："你以为呢？"

那三个施暴者听到了徐海的话，立刻被吓到了。

有人号啕大哭："别告诉我妈！"

有人瞬间就崩溃了:"我们只是玩个游戏。"

还有人道:"警察叔叔,我错了,我真的是什么都不懂……"

徐海懒洋洋道:"早干什么去了,都多大了,为自己做的事情付出代价,不是很正常的事情吗?"

然后,他把做案卷的活交给了李华:"我眯会儿,案卷写好了先自己检查一遍,我查出来错一个地方你就写一份检查。把字写好看点,我过来签名。"

李华抱怨:"师父,我辛辛苦苦做案卷,你最后出来就写个名字?我出了错,还得写检查?"

徐海打了个哈欠:"就你这态度……还是多历练历练吧。"

李华道:"可是师父,我啥时候才能写我自己的名字?"

徐海懒得和他争辩:"你快点通过招警考试吧,现在写了你的名字公检法也不要啊。"

周六一正在登记那三个施暴者的信息,同时给他们的家人打电话,这是他第一次接触到这样的案件,所以他格外仔细,生怕漏了什么。

不过,这世上的法盲还是挺多的,这些无知的家长,根本不知道自己的孩子犯下了什么样的罪行。

周六一还挺同情这些人的,声音比较轻。

徐海对周六一说:"冬天多扒窃案,夏天多性侵案,你打起精神来。这个案子你办得不行,怎么能出那么多的错?规章制度都在墙上贴着,你哪儿来的那么多的情绪?我这里及格分六十,先扣你十分,你好好反省一下。"

周六一一下子傻眼了,他一直都是好学生,从来没有被人这么打压过:"徐哥,我保证下次照着规章制度来,不要扣我的分。"

徐海却道:"扣几分就能买到一个教训,这多划算,你知足吧!"

周六一还争辩:"学校里不是这么计算的。"

徐海反问:"那你还是学生吗?"

周六一无言以对。

徐海已经把两把椅子拼在了一起:"出了大学校门,你的学生生涯就结束了,在这里不会有人把你当小孩子对待,你就是年轻的劳力,是群众需要依靠的警察,明白吗?"

///

姜汉山忙着汇总资料,去电脑上调文档。出来加了一趟班,老婆的电话打了好几遍:"都几点了,孩子还在学校!锅里的饭还是夹生的!"

姜汉山一边换衣服,一边急忙道:"我就快到复兴路了。"

老婆停了一下:"你说啥?"

姜汉山还没有意识到哪里不对:"我拐个弯就到学校门口了。"

老婆的声音像鞭炮一样:"什么复兴路,你确定你是去接儿子的吗?孩子都升高中两年了,你还往初中跑。"

姜汉山刚想解释一下,电话那头就数落起来了:"你以为孩子是撒豆成兵,一转眼就长大了?我和你说多少遍了,孩子现在上高二了,就快高考了,你上点心吧。回回开家长会、亲子活动你都不去,人家学校的老师一直以为咱们孩子是单亲家庭,你这爸是怎么当的?你记得你抓的犯人对花生过敏,可连自己儿子几岁了都不知道……"

…………

电话里的声音震天响,姜汉山一点不反驳,只对着电话连连应声:"有你是我的福气!"

老婆怒不可遏:"没有你才是我的福气!"

路过办公室的时候,姜汉山看到周六一和李华伸直脖子听动静,一副幸灾乐祸看好戏的表情,他换到右手拿手机,还不忘敲打一下这两个嫩得出水的小警察:"看什么看?摆正心态,我们这个工作是为人民服务的,就连我们市委书记,都会在露天会议上给民营企业家打伞。"

说完,姜汉山就急匆匆地走了。

李华和周六一对视一眼,笑得更开心了。想不到,人前看起来能拍宣传海报的姜汉山,居然是一个"妻管严"。

彭志远嘿嘿一笑:"不许笑话领导,你们以后结了婚,也这个德行。"

李华自信满满道:"才不会呢,以后在我家,肯定是我说了算。"

彭志远像是听到了笑话:"你们以后成了家,就明白了,不管什么样的媳妇,医护人员或是老师,一开始都温温柔柔的,日子过久了,都成了河东狮。倒不是因为老婆厉害,而是因为,干咱们这行的,差不多都是吃在单位,住在单位,就挣那么点工资,家事全是另一半操劳,所以会觉得有亏欠。不是因为害怕老婆,而是因为尊重和珍惜家人的付出。你们明白了吗?这可是将来夫妻的相处之道。"

彭志远竟然说出这么有哲理的话,周六一和李华怕他再唠叨,赶紧继续干活。

这个案子不难,流程相当简单,主要就是费时间,那个受害人和三个被抓回来的嫌疑人,被审问了几遍。做完了口供以后,大家都饿了。

周六一拿出手机,点了一份之前那家的炸鸡。

受害者吃哭了:"警察叔叔,我可太感谢你们了,要不是你们,我现在指不定什么样呢,这炸鸡太好吃了。"

三个嫌疑人也吃哭了,他们哭的理由比较特殊:"早知道炸鸡这么好吃,我们干吗要为难他?"

李华板着脸:"晚了!以后做事情的时候多考虑考虑,违法犯罪的事情不要做!"

///

李华拎着剩下的炸鸡过来和周六一吃,距离路过那家炸鸡店已经过了四个多小时,这会儿吃上了炸鸡,味道还真是百转千回般复杂。

李华吐着骨头,有些疲惫地说:"这一晚上,要是只有这一个案子就好了,那样我们可以再点个宵夜,我也觉得那家的炸鸡好吃,送过来肯定还是热的。"

彭志远看了看表,这个时间点,他就不回家了。他忙着收拾前几天的案卷,腾不出手来拿炸鸡,怕弄脏了案卷。一听到李华的话,他突然就急眼了,提醒李华和周六一:"有些话不能乱说,尤其是我们当警察的,要不然,这一晚上就很难消停了……"

果然,彭志远的话音还没有落,新的报警电话就打了过来,报警的是个老头,气呼呼的:"警察,我要报案,我买到了假货!"

假货?

周六一耐心地解释:"我们这里是派出所110报警电话,假货不归我们管,你买到了假货应该打315打假办的电话。"

但是老头不依不饶,非要让警察去现场一趟:"这事工商管不了,就只有你们警察能管了!"

周六一有些狐疑,这是遇上什么事了?

彭志远让周六一带着李华去处理,他自己似乎不大着急:"有些事,就是这么邪乎,越不想来什么,越来什么。"

李华当然不想去:"这都几点了!"

周六一搓了搓手,他还没有单独办过案子,李华又是个不靠谱的,这要是出去违反了规章制度,回来还得写检查。所以他有些犹豫道:"彭哥,我是个实习警察。"

彭志远看着令人焦头烂额的材料道:"我觉得肯定是经济纠纷,不算大事,你们知道黄赌毒都要罚款吧？罚上来的款，一部分上交，一部分作为我们所里的办案经费……"

办案经费？

一说这个，周六一和李华两个人都不抗拒了。

周六一对能自己挑大梁还是很开心的，搓了搓手道："那彭哥，我就先去了！"

李华也很开心："要是和赌博有关，咱们所还能多一笔经费，这一片拆迁户多，晚上偷偷赌博的太多了，应该狠狠地治治他们，崽卖爷田心不疼，一个个的都把祖产给败光了！"

周六一太兴奋了，和李华两个人一前一后出去，跑得比兔子还快，没有看到彭志远那憨厚中带点精明的笑容……

让你们不认真看案卷，让你们不认真关注本地的重点人员，栽个跟头，可怨不到我头上。

那老头，可是个宝藏，越挖越有。

///

出了门，周六一和李华十分兴奋，把破捷达开出了赛车的效果，两人风风火火地冲到了一家宾馆门口。

这家宾馆名叫正豪宾馆。

但是这装修，一股廉价感，进了门以后，还能闻到一股廉价的香料的味道。

两个人都觉得有点不太对劲，这种地方如果有经济案件，那是什么案件应该不言而喻。

前台是个抽着烟正在看手机直播的大汉，看到两个穿着警服的人过来，他被吓了一跳，不断地自证清白："警官，我这可是正经买卖！你看这是我的营业执照，这是我的缴税记录，这是我们安装摄像头接入警方的开关……"

周六一故作老成道："有一个客人报案了，我们上去看看。"

大汉只敢远远地跟着："我们这是小本买卖，诚信经营！"

之前遇到的案子也在宾馆里。

周六一有些尴尬地看了李华一眼，他似乎已经能猜出来是什么样的纠纷了："你先上去。"

李华拒绝道："你是高才生，肯定比我懂得多。"

李华一直撺掇周六一去敲门，周六一拗不过。只好上了，开了门以后，里面一男一女浑身赤裸，李华丢过去浴巾，让两人先围上。

报警的老头头发都白了，一身的老人斑，但是红光满面，一开口中气十足，声音不小，把其他房间的客人都给吸引过来了。

两人看到警察不但不觉得尴尬，还光着身子吵架，女的在骂："嫖的钱你都不给，抠门抠到家了！"

老头更是唾沫星子横飞："咋？说好的两个小时六百，这才半个小时，我给两百怎么啦？"

女的说："你自己看看表，多长时间？"

老头："我说的是有效时长！"

....

后来两个人还动手打起来了，周六一和李华两个人本来要在地上给两个人捡衣服，现在却要先拉架……

半个钟头以后，周六一和李华才把这个女人和老头带回了派出所，宾馆的老板还说："这真的不关我的事……"

李华头疼道："麻烦你以后登记的时候长点心……"

///

路上，失足女一直对周六一道："警官，你放我一马好不好，我这是第一次，我再也不敢了！"

李华转过头喝止："你说话能不能靠点谱？还第一次？你的开房记录打出来，比一卷手纸都长。"

李华苦口婆心地劝着老头："您看您都一把年纪了，要多为您的儿女着想，您这么在外面乱搞，您的孩子们怎么想？"

老头精神矍铄，还喝着可乐："我儿子？女儿？他们都在外地上班开公司，一年回不了几次，我一个人又当爸又当妈，把他们养大，我为什么不能拥有我自己的生活？我为什么要一直为他们着想？"

好吧，这个理由无法反驳，空巢老人的生活确实比较寂寞。

李华又劝："大爷，您就算不在乎儿女的想法，也得在乎一下您自己的名声……"

老头更激动了："和我一起开店的老伙计们，这两年都得病死了，我上面三个姐姐，两个哥哥，早就一个都没了。我新搬过来的小区里，一个人都不认识我，我哪里还有自己的名声？"

这……

李华实在无话反驳，急得像热锅上的蚂蚁："那您总得在乎自己的身体吧？万一得病了呢？"

老头反驳："我看你们天天大半夜的不睡觉，坏人好事才会得病。"

到了办案中心，另外被抓过来的四个喝酒闹事的，正戴着银手铐坐在了一排，本来四人挺害怕的，但是知道了老头的事都在笑。

这一晚上，是很难消停了。

李华的脸都被气绿了。

彭志远和周六一两个人审失足女，失足女骂骂咧咧的："以后老娘就算是穷死饿死，也绝对不会做那个老鬼的生意，什么东西，连嫖资都要讨价还价！"

彭志远让她安静点，还给她念了针对卖淫嫖娼的处罚条例。

失足女声音更大了："现在不是市场经济了吗？别人靠山吃山，靠海吃海，我啥也没有，卖我自己，怎么就犯法了？我是偷了还是抢了，怎么别人欠了我钱，我还得被罚？"

吼完了以后就是卖惨："我那天杀的老公走得比我早，留下我们孤儿寡母怎么活？"

周六一有点受不了这个刺激，跑到外面的楼道抽了有生以来的第一支烟，被呛得直咳嗽。

新抓过来的人动静太大，把正在睡觉的徐海给吵醒了，徐海披着警服出来，周六一比画了一下，道："那老头都八十五岁了，居然还嫖！"

徐海作为一个老警察，心理承受能力要好得多，他劝周六一："办的案子多了，你就什么人都见过了。我十年前办嫖娼案的时候，有个七十五岁的老头，一次点了五个女人，在KTV里陪他唱歌跳舞，一人给了一万，完了去开房。酒店的老板看着害怕，担心七十多岁的大爷直接死在里面，赶忙报警，我们这才把人给抓了回来。"

徐海说着进了门，愣了一秒后，眼神变得深邃起来，有一点火星子在眼中缓慢地燃烧着，似乎很快就能变成燎原之势，老头也愣了一秒，两个人同时道："赵炳坤！"

"徐警官！"

徐海黑着脸："你这老头，十年了，怎么都不学好？"

老头还有点委屈："我这不是无聊吗！"

徐海像是被点了的炮仗，直接就炸了，张嘴就骂："别给我找这些没用的借口，去公园里下象棋，去青少年活动中心当志愿者，去广场上跳广场舞，正正经经找个老伴，有多难为你？再搞这种事，你直接滚出这个国家算了！"

那个失足女明显被吓到了，徐海也没有放过她："口口声声和我们说，你是被生活逼得没办法了，老公死得早，为了养活一儿一女，不得已才干了这行。你用你那猪脑子想想，头一次抓到你的时候，我们给你凑钱了，还托人把你送到了扶贫办去学技术，你怎么答应我们的？说以后会找个厂上班，你现在做了什么？你自己想想，你的案底有多少？"

失足女还辩解："干什么来钱都不快……"

不等她说完，徐海怒道："这里的职校刚开，我们凑钱给你买过煎饼果子摊吧？隔壁那卖肉串的都买两套房了，你嫌下雪冷。让你去普华电子厂上班，你把车间主任睡了，被人家老婆揍！口口声声地说你为了你的儿女才这样，你去学校看看你的儿子女儿，他们有你这样的妈，才是倒了八辈子的霉！"

徐海怒气冲天，老头和失足女都不敢再说话，这案子立刻开始走流程，该罚款的罚款，该拘留的拘留。

随后徐海把两个没处理过这种案子的小警察叫了出来，给他们一人发了一支烟："记住，对于违法犯罪的人，尤其是触及刑法底线的人，不要同情。我早年办过一个人贩子的案子，我们警方得到了线索，人贩子拐了三个小男孩，但是有两个小男孩没有卖掉，他们为了躲避警方的抓捕，居然把孩子活埋了，还种上了树，用来混淆我们的视线。犯罪分子的残忍，远远超出你们的想象！我国为什么要打击卖淫嫖娼？不要拿什么国外的红灯区合法，还给国家创造税收这种幌子来搪塞。这太恶心了！我们国家，是世界第二大经济体，我们不缺这点上不得台面的收入！我们穿着这身警服，不是为了有钱人服务的，是为了保护大多数的老百姓的生命和财产安全。你如果认为出卖身体是自愿和合法的，那么如果在威逼利诱之下承认的'自愿'，还是自愿吗？出卖身体是合法的，那更进一步，买卖器官呢？国家有九年义务教育，有孤儿院，有低保，可以保障每一个人都不会饿死，不会没有学上，为什么这些人还要去卖？我不能理解！如果人被彻底地物化，成为商品的时候，尊严、自由、梦想，根本就无从谈起！最重要的是，如果色情产业合法化，那么供给解决不了需求的情况下，就会催生拐卖、虐杀。你们可以在网上好好查查那些性产业合法化的国家，那里往往是拐卖的重灾区，很多人一辈子都再也见不到家人，被打残了，过着暗无天日的日子。"

徐海看起来一直很慵懒，但是现在这番话，说得格外严肃认真。

周六一和李华都没有想过这件事情的底层逻辑，徐海的话让他们两个人都震惊了。

扫黄打非，不是在断某些人的财路，而是在保护大多数人的权益。

周六一沉默。

而李华一拍脑袋，连连点头："师父，你说得太对了！我之前还听那些人的歪理，说什么出身不好，没含着金汤匙，是社会不公正，其实是他们自己想要走捷径，想要不劳而获。"

徐海在李华的头上敲了一下："真不知道你的书都念到哪儿去了，你得知道你为什么执法，才能保证在执法过程中，保护应该保护的人，别颠倒了。"

看周六一不说话，徐海又道："为了面包犯罪，是社会的错，但是为了金钱犯罪，就完全不值得同情！不管他多么巧舌如簧，多么能言善辩，都要擦亮眼睛，不要被他们给迷惑了！"

两个没扫过黄的小子连连点头，徐海觉得这是个不错的教育机会。

对于周六一，他嘱咐的话多一些："以后在工作中，还要记得一点，不要拿学历和行业比，贩毒的利润更大，站街女也很赚钱，同样的付出，同样的努力，最后的收获不一样，不能只用钱这一项来衡量。"

教育完了，他态度和蔼了一些："去食堂煮几个鸡蛋，一个人吃两个，当今天晚上的宵夜。"

周六一不大明白这和扫黄有什么关系，但是李华已经把他拉走了："这你就不懂了，各行各业，都有些'不足为外人道'的部分，看了白花花的屁股，辣眼睛，当然要吃点白的洗洗眼睛。"

///

周六一对吃蛋没兴趣，又回到办公室和彭志远加班。

大彭没有看周六一的眼睛，现在周六一完全有理由怀疑彭志远知道之前打电话的那人是谁，他自己不愿意去，所以让两个生瓜蛋子去。

唉！

成年人的套路太深了。

彭志远笑道："警察这个行当，要和三教九流的人打交道，不管多恶心的人，你都会碰到，时间长了，你连电视都不想看了。因为你会觉得，电视里那些虚构的情节，还没有现实里的刺激。早点和这些人打交道，比以后突然遭受社会的毒打强得多。"

周六一一琢磨，是这么个道理，就点了点头。

这时候，又有人打电话报警："喂，警察，车祸！天哪，这人被扎成刺猬了……"

车祸，不是应该打交警的电话吗？

但是这操着一口外乡人口音的群众不管那么多："你们派出所的电话，就在我们社区门口贴着呢，不是说有问题找警察吗？我哪知道交警电话是多少。"

报警当然就要出警，周六一赶忙又给交警队打了电话，又打了120。王才智开车，风驰电掣地带着周六一赶了过去。

现场惨不忍睹。

一辆敞篷跑车撞在了路边的护栏上，角度非常诡异，因为监控视频拍下来的画面，是车翻滚着几乎是横贴着一排排护栏撞过去的，护栏倒了一大片。

而跑车经过翻滚，车头毁得不成样子。车身上的玻璃全碎了，而且这些碎玻璃，扎在了被甩出去三米远的车主身上。

车主比较胖，这些玻璃在他身上分布得特别均匀，他全身上下，从头到脚，都没有个能触碰的地方。

虽然现场的人不少，但是没有一个人敢搬动他，谁知道这些玻璃会不会扎破脏器。

周六一头一次看到这么惨烈的现场，他看到王才智面色也极其凝重，就问道："王哥，你看这是喝了多少？"

王才智摇了摇头："不像醉酒驾驶。"

周六一奇怪道："护栏被撞坏了上百米，车毁成这个样子，车主都从车里被甩出来了，这还不是醉酒驾驶吗？"

王才智见多识广，忧心忡忡道："是毒驾！"

周六一倒吸了一口凉气。

王才智道："好在只有这小子自己翻车了，没有撞到别人。毒驾的人神志不清，把油门当刹车踩，把墙面当马路。"

▰▰▰

很快，交警过来，拉起了警戒线。救护车也过来了，专业的医生费了很大的力气，才把人送上了救护车。

因为家属还没有到，所以王才智和周六一也跟着去了医院。医生护士完全不敢耽搁，一路上吊着血袋，跑着往抢救室的方向冲。

这种情况下，也没啥能问的，没多大一会儿，有两口子过来了，戴着口罩的护士把人拦在了手术室外面："谁是家属？"

这两口子抢着过来："我是妈妈。"

"我是爸爸。"

护士看惯了生离死别的眼睛里没有多少情绪:"去把费用交一下,一定要留足半个月的ICU的钱。"

女人着急地问道:"护士,要交多少钱?"

护士道:"最少先交二十万,但是按我的估计,没有个一百三四十万,根本不够。"

周六一瞠目结舌,需要这么多的钱吗?

一百三四十万,一个月的工资才多少钱?

这么多钱要怎么凑?

这对夫妻也错愕不已,但是狠着心拿了一摞卡,下楼交钱去了。

事主的妈妈捂着脸哭:"只要人没事,钱就无所谓了。"

王才智十分淡定:"在警察和医生这行干得久了,看到什么都不觉得奇怪了。"

交警队很快也过来一个年轻人,是那天早上一起维持秩序的,名字叫陈书航,他和周六一打了个招呼,然后和王才智一起去找护士,出示了证件。

他们的目的很明确,要对这个肇事司机进行血液检查!

涉毒案和普通的车祸不一样,必须重视!

///

王才智先从肇事司机的父母入手,询问他的行程、人际往来、日常活动范围……然而两人一问三不知,这对父母除了给钱让儿子花以外,对儿子的事情完全不了解。

这位父亲痛心疾首:"平时和他玩的几个孩子也不和我们打交道,经常在门外吆喝一声就走了,我们倒是想和孩子的朋友吃个饭,但是孩子不愿意。"

这位母亲更是气得捶胸顿足:"这些天杀的狐朋狗友,害了我的儿子!"

王才智拿着装手机的证件袋,看着碎裂的屏幕,心疼又无可奈何。他对周六一说:"分局的技术科明天早上才能上班,我们还得再等等。"

但是王才智又觉得不甘心:"一晚上的时间,那些兔崽子都能坐上飞机跑到国外去了!"

那些谋财害命的犯罪分子很可能就逃掉了!

事关重大!

周六一拿过来证物袋,在手里掂量了一下,沉思片刻,问道:"我能不能试试？"

王才智一拍脑袋："我差点忘了，你是这方面的高才生。"

回到派出所，周六一跑去宿舍，把自己的电脑拿出来，然后戴着手套，把手机从证物袋里面取出来。先用数据线连接，完全没有反应，他又拿出来一堆工具，逐步对手机进行拆解。

很快，桌上就只剩下了一堆零件，周六一用专门的接口连接电脑，将信息全部都上传到电脑上。

李华脱口而出："你还会修手机？"

周六一笑道："技术一般。"

很快，电脑屏幕上就出现了微信、支付宝之类的应用界面，周六一在上面进行操作。

李华这样的小年轻觉得厉害，王才智和彭志远两个人却看得心惊胆战的。

周六一有这样的技术，如果他想了解一个人的话，那只是分分钟的事。

警察看问题的角度和普通人不一样。

在王才智眼里，周六一如果将这一手用来盗窃，分分钟偷个几千上万没啥问题。

王才智对彭志远道："还好现在的年轻人，更喜欢当白帽子，而不是黑帽子。"

周六一埋头将手机解码，没意识到王才智话里的意味，应了一句："现在的白帽子可比黑帽子赚钱多了，现在哪个叫得出名的互联网公司不是几百上千亿的市值。互联网劫持，完了还得洗钱，风险太大了。"

这……

王才智是没话说了，不过他觉得放心了一些。

周六一通过软件定位，发现事主是从江海岸小区出来的，其母连连点头："我儿子讲过，有个朋友在这儿买了套新房子，我们还问他要不要也买一套，他说那边的房子靠近江边，返潮厉害，谁买谁是傻子。"

两万多一平方米的房子，说得像买菜一样，周六一和李华，都不由得幽怨地看了这对夫妻一眼。

其他的几个对话框里是："跑那么快，重头戏还没有开始呢！"

"你再不回来，最好的我们可就都吃了！"

…………

这些人说话都用了暗语来替代一些关键且敏感的东西，仅凭这些，肯定没法定罪，只能例行询问。

这时候，派出所的报警电话又响了，这次报警的是个老大爷。

老大爷的声音中气十足："警察同志，我要举报，我们小区门口有一群浓妆艳抹的女人，正在进行不法交易，你们快点来把她们抓走。"

啊？

不是吧，今天晚上已经有了很重要的案子，周六一不愿意在小事上浪费精力，他问老大爷："大爷，会不会是您太封建了，女孩子化化妆，穿着暴露一点，也没什么吧？"

老大爷斩钉截铁道："我干了三十年的县城法官，又干了八年的法律援助，我这双眼睛，什么人渣没见过，错不了！你们赶紧带人来吧！我就在江海岸小区门口等你们。"

第 20 章
连夜攻坚黄赌毒

Chapter 20

这事严重了！

彭志远原本想要带李华，但是周六一一下站起来："彭哥，我去。"

彭志远脸色凝重，李华道："把你的防刺服拿出来给六一穿上。"

有这么严重吗？

李华这时候不偷懒了："彭哥，六一刚来，啥都不懂，我去吧。"

周六一看向彭志远，这个大块头严肃起来，对李华道："黄赌毒不分家，既然有大量失足妇女出现，我们面临的情况，肯定会更加复杂。华子，你给六一说一下，你头一天来遇到了什么？"

李华表情有点为难，他尽量让自己的描述不要吓到周六一："当天晚上，我一个人值班，接到报案说邻居噪声太大了，我就赶紧去了。结果敲开门以后，是一男两女三个料子鬼，当时开门的那个男的脚边放着一把斧子，他们三个打扑克的电视柜底下，还藏着一把枪……"

当时，李华脑子里几乎一片空白，但是他把拿斧子的人铐了起来，把另外两个人吓到了，硬把这三个发了疯的人堵在屋里，等到了派出所其他人过来支援。

后来他才知道，那几个人里面，就有在市防疫中心备案的艾滋病患者，长期拿药控制的那种。

李华的胳膊上被挠了三道，血淋淋的，还被咬出了牙印。

当天晚上，李华就去区里的防疫中心做了血液检测，用了阻断药物，连续一个月没有上班，每天都活得心惊胆战的。

所以，后来李华在工作中犯了其他的错误，大家对他的宽容度都很高。

彭志远拍了拍周六一的肩膀："当警察，不仅要处理大晚上不穿衣服在大街上跑的酒鬼，还会面临很多危险。"

周六一接过李华手里的防刺服："彭哥，我去！"

他想知道，当年父亲面对的是怎样一群穷凶极恶的歹徒……

///

彭志远和周六一驱车前往被举报的江海岸小区。这是个刚交付的小区，安保系统摄像头都用的是高清摄像头，其中不乏带可旋转的机械臂和玻璃罩的三百六十度无死角的摄像头。

彭志远问周六一："看见这些摄像头了吧？这小老板我认识，去上海学着干了三年多，自己回来开了个店，一年能赚好几百万呢。"

周六一说道："那挺厉害的。"

彭志远又问："我看你年纪也不大，为啥非要干警察呢？"

周六一笑笑："我妈觉得公务员有面子。"

一句话就把彭志远想说的话给顶回去了，两人下车乘坐电梯上楼。进了电梯以后，彭志远就吸了吸鼻子："你闻到了什么？"

周六一也吸了吸鼻子："廉价的香水味？"

彭志远摇了摇头："不，是冰毒。"

周六一错愕，他闻不出来，之前在档案室看案卷的时候，胡亮给他做了不少科普，但他还是分辨不出来。

彭志远的手已经放在了腰间，出发之前，他还专门申请拿了枪！

///

电梯缓缓上升，周六一能感觉到自己的心剧烈地跳动着，然后逐渐变得平静。拿着警棍的那只手手心全是汗，他忍不住换手拿警棍，在后背上擦了擦汗。

吸冰毒的人会格外亢奋，他们面对的可能是一群疯子。

才短短一个世纪，人类在致幻剂类型的药物方面取得的进展，超过了以前几万年加起来的发展。

彭志远盯着电梯上升的数字，平淡道："干警察的，一年总会遇见几次大案，平均一周把一个人送进去，一个月送四五个，一年送四五十个……"

刚出电梯，还没有到房门前，隔着防盗门，都能听到里面震耳欲聋的音乐声，男男女女的叫声，有邻居打开门看了一眼，又直接把门给砰的一声关上了。

彭志远直接走过去敲门，敲了好几分钟，才有人过来开门，一开门，周六一就看到了一张表情狰狞，油光满面，眼珠子都快要瞪出来的脸。

完全可以参考夏天在垃圾池边看到的癞蛤蟆。

而这还不是最恶心的，里面的几个男男女女，身上都没有穿衣服，白花花的身体叠在一起……

屋里散落着一地垃圾，还有被烧了瓶口的饮料瓶和叠起来用于吸食毒品的锡纸和酒精灯。

空气里弥漫着甜、臭、腥等难以言说的味道。

总之，恶心。

周六一明显感觉到生理不适，想要转过去吐一下。

看到了警察，有两人朝着周六一扑过来，想要趁乱逃跑，周六一堵在了门口，其中一个朝着周六一的肩膀一口咬下去。

这一口，用足了力气。

周六一把这人的脑袋扳正的时候，李华借给他的这件蓝衬衫破了个洞，露出了里面黑色的防刺服。

没有这件防刺服的话，如果这人有梅毒和艾滋病，后果简直不堪设想。

周六一没迟疑，反过来一脚往这人下盘踢去，这人发出一阵撕心裂肺的痛呼，立刻失去了反抗能力。

周六一把他给铐上了，一脚踢到了墙边。

另一个人和他缠打在一起，周六一用手肘砸在这人的背上，这人一下子就趴下了，也是一阵阵地哀号。

周六一从容不迫地从后腰掏出来另一副手铐，把人给铐上了，为了防止这人再跳起来，他把这人和地上的茶几铐在了一起："不许动！"

两人的惨叫声，震慑了其他想要逃跑的人，众人都缩了回去。

彭志远作为一个身经百战的老警察，对周六一这几手也很震惊。

绝对不把后背露出来，威慑力和杀伤力十足。

这哪里是一个高校毕业的高才生，简直是一个街头打架的小混混。

谁教他的？

周六一这两天和王才智出警，处理的肯定是社区的小矛盾。

和胡亮出警，使的肯定是光明正大的手段。

似乎面对的情况越危急，周六一就越冷静，处理得越精准。

有人抄起地上的椅子砸过来，彭志远一脚就把椅子给踢碎了，拔出枪，厉声道："警察，都不许动，站起来，蹲到墙角！"

这声音像是一把利刃，劈开了水面，也像是一束光，瞬间就让黑沉沉的房间明亮起来。

现场迅速得到了控制。

这在派出所，已经算大案了。

周六一第一反应是请求支援："我现在就给教导员打电话。"

彭志远打了所长的电话："所长距离这里更近，而且他和胡亮两个人在一起。"

今天晚上，姜汉山需要回家辅导孩子写作业，所长付胜带着胡亮和没订婚的女朋友一起吃饭，他们都有重要的事情，处理不好，可能会影响自己的家庭幸福稳定。

周六一知道。

彭志远也知道。

但是彭志远根本不当回事，他能确定，所有人都会到。

在接到电话的时候，姜汉山没有丝毫犹豫："我现在就过去。"

所长说："还好我一杯也没喝。"

胡亮甚至说："我马上到。"

///

胡亮给石静夹了很多菜，还承诺了要带她去玩，去逛街，去新开的饭店吃饭……在所长夫妻的劝解下，两个人已经在商量正式订婚的日期了。

彭志远的电话打得很不是时候。

石静心中好不容易生出的热情的火苗，再次熄灭了，胡亮不是在商量，而是在通知："所里抓到了一伙'溜冰'的，人数比较多，我现在去处理一下。"

说着，他就去拿外套。

而所长几乎也是相同的动作，他的解释更少："所里有事，我先走了。"

人其实已经被彭志远和周六一控制住了，彭志远是个格斗经验极其丰富的老民警，但是所长还是不放心，这么大的案子，他一定要亲临现场。

而且要快!

出门之前,看着还有大半桌子的菜,被冷落的妻子,他还是有些不大好意思:"我们单位今年退休了两个人,还辞职了三个,我那个搭档一直出差,我实在是走不开,我明天就有时间了,去看看你妈。"

秀芬没责怪丈夫的意思:"行了,你该忙啥忙啥去吧,瞧你这笨手笨脚的样子,别给我添乱了。"

付胜放下心来:"那我就走了。小静,你再坐会儿,等会儿打包个榴梿回去。"

秀芬还在后面说他:"老付,你慢点,你那血压又高了。"

石静手放在桌下,抠着手上的链子,看着胡亮出去,目光一直追随着,但是始终都没有说话。

秀芬又给石静夹菜:"你们年轻人,不常做饭,多吃点这个松鼠桂鱼,这可是我的拿手菜,我对照着网上的视频教程学了好长时间呢。"

石静问:"秀芬姐,这样的日子,要过一辈子吗?"

秀芬脸上的皱纹散发着温柔,她笑了笑说:"吃饭的时候他会走,我生孩子的时候他会走,孩子高考的时候他也没空管,他父母在 ICU 的时候也是我每天去。但是,我们一个大院的,有货车司机,有矿工,都是大半个月才回家一趟的。我那时候傻,没想那么多,他是个好人,就能过日子了。"

石静没有再动筷子:"是个好人,就足够了吗?"

///

一群派出所的警察,风风火火地拉着一群犯罪分子回来。

徐海不放过任何可以教周六一的机会:"给他们喝水前,一定要把瓶盖拧下来,不要让他们自己拧瓶盖;同样,签字的时候要把笔帽给收走。

"问清楚有没有艾滋病。"

看到周六一不太重视,徐海当刑警多年,有一大串的案例可以拿出来讲:"我们之前有个老搭档,处理一个吸毒的,这人是第二次被逮到了,要拘留十天,他的父母老婆姐妹孩子全都哭得不行,跟着走了小半条街。这料子鬼提出来想抱抱孩子。结果,他居然把孩子手里的玻璃沙漏玩具给塞到嘴里嚼了,我们一起上都抠不出来,那人一嘴的玻璃渣,鲜血淋漓。我们平常出警,又没有戴防刺手套,你想想这个危险系数。"

周六一瞬间眼睛都大了。

不知道到了凌晨几点，派出所里还是灯火通明，喧嚣一片。

"着火了！好疼！救命！"

"火太大了！"

"鱼儿，蓝色的鱼，粉色的鱼，我就是一条鱼，我要游！"

"这条鱼怎么这么胖？"

…………

不是着火了，是这些嗑药的人脑子坏了。

王才智和徐海带着两个人进来，一个人喊着着火了，另一个人喊着自己在水里。王才智年纪大了，徐海本来不打算叫他，但是他问了情况，也来了，忙了大半宿，累得不行，一句话都说不出来，他吃了护肝片，要在值班室的床上躺一会儿才行。

徐海把吸毒的人铐在暖气片上，然后给周六一解释："铐在暖气片上，一般是处理小偷和头一回犯罪态度不好的人的办法，因为半蹲着，不能坐下又不能站起来，手还被拖着，特别难受。比刚上大学站军姿还磨人，一般人用不了十分钟，差不多就全招了。"

周六一不由得问："那万一是地暖呢？"

地暖是地板底下的设备，不能铐人。

徐海瞪了他一眼："扣十分，别学李华抬杠。"

徐海看两个铐在暖气片上的料子鬼，就像看垃圾，他喝了水写台账，不理会两个料子鬼，等着他们清醒以后受不了自己招供。

周六一这个新来的警察显然没见过这样的场面。

徐海意识到这是一个很好的教学机会，就给他继续讲："吸毒的，吸的是新毒品，应该是苯丙胺类，也就是冰类，所以特别亢奋。你看着吧，他们两天晚上不睡，比你睡饱了还精神。"

这两个吸毒的，看起来眼珠子都快要凸出来了，脸上有一种很不正常的潮红，眼里闪着奇异的神采，像是看到了什么特别刺激的东西。

"毒这东西，绝对不能碰，只要一沾上，就会变成这副样子，会失去人生所有的乐趣，吃饭喝酒谈恋爱都寡淡无味，成天到晚只有一个念头，就是吸一口。所以，这些渣滓的话，一个标点符号都不要相信，他们装出来的善良、可怜、悔过自新，都只是为了骗取你的同情心。这种抽冰毒类的，最后都会变成神经病，有的会在大街上砍人，有的会自己从窗户上跳下去。自己找死就算了，还要连累别人，对社会的危害极大。看过电视没？那些明星，瘦得皮包骨头，说话语无伦次的，十有八九在吸毒。"

周六一抬头："徐哥，你亲手抓过？"

徐海抬笔敲了周六一头一下："多看看内部新闻，大部分都是群众举报的，想要办好案子，一定要打好群众基础，老王没教你吗？"

周六一急忙道："教过，教过。"

徐海继续写材料，手速特别快："别指望着我会给你开绿灯，我没老王那么有耐心，你要是想跟着我学点东西，就得做好被炒鱿鱼的准备。"

这话说得够狠的，但是周六一不当回事，一边核实其他人的身份，一边观察这两个被徐海铐在暖气片上的料子鬼。

其他人都在办案中心。

周六一看这两个人，总觉得特别怪异，他摸头发的时候，才知道这种怪异感来自哪里了。

这两个人，居然都是光的！

头发、眉毛、鼻毛、眼睫毛，眼睛能看到的毛发的部分，全部都剃掉了，而且是推平的，光溜溜的。

李华从办案中心出来，口干舌燥："一个个的嗑了药，都把自己当神仙了，态度太恶劣了，非说自己吃的是糖，当我们是傻子吗？"

他说着有些无奈："我们在想方设法把这些人送进戒毒所，但是这些人在想着和我们对着干。你能想象吗，他们把自己弄成这样，就是为了躲避毛发检查。根据毛发能检验出他们到底嗑了多久，而且他们在抽之前一滴水都不喝，就是为了躲过验尿，等到了二十四小时，我们没办法了，就得把他们放了。"

徐海放下了台账："那得去分局，准备血检，还得排队，挺麻烦的。"

徐海看到已经开始深思的周六一，有意考考他："既然你没睡觉，还醒着，那你就想个办法，怎么能快速验出来这两人吸毒，把他们送到戒毒所去？"

周六一道："那我去分局领血检的材料。"

王才智休息了一会儿，端着保温杯出来，里面泡着枸杞，灯光下鲜红鲜红的，但是他的脸色有些发白，毕竟年纪大了："不不不，警力缺乏。就像交警在路上用的是酒精棒，吹一下就能看出是否酒驾，但是准确率不那么高，吃个蛋黄派吃个苹果可能也会检测出酒精，所以捉到了酒驾的人，还会带到医院去验，排队折腾大半夜。你要在不进行血检的条件下，把他们定罪。"

李华想要溜走，但是徐海让他也想想办法："打杂，只会让你在一个单位变成一颗更好用的螺丝钉，而不是离不开的排头兵，你在办案上多下下功夫。你看人家老贺，都退休了，在小区里闲逛，碰到一个面生的姑娘，都能抓到一个小偷。这才是所有的一线办案单位都需要的本事。"

退休的老贺和老顾，那也是两个能人。老贺下楼的时候碰到个背着大书包的年轻女性，觉得脸生，就问了一句干啥的，姑娘说是推销教辅材料的。老贺报警，直接把人扭送到公安局了。

谁工作日的上午跑到小区里推销教辅材料呢？

能掏钱的爸妈都在单位上班，需要教辅材料的孩子都在学校上课呢。

拿着教辅材料来推销，能卖给谁？还不如推销保健品的靠谱。

徐海让王才智去休息室睡觉，王才智不乐意，好不容易碰到了这么大的案子，他不盯着不放心。

徐海说："老王，你去睡吧，这些生瓜蛋子要是办不好，我就多罚他们几份检查。"

王才智这才去休息了。

///

周六一已经走到了两个吸毒的人面前，这两个人浑身散发着一股恶臭，手脚摆出一种诡异的姿势，就算逐渐清醒了，还是一副和正常人完全不一样的模样。

周六一用手扇了扇，强忍着才没有跑开。

吸毒的人，让人感觉到严重的不适。

姜汉山是个经验丰富的老缉毒警，在办案中心和所长两个人审那些从犯，腾出手后过来看这两个主犯。

看到周六一和李华两个人面对这个考题，无从下手，他洗了洗手，过来继续给周六一补充点资料，想要快速完成教学目标："年纪大的人抽海洛因的比较多，尤其是四号，但是很多人抽的四号不纯，里面可能加了石灰、面粉，甚至可能加了玻璃渣，所以他们在吸食的过程中，会出现流鼻血等现象，碰到这些情况你也不用怕，他们不是要死了，是抽的东西不纯，弄出了皮外伤。年纪小的人，抽新型毒品，冰毒比较多。冰毒这种东西，就是苯丙胺的各种合成物，稍微换个合成方式，把游离基换个位置挂着，就成了新东西。其实这东西大同小异，就是会让人特别亢奋，你要是碰到了这种人，千万不能硬碰硬，得保护好你自己。判断是不是抽了冰毒，主要就是闻一下，是不是臭烘烘的。时间长了你都不用检验，看一眼，闻一下，你都能判断出来这人吃了什么，吃了多久。这两个人大概再过几个小时就会'散冰'，体力耐力意志力都会有明显的下降，到时候再审，事半功倍。"

周六一问姜汉山:"这两个人,还有救吗?"

周六一居然会问这样的问题。

"这两个人,在不吸毒的时候,看起来还算正常。吸毒的到了晚期,身上什么病都有。用海洛因的,最后吸食满足不了,会用注射的方式,很多人共用一个针头,会得艾滋病,瘦得只剩下骨头,全身溃烂,腿上胳膊上会因为反复打针溃烂坏死。吸冰毒的,大多数都会乱搞,迫于生计压力,还有购买毒品的压力,出卖自己,不管是男性还是女性,最后都是一身的脏病,医院的医生看着都会恶心吐了。我们抓到这样的人,很难把他们都送到戒毒所,因为给他们治疗的医药费,就会花掉我们经费的大头。"

虽然是深夜,但是面对一个一腔热血,一直在跟着他们办案的讨喜的年轻人,姜汉山恨不得倾囊相授,把自己知道的都灌给这个年轻人。

"抓毒贩的意义比抓这些料子鬼要大得多,因为一百个人里面,能戒毒成功的,不到三个人。改天我带你去戒毒所认识几个戒毒民警,你就知道了,这玩意儿到底有多可怕。"

周六一再看那两个人,眼中有悲悯,也有痛恨。

姜汉山趁热打铁:"你打算怎么对付这两人?"

他还给了极其有诱惑力的条件:"你们两个人,不管谁想出办法,我都能和所长说明,免你们一份检查。"

一听能少写一份检查,李华的眼睛一下子就亮了,两个臭烘烘的吸毒的料子鬼,瞬间变成了香饽饽。他赶紧去看了半天:"居然是两个没毛猪!我算是知道什么叫一毛不拔的铁公鸡了!"

两个料子鬼逐渐清醒以后,居然开始挑衅警察,光头一号的脑门反射着灯光,看起来有点阴森,他叫嚣着:"你们就别费这个劲了,我就是夏天图凉快,把自己剃光了,这也犯法吗?你们警察是不是管得太宽了?这天底下没有王法了。"

另一个也叫着:"我们剪了自己的头发,居然也犯法了?还有没有天理了!你们也太过分了,警察都是黑警察!"

…………

显然是年纪不大,身体好,所以毒品的效果退得比较快,这时候,周六一笑道:"没关系,我们先忙别的。"

他和姜汉山道:"是不是还有笔录口供没做完,我和李哥先办别的。"

这个案子,要忙的事情太多了,证据的固定封存,毒品的来源追查,人员的核实确认……

姜汉山不知道周六一葫芦里卖的什么药,周六一道:"天亮前,我肯定把这个事情解决了。"

姜汉山同意。

///

一群浓妆艳抹衣衫不整的女人，一个个涂着指甲油，穿着暴露，精神状态看起来不怎么好，都在嚷嚷着："我就是喝了点饮料，怎么就犯法了？"

"我和男朋友出来玩，开个房怎么啦？现在还在大清吗？你们连交朋友都要管吗？"

"我们没事就爱吃点白糖，怎么啦？"

"警察小哥，你放我出去，我给你钱好不好？"

…………

简直是群魔乱舞。周六一从等待区的椅子穿过，就像是唐僧穿过了盘丝洞。周六一根本就镇不住这么一群妖魔鬼怪。

胡亮擦了一把脸上的汗水，喊道："吵什么吵？一个一个做笔录！"他长相正派，声音洪亮，一开口别人就有点怕他。

胡亮布置做笔录，他和李华一组，周六一和彭志远一组。

///

彭志远脸色铁青，看着那些年轻人，痛心疾首得不行："我在这么大的时候，在部队扛枪呢！我在地震的时候，在四川，背过死人，我想的是活着真他妈好，我这辈子，一定要当一个有用的人！这些……这些烂货，全毁了，没这辈子了！"

第 21 章
天下警察是一家

Chapter 21

周六一准备笔录本："不是还有戒毒所吗？"

刚才他问了姜汉山，姜汉山说没救了，但是他还想问问。

彭志远摇头，有些烦躁地摸了摸警服的扣子："现在只有针对阿片类的，比如纳洛酮、纳曲酮。用了这些药物，再使用海洛因就没有反应了。冰类和海洛因不一样，所以无效。"

周六一把距离最近的一个女的带进来，这个吸毒女看起来比较清纯，一直在哭，说着："我真的只是第一次，我以后再也不敢了，我求求你们再给我一次机会吧！"

"警察叔叔，我保证下次再也不敢了！"

"我是家里唯一一个大学生，下面还有弟弟妹妹需要我养活，我的妈妈已经瘫痪在床好几年了！"

"都是这些人渣诱骗我，是他们强迫我的，我一点都不想的！"

…………

周六一几次问姓名年龄籍贯，都被哭声打断："我是冤枉的，我没有吸毒，是他们逼我的！"

彭志远以为周六一会同情这个嫌疑人，但是周六一只给了她一张纸巾，女人还以为周六一心软了，下一刻周六一却说："眼窝深陷，眼珠突出，指甲发黑，用了那么多香水都掩盖不住身上的臭味，而且骨瘦如柴，没有什么精神。吸毒应该有段时间了吧？"

这时候，张桂兰把具体的资料送过来了，在抓人之后，警方会没收他们的个人物品，里面就有身份证，警察可以通过内网直接调取资料。

周六一一拍桌子："田雯，四月份你就因为吸毒被拘留了半个月，这次得强制戒毒两年了。我们现在需要通知你的家属签字！"

这个吸毒女一下子就崩溃了，挣扎着："求求你们不要通知我的父母，我上次和我爸妈说我去出差了，好不容易才瞒过去，这次如果告诉他们我进戒毒所了，我爸妈怎么活！他们肯定会被活活气死的，我爸爸是个那么要面子的人，他还指望着我的弟弟妹妹能考教师，考公务员，他会气死的！警察叔叔，我求求你们宽宏大量，我交罚款好不好？"

彭志远愤怒道："你也知道你爸妈了解了你的情况后会承受不住？那你吸毒的时候怎么没有考虑到你的父母？你和这些吸毒的人鬼混在一起，怎么从来没有考虑过你的父母？现在知道认错求情了，早干吗去了？老实交代，到底怎么回事！"

吸毒女崩溃大哭，交代的无非是生活空虚，和人一起出去玩，半推半就的情况下就吸了一口，然后就再也停不下来了。

一开始，她还会顾及面子，自己掏钱买，但是买得多了，实在是难以为继。后来有人吸的时候就叫上她。

她一步一步，从一个有正常生活的普通人，变成了一个冰妹。

她身上也各种各样的暗伤，全都是被人叫去陪着吸毒，然后弄出来的。

这个吸毒女把肩膀上的衣服拉开，露出十几个烟头烫的疤，血肉溃烂："警察同志，你们帮帮我，我也是受害者！"

周六一没说话。

彭志远一锤定音："你有无数个可以寻求警方帮助的机会，但是你一个都没有用，被抓之后，明明有积极交代，争取宽大处理的机会，但是你一直在混淆视听，浪费我们的警力资源。"

意思是，这个女的，一点都不值得同情。

周六一翻着资料，最后道："你说你之所以出卖自己的身体，是为了让你的家人有更好的生活，事实上你的钱全部都用来购买毒品，给你自己买衣服首饰包包了。你的家人，从你这里得到的只是惊惧和恐慌。你应该为自己做的事情付出代价！别再拿你的家人当幌子，去掩盖你的罪行，你不配！"

说完，周六一冷冷地看着她，这个吸毒女张了张嘴，一句话都说不出来了，因为周六一说的全都是事实。

她交代，有人打电话叫她来陪着吸毒，还给两千块钱。

姜汉山过来带她去做尿检："我给拘留所打过电话了，他们倒班的人能等等咱们这儿的人。"

看到周六一眼神复杂，他和周六一说："这些吸毒的人，已经不值得同情了。一个正常人，一个一心过正常人生活的人，根本就不会和这些肮脏的东西沾上边。他们不会去酒吧，接受陌生人给的烟酒茶。他们不会结交吸毒的人当朋友。他们更不会有专门的渠道去购买这些使人沦陷的东西……"

吸毒女田雯被带走了。

彭志远检查了一下笔录："以后办的案件多了，你就会明白，这些陪着吸毒的冰妹，是吸毒链条里最底层的一环，她们是工具人，是消耗品。"

///

又审一个女的，这个女的看起来还比较正常，长得也好看，长腿细腰皮肤白，看起来还比较健康，但是一开口就是："我没吸毒，我才来第一天，我和他们不一样，我就是来玩的，什么都没干！"

张桂兰查了这个女人的履历："你去年因为卖淫被拘留过。"

这个女人不慌不忙道："那我今年的记录是清白的，总不能因为我以前的事，就认定我现在是个罪人吧？你们查我的银行卡和手机转账记录，我除了去沙县小吃就是去超市，能有什么问题？我犯过错怎么了？还不能容许人改过自新了？要是像你们这样认为犯过罪的人都该杀，那监狱看守所何谈改造人呢？那国家修建这些地方有什么用，还不如全都拆了呢！"

这嘴皮子十分利落，让人无法招架，周六一把检验结果拿进来："彭哥，这女的没吸毒。"

没有吸毒，处理方式就是治安处罚，罚款加拘留。周六一很快就办完了手续，顺口问了一句："接下来有什么打算？"

这个女人卖弄风情地撩了撩头发，还故意对着年轻的警察抛了一个媚眼，然后嘻嘻哈哈地说："当然是挣钱了，还能干吗？这边的机会太少了，我要去南方，挣大钱！"

啥？

周六一皱眉。

这女人不觉得有什么问题："南方机会多，有钱人多，舍得花钱，不像这边的人十分抠门，一晚上三百块钱都舍不得。"

这价值观扭曲得太厉害了吧？

彭志远劝她："你找个工作，踏踏实实上班不行吗？"

女人音调提高了八度："踏踏实实上班，买得起市中心的房吗？买得起宝马车吗？逛得起北美新天地吗？开得起一万一瓶的红酒吗？"

彭志远嘀咕了一句："我也买不起市中心的房子，买不起宝马车，买不起北美新天地的衣服和包。"

不过，彭志远不和她吵架，而是对周六一说："处理的时候，把她列入重点关注对象。"

这女人问："啥是重点关注对象？"

彭志远说："只要你出现在天眼摄像头下，就会有警察上门看你在干什么。比如说你现在结束了拘留，乘坐火车到了南方，第一个见到的肯定是我的同事。他们会不定期地查你最近在干什么。"

这女人瞬间崩溃："那你还让我怎么做生意。"

彭志远严肃道："你得做正经生意！"

一直忙活到了后半夜，周六一都觉得扛不住了，脑袋轰鸣得厉害，另外几个人还在做资料，李华拿了几袋速溶咖啡出来，一人发了一袋。

老王摆了摆手："我不爱喝这些洋玩意儿，我喝茶就行。"

徐海一杯茶一杯咖啡，慢悠悠地灌着。

胡亮直接把速溶咖啡倒进了嘴里，然后喝了一口水。

李华直呼内行，有样学样。

周六一把速溶咖啡放在了一边，站起来，舒展了下身体，去看两个蹲在暖气片旁边的人，因为毒品效力逐渐散去，他们觉得腿麻脚酸，汗流浃背，一刻都忍不下去了。

周六一走过来了，这两个人还挑衅周六一："小屁孩，老子没吸毒，赶紧把我放了吧！再蹲下去，我的脚伤了，肯定要告你的！"

周六一缓慢地蹲下来，稚气的脸上，露出来一个略显老成的微笑："你们真的认为我没办法吗？"

这两个人对视一眼，不知道周六一这个年纪不大的警察葫芦里卖的什么药，他们本身就看不上周六一，认为他年轻小，所以轻视他。

其中一个说话很难听："别以为我不知道，你就是个临时工，别惹我们这些地头蛇，不然以后有你好看的！

"你一个人走夜路的时候，可得当心点。"

两个人渣狼狈不堪，靠在墙上，使劲地想借力，两只脚来回换，想要舒服一点，手已经被手铐勒出来一道道痕迹，脚麻得不行，像是有无数只小蚂蚁啃来啃去，暖气片很高，他们又坐不到地上。

都已经难受到这个地步了，两个人渣还在羞辱年轻的小警察。

他们认定周六一拿他们没办法，不配合做尿检，他们身上又没有头发，等到了时间，就只能把他们给放了。所以他们拼着一口气，死撑着。

他们万万没想到，他们小瞧了周六一。

这个从象牙塔里出来的，看起来单纯的年轻人，没那么好糊弄，他不是个老好人，更不会同情心泛滥。

周六一笑着说："看来，你们是醒了。"

两个人渣不知道周六一想干吗。

周六一笑道："无妨，我们所里特别忙，现在顾不上给你们做检测，我先把手头上的事情忙完了，吃过早饭再过来，大概早上八点钟。不对，按照现在的工作制度，我还得打卡，大概八点半我再过来。"

八点半？

现在才三点半，也就是说他们要保持军姿蹲的姿势，持续五个小时。

而对一个清醒的人而言,别说是五小时,就算是五分钟也受不了。

周六一慢条斯理地做了几个伸展的动作:"吸毒的人,就是社会的毒瘤,他们连哄带骗,坑害周围所有的人。这话说得果然没错,吸毒的人居然还敢威胁警察!"

一个渣滓问周六一:"你想怎么样?现在虐待犯人可是犯法的。"

周六一笑道:"不能打,不能骂,你说我怎么办?你们还真的以为,我一晚上没有来收拾你们,真是因为我没办法吗?"

轻飘飘的几句话让这两个光头傻眼了,其中一个蹲了大半宿,现在已经熬不住了,鼻涕眼泪都下来了:"我求求你,快点把我放开吧!"

另一个蹲得脸红脖子粗的,吃了一惊:"你……你无耻!"

周六一拿手铐钥匙在手中转了几下:"我打算验完一个再去吃早饭,等吃完了饭,再来验一个,你们觉得怎么样?"

两个吸毒的其实也快坚持不住了,毒渐渐散去,光凭人的意志力,根本就蹲不了多长时间。

这种姿势,痛苦非常!

这些耽于享乐的人渣,根本就受不了,但是周六一不管他们了。

///

所长匆匆路过,看到大家没吃的,把李华抓过来:"今天晚上的夜宵,我请,一会儿给老徐和老王点外卖,你给我报个数,我转给你。"

李华还蹦了一下:"谢谢所长!"

付胜不由得感叹,年轻真好,这么熬夜都扛得住。

李华已经拿着手机在点外卖了,难得所长没有让他省着点花,他一个一个追着问:"老王,小龙虾、烧烤、宜宾燃面、冰可乐,你都要啥?这家的烤腰子不错,很补的。"

老王淡淡道:"我要粥。"

李华给他升级了:"海鲜粥吧,多加一份瑶柱和扇贝。"然后又问彭志远:"彭哥,你要啥?"

彭志远的要求是量大管饱,烩菜馒头就行,李华也给升级了:"东北铁锅炖,四人份的馒头。"

…………

到周六一了,他随口道:"加个冰啤酒吧,我觉得不醉的话,我是写不出来这玩意儿。"此时的他正在写案卷。

李华像看傻子一样看着周六一："你确定你要冰啤酒？"

周六一没觉得有什么问题："就冰啤酒。"

李华头摇得像拨浪鼓一样："我现在觉得，所长非要让把大大小小的事情都定一个规范是必须的，我告诉你，咱们这种公职人员喝酒，必须和上一级的领导报备，不报备不能喝酒，如果被督查逮住了，就得警告处分，更严重的可能开除。"

周六一震惊了："我看电视上，刑警都是破了案子来一顿烧烤加啤酒，不是吧？"

李华终于找到了身为前辈的优越感，给新来的指点："怪不得上头要把你扔下来练练呢，你是真的对警务工作一无所知。我和你讲，公职人员，不能随意进出娱乐场所，不能在备勤期间喝酒……"

讲完以后，周六一已经趴着睡着了。

///

"警察同志，我先，我先验！"

"我先！"

两人争先恐后，之前的嚣张劲完全没有了。

然而，他们仅仅只是态度配合，尿检的话，在时间足够长的情况下，尿液里的毒性会被稀释。

算盘打得挺精的。

还是在欺负周六一年纪小，认为周六一不懂行。

周六一把同样顶着黑眼圈，眼睛红得像个兔子的李华叫过来："李哥，咱们给他们验毛发吧。"

李华摸了摸头。一晚上没睡，他现在态度特别恶劣，心情很不好："这两个没毛猪，怎么收拾？"

周六一对李华说："人身上的毛发，应该不只有头发吧？下面也有吧？"

啥？

两个人渣面面相觑，他们无论如何都想不到，看起来阳光帅气，年纪不大的警察，居然会一肚子坏水。

其中一人哀号起来："警官，你早就知道怎么收拾我们，费那么大的劲干吗？我的脚现在已经不是我的了。都怪老卫，他非要我上他家吸毒，我本来是不想去的。"

另一个反驳:"明明是你拿到我家的,说叫一帮人一起玩,人不多还不尽兴。"

前一人说:"警官,我有证据,我手机里面有四千八的转账记录,就是购买毒品的钱,是他带过来的。"

两个人互相揭发,担心少说一句就会让自己被判得更久,然而,他们还是有所保留。

在叫申金辉的那人的手机里,警方找到了他和之前那个出车祸的事主钱斐的聊天记录,最后一个电话,就是和钱斐打的,八成就是在通话的过程中,钱斐神志不清地撞上了护栏,还把护栏当成了马路。

但是申金辉居然一个字都不交代。

周六一一拍桌子:"到底还有多少没说的?别以为我们不知道,你拉钱斐下水了!"

申金辉一个劲地撇清责任:"大家都是一块玩的,哪里会想那么多……"

周六一腾一下站起来:"钱斐出车祸了,车的前挡风玻璃,全都扎身上了,全身像刺猬一样,医院让他的父母先交几十万用来治疗,病危通知书下了好几次。"

申金辉久久回不过神来,喃喃道:"不是吧,我就只给他多加了一点点……"

///

李华和周六一带着一个光头去了卫生间,李华脸上的阴郁一扫而空,雄赳赳气昂昂的:"还是你有办法,这两个鳖孙,我看着就来气!好像法律不是用来收拾他们,是用来保护他们的。"

…………

李华展示着塑料袋里的一撮毛,献宝一样拿来给徐海:"师父,六一真厉害,这法子都能想出来……"

徐海拿手里的日志本把李华给挡开,很嫌弃那一撮毛,没好气道:"和你说了多少遍了,让你动动脑子,你刚来那会儿我给你布置的题目,你做对了几道?哪次不是我替你收拾烂摊子。你年纪比六一大,吃得比他多,怎么干活就不如他?"

李华被批评了,一点没有不开心:"我哪知道这些烂人脑子里想的啥,六一智商比我高,我总不能回炉重造吧?师父,你别骂我了,你再骂我,我就要辞职了!"

徐海感觉自己忙一晚上不会血压升高,但是只要和李华说话,就会眼冒金星："行了，杠精，闭嘴吧。"

自从李华来了这儿，"杠精"就成了他的口头禅。

姜汉山百忙之中抽空回了趟家。因为处理案子，他又没有接到孩子，着急买点早餐送回去，然后再回所里。

脖子上被老婆挠了几道，他歪着脑袋想掩饰一下，但是王才智多看了他一眼，他就不避讳了："昨天下课忘了去学校，孩子妈去了，那老师说话真不客气，一直说我们家是单亲家庭。回家以后，孩子妈打了孩子一顿，也收拾了我一顿。"

王才智听着直乐，堂堂缉毒英雄，二级英模，被当会计的老婆收拾得服服帖帖的。

姜汉山已经上楼了："文件类的活都给我，我今天得按时下班。"

原本毒品的来源，这两个人其他的毒友信息，都是很不好审问出来的信息，但周六一和李华两个人轻轻松松地全部挖了出来。

所长一晚上没有睡，和缉毒大队的人按照审问出来的线索，又突击了好几个地方，现在顶着差不多有一张脸大的黑眼圈出现在了办案中心。

昨天晚上他来来回回跑了几趟，看周六一忙前忙后，只觉得他挺认真。

万万没想到，这小子这么厉害。

法不禁止即自由，这几个字，当警察的人都清楚，但是敢真正践行的人，少之又少。

他把周六一拉过来："这案子，你怎么看？"

周六一道："用法律的眼光看。"

得，他当没问。

///

忙了这么久，终于能消停会儿了，周六一觉得有点饿了，想起来半夜所长来过，把手机给李华让点夜宵。

他都没来得及吃一口，再去看那饭，表面的油已经凝结成固体了，他把这些东西当垃圾扔了，等着吃早饭。

天边一圈圈鱼肚白，在三楼的窗边能看到环卫工人已经开始清扫道路两侧的垃圾，有些早餐店门虽然关着，但是里面灯火通明，已经开始忙活了。

这个城市，在渐渐地有秩序地苏醒……

抓了这么多的人，按理说应该是大丰收，但是这些办案的民警，没有一个能高兴起来。

就连李华都看起来不大开心。

王才智看出周六一受到的冲击，和他说："我们派出所和其他单位不一样，其他单位是越上新闻越加大产能越好。但是我们希望这个社会的犯罪行为越来越少。我们并不希望有那么多犯人。这一点，等到你干这行时间长了，就会明白。辖区的安宁比任何荣耀都更加重要。"

周六一点了点头，脸上露出些许疲倦："每天都和这些烂人打交道，真累。"

这些嫌疑人都很不要脸，一嘴的谎话，坦白从宽抗拒从严几个字，像是不认识一样，几乎都不见棺材不掉泪，不撞南墙不死心。

王才智脸上依旧慈爱，但是说出来的话，让人觉得如坠冰窟："现实生活中的犯罪分子，比你想象中的更下流无耻，不能用正常世界的道德和正常人的行为逻辑来看他们。所以，你如果想要震慑住他们，就要接触到更多阴暗面！我还是觉得，你是个当警察的好材料，但是你是东华大学计算机专业毕业的，如果去大厂里当个程序员，日子可能会更幸福一些。"

闻言，周六一摇了摇头："不不不，我还是想要当一个好警察。"

王才智拍了拍周六一的肩膀："有空带你去吃饭。"

这时候，所里来了一辆车，这辆车和停在派出所的车一样，灰扑扑的，从车上下来两个警察，他们把帽子上的灰掸了掸，像是赶集的老农，用一口方言对所长付胜道："俺们来提人了！"

王才智显然认识他们，赶忙过去了。

李华咖啡喝多了，也不困，趁着这股劲在写检查，给周六一答疑解惑："咱们的指标不是够了吗？柳树镇派出所打了好几回电话了，一直问咱们这儿有没有多余的，给他们匀两个，他们自己开车来拉。

"虽然每个警务单位都有指标，但不是所有的单位都能完成。你说十里八乡的乡下派出所，十个村子的人加起来都没有两万，连个像样的KTV都没有，每天最重要的事情就是下乡扶贫，脱贫任务比警务工作还多，还得帮老乡在直播间卖玉米，去哪儿凑指标任务。

"天下警察是一家，咱们辖区太大了，有了多余的就给兄弟单位行个方便，咱们单位追逃犯什么的，兄弟单位也会给咱们行个方便。

"昨天你不是已经见过了吗？分局底下所有的单位，只要在权限允许的情况下，都马上支援咱们，要不然光靠咱们派出所，就这几把枪，哪来那么大的能力调取那么多的监控，发动那么多的人。光经费这一项，我们就承担不起。就咱们那点钱，吃食堂都得精打细算呢。

"这就叫作，基层的智慧。"

第22章
齐出力妙计擒贼

各种交接工作，众人又忙了好大一会儿，食堂才升起了炊烟，但是其他单位的同事都顾不上在这里吃饭，他们还得赶着去拘留所交接。

所长安排李华去买包子，给大家带上路上吃。

李华道："李大婶早早就来炸油条蒸包子了，带上不就完了？"

所长黑脸带笑，挥了挥手，让李华和周六一过来，脸拉下来："你好意思，我不好意思。兄弟单位的人来办案，我们必须好好招待，明白吗？这样以后你们去别的地方办案，人家才会配合你。这是优良传统，一定要传下去。"

李华还是嘟囔了一句："不给人家吃，却给我们吃。"

所长懒得搭理他："快点去吧，杠精！"

周六一和李华赶紧点了点头，周六一去拿车钥匙，被所长吼了一句："现在外面是早高峰，你想买个包子买两小时？"

周六一放下车钥匙，和李华骑上外面的共享电瓶车，赶紧去买包子。

此时此刻，起凤街上车水马龙，全部都是大早上赶着上班上学的人，周六一穿梭在其中，微风拂过脸颊，凉凉的。

久违的宁静平和！

远远地，周六一就看到之前受损的早餐店已经换了门窗，崭新，老板正在门口戴着围裙炸油条，排队的人都快到马路上了，还拐了个弯，生意好得不行。

周六一和李华过来，老板特别高兴，看到周六一穿的居然是警察的蓝衬衫，就更高兴了，立刻把手里的活交给儿子媳妇："你们来了！"

他拉着周六一问了不少问题，得知周六一就是龙华街派出所新来的年轻警察，高兴得更是合不拢嘴："年轻人就应该这样，当警察当兵，多好啊！"

他快速地给周六一和李华打包了一大兜的早餐，比他们需要的量还多，并且坚决不收钱，周六一和李华两个人一想到那么多的检查，执意支付："您不用这么客气。"

老板连连推托："应该的，应该的，我这门脸要不是你们帮忙，还拿不到赔偿呢。"

这些排队买早餐的人不知道之前发生的事，以为警察欺负路边摊主，白吃白喝："快看，警察居然出来插队买早餐！"

"也不知道是谁给他们的特权！"

…………

其实，周六一和李华只是因为太忙来不及换衣服。

推辞不过，李华只好拎着早餐，给周六一使了个眼色，周六一把付款二维码拍下来，骑上车走了一段路才付钱。

送走周六一和李华，老板对着排队的顾客说："你们有没有看新闻？前两天有个武疯子砸了我的店，人家警察帮我要回了赔偿，我请人家吃个饭怎么了？"

这时候，店里的音响传来响亮的一声："您的微信收款一百五十元。"

老板举着手机，骄傲道："什么吃白食？我想请客人家警察还不愿意呢！这不是付了钱吗?!"

此刻，太阳升起，照耀着整个城市。

///

李华给大家分早餐，包子还剩下几个，李华放到了食堂的蒸笼里，等着黄青梅上班拿去给黄青梅。

黄青梅拎着包进来，淡黄色的长裙搭配闪亮的鞋子像是一道风景，长发瀑布一样垂落在肩膀上。

李华本来在打瞌睡，但是看到了黄青梅立刻就不困了。

黄青梅先去换了警服和黑色工鞋出来，手撩着挤公交被弄乱了的头发，急匆匆地过来打卡，她看到李华和周六一，瞪了李华一眼："很闲吗？台账做完了吗？前天来登记变更姓名的群众资料审完了吗？"

一连三个问题，气势汹汹的，杀伤力十足，李华吓得瑟瑟发抖，原本想要夸几句黄青梅的，现在一句话也不敢说了。

李华赶紧问周六一："我今天没有惹她吧？"

周六一狼吞虎咽地吃了几个包子，只想赶紧去休息室睡一觉，他摇头："没有。"

李华靠着椅背，又吞下一个包子："那就奇怪了，青梅昨天还和我们有说有笑，一张桌子吃饭，今天怎么就不理人了呢？"

黄青梅听到周六一和李华两个人在嘀咕，就瞪了一眼："两个男的，怎么那么多话！"然后继续埋头工作。

昨天晚上派出所几乎全员都忙了一晚上，但是涉毒案这种大案并没有完，有的人要核实嫌犯的资料，有的人要核实毒品的来源，有的人要继续抓捕还没有落网的人员。

　　李华掐了掐人中提神，看到周六一做的表格全部都是买白粉的价格图，瞬间就不困了：“一克三千块钱，我瞅瞅今天黄金的国际开盘价格是多少……三百九十二！这玩意儿居然比黄金还贵，而且一口就没了，用起来比吃饭还频繁，什么家庭能经得起这么消耗？”

　　徐海点了一支烟提神：“要不怎么说，吸毒让人倾家荡产呢！”

　　李华靠在椅子上哀号：“咱们每天累得要死，看着那些人一掷千金，真是心理不平衡。”

　　徐海把他拉起来：“加把劲，好好干活，把人给逮回来，看着那些人吃牢饭，你就不会心理不平衡了。”

　　徐海根据审出来的线索，进行排查，周六一和李华两个人进行资料的汇总。

　　这种案子，在派出所比较少见，是大案了。

　　徐海用小磁铁把资料全部贴在白板上：“嫌疑人，谢家豪，男，三十五岁，三江市葛家庄人，因为早年和人打架，掉了两颗门牙，一直没有钱补，所以绰号叫豁牙。三进宫，有故意伤害前科，过失致人死亡前科。

　　"我们从中可以获取什么样的信息？本地人，经济条件不好，很早就脱离正轨了，虽然三进宫，但是我们这边的警察没有抓到过他，他一直都在外面活动、犯罪，怎么会来到我们的地盘呢？

　　“因为一次同学聚会，他给一个同学递了一支烟，然后发展到了本地。”

　　徐海说到这里，还不忘提醒周六一和李华：“很多人吸毒，都是熟人带的，一起玩的说能提神醒脑，互相攀比，或者是完全不知道毒品的危害，面子上下不来就尝了一口。比如这个申金辉，用了一次以后，就成了谢家豪的长期客户，拆迁的几套房子都赔进去了，他本来打算送家里的小儿子去国外读书，现在小儿子已经准备进电子厂了。”

　　李华有些兴奋：“这可是个社会的大毒瘤，咱们什么时候去抓人？”

　　徐海靠在椅子上，摇了摇头：“等领导指挥。”

　　李华有些失望：“就在咱们辖区，咱们怎么就不能去抓？”

　　徐海剥火腿肠递给李华，李华喜滋滋要接，他敲了李华的头一下，才把火腿肠给李华：“我们是警察，又不是游侠，我们要服从命令听指挥，统一行动。”

　　虽然案子已经移交，但是所长在早上就下了命令，所有人备勤，意思就是所有人都不能离开派出所。

　　就连黄青梅和李娟，也得在派出所，不能离开。

　　显然就是为了这个案子。

一直到了晚上，华灯初上，所长终于风尘仆仆地从外面回来了，他立刻把所有人都叫过来，开始安排任务："缉毒大队的同志联系到了谢家豪，把他约在了康乐街见面，这一网的鱼比较多，谢家豪还带来了其他的卖家。我们准备一下，协助抓捕。缉毒大队负责抓谢家豪带过来的人，我们负责抓谢家豪。"

留下值班的人，其余的人一起出动。

所里有一辆破旧的面包车，用来执行便装任务，李华一上车就在抱怨："所长，咱们能不能再申请换一辆好点的面包车，咱们这车，开出去像农民工进城，太难看了。"

所长换了便装，穿着很普通的白色衬衫，西装裤，劳保军绿鞋，他转过身看李华："我把省厅的车开过来给你？你敢开过去吗？说了多少次了，化装侦查，最重要的就是要不被人发觉。大张旗鼓的，把犯罪分子惊跑了怎么办？谢家豪很少在这里出现，是市里的专家费了好大的劲，才把人给钓过来的，这人进去过好几次，侦查和反侦查的意识都很强……"

然而，所长苦口婆心地劝了好一会儿，李华还是张嘴就来："所长，你看着就像讨薪的农民工！"

姜汉山一听这话，也转过身来。他穿着夹克衫，旧皮鞋，腋下还夹了一个黑色的包。

李华一点不怕："教导员，你看着就像快失业的包工头。"

李华指了指外面："路过的三辆车里，就有两个是豪车，咱们这快报废的面包车可太扎眼了。要是进人家的小区里，物业和保安会认为咱们是溜门撬锁的犯罪团伙。"

但是所长相当坚持，给了李华一个白眼："这车好好的，换什么换？"

李华摸着已经掉皮的座椅："咱们这挡位旁边都磨平了，我上次去分局领做好的身份证回来，搁在车上，居然都掉下去了，和个破摩托车差不多。"

什么？

在分局领的做好的第二代身份证，居然丢了？

所长惊出了一身冷汗，多少突然让人摸不着头脑、断了线索、重新陷入僵局的大案，就是因为身份证遗失了。

以目前的技术，身份证遗失之后虽然可以补办，但是丢失的身份证的磁条还可以刷，很容易被不法分子盗用……

这么严肃的任务，居然能出这么大的纰漏？

车上的人都倒吸一口凉气，尤其是徐海，捅了李华一下："专心想想一会儿布控的问题！"

所长原本准备训斥李华，但是话锋一转，笑眯眯地套话："你当时和谁去领的身份证？"

李华还感受不到风雨欲来的危险，说着："我一个人去的，这点小事何用得着麻烦师父们。咱们的车该换了，我看隔壁的刘所长的五菱宏光就不错，下雨天不打滑，下雪天还能爬坡，开出去像小老板，倍儿有面子。"

所长随手敲了李华的头一下："我看你就像个五菱宏光，犯这么大的错误，还意识不到错误，回去写五千字的检查！你给我好好把宪法、民法典还有各种法律里面对身份证的解释都抄一遍！不，一遍根本就不够，应该抄一百遍，你知道身份证到底有多重要吗？你知道弄丢身份证是什么罪吗？"

李华哭丧着脸："所长，我知道错了，我去找交警队的兄弟调取监控把身份证都找回来了。老徐还骑着电瓶车，大晚上的遛我，像遛狗一样，不，狗都没有我惨。我往分局跑了好几趟，那可是五六十公里呢！我一步一个脚印跑完了，鞋都跑烂了，我请了好几天假，就是去找盲人按摩了，我痛得连床都下不来……"

所长不由得捂脸。

姜汉山催促王才智赶紧开车，并且对车里其他人道："等抓到谢家豪，咱们所就换辆新车。"

彭志远是个老实人，摸了摸头："啥？"

姜汉山靠着椅背，成竹在胸道："缉毒大队最近不是刚分下来一批新车吗？"

徐海抓紧时间眯会儿，闭着眼睛道："确实，每一次的新装备，都是先让缉毒大队挑，然后是现在新成立的反诈大队，最后才是咱们派出所。"

李华还想说话，但是徐海的手已经捂住了他的嘴："快点准备抓捕！"

周六一赶紧去披上了胡亮给他的防刺服，这是他第一次抓捕重量级的犯人。

///

车开到了康乐街，这里有好几家洗浴中心，装修风格不一样，有的主打泰式按摩，有的主打中医养生，但是无一例外，全都看着很高档，门口几乎全都停着豪车。

龙华街派出所这辆没洗过的不知道装了多少人的面包车，反而成了最扎眼的。

李华趴在窗口上看了一下："我就说吧，咱们这么出来，才最有可能引起人家的注意。"

所以，面包车没有停下，而是沿着街一路往前，在一个巷子口坏了的路灯底下停下来。

车上，众人看到两个缉毒大队的便衣，带着申金辉往前走。

申金辉戴着大金链子小手表，看着挺有范的，旁边的两个便衣，一个身上有文身，另一个西装革履，一看就像搞某些不为人知的行业赚了点钱的暴发户。

这样的人装作买家来规划抓捕，其实已经是缉毒这方面比较成熟的一个抓捕手段了。

周六一问道："对方就不怕被骗吗？"

姜汉山最有资格回答这个问题："看起来不稳妥，很冒险，但是事实上那些毒品留在他们手里，他们同样心惊胆战。我国规定超过一定的克数，就可以判死刑了。禁毒，是一刻都不停歇的，把毒品留在手里，就是把催命符留在手里。另一方面，毒品的价格并不是不变的，如果最近禁毒力度大，抓的人特别多，那么购买的渠道和数量都吃紧，几千块钱上万块钱一克也是有的。如果控制得不好，毒品泛滥，可能一两百块钱，甚至几十块钱，都能买到。这些卖家，如果不把手里的货变现，这些毒品拿在手里还不如一包冰糖，一袋面粉。"

说完，姜汉山从座椅底下淘出来一套送外卖的衣服给了周六一："你进去伪装成送餐人员等着。"

李华惊呼："可这是个洗脚城！"

姜汉山略带嫌弃地看了李华一眼，他已经专门做过功课了："你知道八项规定以后娱乐业的生意有多不好做吗？咱们扫黄打非办、派出所再加上治安大队隔段时间就会检查一遍，你打开手机看看，这些店的团购都什么价？我实地考察过了，这个皇朝洗脚城的猪脚饭最好吃，可以堂食也可以外卖，供不应求，每天晚上都有很多送外卖的小哥在里面等。进去拿个快递单子，脖子上挂个手机，一直左顾右盼，肯定不会引起注意。"

李华跃跃欲试："那我可得来试试。"

姜汉山给他浇了一盆冷水："这家的技师，都是七五后，年纪大得都可以给你当妈了，你还要去吗？"

李华头摇得像拨浪鼓。

姜汉山继续给其他人布置任务，王才智开车，胡亮去那个奶茶店排队，所长顶个安全帽站在旁边那个要装修的门面门口……

至于李华，姜汉山给了他一大袋子纸巾，这是姜汉山前两天在路上"就地取材"的成果。

李华看着纸巾包装上写着：给您美丽健康新生活，是我们的责任。我们为您保驾护航。做男人，让您重振雄风！夫妻如何拥有第二春？我们为您解答！

…………

李华傻眼了:"别呀,别让我去发这种广告!"

徐海拍了拍李华的肩膀:"就你现在这气质,也就只适合干这个。"

周六一进去以后,姜汉山拿着挎包进来了,坐在窗口的位置,连个好的茶都不舍得点,就要了一杯白开水,一看就是在等人。

一看就像个生意做得不怎么样,到处求人的快破产的创业者。

他东张西望的,也不会有人注意到。

周六一装模作样地等着出餐,还有外卖小哥和他聊天:"兄弟,你来多久了?"

周六一道:"我刚来!"

外卖小哥向他投去同情的眼神:"那你可有的等了,这家外卖太火爆了,经常等得被投诉!"

周六一道:"是吗?"

另一个外卖员接话:"可不是吗,被投诉一单,一天白干。我的到了,我先走了。"

这家店的装潢确实不错,可以从错落有致的小楼梯的缝隙处看到楼上,申金辉现在已经点了猪脚饭,大口大口地吃了起来。

看样子,贼香。

现在距离约定的时间还有三分钟,周六一的蓝牙耳机里传来姜汉山的声音:"各单位注意,目标即将出现,提高警惕,注意不要暴露自己,对方有很强的反侦查意识。"

姜汉山话音刚落,一辆出租车停在了门口,但是车上并没有人下来,过了两三分钟,才有个人下来了。

因为提前准备过,找到了谢家豪的不少照片,此时可以确定就是他。

他戴着棒球帽、墨镜、口罩。

这样的打扮并不稀奇,很多人为了预防流感,避免接触,也都戴着口罩。

这人在门口转了好几圈,一直透过玻璃往里面看,周六一感觉自己被看得浑身发毛。

耳机里传来了李华的声音:"这货会不会不进去了?"

这里车水马龙的,旁边就是共享单车、共享电瓶车,小巷子四通八达,要是这人要跑,还真不好抓。

没有在酒店抓他,是因为他根本就没有住酒店,而是去找了小姐,直接住在了小姐家。

真让人吐血!

这货在省外租了好几辆黑车,走国道,分批进入了三江市,如果抓到一个,就会漏了其他的。

进了三江市以后,他挑了一个监控不完善的小区,躲了起来。

外地的警方也在网上发布过对谢家豪的通缉令,但是这人就像滑溜溜的泥鳅一样,不好抓。

这次是个千载难逢的好机会。

付胜训斥李华:"闭嘴!"

警方要的,是人赃并获,铁证如山!

谢家豪左顾右盼了好一会儿,这才进了皇朝洗脚城,和周六一擦身而过,看到谢家豪上楼以后,周六一手放在蓝牙耳机上,压低声音道:"目标手上有指虎,兜里有匕首,各单位都小心。"

指虎,是一种套在手上,有杀伤力的武器,有了指虎,一拳下去,人身上肯定会破个大口子。

这玩意儿,是在古惑仔流行起来以后,才大量出现的。

谢家豪都三十五岁了,他十多岁的时候,正好是古惑仔最流行的时候,打架的时候小混混都喜欢戴上那玩意儿。

周六一小时候没少被戴着指虎的大孩子欺负,所以认得。

然而,周六一旁边的外卖小哥问他:"什么虎?"

准备上楼的谢家豪停下脚步,往下面看了一眼,姜汉山在喝水手都有点抖了。

周六一指了指厨房的出餐口,咽了一下口水:"我晚上收工以后,也要来一份虎皮肘子盖饭,多要点土豆,明天早上还能下面条!"

外卖员小哥笑道:"行家呀!"

谢家豪这才继续往楼上走,去见申金辉。

申金辉现在已经吃了两份猪脚饭,满嘴流油,他用手背抹嘴,问:"货呢?"

谢家豪看着这个昔日风光无限的老同学,他曾追最漂亮的女孩子,开最好的车,住三江市最好的房子,点一条一万块钱的鳄鱼都不眨眼,吃个帝王蟹和要一份回锅肉一样,但是现在一份十四块钱的猪脚饭他都吃得这么香。

谢家豪暗爽:"着什么急!我的货量那么大,你有那么多钱吗?"

申金辉指了指自己身后的两个人:"我没钱,但是我朋友有钱。"

申金辉旁边的便衣,直接把手机放桌子上,上面的微信余额,是六位数。其实这六位数,是拿所里人的微信余额凑的。

另一个便衣往前探了探头："别和我们耍花招！"

一个金算盘从衣领里漏出来，应该有个小半斤，值个十几万，行家能看出来真金和假金的区别。

谢家豪是个不好对付的主，所以做戏要全套，这彰显财力的金算盘，是找开饭店发了财的老杨借来的。

谢家豪哈哈大笑："咱们可是老同学，谁跟谁，我能不相信你？"

说完，他就从兜里掏出来一袋半透明的块状物，交给了申金辉。

旁边的便衣，真的把钱转给了谢家豪。

申金辉鼻涕眼泪都快要下来了，整个人萎靡不振，明显就是毒瘾犯了的症状，趁着便衣付款的间隙，他把袋子拆开就舔。

舔了一口，申金辉觉得不对劲："你耍我，这是白糖！你居然敢骗我！"

警察的脑子都一片空白。

天晓得大家布置这次抓捕行动费了多大的力气，就是想要人赃并获。结果这个谢家豪，居然只带了一包白糖？

今天晚上，出动了那么多的人，分局的领导，甚至是省里的领导都高度重视，如果只带一包白糖回去，这是在打谁的脸？

每个警察都是死寂一般的沉默。

无数种猜想，让人心烦意乱，心浮气躁……

谢家豪发现了警方？

谢家豪一克冰毒都没有带过来？

谢家豪在故意羞辱警察？

…………

申金辉气急败坏，被关了这么长的时间，他对毒品的渴望已经到了极限。

申金辉拿起桌子上的碗盘朝谢家豪砸，但是被谢家豪避开了，两个人扭打在一起，长期吸毒的申金辉身体早就不行了，怎么可能是谢家豪的对手？

谢家豪拿了一把椅子，照着申金辉砸下去，然后把申金辉压在椅子底下，头、胳膊正好露出来，申金辉看上去就像一只乌龟，憋屈得很。

而谢家豪，稳稳地坐在椅子上。

有人听见动静，想过来，谢家豪瞪了一眼："我兄弟喝高了，要砍人的，你们敢背回去？"

大家都不敢过来了。

这谢家豪是真够横的，他把申金辉从地上拉起来，像扔一条死狗一样扔在了椅子上，又装模作样地给他整理了一下衣服："我到现在都忘不了，你笑话我爸爸是个卖豆腐的,还和所有人都说,我脚上穿的是我妈的女士丝袜。"

申金辉想反抗,但是害怕再挨打,只好放弃。

谢家豪掏出一个造型精致的打火机,点了支烟:"大家都知道,犯法的事情不能干。我是老寿星喝砒霜,活腻了吗?"

这话让人一头雾水,好像谢家豪是个良民,而申金辉在诬陷他。

这抓捕,也太复杂了吧?

所有人这时候都快要沉不住气了,但是姜汉山的声音传来:"沉住气,再坚持一会儿,谢家豪不是个有钱人,下了这么大的本,肯定要把钱赚回来。他侦查和反侦查的意识非常强,肯定在外面也有布置。我们现在就要和他比,比谁更沉得住气。"

周六一取了自己点的卤肉饭,他一手拎着,一手拿手机,看起来是在看单子,实际上看的是二楼的情况。他手机贴了防窥膜,不怕被人看到。

警方提前把监控都布下了,可以随时应对任何情况。

两个便衣正在和谢家豪斗智斗勇,能不能把剩下的鱼给钓出来,全看这两个便衣的本事了。

周六一看得热血沸腾,这简直是和犯罪分子现场周旋的教科书。

这两人都是缉毒大队的骨干力量,沉得住气,一个人唱红脸:"你他妈的到底是什么意思?玩我呢?我们手里带着钱,上哪儿买不到货。"他比谢家豪还横,直接拿着手机照着谢家豪的脸砸下去:"没有货,那就卸你一条胳膊吧,转给你的钱,老子不要了,当赔给你的医药费。"

另一个唱白脸:"兄弟,有话好好说,我这哥们儿脾气不好,我们见过这小子溜冰,你也知道现在生意不好做,我们要是没点特色,就干不过别人!"

谢家豪这才道:"两位,咱们交朋友就行了,以后别带上我这脑子不好使的兄弟了。"

其中一个便衣道:"什么意思?"

谢家豪笑道:"等会儿,货就来了。"

什么意思?

这时候,谢家豪指了指外面,一个淋了一身雨,背着一个小箱子,穿着蓝色跑腿制服的年轻人来了。

年轻人戴着黑框眼镜,眼窝深陷,有点过劳肥,一看就是在这个城市混得很不如意,只能靠出卖劳力来换取一些生活费。

他跑过来,先把箱子给了谢家豪,谢家豪打开箱子检查了一下,是一盒巧克力,他笑道:"兄弟,辛苦!"

这个跑腿的才如释重负地擦了擦眼镜上的雨水，拿出手机，看到跑腿的钱落袋，这才心满意足地离开。

谢家豪把上层的巧克力翻开，这才露出了里面的货，他的眼里闪过了一丝狡诈的光。

白糖和冰毒，细看还是有区别的。能分辨出来的，要么是制造和吸食冰毒的人，要么是缉毒禁毒的民警。

所有人的心都提到了嗓子眼。

其中一个便衣把上层的一袋给去掉，这才露出了下面的一层。

谢家豪有些得意道："怎么样？不错吧？这可是新货！你知道的，虽然冰的种类千变万化，但是最好的也就那么几种……"

便衣满意地点了点头，谢家豪拿出手机，示意便衣再扫码付一笔钱。

然而，这个看起来像个久经风浪的社会大哥的中年男人冷冷道："谢家豪，你被捕了！"

谢家豪瞬间傻眼了！

谢家豪虽然能打，但是他的杀招都被便衣提前预判，两个回合下来，他就被控制住不能动了。

随后，申金辉也被重新戴上了手铐控制起来。

这一场抓捕，一条漏网之鱼都没有。

周六一的蓝牙耳机里，传来其他的声音："报告，二组抓捕完成。"

"报告，三组抓捕完成。"

"报告，四组抓捕完成。"

…………

谢家豪的套路其实很简单，狡兔三窟，他用了好几路疑兵来迷惑警方的视线，只要有一个被警方抓到，他就立刻撤退。

这一次也不例外，他找了好几个人过来，又给了楼凤钱，让楼凤去找跑腿的。

如果有一个被警方控制，那真正的货就不发了。

谢家豪很自信自己对申金辉的掌控力，在观察过现场以后，他认为发小申金辉又带了两个冤大头过来。

谁知道，冤大头居然是他自己。

///

把人塞车上以后，几个警察们聊开了，姜汉山先和微信余额几十万的便衣道:"快点把我的钱还给我,我老婆会骂的!"

王才智提醒另一个便衣:"这可是我们和群众借来的道具,一会儿路过赶紧还了。丢了的话,要照价赔的!"

谢家豪整个人都崩溃了:"什么?你们是两个穷鬼?"

姜汉山笑道:"那你以为呢?"

谢家豪十分生气:"我看到金首饰是真的,微信余额有那么多钱,才相信了这交易肯定没有问题,你们警察居然用真的东西来骗我!"

姜汉山笑道:"真当我们是土包子?戴个会掉色的金链子就能装有钱人了?真肤浅。"

谢家豪已经面如土色,因为他知道,就他贩毒的这个量,十之八九是要判死刑的。

但是,直到这一刻,谢家豪都不认为他错了:"都怪申金辉,要不是他小时候瞧不起我,我能为了一点钱就走上这条路吗?"

姜汉山不耐烦地打断了他:"什么事都怪别人。有谁把刀架在了你的脖子上,逼着你去违法犯罪了吗?你看看你去工地上搬砖,去电子厂找个流水线的活,有人拦着你吗?是你自己好逸恶劳,想要不劳而获,想要谋财害命,怎么怪得了别人?要是说怪的话,申金辉现在已经妻离子散,他的老婆孩子为了他的债务,快要被放高利贷的人逼死了,他的朋友钱斐,被他骗得吸毒没多久,毒驾出了车祸,现在在医院生死未卜,他们才应该怪你!是你违法犯罪,害了其他人!"

回到所里,缉毒大队的其他同志过来接收,抓了这么一条大鱼,一群警察情绪特别高涨。

王才智点了根烟,颇为高兴:"我们做警察的,最享受的就是这样的时刻。谢家豪害得多少人倾家荡产,妻离子散,他贩卖的毒品,把多少还有美好人生的娃娃给毁了?我们看着那些案子,真的是咬牙切齿,恨不得亲手把这些社会的毒瘤给毙了。现在好了,留给这货的,只有法律的制裁了!"

老王的话音刚落,派出所外面传来了一阵发动机轰鸣的声音,几辆崭新的警车进来了,全都是时下流行的SUV,底盘高,马力足。

上面下来的警察,一看肩章就都是重点单位的,腰间的战术腰带上的装备也比较全。

周六一身上的警服还是李华的,双方的差距太大了。

周六一不晓得这是哪个单位的，王才智一口把杯里剩下的枸杞水喝完，抱怨声中有掩饰不住的得意："缉毒大队的人来了，他们没完成指标，居然来我们这儿摘桃子，白瞎了他们那么好的装备。咱们所一共才两把枪，这一年的任务都超额完成了。"

这几个人一来，姜汉山带着胡亮和李华从办公室出去了，姜汉山从前也是缉毒大队的，和他们很熟，他们要带走两个主犯，回去追踪毒品的来源。

不过，姜汉山一开口就是："我们所不容易，抓了人都拉不回来，分了好几车，车在路上还坏了。这车开了好几年了，已经要到报废年限了，隔壁的交警四支队路上拦了我三次。这破车除了喇叭不响，其他地方都响……"

缉毒大队的副队长李岩一拍脑袋："我这儿新分的车，你有空去办一下手续，我们大队就不打申请了，你们和顾局打个报告……"

话还没有说完，姜汉山一把就握住了老同事的手："那我一会儿就和你去办手续。"

周六一心想，还能这样？

李华高兴坏了："咱们也有新车了！"

王才智笑道："咱们所长和教导员，可都是能人，你学着点。"

彭志远笑呵呵道："多一辆警车，意义可就不一样了，国庆的时候停在商场门口，扒窃案件就能少很多，比我们全体便衣守在商场里都好使。"

周六一道："这么厉害？"

彭志远道："那当然，咱们国家的警察的公信力，可是用实际动干出来的！"

第 23 章
突发奇案压心上

Chapter 23

接下来，所长安排了一下工作，让大家轮流休息一下。

李华去值班室睡觉，周六一拉了两把椅子拼起来，又从黄青梅那里拿了个抱枕，就在前台睡了。

然而，这一觉没有睡多大会儿，周六一就听到一阵叫警察叔叔的声音："警察叔叔，我要自首！"

自首？

这可是大事！

现在主动送上门的犯罪分子可不多。

周六一揉了揉惺忪的睡眼，抬起头来看，却没有看到自首的人，但还是听到奶声奶气的声音："警察叔叔，我要自首。"

周六一站起来，这才发现桌子前面站着一个齐刘海的年画娃娃一样的小姑娘，应该就七八岁，看起来挺可爱的。

小姑娘眨着圆溜溜的大眼睛，抬头看着周六一："你是警察叔叔吗？我要自首。"

周六一笑了笑，虽然睡眠被打断了，但是面对这么可爱的小孩子，谁都生不起气来："你为什么要自首？"

小姑娘奶声奶气道："我偷了爸爸三百块钱，所以要自首。"

周六一看到门口不远处，站着一个三十来岁的男人，小姑娘指了指："那就是我爸爸。我爸爸说，做错了事情，就要自己承担责任，偷了钱，就是个小偷，小偷就要负法律责任，就要坐牢……"

小姑娘说着说着，就哇哇大哭起来。

小姑娘的爸爸走过来，和周六一道："给警察同志添麻烦了，我们两口子平时上班工作忙，回到家里也没那么多的时间管孩子，孩子老偷偷拿我们的手机打游戏，最近我才发现她一直充值，怎么说都不管用。"

王才智没有休息，闻声而来："现在青少年打赏主播，充值游戏，已经成了个社会问题了，前段时间，还有两个十几岁的孩子把父亲的死亡赔偿金全部充值到了游戏里。"

王才智语毕，才意识到自己的这位新同事周六一今年也不过二十岁，比那种不懂事，挥霍父亲的死亡赔偿金的青少年大不了几岁。

小姑娘还在哭。

她的父亲有些无奈："我们两口子都是上班的，现在的压力那么大，经常加班，一个月也没几千块钱，她经常偷偷地往游戏里充值，上百块的，这对我们来说，真的是一大笔支出。我说了她好几次，她都不改。警察同志，您看给想个办法吧。

"从小偷针，长大偷金，我现在不怕丢人，总不能到了六十多岁，牙齿都快掉光了，还得给她收拾烂摊子吧？那时候，我都不一定在了。"

父母之爱子，则为之计深远。

龙华街派出所不缺偷鸡摸狗的案子作为指导案例了，彭志远和胡亮这会儿刚好押回来一对小偷。

一个看起来有点猥琐的男人和一个看起来畏畏缩缩的女人，一前一后进了派出所大门，彭志远手里还拿着好几个电子锁。

这俩就是偷电瓶车的，他们把别人电瓶车上的电子控制锁给拆了，又装一个新的锁。

周六一现在不困了，直接半蹲下，差不多和小姑娘一般高："你看，这两个人，偷的东西，价值好几千，接下来的一年，他们大概率就要在监狱里度过了。你知道坐牢是什么样的吗？就是很多人挤在一起，每天吃饭就给一碗水加两个馒头，不让你出来见爸爸妈妈，也不让你见其他的小朋友。等到你长大以后，不能去开飞机，不能当警察，不能当教师。"

小姑娘哭着。

周六一递给她纸巾："你看你偷了那么多的钱，再加上一点，就得进去了。"

小姑娘抽泣着说："犯了错，就得承担责任。"

周六一严肃道："其实，事情也不是没有转机，你看那是你亲爸爸，只要你能认个错，然后保证再也不会偷东西，你爸爸就会原谅你，我们警察也能原谅你。但是这种机会只有一次，如果你下次偷了别人的东西，那别人可不会原谅你，就只能抓你去坐牢了。"

小姑娘认真地点了点头，然后跑到她爸爸旁边："爸爸，我对你保证，我这辈子再也不会偷东西了，你不要送我去坐牢好不好？"

她爸爸问她："如果你再偷钱充值玩游戏怎么办？"

小姑娘吸了吸鼻子，看起来特别可爱："那就送我来坐牢吧。"

她爸爸想了想，还是硬着心肠问道："那我和妈妈辛辛苦苦赚来的钱被你充进了游戏里，我们怎么办？"

小姑娘眼泪又落下来："我洗碗还钱好不好？"

小姑娘的爸爸伸出手，拉钩："洗一个碗一毛钱，我们会在厨房挂一个小黑板，每天都记录下来，直到你还完债。当然，这份工作你如果想继续干下去，我和你妈妈也会继续给你发工资。"

小姑娘哭着点了点头，她的爸爸给了她几块巧克力糖："你是在为自己解决事情，不能哭。你还耽误了警察叔叔的时间，所以要去给警察叔叔一块糖，谢谢警察叔叔。"

小姑娘擦了擦脸上的泪水，然后拿着糖，朝着周六一和王才智走来，给他们两人一人一块："警察叔叔，耽误你们上班了。"

周六一道："没事，你认识到自己的错误并且改正就好了。"

孩子的爸爸过来道谢："挺不好意思的，我们自己教不好孩子，麻烦你们了。"

王才智道："警于事前，这也是我们的工作。"

很快，父女二人道谢离开。

王才智感叹道："要是大部分的家长都能有这样防微杜渐的觉悟，十年二十年后，我们警察能少抓很多小偷。"

可是这样的家长毕竟是少数。

///

周六一去补了会儿觉，很快就被李华给喊醒了，原来是林雅思来报案了，这让三个坚持反诈的小警察兴奋不已。

林雅思戴着墨镜，头发挡着脸，一直看来看去，她从小到大都是乖乖女，除了办身份证和户口本，从来都没有来过派出所。

她怕被人认出来。

她在单位上班，要是被人知道她在感情方面被人给骗了，她会觉得非常丢人。

周六一和李华赶紧过来，翻开了笔录本，林雅思把微信聊天记录打开："他给我推荐了个投资网站，说是国外的投资美洲的橡胶，去年东南亚的橡胶长势不好，肯定会转向美洲。我也搜集了一些资料，国际上的价格确实是浮动的，和他说的一样，只要投钱进去，两三个月就能有百分之十的收益。"

李华插嘴道："很明显，这就是针对你这样的知识分子精心设计出来的骗局……"

林雅思瞪了他一眼，闭口不言了，周六一道："林女士，请你继续，你这个案子对我们接下来的反诈工作很有意义。"

林雅思这才对着周六一继续道："他给我发了两个账号，让我给他打钱，和我说投资十万起步，让我意思一下。如果是以前的话，我肯定会觉得他做的都是几百万的生意，我这点小钱他根本就看不上，但是自从你们和我说了以后，我就留了心。他贪图的，可能不光是我全家几十万的存款，还有我从银行能借出来的几百万。几百万，按照大家的平均工资三千多来计算，差不多是一辈子的积蓄了。忙碌几个月，就骗我一个，也值得一个团队忙活了。"

周六一竖起大拇指："姐，你可算是活明白了！"

林雅思靠着椅背，跷起二郎腿，浅色系的套裙挺好看的，阳光洒在她脸上。

她看了一眼李华，李华从办公室的小冰柜里拿了两瓶饮料，先给了黄青梅一瓶，又给林雅思一瓶。林雅思对李华说："其实你还有句话说的也是对的，一个男人，如果连你的人都不图的话，还能图什么呢？"

报完案，林雅思拿了那瓶饮料准备走。

李华非要追着说："林姐，你再相亲，可得把眼睛擦亮点。"

林雅思瞪了他一眼："我再找对象，底线是必须付饭钱！"

黄青梅回过味来，看着李华："李华，你相亲连饭钱都不付？"

李华一摊手："人均六百，就吃两片不熟的生肉，六七个盘子加在一起都没有咱们食堂的一勺菜多，我为啥要付钱？这不是智商税吗？我怎么知道她是不是饭店的托儿？被诈骗了怎么办？"

黄青梅无语。

在她的认知里，男女一起吃饭，男的应该付钱吧？

李华赶紧拿包子给黄青梅："青梅，如果是你要吃，别说是六百，六千我都给你付了！"

黄青梅把表格拿出来："你先把这个材料和表格给我做了。"

李华溜得比兔子还快："青梅，我读书少，你就别为难我了！"

黄青梅嗤之以鼻："真不知道所长招你干吗，还不如招只警犬。"

…………

林雅思报案的内容，周六一转给了胡亮，这种跨区域甚至可能跨国的，有组织性的针对女性的诈骗案，又转报到了经侦大队。

公安和银行针对诈骗达成了协议，可以走快速通道，进行账户的冻结。

这个账户，当天下午就被冻结了。

林雅思的钱没有转入，但是里面已经有别的地方的女性转进去的四十多万，这家伙的团队不是只开展了一个业务，还搞了兼职，这边哄着林雅思，那边哄着另一个女人。

当反诈大队的民警跨省打电话联系到这名受害人的时候，这名受害人还蒙在鼓里，完全不知道自己的财产被骗走了。

这名受害人并不富裕。这四十万，是她卖掉了自己居住的小公寓、开的车，拿信用卡套现，小额贷款，再加上向亲友借款，民间典当行高息借贷……几乎是砸锅卖铁才凑来的，如果这些钱真的被卷走了，她就只有跳楼一条路了。

在所有被"杀猪盘"诈骗的案例中，几乎没有能全款追回的，这名受害人可以说很幸运了。

受害人特别感激，想要给派出所送锦旗。

报到了付胜这里，付胜直接大手一挥："不用了，芝麻大点的事，如果都送锦旗，我这派出所肯定放不下了。"

这句话迅速地取代了之前辅警辞职发的朋友圈，成了龙华街派出所新一轮的话题。

///

徐海回派出所，看到了周六一处理的案子，挺满意的，不过他不会说什么夸奖的话，只会和周六一说："今天和我出警，晚上我管饭，出去吃。我跟所长报备了，晚上喝口酒。"

说完，他就去值班室睡觉了。

听到徐海说管饭、喝口酒，李华和黄青梅露出了馋哭了的表情。

李华说："你是不知道，咱们所里这几位，除了教导员，一个比一个抠门，能请吃饭喝酒，就是对你的最高认可，说明你要出师了！"

黄青梅也说："有一次有个猥亵的案子，小女孩不配合，张警官不在，就叫我去，我嘴皮子都快磨破了，跟小女孩在没有暖气的屋子里待了三个多小时，午夜十二点才回来，你知道老徐请我吃什么吗？食堂的泡面！完了也没舍得打个车送我回去，居然让我骑我的电瓶车回去。"

啊？

这也……太抠门了！

不过李华也要提醒周六一："我师父徐海和老王，就是两个极端，老王值班出警，几乎只有鸡毛蒜皮的案子，比如一群小孩去网吧上网，用的是网吧门口张贴的通缉犯的身份证号，比如有人报案抢劫，到了现场一看，订了婚的两口子因为彩礼在吵架，顶多虚惊一场，连个案都不用立。我师父值班，可就不一样了，必然有大案，起码判三年那种！女的报警说男的家暴，好家伙，去了一看，这女的是拐卖来的失踪人口，外地的警方都找好几年了。这男还赌博，把她输出去让她陪着不同的人睡觉，这拐卖人口、非法卖淫、殴打拘禁、聚众赌博，每一项都是重罪，全都加起来，这得判多少年呢？反正老王和我师父处理的案子比起来，就是北京猿人和北京人的区别。"

他们两个人的分工，一个刑警，一个社区民警，非常合理。

周六一有点忐忑……还有点期待，不知道三年起步是什么水平，之前别看抓了那么多，侵犯男生的那三个，还够不着三年。抓了一批吸毒的，但是其中不少都是第一次被抓，那两个需要验毛发确定他们这半年吸没吸的，也是第二次被抓，戒毒所肯定没跑，但是闹出了这么大的动静，也没有超过三年的。收容别人吸毒，这个罪名很重，但是那房子，居然不是他们任何一个人的，其中一个人是搞装修设计的,这是他客户的房子,他知道客户不在家……

///

趁着休息的机会,周六一查看了下他的快递信息,他和李华买的写字机快要到了。他是绝对不可能亲自动手写检查的。

因为,他根本就不认为自己错了。

写什么检查!

周六一正在等快递,有人打电话报案了:"警察同志,我店门口的盆栽不见了!"

刚扫毒扫黄完,周六一觉得盆栽不见了是小事,不值得报警,就安慰报警人:"别着急,不就是个盆栽吗。"

这么一说,报案人着急了:"那是店里刚进的红枫,价值十五万!"

十五万,盗窃罪,够判三年了!

///

徐海带着周六一出现场。

是一个在很大的花鸟市场外面的门店。店门口的摄像头确实坏了,八点到九点,门口的客流量极大。

店老板是个气质古典的女老板,提供不了其他有价值的线索,就是一个劲地催促,强调她的红枫到底有多贵:"警察同志,我那盆红枫非常漂亮,是专门从上海拍回来的,树龄十六年了,很难再找到这么漂亮的了……"

周六一一边做笔录,一边问:"这么贵的东西,为什么要放在门口?你就不怕丢了吗?"

店老板还有些委屈:"我觉得现在的人素质都挺高的,我哪知道还有人偷我的盆栽,而且是那么大一盆,四十多斤呢,怎么拎得动?"

徐海带着周六一去隔壁的店调取监控,给他上课:"如果你去过瑞丽那些地方买翡翠,你就会发现,几十万的镯子全都在商店门口支个摊子一捆一捆地卖,而且人群比赶集还要热闹。还有金矿的矿区,银楼老板们买黄金和买菜一样,全都是按斤称。"

很不幸,路段监控几乎都没用。

花鸟市场这一片是老城区,监控不是被挡住了就是压根没有装。

这案子还怎么破？

十五万的案子，周六一着急，徐海却看起来一点也不着急，而且脸上带着一点不耐烦的神色。

徐海带着周六一在附近走了上百米，抽了根烟，问他："分析一下。"

周六一擦了擦头上的汗："这是条步行街，不让进车，进来的都是电瓶车和小三轮车，如果是电瓶车和三轮车，我们找道路监控就能找到。"

徐海点头："行，就按你这个思路来查。"

半个钟头以后，周六一累得汗流浃背，道路监控以八倍速快进，他都没有找到那个时间段的红枫。

周六一问徐海："师父，你能找到吗？"

徐海掐灭了手里的烟："我当然能，你要我找吗？我要是找到了，你在我这儿就不及格。"

周六一只好硬着头皮继续找，眼睛一直盯着道路监控，但是没有发现任何线索，他十分着急，徐海却没有任何提点的意思。

就在周六一发愁的时候，和徐海闲聊的保安们说："这个路口设置不合理，早上电瓶车太多了，公交车每次都停到那么远的地方，监控也看不见，而且挤成一堆，挺危险的。应该和上面反映一下，太影响我们花鸟市场的生意了。"

周六一灵光乍现："红枫四十多斤，也就是一袋大米的重量，如果不是通过电瓶车和三轮车运走的，那就是公交车。"

周六一拿着店老板给的红枫的照片，开始逐帧找公交车旁边的人群的信息。

徐海看了他一眼，颇为满意。

周六一眼睛凑近电脑屏幕，过了五六分钟，他突然一拍桌子，欣喜道："找到了！"

在两个人中间，露出来一片红色的枫叶，监控明明白白地拍到了一张大爷的脸。

就是他偷走了红枫！

徐海凑过来看，还看了看表："脑子生锈了？居然用了十分钟，都快过了盗窃案的最佳追回时间了，勉强算你及格吧。你再用一个小时，必须找到这个盆栽。"

"注意，别惊动了这大爷，要是他把这个盆栽抱起来摔坏了，我也算你不及格。"

周六一现在明白李华为什么要顶嘴了："徐哥，不是有扣分制吗？怎么直接不及格？"

徐海又掏出了一支烟："我乐意，怎么啦？犯罪嫌疑人会和你说，你知道的这个罪我不犯吗？"

周六一哑口无言。

有了毛线头，就能拆下整件毛衣，周六一看到这条线索，大受鼓舞，抄了公交车的车牌号，赶忙继续找："拿这么沉的东西，公交车这么挤，都舍不得打车，这人肯定很抠门。接下来红星街起凤街，他都没有下车，再往后就是高新区、市区，下面这五六站这几路公交车都路过，这几个公交车是一块钱，而这老头坐的公交车是三块钱，所以他肯定要去一个特别远的地方，起码应该在这六站重合的下一站。我们开车的路线和公交车不一样，现在还能追上，追上之后，第一站是封闭式的高中，第二站是个公墓，第三站是个郊区的村子，应该在第三站……"

徐海抬了抬眼皮："孺子可教。"

这是一句夸奖，周六一赶紧去开车，上车以后，周六一一踩油门，徐海的头就磕到了窗户玻璃上。

徐海转过头来："你这一脚油门，差点把我送走。"

周六一赶忙道歉："不好意思，我刚拿了驾照没多久。"

徐海调侃道："你也是个人才，公务员考试和驾照考试兼顾，居然都能高分过。"

半个小时之后，周六一开着警车抵达郊区的苏家庄公交站牌下，老头乘坐的那辆公交车将在两分钟以后到站。

到站后，车上的人已经不多了，两个年轻人帮着胡子花白的老头把盆栽抬了下去，这盆红枫，正是花鸟市场的老板丢失的那盆价值十五万的盆栽。

和照片上一模一样。

老头还笑呵呵地朝着年轻人挥了挥手："谢谢了，后生！"

如果不是之前看过完整的照片和监控视频，周六一无论如何都想不到，这个干净整洁懂礼貌的大爷，居然是一个窃贼。

徐海掏出警察证："你涉嫌盗窃贵重财物，请和我们走一趟吧。"

大爷还在狡辩："这是我的东西，我搬我自己的东西还犯法吗？"

周六一把在店老板那里拿的红枫的资料拿出来，有每一年的生长记录，有拍卖记录，有出入海关的检疫记录……

老头头上冒出汗珠，嘴唇都白了："不是吧？就是个盆栽，有那么贵？"

肯定是经不起查，老头很快就招了，周六一开车把人和盆栽拉了回去。店老板看到丢失的盆栽找回来了，喜极而泣。

看到老头岁数大了，店老板也没想为难他，直接让把人放了。

双方签了调解书，这个案子就算结束了。

徐海说了这老头几句："别看着外头什么好就往你家里拿，万一损坏了个贵重物品怎么办？你是家财万贯赔得起，还是身体素质倍儿棒，你觉得你判十年还能出来吗？是想在里面养老吗？留下个案底，影响你子孙后代的政审……"

老头一直在点头，不敢反驳："我也想不到，那盆栽怎么那么贵，我就是看那盆栽好看……"

回到车上，周六一有点不解："十五万的案子，就这么算了？"

徐海靠在椅背上闭目养神："那你要怎么办？负责这八十岁老头的医疗和住宿吗？他要是没了，算谁的？你有没有看过刑法？法律不光对未成年人网开一面，对年纪超过七十五岁的也网开一面。那个盆栽值十五万，你要去拍卖行和银行调取流水吗？万一就是那老板的一面之词呢？你是个高才生，水至清则无鱼，人至察则无徒，这样的道理怎么都不懂？"

这么复杂？

周六一又问了一句："那如果是手机和电瓶车被偷了来报案呢？"

徐海睁开眼，看了周六一一眼："你看了案卷没？"

周六一点点头："登记立案以后，就没有然后了。"

徐海道："所以，你为啥问我？"

周六一有些失望，又是一脚油门，这次徐海已经先系上了安全带，所以没有磕到："案子太多，警力太少，路上的摄像头太少，能找到的目击者也太少，你要分清主次。重要的，人命关天的，造成重大财产损失的，要优先办。小野猫掉到水沟里，小孩子不写作业被父母打，情侣两口子吵架这种，可以缓办。我不是在教你偷奸耍滑，而是在教你留三分余力，去做最重要最正确的事情……"

最重要最正确的事，就是他父亲的案子！

徐海说着，路过一个银行，让周六一把车停下："我去办点业务。"

周六一觉得徐海多此一举，而且是带薪偷懒，他就说："现在什么业务不能在网上办？"

徐海说："我不习惯，还是银行的设备我操作比较习惯，万一遇到骗子了呢？"

///

徐海把身上的警服脱了，下车穿过马路，进了银行，去给家里的哥哥转钱。刚转过去，他哥哥就打电话过来了："小海，你也不富裕，你别给我钱了，你把钱存起来，娶媳妇用。"

他的哥哥，大概是这个世界上唯一一个会叫他小海的人。

从前在单位，大家叫他小徐，现在都开始叫他老徐、徐哥了。

尤其是现在单位里来的新人，都是九〇后、〇〇后。

他都四十岁了，还没有找到他的大侄子。

"没事，我的工资月月发，单位管饭，不用操心。哥我这儿忙着呢，不和你说了。"

他哥还在催促着："你说你哪能天天吃食堂，年轻时还行，老了哪行？还是得找个知冷知热的，回家能有个说话的人，你也别太挑剔了……"

徐海直接把电话挂了。

周六一收到了一条短信，是银行发过来的，和他说身份证到了年限，让他点一下链接更新一下。

周六一直接把这条短信当成垃圾短信删除了。

开什么玩笑？

他今年二十岁，身份证是十六岁时办的，身份证的年限是十年，起码还能用六年呢！

他有些无聊，四处张望着，这个十字路口，有五六个银行的网点，挺忙碌的。没多久，徐海回来了，手里拿着一张银行的转账回执单，他问周六一："你有没有收到银行让更新身份证的短信？"

周六一点头："收到了，删了，怎么了？"

徐海摇了摇头："没事，我也收到了，就是觉得不太对劲。我的身份证要二十年才到期，还有好几年，怎么现在给发这种信息？"

周六一没有当回事，他已经很累了，只想回所里喝口水，把案卷做一下："可能是银行发错了吧，我们有个师兄工作的那个银行，有人作死，居然把给高级客户发的短信误编辑成了给女朋友的短信，还加了一段小黄文，后来那人被开除了。银行这种单位，看起来挺高大上的，实际上也会出错。"

周六一一路上还从自己工作的专业角度，给徐海讲，只要是人就会有失误，人造出来的机器也会有失误。现在市场上很知名的那些公司的APP，代码满是漏洞，只要能跑起来，大家都没有人想动它。

这些远古代码被大家称呼为屎山！

徐海眼神复杂地看了一眼周六一："我给你个建议。"

周六一以为是破大案的秘籍，毕竟龙华街派出所的这些警察里，徐海处理的大案最多，见过的世面最广，不承想听到的是："别太自以为是了，别用你的经验去理解这个世界的套路。"

周六一不大服气："法律就是一门关于社会经验的学科。"

徐海这次看周六一的眼神，完全成了在看一个智障，他懒得看了，闭上了眼睛："多买点信纸，你今天还得写一份检查。"

周六一："啥？"

徐海把自己那条短信转给了周六一："想想你哪儿错了，别抬杠。"

周六一甚至怀疑，这个师父仗着自己立过不少大功倚老卖老，但是看徐海闭目养神，老神在在的样子，他开始想自己到底做错了什么。

突然之间，他灵光乍现，像是被雷劈了一下。

他根本就没有这家银行的任何一张银行卡，怎么会收到这家银行的短信？

回到所里，周六一又饿又渴，之前还觉得李华抱着一大瓶水灌下去不体面，他现在自己灌下去一大瓶。

很快就有人来报案，四十多岁，看起来有家有口，挺正常的一个中年人，现在说话都是语无伦次的。他一身冷汗，站都站不稳："警察同志，我今天就是在银行后台上传了新的身份证，卡里的一百二十万就没了，那是我买房子的钱！我爷爷奶奶把他们房子的拆迁款都给我了！"

一百二十万，这是祖孙三代人凑出来的全部积蓄了。

这对一个家庭而言，简直是毁灭性的打击。

黄青梅赶紧过来扶住他："你不要激动，慢慢说，我们警方肯定会尽全力把钱追回来。"

这时候李华顶着黑眼圈查访回来了，身上的蓝衬衫现在一层霜，他拿着报案记录："已经有四个人打电话报警了，他们就是点了短信上面的网站链接，上传了新的身份证，卡里的钱就不见了！"

那条短信真的有问题！

周六一感觉到，脑子里像是有烟花炸开了。

林雅思也报警了，接到她的电话，周六一还没有说话，她就着急得不行："我们银行根本就没有给客户发更新身份证的短信，但是现在有好几个客户在我们单位闹，他们存在卡里的钱被转走了，说是我们银行骗走了他们的钱！"

周六一问："现在金额有多少？"

林雅思沉默了片刻，周六一以为是金额还没有算出来，可林雅思接下来的话，让所有人倒吸一口凉气："一千四百六十八万！"

短短一上午的时间，金额已经超过了千万？

卷 六
Volume 6

重 案 迭 起

第 24 章
偶遇大案慎思量

Chapter 24

徐海作为一个老刑警，对于反常的事件有着天然的敏感度，他把案子报给了所长，然后调了周围的道路监控，重点监测附近出现的可疑人员。

周六一脸色发白，饭都不想吃了。

他是计算机专业毕业的，也拿到了很不错的成绩。

但是现在，那么明显的漏洞，居然被他这个专业人士放过了。

林雅思中午又打电话："喂，你们快点来几个人，我们的门被堵了！"

这次是李华接的电话，他正忙着呢，态度就不怎么好："你不是说你们行现在只做高端客户贷款，私企小老板没个几千万的身家，进不了你们的VIP室吗？"

林雅思说不出话来，这是她之前看不上李华，故意气他的话。

现在，被李华这么嘲讽，她真有点受不了。

那些办业务的小老板，但凡是能挣到钱的，个个都是'卷王'，这样的人，怎么可能有好脾气？

现在他们都快要像丧尸一样，把银行的大门给挤爆了。

被李华这么一说，林雅思真是没办法了，她决定从后门走，不想和李华再说话了："活该你一辈子单身！"

挂了电话，李华继续整理这些报警记录。胡亮是个经验丰富的经侦，叫了李华出警："我们去现场看看。"

李华觉得没必要："以前的传销案，好歹还有一个窝点能查，现在别人远程用手机和电脑作案，我们什么都查不到。"

龙华街派出所只有不到十个人的编制，只能处理短平快的案件，大一些的案子，都会移交，凶杀案移交刑警队，电诈案移交反诈大队，其他单位接手以后，才会走破案流程。

况且，大中午的，外面那么热。

但是胡亮坚持去一趟，李华不愿意去，他就叫了周六一："中午闲着也是闲着，去一趟更放心一点。"

徐海正在看监控，开着八倍速，快速地把人群筛查一遍。

看到李华又想偷懒，徐海直接把案卷的电子版给他发过去，头也不抬地下任务："整理一下，给反诈中心发过去。"

李华看着那么多案卷，头疼得不行："师父，我出现场。"

徐海让他过来，抬手敲了他一下："你出现场？还不如警犬。六一去。"

李华看着电脑上的案卷："这些人都比我有钱，那么多的钱，我两辈子都花不完。他们这么高的智商，怎么就会被骗呢？亮哥，你有这个时间，去街道办和静姐吃个饭，说不定你们的订婚就成了。"

胡亮穿上警服，在他后脑勺上来了一下："我们都那么多年了，不用矫情，先办案子。"

周六一也赶紧披上警服跟着走，其实他和李华的想法一样，钱已经被卷走了，没什么有价值的信息。

但是胡亮坚持要去，周六一在徐海那里，已经犯过骄傲自大的错误了，他不想再错过有价值的信息。

两个人开着警车出了门。

周六一坚持要开车，但是在拐弯的时候，车子磕碰了一下，胡亮坐在副驾驶座上，差点被甩出去，警帽都歪了。

胡亮的脸有点抽搐："老王就是这么教你开车的吗？"

周六一摇头："没，王哥教我怎么停车，怎么倒车，怎么超车，怎么在恶劣的公路上……"

胡亮打断他，问："你开出来就这水平？"

周六一有点不好意思："我再练练。"

人家小年轻都这么说了，还怎么教训？

胡亮本不想再挑剔，但是下个路口一个甩尾，胡亮觉得自己的魂都要飞了："我觉得吧，天才也需要学习别人的优点和长处，而不是靠自己一个人摸索。"

意思是，周六一开车还是没有掌握王才智教的诀窍。

中午，银行后门没有人。

然而，林雅思刚出门，就被人给逮住了："你们银行的人抢了我们的钱，还想跑？"

一个彪形大汉把她踹倒在地，其余人把她团团围住，还有一个戴着眼镜，肚子比西瓜还大的老板走过来，愤怒地要求她还钱。

林雅思哪见过这样的阵仗，完全被吓傻了。

她挣扎着，鼻涕眼泪满脸都是："我没有拿钱，你的钱被谁拿了就应该找谁去，干吗找我？我也只是给银行干活的，我又不是开银行的。"

那老板哪会听她的，一个耳光甩过来，林雅思完全傻了，不光是疼，还丢尽了脸面，太屈辱了。

这附近不少上班的人正出来吃饭，很多人聚拢过来围观。

她挨了一个耳光，披头散发的，鞋也飞了，难看到了极点。

那老板还是不放过她，拎她的头发像是拎白萝卜的缨子，蛮横道："不找你？那我找谁去？别以为我不知道你们这些银行的套路，你们一辈子才能挣几个钱？卷了我的钱跑了，利息都够你花一辈子！"

林雅思脸被打肿了，张嘴话都说不出来。

这时候，周六一和胡亮开着车过来了。

周六一远远地看到了一个穿着职业套裙的女人正在被几个壮汉殴打，定睛一看，居然是林雅思。

周六一停车，和胡亮道："亮哥，那个女的，是银行的林雅思！"

两个人立刻停了车，快步走过来，周六一厉声呵斥："都给我住手，你们在干什么？当街打人是犯法的！"

几个壮汉立刻散开了，但是控制着林雅思的那个老板还是不松手，胡亮上去直接把那老板的手给掰开，把林雅思从地上拉起来，看到她衣服在推搡中被扯烂了，他把她挡在身后。

林雅思长这么大，从来都没有发现，警察在关键时刻，居然这么让人有安全感。

那老板叫苦不迭："警察同志，你们可终于来了，你们要是晚到一步，这个女人可就携款私逃了。我做点小买卖不容易，手底下几百个人等着我发工资呢。你是不知道现在的买卖有多难做，我承包的那片小区，烂尾了一半，就靠我这点工程量撑着。你说说，我这儿要是资金链也断了，还怎么给业主交房子？到时候，报警的，闹事的，跳楼的，不还是你们警察去收拾烂摊子吗？"

林雅思争辩，半边脸肿着："你们的钱存在卡里，必须有本人的身份证和密码才能取钱转账，我们都是过路财神，看得见摸得着带不走！你的钱，我一分都没有动过！我不怕调查！我们银行也是照章办事，绝对不会拿客户一分钱！"

说着说着，大颗大颗的眼泪掉下来，腮帮子鼓鼓的，像河豚一样，她气冲冲地看着这些人。

这场面，极其尴尬。

周六一赶紧拿了纸巾给林雅思，其实周六一之前没有带纸巾的习惯，但是经常调解矛盾的王才智指点他，现场多的是哭得一把鼻涕一把泪的女人。

这时候一张面巾纸，简直是用来暖场的神器。

林雅思感激地接过去，眼神哀怨到了极点："谢谢。"

看林雅思的西装套裙上的扣子被扯掉了，周六一把自己身上的蓝衬衫脱下来给她，让她挡一下。

林雅思哭着把周六一的蓝衬衫披上了。

林雅思不到一米六，周六一一米八多的衣服穿在她身上，像裙子一样。

林雅思渐渐止住了哭泣。

胡亮拿出报案记录本，两边都做了记录，让那老板和林雅思都先回去等消息，但是那老板不愿意："这娘们儿要是跑了，我一千多万的钱上哪儿去找？别说是她，就算是他们行长，都担不起这个责任！"

面对这种场面，胡亮有些难办。他反复地解释，重点人员会被重点关注，绝对不会乘坐交通工具跑掉。但是，那老板就是不同意："我拿着身份证、银行卡、手机短信，问她是不是要进这个链接更新，她和我说是，出了问题我不找她我找谁去？"

局面僵持住了。

林雅思又哭了："我又不是通信技术专业毕业的，我就只是个银行的员工，我哪知道银行的短信还有人假冒……我真的是太冤枉了！"

周六一的目光一直投向周围的电子产品的店铺，七夕才过去没多久，商家还没有把广告扯下来：悦动我心，你就在我身边。

广告词特别显眼，画面里一男一女相互依偎着，露出了各自手腕上的电子手表，表情看起来甜蜜又幸福。

周六一和两拨人说："你们等等我，这个问题我能解决。"

说完他就直接冲进了店铺，五分钟以后，他拿了两个电子手表出来："你们两个人一人戴一个，这个手表可以实时监控对方的位置、血压、心跳，只要出现异常，就会立刻报警，这样一来，你们就会知道对方的位置在哪里。等到我们调查清楚，这个表就能摘了。"

这个方案林雅思本不愿意答应，但是那老板说："不戴？我们有的是时间和精力，我就派两个人，全天跟着你！"

林雅思扭扭捏捏地答应了，把电子手表套在了手腕上，愤愤道："我现在居然要和你戴同款手表！"

那老板不太会用这种新型的电子产品，在手下的帮助下，他才费劲地戴上了，他看到了两个重合的点，还看到了林雅思因为气愤而上升的血压，立刻眉开眼笑："可以，这玩意儿能行，回头我给我的员工也戴上，谁让他们在店里干活不认真！"

几个跟着他的壮汉瞬间瑟瑟发抖。

要是被老板监控着，那以后还怎么偷懒？

林雅思特别不高兴，周六一安慰她："我们会尽快把案子破了，把款项追回来。"

林雅思的眼睛已经肿了："那你们可快点。"

她向单位请了假，她这个样子，下午肯定是不能上班了。

周六一开车把林雅思送回去，她家在另一个银行的单位家属院里，林雅思下车的时候，眼神有些凄然，周六一给她的蓝衬衫上沾满了泪水："我怎么那么倒霉呢，是不是命里就该有这一劫？躲来躲去的，到底还是没能躲过这一劫，还是被骗子给找上了。我就知道，我干什么都干不好，连个对象都找不到，工作还一直出错。"

周六一在楼下歪歪扭扭地转了好几个圈，才把车停下。

原本林雅思很伤感，但是看到周六一画卡通图案一样的停车轨迹，忍不住笑了，周六一也想不到，都二十七岁的人了，居然还这么能哭。

女人真是奇怪。

他又给她拿了张纸巾，开解她："你还记得你来我们所里报案时说的那几个银行卡账户吗？我们上报给了分局，经侦那边和银行冻结了卡，帮助受害者挽回了六十多万的损失。"

林雅思瞬间恢复了光彩："真的吗？"

周六一肯定地点了点头："案件由专案组进行侦破，现在还在办理中，所以不对社会公布结果。"

林雅思自己擦了脸上的泪，没刚才那么沮丧了："我对别人也有用？我也不是个废物嘛。"

所长付胜因为这个案子忙得焦头烂额。案值巨大，手法独特，分局第一时间开会，抽调精英进行案件的研判。

抽调精英，就是就近从附近的派出所和一线单位调人。

梁培禾一直都是主管办案的，正准备调人，却被付胜给阻止了："我的老同学呀，别一直逮着一只羊薅羊毛，你看我这脑袋都秃了，再抽人，我们所就没人了。"

梁培禾有点为难，他其实很想找周六一，那个年轻人，才去了几天，就已经利落地处理了好几个案子。

光他在手机上看到的群众自发上传的小视频，就有两段。

一段是周六一对着武疯子弯腰抱拳，自称武当真人，巧妙地制服了武疯子。姿势很是潇洒。

他这急中生智的表现，梁培禾是相当的满意。

另一段是他身法敏捷，一脚就把想要跳楼，体力不支，快要摔下来的业主给踹了回去，画面既惊险刺激又很搞笑。

第二段视频的画面还被人做成了表情包，他家里的亲戚在聊天的时候就用上了。

梁培禾打电话问的时候，付胜每次都说周六一惹是生非，不服管教，完全不知道在警务单位服从是什么意思，和法盲差不多。

梁培禾口干舌燥，一上午都没有喝水了，但还是和付胜好言好语道："案子发生在你们辖区，你们找两个人打打下手，走访一下总可以吧？"

付胜道："龙华街附近的单位，又不止我们一家，特警队今年不也有一批新来的吗？"

这不就成了扯皮吗？

特警队向来是注重训练，不注重办案，让他们扛枪去抓人可以，但是让他们找线索、走访，很有难度。

更别说这些特警个个都是极其魁梧的，普通人看了都害怕，把他们撒出去，惊了犯罪分子，不就难办了吗？

梁培禾左思右想，松口道："上次你说你们单位人手不足，但是现在又没有合适的人调过去，申报要警犬，这个可以有。我给你催一催，尽快给你送过去。"

付胜立刻露出憨厚的笑容："多个吃饭的嘴，挺麻烦的，但是吧，你非要给我们分配警犬，我们所就勉为其难地接受吧。我现在回去，看看谁有空，就让他们过来帮忙。我们所里的人，个个都是火眼金睛，只要犯罪分子一露头，就能给摁住。"

说完，付胜就往办公室外面走："我就不吃饭了，这案子完了，你得请我们全所的人吃饭。不过，我们所还是缺人，你可一定要给我安排个特别能干的小伙子。"

梁培禾又为难了："你也知道，现在的公务员考试，女生比男生强，我们作为国家单位，不能搞就业歧视。"

付胜冷着脸："这就是你的不对了，在我们这种单位，都是女人当男人用，男人当牲口用。我招个女的，只能当一个劳力，但是招一个男的，能当两个劳力用。"

梁培禾不知道应该咋说了："活该人家辅警辞职了还发朋友圈，说你们所比电子厂还累。"

付胜走路带风，一点都不觉得有什么问题："都是为人民服务，想升官发财，想混吃等死的，另寻别处。"

这么大的案值，请派出所的人吃一个月也没问题，梁培禾看着付胜出去，付胜身材虽然魁梧，步子有力，却和二十年前不一样了。沧桑，头秃了，一张脸糙得不行。

而照片上他们几个的合影，还是俊秀的。

下一代的年轻警察们，会成什么样子？

///

回到所里，周六一饭也顾不上去食堂吃，就在看调过来的监控，林雅思的手上还戴着电子表，如果找不回钱来，那个老板朱大勇是绝对不会善罢甘休的。

周六一认为自己在收到短信的那一刹那，就应该有所反应，但是他没有。

那么现在，他要把这个犯罪分子给揪出来！

周六一打开了自己常用的软件，加快分析速度。

回到所里，所长付胜也顾不上去食堂吃饭，赶忙看所里有几个人手上没有案子。他有点意外，大家从食堂吃了饭回来，都在看监控，看案卷，没有一个懈怠的。就连李华，都在内网上查询其他单位有没有这样的诈骗方式，进行并案侦查。

徐海倒是闲着，他刚从食堂吃饭回来，站在窗户外观察周六一，所长给了他一盒烟，他都没有察觉。

所长叫他到了自己的办公室，又摸出一个打火机给他："你现在怎么看这小子？"

徐海抽了一口："可造之材。"

付胜眼窝深陷。这几天一直有案子，人手不足，他忙得像个陀螺。翻了翻桌上的文件，他问："你还记得邢见青吗？"

邢见青，这是一个让姜汉山、徐海、梁培禾、付胜等参案的警察想起来都觉得可惜叹惋的人。

他们几乎从来不会私下里提起这个名字，因为邢见青的事迹太过沉重，那是一段可歌可泣的往事。

这个年轻的警察牺牲的时候才二十九岁，一直忙于工作，还没有结婚成家，上面有哥哥姐姐，全部都是普通人。

而这个年轻人，因为机敏、能谋善断、办案经验丰富，进入了梁培禾的团队。

他是他们几个人精心教出来的徒弟，是他们寄予厚望的人。

就像……今天的周六一。

随着时间的流逝，那个年轻人的音容笑貌已经远去，但在记忆里又那么深刻。

对他们这些曾经与之朝夕相处的人而言，邢见青能够好好地活着，比成为烈士强。

徐海的眼神黯淡了一下，抽完了一支烟才说话："老付，你孩子高考的志愿，最后报的啥？"

这句话可戳到了所长付胜的痛点。

所长付胜希望儿子将来当牙医或者眼科医生，朝九晚五，待遇高。结果他儿子大学学了农学，天天像个农民一样泡在学校的试验田里，现在大三快结束了，正在准备国考，方向让他震惊：狱警！

狱警相当于领工资的犯人，在付胜眼里，当狱警还不如回去种地呢。

付胜气得一拍桌子："现在的孩子，没一个听话的，干啥啥不行，抬杠第一名！"

徐海露出意味深长的笑容。

付胜憋了一肚子的火，徐海这是在笑话他，连自己的儿子大学学什么都决定不了的人，管别人的前途干吗？

会不会管得太宽了？

老刑警就是这样，举一反三，把人堵得没话说。

所长只好挥了挥手，让徐海出去，他还得找张桂兰把几个受害者的户籍资料传过去："我忙呢，这案子你上点心，我打算和分局要只警犬。"

警犬？

一听警犬两个字，徐海一改之前的慵懒："警犬好，咱们单位人少，打架斗殴寻衅滋事的案子多，带上只大型警犬，有震慑作用。"

他并非像李华和周六一那样喜欢狗，而是觉得警犬能协助他们工作。

付胜道："你能不能有点正常人的爱好？"

徐海笑道："办案子，抓犯人，就是我的爱好。"

///

徐海把从食堂打回来的饭菜搁在周六一桌上，周六一说："徐哥，我不吃。"

徐海坐在另一台电脑后面，眯着眼睛凑近屏幕看视频监控信息："犯罪的方式五花八门，犯罪的人形形色色，每一次你都得当成新案子去办。你的经验是你的护城河，但是也可能会束缚你。"

说完，徐海长叹了一声："这是每一个警察都会面对的问题。

"不要着急，越是遇到了看起来很难的案子，你越是要沉着冷静，要看到细微处，也要从高处看。

"先把饭吃了吧。"

周六一很意外，徐海居然没有批评他，反而在鼓励他。

这个单位，虽然忙忙碌碌的，但是大家也没有那么不近人情，周六一听话地拿起饭盒，大口吃着。

有爆炒牛肉、炸鸡腿、鱿鱼卷……显然，所长为了留住年轻人，让李大妈改善了菜单。

李华吃完饭也进来了，拿了几瓶饮料放在大家的桌上，他凑到徐海跟前："师父，你看这案子怎么办？这可是高科技，电诈分子躲在屋里，就能把钱给挣了，咱们上哪儿抓他去？顺着网线过去把人找出来打一顿吗？"

徐海看了李华一眼，李华赶紧躲了一下，怕再被敲脑袋。

徐海把烟掐了，把看过的监控又倒回来看，顺带给周六一和李华讲派出所以前遇到的案子。

徐海平时一开口都奔着悬疑去，而且还是大案要案，完全不同于老王的家长里短，大家听得津津有味。

不过，这次徐海从身边的人讲起。

"你们知道老王刚来时办的案子吗？"

周六一摇头，擦了擦嘴："还没有看到那个案卷，咱们所的案子太多了。"

李华更是摇头，学霸不会的题目，他就更不会了。

"老王刚来那会儿，咱们这儿有个技校，不学无术的青年特别多，这些人经常大晚上的把商户的玻璃砸了，进去偷现金，偷零食。他们拿的也不多，经常是一百两百的，再加一箱方便面。难点在于很不好抓，那时候监控不完善。现在我们使用的监控和天眼，都是在二○一二年以后才逐步完善的。他们用的是本地的小灵通，打个电话就一窝散了。你们猜猜，老王是怎么抓的？"

王才智？

那个笑眯眯的看起来毫无脾气，几乎一直在办各种家长里短的案子的王才智？除了开车的绝活，他还有别的手艺？

他能破案？

周六一和李华都摇了摇头。

徐海笑道："老王只用了一招。"

徐海又把烟点上："那些小年轻，也就十四到十六岁。未成年人不允许进入网吧，那时候网吧管得挺严的。有个小年轻喜欢去上网打游戏，老王和一个学校附近的网吧老板说好，让他不要赶这些小年轻出去。然后，他在网吧附近蹲了一周，在某个晚上抓了二十多个人，一条漏网之鱼都没有。"

周六一和李华都瞪大了眼睛：神了！

老王居然还有这样的技术。

"法律虽然是一门经验的学问，但是办案是一门人情练达的学问，不是熟读法律条文，看多了案卷就知道怎么办了。把人抓回来以后，不是简单地移交司法机构就可以了，而是需要想怎样才能把社会危害和个人危害降到最低。这些职校的学生，并不知道自己犯了多大的错误，老王给他们看了好几天的办案审判录像，给他们看刑法，讲刑法，后来，又和他们一起去和那些商户进行交涉赔偿。前后花了快三个月的时间，才把事情给解决了。对于一些家里条件特别差，不得不一直作奸犯科维持生活的，老王还找过小饭店汽修店，把他们塞进去让当个学徒，起码解决吃饭问题。"

徐海说完，看着周六一和李华，点了支烟，笑了一下，显得有几分狡黠："你们是不是觉得，案子办得婆婆妈妈，没有一点悬疑的成分？"

周六一和李华都点了点头。

徐海慢悠悠地吐着烟圈："金刚手段，菩萨心肠。慈不掌兵，义不掌财。要深谙普通人的行为逻辑，才能在寻常的生活琐事中，发现反常的部分。这门课程，是犯罪心理学和变态心理学的部分。理论知识你们在书上课堂上，应该都了解了。现在我们从实战的角度去看去学习。"

周六一的眼睛里闪过光芒，其实案子在移交以后，侦破方面就没有派出所多少事情了，一般就是打个辅助。但是听徐海的意思，这个案犯他们能抓回来！

这让周六一觉得激动！

徐海把烟掐了，一改之前的慵懒："这个案子，说难不难，说简单不简单，因为它的原理是伪基站假冒银行发送短信，通过短信里面的假网址套取存款人的身份密码信息，然后异地取款。伪基站的覆盖半径就几百米，那附近的流量，大概是一小时七百到一千五的人数，我们用排查法，肯定能找到反常的线索。"

李华惊叹，竖大拇指："师父，这你都知道？"

周六一也很惊讶："徐哥，你是侦查学毕业的刑警吧？"

徐海在周六一和李华的头上一人敲了一下："你们俩要是办不成这个案子，就去找个电子厂上班吧。叫你们看案卷，你们都看了点啥？伪基站诈骗，二〇一三年就已经出现了，这不是有手识字会玩智能手机就能干的活吗？社会才是最好的大学，学着点。"

李华赶紧跑回办公桌旁，瞪大眼睛看监控。

周六一把吃完的饭盒往垃圾箱里一扔，也赶紧去看监控。

徐海也坐下了，看自己那一部分。

其实两个新兵蛋子并不知道，徐海一番话说得慷慨激昂，可他坐了两个小时，看了一遍监控，都没有看出什么异样。

他们更不知道，胡亮和姜汉山带着报案资料和受害人去了分局，分局的梁培禾从治安大队、反诈大队、刑警大队都抽调了精英过来，大家现在也全都大眼瞪小眼，全无线索。

案值过大，影响恶劣，甚至对当地银行的信誉都有了影响，短短几个小时，已经谣言四起，甚至还有人说是银行和骗子里外串通，银行因此也派出了专人来施压，要求案子必须快点侦破……

只有影响恶劣的命案，才有这样的硬性要求。

第 25 章
科技先行抓黑客

Chapter 25

这案子，太难了。

到底什么才是反常的？

周六一眼睛酸涩，李华也有些受不了了。所里胡亮和姜汉山去了分局，王才智去了几个银行，剩下的几个人决定一块讨论一下。

黄青梅现在对办案也有了兴趣，她率先道："比如现在虽然已经初秋了，但是中午还有三十摄氏度，穿个大棉袄的就是反常，上个月超市盗窃案，就是这么发现的，有个男的在衣服里藏了二十多斤的东西，被保安当场抓住了。"说完她拿起杯子喝水，这才发现杯子空了。

李华赶紧给黄青梅倒了点水，发言道："最反常的，就是公交车明明不挤，有的人却非要和人挨在一块，这种人肯定是扒手，一抓一个准！"

李娟发言道："孩子穿一身漂亮衣服，看起来养得白白胖胖很娇贵，用的却是脏奶瓶，家长也不怎么照顾孩子，这样的'家长'肯定是人贩子。"

张桂兰穿着警服，看起来很潇洒，她笑道："大家说的都是办过的案子里的反常之处，但是这个案子呢？总不能因为是科技电诈犯罪，就回避吧？"

轮到了周六一，周六一把一张纸拿过来，上面一条一条的写得很清楚："首先，伪基站诈骗，是一种利用移动通信单项认证缺陷的非法无线电通信设备，由主机和笔记本电脑组成，有一定的辐射范围，所以对方应该在附近。

"其次，报案人并不是集中在某个时间点被骗的，而是从早上七点到十点陆续都有被骗的，说明嫌疑人没有把设备转移走。

"最后，根据报案人提供的信息来看，收到短信的范围大概以十字路口为圆心，在十字路口的方圆五百米范围之内。"

徐海也写了一张纸，和周六一获取的信息基本上是重合的，他点头，示意周六一继续说。周六一说道："手法熟练，转款也是用山区居民的身份证办的卡，我们短时间内抓不到他。"

周六一说的是结果，语气平淡，就只是一个总结，但是除徐海以外的其他人，都显得很沮丧。

徐海点头，问周六一："所以呢？"

周六一说："先从有案底的诈骗犯中进行排查。"

徐海点头："分局刚成立的侦查小组已经在做了，我问了亮子，没啥用。"现在的电诈分子，都像鬼一样，很难抓到他们的实体。

电诈分子在本地部署了伪基站，人可能已经跑到了数千里之外，再抓捕如同大海捞针。

总而言之，这个案子很难，难得像老虎吃天，无从下口。

胡亮在分局那边的小组没有找到有用的线索，能排查的人和地点已经都排查了一遍，王才智也跟着他们上街，询问报案人……

这是电诈案最大的特点，人和证据分离，赃款被快速转移。

就是因为没有线索，徐海才没有直接带着周六一出门，而是留在所里，希望找到办案思路，再去分局汇总。

这案子已经超出了派出所能办的范围。

周六一又问："那 IP 追踪呢？"

这已经触及派出所绝大多数人的知识盲区了。

徐海作为一名刑警，跟着专案组办过这样的案子，他有经验："反诈大队联系了网安，对方使用的是跳板，没有追踪到真实的 IP 地址。"

所有的线索全都断了！

其他人眉头紧锁，电诈案太难破了，没有反诈中心的那几年，破案率只有不到百分之十。

哪怕到了现在，破案率有了提升，也只有百分之三十左右。

全国一年一百三十多万件案子，能够侦破的也就三十多万件。

///

李华垂头丧气："这也不行，那也不行，案子还怎么办？七个银行开在十字路口附近，从早上七点到中午十一点，有好几千人路过了，路过的人里面还不一定有犯罪分子。"

徐海这次没敲他的脑袋："几千人算什么？如果是凶杀案，我们要排查全市上百万人。"

李华像瘪了的皮球："凶手起码可以进行心理侧写，起码要出现在凶杀案现场吧，我们就算排查，也有个大致的范围，但是电诈分子，啥都没有。"

徐海问："认识医学生吗？他们每年考试都没有重点，病人会按照教材上写的重点去生病吗？我们接触的犯罪分子，会按照我们设定好的办案流程去犯罪吗？"

徐海挥了挥手，看这抬杠的小子就心烦，其实李华说的都是办案中的真实困境。

这个案子很有可能会变成悬案。

徐海原本期待周六一可以找到一些线索，毕竟是玩着电子产品长大的新生代，但小孩子就是小孩子，还没见过那么多的大风大浪，收到短信的时候，周六一就没有发现端倪。

他还需要很长的时间去成长。

周六一没有再争辩,而是把那条短信附带的网址在电脑上打开,这是一个联网上传身份证、银行卡、密码、手机号码的简单网页,就像讨论社区网站一样,没有任何技术含量。

有人上传各种信息以后,电诈分子立刻用那人的信息登录银行官网,在需要输入验证码的时候,又让那人填写一遍。

这个骗局,太简单了。

电诈分子利用了大众对银行的信任,利用了身份证年限的制度漏洞,利用了普通人对专业机构发的短信不设防的心理。

简单几步操作,就能把受害者一辈子的积蓄给骗走。

但是,世界上没有完美的犯罪,一个人只要有动作,就肯定会留下痕迹,这个痕迹到底是什么?

周六一在电脑上打开了好几个网页,眉头紧锁,苦苦思索着。这是他从警以来遇到的第一个和不露面的犯罪分子交锋的案子。

往后,办大案要案,几乎都是这样的案子。

他要习惯,要镇定,要把犯罪分子给揪出来……

周六一把报案人的信息拿过来看,有损失一千多万的,有损失几十的。

电诈分子按照顺序,把受害人名下的每一张卡都洗劫一空,几万块钱,几千块钱,几十块钱,全部都转走了,还把网上能取现的几个账号也洗劫了一遍。

一分钱都没有给人家留下!

受害者哭天喊地,还好手机话费转进去就转不出来了,要不然真就连报警电话都打不出去了。

几十块钱,几毛钱,几分钱,犯罪分子也看得上?现在的人,连掉在地上的几毛钱硬币都不想捡了。可这个犯罪分子,一个一个的全部手动输入,转了出去?

突然之间,他灵光乍现。

周六一站起来,椅子都被带倒了,他兴奋地对徐海说:"我能把他给钓出来!"

徐海看了周六一一眼,就知道他什么打算,拒绝道:"不行,你这算不上一个好主意,这是一个心思缜密手法熟练的骗子,肯定一直使用跳板,我们不能用自己的钱冒险,更何况所里现在没有多少经费。"

周六一手撑在桌面上,眼睛炯炯有神,似乎有一团火在烧:"这是我们唯一的路子了！"

徐海冷笑道："对方可不是什么容易上钩的鱼，你要是判断失误，会影响你的前途，会被同行笑话。"

但是周六一很坚持："不试试怎么知道？别人笑就笑去吧，我不怕，什么叫前途，就是让我坐在窗口后面盖一辈子章吗？"

徐海有点意外，周六一居然能说出这样的话，他居然真的愿意冒险。

///

梁培禾抽调了几个人，进行案情研判和侦破，因为这个案子的手法很特殊，他临时把这个案件小组命名为伪基站冒充银行更新身份证诈骗案小组。

坐在会议室里的有七八个人，其中胡亮和姜汉山是派出所最早接到报案的警察，他们坐在前面，带着案卷资料。

几个警衔高，黑眼圈重，但是看起来年轻，还带着电脑的，是反诈大队的，他们的肩章是灰色的，那是技术警衔，在公安系统中，有技术警衔的要比顶着黑色肩章的升得快一些。

还有几个穿着便装，不大引人注意的，是刑警。

其中有一个女人，在这个满是男士的单位里格外地引人注目，她有着利落的短发，肤白眼睛大，嘴唇薄，修长的手指快速地翻动着手上拿着的资料，翻了好几遍，她还拿笔把重点给画出来，态度很认真。

她上身是牛仔夹克，刚刚过腰，下身是土黄色的宽牛仔裤，以及及膝的马丁靴。

这样的打扮，充满了力量感。

她从警有十年了，经验丰富，立过功，就算她还年轻，也是个女人，但没有人敢轻视她。

雷明，就像一朵带刺的玫瑰，让人的视线移不开。

注意到有人进来，雷明抬眼，看到是周六一，她嘴唇微微翘起，向周六一轻轻点了点头，这就算打过招呼了。

周六一会出现在这里，她有点意外。

在派出所实习的新人，一般不会出现在这样的场合。

看来，这小子这段时间成绩很突出。

周六一知道雷明不是个好脾气的人，赶紧跟着徐海找了个位置坐下来。

相比雷明在这里有自己的一席之地，他还是个菜鸟，身上的蓝衬衫还是借的李华的，他只能坐在徐海的身后。

徐海和周六一过来的时候，这个小组已经在会议室开始工作了，不过大家都是手忙脚乱的，一脸凝重。

因为，没有线索！

能用的技术手段都用了。

能从国家的层面调用的大数据也调用了。

但是根本就找不到一点有用的线索。

梁培禾坐在主位，他在招新的时候，对周六一的印象深刻，但是周六一才上几天班，根本没有多少经验。

所以，他直接忽略周六一。

他问徐海："你们所是有什么眉目了吗？"

徐海指了指自己身后的周六一："梁处，案子发生在我们辖区，限时侦破，但是线索太少，小周已经想出了办法，可以试一试。我们想要从受害者的卡入手，把这个嫌疑人给钓出来。"

什么？

一个还没有转正的小警察？

干这么危险的事情？

徐海的意思再明白不过，就是给受害者的卡转钱，然后再上传一遍信息，通过这个方式来追踪。

这就像钓鱼的过程中，一条狡猾的鱼吃走了饵料，然后钓鱼的人还要用更加贵重的饵料引这条鱼上钩。

徐海这话一说出来，所有人都把目光投向了周六一。

尤其是反诈大队的两个人，脸上甚至带着一点怒气，让这么年轻的人挑大梁，简直是儿戏："我们目前没有任何线索，连嫌疑人是男是女都不知道，已经损失了那么多的钱，如果再搭进去，这个损失，你承担得了吗？"

一个满脸皱纹的刑警也持反对意见，语气温和，但是态度坚定："已经有那么多受害者报案了，如果这个诈骗犯就在附近，他肯定会逃走，不会落入我们设好的局里。"

…………

雷明转动了一下手上的腕表，看了看时间，在人比较多的专案小组中，开会、想方案、定方案、实施抓捕，其实是一个比较长的过程，她不是主要的决策者，所以等大家说完了才说："小周，具体怎么操作，你给讲一下？"

雷明的声音不大，听语气倒像是很信任周六一。

周六一立刻看了过来，在其他人发表意见之前，周六一赶紧拿着手机的备忘录和已经写好的实施步骤站了出来，把自己的流程图挂在了投影幕布下："我们的对手精通专业技术，但是我们也可以利用这一点。我查过，这些受害人里，有个卖红木家具的八十多岁的老人，现在使用的还是老人机，他的账款业务都是通过银行柜台来办理的。如果用他的信息来和骗子周旋，我认为比较合适。可以在上传信息的过程中，给骗子发送反向的病毒软件，这样只要骗子点进去，我们就可以控制骗子的手机，得到他的位置和身份信息。"

反诈大队的人提出了反对意见："骗子使用的是跳板，我们定位不了他。"

周六一解释道："现在的银行和各个监管部门，都对账户登录场景有限制，跳板和远程操作不好登录，必须手动输入。"

姜汉山有些意外，周六一这个刚入职的小年轻，对案件的热情居然会这么高，在别人为难周六一之前，他率先发问："那资金呢？是受害人再垫一笔进去，还是我们警方垫进去？我们垫几块钱，还是垫几万？缉毒时我们经常假扮成买家，需要拿一笔钱过去，但是这个钱会在当场人赃并获的时候拿回来。你这个钱，要怎么办？"

金额太少，可能钓不到这条大鱼，金额太多，很可能血本无归，周六一还会变成一业内的笑话。

姜汉山是龙华街派出所的教导员，管着一个派出所的日常大事小事的运行，他提出这个问题，再合适不过了。

周六一低头沉思了片刻，大家都以为他回答不出来，但是周六一道："我认为，我们可以先垫上，先用一万元，然后一千元，然后五千元，最后是十块钱。"

什么？

这么跳跃吗？

梁培禾一开始觉得周六一的做法不靠谱，因为巨额的损失已经造成了，这些小打小闹，很可能不奏效，但是现在看来，周六一可能找对了路子，他问："为什么？"

周六一道："对方一定是个赌徒。"

有这么好的技术，同时深谙人性，找个厂好好上班不行吗？周六一看过了那个网页，制作得相当精美，没有一行多余的代码。

找个年薪三十万的工作，完全没有一点问题。

如果在初创的小公司里，这人大概率还能拿到项目负责人的股票和分红。

有安生日子不过，铤而走险，不是赌徒是什么？

柏谦桦老人挺配合的，拿出了自己的银行卡，不过他想看看警方是怎么破案的，他对这种现代化的侦破手段很感兴趣。受害人的这个要求不算太过分，侦办小组就在老人店里的二层摆了几台电脑，开始工作。

周六一点开短信，先登录第一条短信上的网址，实实在在地上传了老人的所有信息。

两分钟以后，这张银行卡里的钱，全部被人转走了。

对方实实在在地吞了一个饵料，价值一万块钱！

周六一和反诈大队的人都没有采取任何措施，然后打开了第二条短信上的网址，上传了信息，不过这一次，两个网络警察开始追查对方打开网页的IP地址。

有省厅给的互联网权限，他们比普通的网络安全工程师的速度更快。

这是周六一拿不到的资源，他的眼睛快要把网络警察的电脑屏幕给看穿了。

其实两个网络警察的年纪也不大，其中许仲平还是去年研究生毕业人才引进的，他颇为高傲："这电脑都是今年刚配的。"

周六一转了过去。

龙华街派出所的电脑，有的和周六一的年纪差不多大，图侦基本上没有，碰到了案子，只能找附近的交警、学校、医院、商家调用监控。

众人把注意力集中在案子上。

第二个钩子，也沉下去了，这一千块钱，很快也被转走了，但是这时候，警方找到了振奋人心的线索！

这个IP地址，居然还在三江市！

周六一冷静地上传第三次信息，不过这一次，他留了一个心眼，这也是最关键的一步。

他把他的U盘插在电脑上，从里面提取了一个病毒，填写在了网页网址后面，还加入了让前面这一行网址失效的代码。

这一步，才是重中之重！

雷明此刻就站在周六一的身后，她虽然看不懂，但随着一个个指令达成的提示，她微微点头，表示赞许。

雷明和周六一很早就认识了，但是他们算不上青梅竹马，雷明是一九九五年生的人，比周六一大了七岁，她上一年级的时候，周六一还在他妈的肚子里。

她在武警部队扛枪的时候，周六一才上小学一年级。

但是现在，他们已经是同行了。

周六一不再是穿着开裆裤，跟在她后面要糖吃的娃娃，而是一个穿着藏蓝警服的警察。人们都在等他的解释："其实这一步，就已经完成了，对方好奇心重，会点这个链接，这个链接没有设置允许和不允许进入的按钮，就像是咱们去政务大厅办业务，那个满意和不满意的按钮，就算点了不满意，按下去也是满意。现在我的电脑已经远程监控了对方的电脑，就像我们小时候上电脑课，老师坐在讲台上用他的电脑控制我们的电脑，我们的电脑屏幕上全部都是他的显示屏上的内容。接下来，我们就可以查到对方的信息。"

信息，指的是对方的位置、身份、犯罪证据。

这个消息振奋人心，刑警和其他单位抽调来的人都觉得周六一这一手很巧妙，满脸皱纹的老刑警马千里给徐海递了根烟："后生可畏，我当警察那年，所里的电器就只有一部电话，现在都开始用电脑办案了。"

徐海接了烟，看着周六一，颇为自豪，这是他们所里出来的人才："我当警察那会儿，二级英模是给前线冲锋陷阵的警察的，但是现在给了那个发明了DNA家谱集群的人，那人可是一天案子都没有办过，一个犯罪分子都没有亲手抓过。他在实验室里比对一下，就让前面的人抓人，听说靠这项技术，警方每年能抓回来上千人，还破了好几个以前没有眉目的悬案。"

马千里连连点头："没错，科技才是第一生产力，在我们这些警务单位也是。"

那两个网络警察的资历浅，但是懂技术，许仲平狐疑地看着周六一，凑上来问："哥们儿，你这个远程控制软件，是个病毒吧？我怎么看着那么眼熟呢。我想起来了，前年，我们学校的本科生搞出来这个病毒攻击了教务处，偷了卷子，后来学校请外校的计算机专业的学生把人给抓出来了，然后这个病毒应该被销毁了，但是你怎么会有？"

许仲平越说越激动，很快意识到了什么，看周六一的眼神都不一样了："我想起来了，我们学校请的外校的学生，就是你！"

然后他批评周六一："这个病毒危害很大，你怎么能自己留着呢？我记得我们老师说和你签了协议，让销毁，绝对不能流出……"

姜汉山本来在和刑警们聊天，听到了这句话赶紧过来把许仲平给摁住了，不让他引起梁培禾的注意："后生，你上过缉毒的课程吗？我们现在医用的阿片类药物，必须有医生开的药方才能买。这玩意儿就是以前的鸦片。用得好了，是可以治病的，但是为了不引起民众的恐慌，所以在翻译的时候，用阿片类取代了鸦片，明白吧？凡事不能只看一面……"

然而，梁培禾已经被吸引了过来，眼神相当复杂，带着审视，他本想说点什么，但是徐海挡在了屏幕前，看起来像是在看电脑屏幕，实际上是挡住另一个网络警察的视线。

周六一已经查到了关键的信息，所有人都竖着耳朵听他找到的线索："找到了，这个人居然没有跑，就在十字路口旁边这个小区……锦绣园，可以定位他的楼，但是不能定位他的层数。"

///

此时此刻，锦绣园小区，十二楼，一个戴着黑色方框眼镜，穿着格子衬衫，看起来懒懒散散的男人一边吃泡面，一边转两张卡上的钱。

一万块钱完了是一千块钱，值得动手搞一下，毕竟一分钟就能完成，相当于一分钟赚一千。

这钱来得太容易了。

虽然比前一张卡的一万块少了很多，但是他不嫌少。

一千块钱完了，下一张卡是五千块钱，这让他有点欣喜。

然而，下一张卡，居然是十块钱。

这也太少了吧？

这个做红木家具的人身家不菲，他一连搞了两百多万。

刘华所有的注意力，都被还有没有下一张卡给吸引了，情绪跟着银行卡上钱的多寡起伏着。

刘华并不知道，危险已经悄然逼近。

有人远程监控了他的桌面。

刘华正在用手机和一个网上认识的人聊天，网友的名字是英文 dark。

这个人非常谨慎，自从相识以来，一直使用匿名分布式的网络聊天室，不使用实名制的聊天软件。

这癖好，刘华有点看不上。

现在全国懂技术的人才多少，没必要支付这么高昂的社交成本。

这个捞钱的点子，就是这个神秘莫测的 dark 想出来的，而且 dark 能提供洗钱的路子。dark 的要求是，只能在早上七点半到八点半之间犯案。

因为那个时间点，正好是上班的点，可以集中骗一部分路过的人，以及早早去银行等待着办理大额业务的人。

而且，那个时间点是值班的警察交接的点。

就算报警，警方也没有那么快的反应能力。

他们只要收网数钱就可以了。

谁知道刘华看到了钱就收不回手了，居然连十块钱都要花时间去转出来。

这没见过世面的样子，让 dark 觉得恼火："刘华，你可真缺德，我拒绝为你洗钱了。"

刘华很开心："那我可一个人全吞了。"

dark 给了他最后一个忠告："看在你曾经借我用过你的电脑的分儿上，我给你个建议，接下来，你诚实地对警察交代你做的事情，这样可以少踩几年缝纫机。"

啥？

刘华没有反应过来，只觉得 dark 在危言耸听："你就是胆子太小了，你知道电信诈骗的破案率有多低吗？我在银行一年才不到十万的工资，我今天赚到的钱，我得攒三百年，还得天天受那个老男人的气。你是不知道，天天对我横挑鼻子竖挑眼的那个方莉，对我们行长到底有多谄媚，我追了她半年，天天早上给她带包子，过七夕她居然不愿意和我去开房，你说这女人多虚伪……"

但是 dark 已经把他拉黑了，发出去的信息显示拒收。

刘华坐在飘窗上看了看窗外，觉得自己的泡面吃得太早了，他应该在手机上点个海鲜外卖，鲍鱼龙虾他都没有吃过。

但是点开外卖软件，一看这样的海鲜套餐要大几百，他就放弃了："也不比猪肉好吃，很可能还不新鲜，用的都是死鱼烂虾和地沟油……"

///

"接下来，我们会有一份'抓了么'订单即将开始。"

没有明显警务标志，仅有牌照是黑字白底的车辆缓缓驶入了锦绣园小区，周六一坐在后座，下车以后和雷明手挽着手，装作情侣的样子上了一栋楼。

男的帅，女的靓，引来旁人的频频回头。

小情侣不可能走着不说话，周六一道："小明姐姐，你是金刚芭比吗？"

雷明白了他一眼："不会说话就别说话。"

周六一像个小鸡崽一样，立刻不说话了，低着头玩手机，电梯里的人哄笑，意思是笑话周六一怕女朋友。

周六一看似在玩手机，其实正在查找附近的无线网络信号。

远程控制了对方的电脑，就能看到对方的路由器，路由器在五到十米的范围内，他就能搜索到信号。

好在，这里的楼是两户一梯，一般入户的网线就在离门不远的地方。

一楼，没有找到信号。

二楼，没有找到信号。

…………

十二楼，出现了信号。

周六一心里一紧，他对着雷明点了点头，意思是找到了犯罪分子的位置。

雷明立刻握紧了拳头，表情由刚才的松弛变得坚毅，大概是出于职业习惯，她把周六一护在了身后。

抓捕，即将开始。

第 26 章
网盗落网留尾声

Chapter 26

确定了楼层以后，周六一和雷明守在屋外面，楼下的其他警察赶紧上楼，梁培禾亲自坐镇指挥。

周六一把这家的电给掐了，刘华发现自己家里没有网了，还没来得及细想，就响起了一阵敲门声。

周六一装作物业的人敲门："先生，您在家吗？您家的电费该交了，您看是您自己去地下室刷卡，还是您现在把钱给我我替您交一下……"

刘华骂骂咧咧地开门："你们这些物业，收钱的时候积极，办事的时候和死了一样，有个老头天天早上五点钟开始吊嗓子，折磨得我根本睡不着……"

他一开门，周六一对照了一下，手机上有远程监控从刘华电脑里找到的他的证件照："你就是刘华吧？你涉嫌电信诈骗，被捕了。"

雷明从夹克掩盖的后腰处掏出手铐，刘华想要反抗，抬手就想拿门口的啤酒瓶子，可雷明动作实在是太快了，一脚就把刘华给踹翻，把他摁倒在地，他像个大号的乌龟一样，就连扑腾都没有力气，被雷明反剪他的手给铐上了。

刘华又疼又委屈："你一个女人，哪来那么大的劲？"

片刻之后，雷明押着刘华下了电梯。

坐在车里的梁培禾看了看表，从报案到抓捕，现在还不到六个小时。

案犯利用了伪基站、银行短信漏洞、跳板网站，洗劫了十几个受害者的财富。

周六一也用远程监控软件、木马植入技术，把他给抓了。

这个看起来复杂的电诈案办得相当漂亮！

梁培禾对于电脑技术不太在行，他问许仲平："周六一用的那个软件叫什么？"

许仲平一脸尴尬，因为在几分钟以前，徐海问他："你们学校也是理工大学，听说你学的计算机专业还是王牌专业，导师也是国内的大牛，你怎么就被周六一给比下去了？"

许仲平现在开口也不行，不开口也不行，难道他要给领导解释，他们学校是怎么在试题泄露焦头烂额的情况下，请了外援的吗？

况且，当时他清清楚楚地记得，外援不能使用任何私人的电子设备，只能使用校方的电脑。

那个病毒，周六一是怎么带走的？

只有一个解释，那就是周六一把那个病毒的代码给背下来了。

简直不是人！

刘华所有的电子设备都被作为证据封存了，因为他舍不得让专业人士去洗钱，所以这些钱都可以被追回来。

刘华气得大骂："早知道忙活了一上午，还是会被抓，我就应该用这些钱吃顿好的。"

雷明翻了一个白眼："吃下去也得吐出来。"

///

案子漂漂亮亮地破了，审讯什么的就交给分局的侦办小组。

周六一从自动售货机里拿了两瓶饮料，下楼的时候，看到雷明正在窗口抽烟，下午的光落下来，她整个人像是镀了一层金色，美得不像话。

周六一赶紧跑了过去，雷明在打电话，背对着他："行，队长，我知道了，我一会儿就回去，我不用回家收拾东西，行李都在宿舍。"

她挂了电话，又给她妈打："妈，我出个任务，上交手机的那种，晚上不回家吃饭了……"

电话里传出来的不是温柔的嘱咐，而是她妈的咒骂声："死外面别回来了，一个月挣不到五千，你脑子被驴踢了还是被狗啃了被门夹了，天天连家都不回，早知道你这个德行，我生你干吗……"

周六一站在两米之外,看着雷明,而雷明一声不吭,听着她妈骂完。

其他人可能会不习惯,但是周六一和雷明对这种事,早就习以为常了。

雷明转过头来,一脸平静,问周六一:"有事?"

周六一赶忙摇头,一肚子的话都咽了回去:"没,没事……"

雷明脸上多了一抹笑容,几乎很难察觉到:"案子办得不错,不过我现在没空请你吃饭了,下次见。"

说完,她接过了周六一手中的两瓶饮料,像从前那样,把一瓶的瓶盖拧开,递给周六一,然后拿过另一瓶,拧开,一口喝了半瓶。

这是小时候养成的习惯。

周六一妈妈的小吃摊太忙了,他那时候太小,人还没有桌子高,不管是咬还是抓,都拧不开水瓶。

雷明每次都会把瓶子拧开再给他,然后自己开一个。

现在,他已经是一个成年人了,雷明的这个习惯还没有改。

周六一没有说,接过来喝了一口:"注意安全。"

雷明点了点头,潇洒离去。

他感觉空气里似乎有酒精,上楼的时候,他整个人都轻飘飘的,两只脚像是踩在棉花上,踩在云朵上。

这是不能和任何人说的,藏在心底最深的秘密。

///

徐海在周六一后面突然出现,吓了周六一一跳:"雷警官,刑警队的警花你也认识?"

周六一点头,不知道徐海葫芦里卖的什么药,不过徐海这样的有资历的刑警,居然都称呼雷明为雷警官,跟对待黄青梅和李娟的态度完全不同。

这足以说明,雷明当警察这么多年,挺受人尊敬的。

徐海笑道:"这妞辣得很,目前还没有谁敢招惹她,我抓人贩子那会儿,和她合作过。"

周六一眼睛亮了:"啥?她做过什么?"

徐海笑道:"那会儿,我们去鲁省乡下逮人贩子,蹲了大半个月,没有一点线索。雷警官是派过来支援的,谁知道她下了火车以后,我们的人说她和人贩子接上了头,被几个人贩子给包围了。"

周六一拳头都硬了。

要是她被卖到了山里，这辈子都不可能出来了。

雷明居然还参与过这么危险的案子。

徐海卖关子："不到几分钟的时间，我们就接到了医院的报警电话，我们一个个大老爷们都吓傻了，人家小姑娘才二十出头，大老远的来帮我们破案，却遇到了危险。真出了事情，让我们怎么向人家的家人交代？我们一伙人赶紧去了医院，你猜怎么着？"

周六一快要急死了，望眼欲穿地看着徐海，岂料徐海哈哈大笑："我们去了医院，听说新送过来的病人都在急诊，而且是看骨科，我们赶紧过去，看到三个人高马大的人贩子号得像杀猪一样，那脸肿得像馒头，要多滑稽有多滑稽。雷警官一个人居然把他们都打趴下了，还把他们捆在三轮车上的两个从外地绑过来的妇女给解救了。我们找到雷警官的时候，她正在楼道里坐着修她的碎成了好几块的手机，看起来就是个子高挑又漂亮的普通小姑娘。那模样，真够俊俏的，我手底下的几个刑警，都没有成家呢，看着特别动心，但是吧，医生和他们讨论过三个人贩子的伤情，他们都不敢追雷警官。"

这样啊。

周六一松了口气，露出笑容。

虚惊一场。

这个世界上，咳嗽和爱是掩盖不住的。

徐海通过周六一的反应，看出很多深藏的东西。

他点了支烟："那三个人贩子，有一个还学过凶残的泰拳，有一个在地下赌场打过黑拳，还有一个是杀猪匠，都人高马大的，居然被一个小姑娘打趴下了，可真是奇怪呀。"

周六一沉默不语。

这没什么奇怪的，那些人贩子求财，把女人当成玩物，而雷明是求生，求生的人会爆发出无限的潜力。

一个有信仰的人和一堆垃圾怎么可能一样？

看穿了周六一的秘密，徐海手往周六一的肩膀上一搭："刘华这缺德货，太不让人省心了，我们轮流问了一遍口供，就是死咬着不说。你再去问问，说不定有其他的线索。"

周六一是个实习生，还没有独立办案的资格，而且这里是分局，多的是大牛。他问："反诈中心的人不是也在吗？"

徐海笑道："新成立的单位，能有几斤几两？都是滥竽充数的，除了会删帖子还会啥？你去给他们上一课，我可是听说，在黑客这一行，都是年纪越小越厉害。"

周六一想到那个病毒，赶忙道："师父，现在已经没有黑客这个概念了，我们现在都叫网络安全工程师，黑客是要坐牢的！"

徐海嘿嘿一笑："我还以为你是个法盲呢。去吧，去看看那个滥用技术的黑客接下来要面对什么。一千多万呢，足够把牢底坐穿了吧？咱们一年的工资、司法补贴、值班补贴、出差补贴、文明奖、取暖费、清凉费，加起来好像不到八万，你算算咱们多少年才能攒够一千万？"

周六一头皮发麻。

徐海这是在敲打他，不要仗着技术走邪路。

///

刘华蓬头垢面地窝在审讯室，因为案值巨大，手铐脚铐都给他安排上了，本来就很邋遢，现在看起来更颓丧了，像一只被丢到了粪里滚了一圈的野狗。

见到周六一，刘华一开口就是："那个女孩，是你女朋友？"

周六一心里天塌地陷，怎么都往这个方向上靠？

他急忙摇头："不是。"

刘华像是松了口气："就是，那么漂亮的妞，怎么可能看上你？你大学都没有毕业吧？你这衬衫的肩章和那几个警察的不一样，你是个辅警吧？哈哈，干活的时候让你冲在前面，领工资的时候一个月一千八，人家那么漂亮的警察，怎么可能看得上你？"

说完以后，刘华像是有了自信，腰板挺直。

他觉得自己又行了！

并不是所有人都能通过穿着年龄等外露的信息准确地分析一个人，刘华的这一席话，他自己说得心满意足，但是另一个陪审的警察许仲平一直在笑。

刘华意识到自己被笑话了："怎么？我说错了吗？"

许仲平道："这位，是我们今年的省考第一名，东华大学计算机系毕业的，你搞伪基站和网页上传，就是他抓到的你。"

什么？

刘华原本松弛的面容，此时显得很是狰狞："怎么可能？有这么好的技术，你居然当警察？你知道现在顶级的网络安全工程师工资多少钱吗？和中彩票一样，市中心的房子都能随便买，结果你当警察，你是抱着金饭碗在要饭，你明白吗？"

周六一审视着刘华，好半天才开口："你就和我说这些吗？我没空，我要走了，我们单位今天破了案子，我师父管饭，不吃食堂了，去下馆子。"

说完，周六一就准备起身了。

刘华大哭："等等！"

周六一停下。

刘华问周六一："你的工作怎么样？能挣多少？"

这可是个直击人灵魂的问题，许仲平意味深长地看了周六一一眼。

周六一重新坐下："吃得饱，睡得着。"

许仲平松了口气，这个回答挺不错的。

刘华回味着这六个字："你知道我为啥被银行开除了吗？我嫌试用期的工资太低，在银行的自动取款机出钞票的口上粘了胶水，这样出钞超过二十张，就会因为太厚压在胶水上，一般现在的人取钱都不数，直接就拿走，等发现不对再回来找银行，银行只会认为他们在找麻烦。一开始，我挺开心的，因为我每个月能多三千块钱的收入。全都是现金呢！我把这些钱放在我宿舍的枕头底下，没事的时候就拿出来数一数。但是，为了这点钱，我白天吃饭吃得没滋没味的，晚上睡不着，每天都是提心吊胆的，害怕被人抓走。"

周六一道："我看过案卷，不到一个月你就被抓了，有人数了钱，发现少一张，银行一开始认为他在耍赖，但是这个张先生是个较真的人，他打印了冠字号，然后把票据交给了银行。银行觉得有点蹊跷，就把冠字号上传到了自己单位的系统里。过了没多久，你拿着钱去存，就被抓了个正着。"

刘华点头，又摇头："我天天在银行工作，可看着呢，好多人没文化，没脑子，怎么就有那么多的钱？几十万几百万放在银行，利息几辈子都花不完……"

周六一和这种人没什么聊的，站起来准备走人，但是刘华大哭起来："我也很想过上吃得饱睡得着的日子。"

刘华交代得挺快的，他技术一般，是在网上购买的网页，现在痕迹也全部都被消除了。

这种网页网上能制作的人挺多的，不一定会用于违法犯罪行为，很多商场超市，登记信息可能都用得着。

溯源没有太大的价值。

审完以后，周六一才喝了瓶水，姜汉山喊周六一上楼，往另一栋楼的后勤处走:"来都来了,顺便办点别的事情回去,咱们所的电子设备老化严重,你来了这么长时间了,还没有给你发警务通……"

新电脑、新手机、新摄像头、执法记录仪……周六一一听这些东西,立刻眼睛亮了。

这些都是现在的男生喜欢的设备,而且和民用的东西不一样,这些是只有警察才能接触到的权限更广的东西。

姜汉山带着周六一进了后勤处老吴的办公室,在楼道老远就听到了碎纸机的声响,两个内勤正端着一箱碎纸搬出去。

走进去以后,他们发现老吴正在抠碎纸机里卡的纸,完了再把一沓文件给放进去。

办公室的室温因为碎纸机的工作升了好几度,周六一瞟了一眼,文件上的签名,赫然是前段时间落马的一名高官。

显然,各个单位,都在整肃。

分局在销毁所有他签名落款的文件,不让他的名字再出现在任何内部公文中。

派出所因为文件量比较少,几个内勤早就做完了,但是分局的太多,现在还没有搞完。

姜汉山看了周六一一眼,若有所思道:"不管你从事哪个职业,一定要遵守职业道德,要行得正,坐得直。"

姜汉山还没忘许仲平说周六一的软件是病毒,所以想敲打他,但是这个敲打的方式……

这名高官,在刚调职的时候,也做了很多好事,但是禁不起权力的诱惑,后来成了当地黑恶势力的保护伞。

大半辈子的所有功绩都会被抹去,就像在这个单位系统内从来没有存在过一样。

对想要在职业生涯中做出成绩的人而言,这是一种毁灭性的打击。

周六一,如果想以警察这个职业为终身职业,就不能犯那些错误。

周六一不是个喜欢抬杠的人,姜汉山的话让他很受教:"教导员,我知道了。"

和姜汉山的目光一碰撞,姜汉山便了然,下一次这小子只会把软件藏起来偷偷地用,而不是坚决不用。

付胜的担心是有道理的。

老吴累得气喘吁吁的,因为太胖,他坐在椅子上时椅子也在响。他对姜汉山说:"还好我从警早,晚几年连体测都过不了,现在的年轻人竞争太激烈了,我看好几个不错的苗子都在体测这一关被卡住了。"

姜汉山一边接话，一边看办公室里的装备，顺手还拿了张表格："咱们念警校那会儿，菜里连点油花都没有，都还想着怎么增重呢，根本不存在超重的问题。"

老吴连连点头。

姜汉山就在表格上标记："警服要一整套，春夏秋冬常服、执勤服、作训服，都要齐全，现在是不是有警礼服了，也要一套，照着缉毒大队的给我们配。警务通、执法记录仪，要一套，我看这个就不错，照着治安大队的给来一套。防刺服、防爆叉，要一套，这个是不是和城管那边的差不多？我们所做图侦的那个电脑太旧了，照着网警的给配一台……"

老吴立刻不再点头了，连连摇头："老姜，咱们的惯例你也知道，装备要统一采购，今年都已经过了时间，这小子新来的，就先借别人的警服穿一下，一个实习生要什么警务通，现在警务通用的都是华为的，一个四五千呢……"

姜汉山手撑在桌面上，笑得儒雅随和："老吴，今天那个案子你听说了吧？伪基站伪造银行短信更新身份证诈骗案，就是我们所给破的。"

老吴原本没有怎么注意周六一，分局这样的地方，有年轻的科长也不稀罕，各个单位的骨干精英也会经常过来开会。周六一，除了长得嫩一点，没什么特别的。

但是姜汉山的话音刚落，老吴看向周六一的目光立刻就不一样了："什么？那个案子是你们所破的？"

"我的天！我在一线时候，一个月抓不少扒手，案值加起来都没有这一次多！真是时代不一样了，英雄做的事情也不一样了。"

然后，老吴在姜汉山拿过来的表格上，毫不犹豫地签了字："我晓得，神枪手，都是用子弹喂出来的。"

案子处理得差不多了，胡亮接了个电话，准备回去和女朋友再商量订婚的事情，姜汉山准了他的假。

徐海还拍了拍他的肩膀："这次可得成功，我们所很久没有喝喜酒了。"

姜汉山这边的事处理完了，刚要走，就接到了学校打过来的电话，让他去一趟。

姜汉山坐在车上，很是郁闷："我就奇了怪了，我们把孩子送到学校，学习不好,不应该是老师的事情吗?为什么要一趟一趟叫家长,我要是能教好他,为啥要送到学校呢?还有,明明是孩子学习不好,为啥要一直批评家长。我要是能代替他考试,还送他去上学干啥?现在的教育,真让人费解。"

姜汉山看徐海,徐海在抽烟:"老姜,你别看我,我哥学习不好,他闺女上学一学期,被叫了十几次家长,他说孩子像他,他小时候就那样。你想开点吧。"

姜汉山无奈:"我是高分考进理工大学化学系的。"

徐海赶忙安慰:"那也可能基因突变嘛,你想开点。"

姜汉山又看向周六一,周六一双手一摊:"我从一年级开始,就是全校第一,一直到省考第一,我从来没有因为学习给我妈添过麻烦。"

姜汉山拍了拍周六一的肩膀:"我可真羡慕你妈。"

然后,他给他老婆打了个电话:"要不你去一趟吧,老师每次说的话都太难听,我有些受不了。"

他老婆的咆哮声排山倒海而来:"你受不了,我就受得了?你是单位的模范警察,大领导,我就不是了?你当警察的时候每次都要身先士卒,喊着'跟我冲',怎么到自己家的事情就怂了?我告诉你,一人一次,上周是我去挨骂的,这周轮到你了!你要是敢不去,就别进这个家门了。"

他赶忙道:"行,我现在就去学校,不管孩子老师骂什么,我都不会摆脸色。"

他老婆又说:"不和我抬杠了?我看你是刚办了案子所里不忙了吧?快点去学校,晚上买点东西去看看我妈。"

姜汉山颇有些无奈,转过头看徐海和周六一,两个人都声称自己啥也没听到。

姜汉山下车,在警车旁边拦出租车,出租车没一个停的,他一拍脑袋:"我咋忘了,穿着警服,开着警车,根本就打不到车。"

他把脱了的警服和警帽放在警车里,去路对面打车。

周六一和徐海回所里,周六一开车,徐海赶紧接管了方向盘,并解释道:"你脑子歇会儿,处理器工作时间太长,会发热死机。"

此刻,所长也忙完了一堆事,也和姜汉山通过电话。要到了不少设备,他心情很不错,把腿搭到办公桌上,还哼着小曲。

但是,梁培禾打了电话过来。

梁培禾是分局的大忙人，主要管着破案这一块，一般根本就没有时间打电话给别人，经常是付胜给他打。这次主动打过来，肯定是有事。

付胜的表情瞬间凝重起来，梁培禾打电话也不和他寒暄，单刀直入："周六一这个新人，你要注意一下。他没有任何警务工作的经验，人又年轻，你不能只考虑破案率，还得考虑人才的培养，你的工作重要，但是下一批警察的培养也重要，不然等咱们这些老家伙退休以后，谁来当警察？这小子比较跳脱，你要多关注一下。"

他的话没有说透，但是付胜理解了：周六一，使用了过激的破案方式，梁培禾觉得有点危险。

付胜也觉得头疼，周六一似乎已经把剑走偏锋当成了一种习惯，不使用一下就不舒服，他回复梁培禾："行了，我知道了，你都那么大的领导了，不至于和一个法盲计较吧？"

挂了电话以后，付胜久久不能平静。

///

梁培禾坐在办公室，心情极佳，包子褶一样的脸上露出了微笑。

反诈中心是新成立的，来的都是特殊人才，但这些人才已经在社会上经过了锤炼，进入体制求的就是安稳、福利好。

冲劲不足。

周六一，有点意思。

这小子居然能把多年前大学里用的病毒给收集起来，还能用起来。

路子很野。

梁培禾一点也不怀疑，周六一的U盘里，还存了很多破坏性更强的病毒。

刘华的这个天衣无缝的案子，就在几个小时的时间内给破了。

这是用黑客的手段来制裁黑客。

///

下午，回到单位，食堂已经收工了，但是李大妈给留了点吃的，周六一拿着乐扣饭盒在微波炉里加热了一下，然后去办公室的窗边吃。

他还拿了个案卷看，徐海提到的伪基站诈骗，二〇一三年就已经出现了，他在案件研判过程中居然没有发现。

这让他觉得有点挫败，他要赶紧把所有的案卷都看完才行。

李华正在打游戏，一边打一边骂人："真不要脸，明明是幼儿园的水平，还好意思说自己是三江第一狙击手，还取个名字斜键仙，我打了一个钟头，掉了好几颗钻！"

黄青梅白了他一眼："能不能小点声？"

她看周六一，眼神十分温柔。

李华看到黄青梅的眼神，立刻把手机放下了，坏笑着问周六一："我听说办这个案子，还调了刑警队的人过去，刑警队有个特别漂亮的警花，你见着了没？"

黄青梅杏眼圆睁："刑警队，传说中男人是牲口，女人也是牲口的地方，还有美女？"

李华添柴不嫌火大，笑道："上次大比武的时候，刑警队出来的女教官，和彭哥过了好几手呢，拍下来的宣传照都上了咱们的内网了，你没看吗？那名女警，长着天使般的面孔，魔鬼般的身材。这可真的是入错行了，她要是去当模特和明星，肯定能火。"

黄青梅不相信，但是李华已经把拍的照片拿出来给她看，这是大比武结束的合影，雷明在其中，看起来英姿飒爽，其他人根本就盖不住她。

黄青梅的表情不大好看。

这时候，王才智从外面回来了，他对着周六一竖了个大拇指："不错！"

他不无感慨道："现在办案和从前不一样了，以前用人海战术，靠人的眼睛和腿，现在都已经开始靠专业技术了。"

王才智并不知道刚才大家在讨论雷明，把雷明也夸上了："我本来觉得，刑警队的那个雷警官是个挺高冷的警察，没想到和你扮情侣的时候还挺自然的。"

啊？

黄青梅默默地转过身，回自己的工位，眼圈红红的。

李华拼命给周六一使眼色，周六一装作没看到。

这时候有人打了报警电话，是个女的，听声音有三十多岁了，在电话里哭着叫周六一警察叔叔。

"警察叔叔，我的手机没有话费了，我在这个城市没有亲人，没有朋友，我谁也联系不上，我也没有现金，不能打车，不能坐公交，不能吃饭……"

在我国，手机欠费的情况下，紧急电话是可以拨通的，而警察确实会提供帮助。

所以，钻空子的人就比较多。

上周就有个电诈分子，把全国十几个派出所的电话都给打了一遍："警察同志，我想自首，但是我的手机欠费了，你能不能给我充点钱？"

然后，这个电诈分子一晚上就收到了好几千的话费，他把话费充进了绑定的其他游戏账号里买币，关机以后逃之夭夭。

连累十几个民警受到了处罚。

这事在内网上普及过，所以周六一现在要先核实一遍报案人的信息，但是这女的一直在哭。

周六一道："你不要着急，不要哭，没关系，我给你充三十，够不够？"

然后，周六一把这个电话号码输到了微信里，查找联系人，看到了一个正常的微信账号，朋友圈是对陌生人开放的，而且记录可以翻到好几年前。

周六一快速翻了大半年的，看到了女孩子的名字。

周六一问了一句："董文月，你能听到我在说话吗？"

女子的反应很真实，高兴起来："能听到，警察叔叔，太感谢你了。"

周六一又问："就是这个电话吗？你能不能把这个电话号码给我说一遍。"

女子没有拒绝，把电话号码念了一遍，周六一在重复的时候，故意念错了尾号，女子着急道："警察叔叔，最后一位错了。"

周六一掏出自己的另一部手机，给这个打过来的电话号码充了三十块钱："我给你充好了，但是可能需要几分钟才能到账，你稍微等一下。"

女子很开心，说了好几个谢谢，说等她回到家，会还钱给周六一，周六一说不用了。

处理过程王才智都看到了，谨慎、速度快，处理起来像个老手，他对周六一微笑，点了点头："不值班时候，我请你吃饭吧。"

王才智这么抠的人，居然会请他吃饭？

周六一不解。

王才智笑道："按照龙华街派出所的传统，请你吃饭，就是出师了。"

现在在王才智的眼里，周六一是一个合格的社区民警了。

所里每天都有很多案子，周六一跟着办了不少，所里那几名警察都把考核的意见交到了所长付胜的办公桌上。

无一例外，全都是好评。

所长付胜有些意外，他把徐海叫过来了。

徐海顶着一张睡不醒的脸,手里拿着一份案卷:"李华这小子的案卷写得真不行,这字和狗爬一样,我都不想在上面写我的名字。"

付胜没接话:"周六一悟性极高,胆大心细,做起事情来也很拼命认真,到目前为止,他的方法虽然有瑕疵,但是事情都得到了完美的解决。如果现在训斥他,肯定会给他造成心理影响。现在的小孩说辞职就辞职,尤其是身怀绝技的高才生,跳槽换工作,根本就不是为了找口饭吃,而是为了升职加薪。一岗定终身的年代早就过去了。要是周六一被骂几句就跑了,那更是得不偿失。你觉得呢?"

徐海竖起耳朵:"所长,你问我?就一个懂点技术的毛孩子,能翻了天?你看看现在的那些小孩,和咱们小时候不一样了。咱们小时候,哪见过智能手机和电脑,家里能有个电饭锅,就算是家用电器了。现在的小孩,从小就什么都见过,他们见识多。你家孩子从小到大,兴趣班上了多少?不说琴棋书画样样精通,就我知道的,你孩子上了奥数班、绘画班,还会一门乐器吧?我记得你家娃的唢呐吹得不错,大彭结婚的时候,还给表演了个才艺。"

周六一帮着破了个大案,徐海心情极佳,愿意为周六一说好话。

所长付胜曾经因为用枪不当被审查,错过了晋升的机会。

所以对于周六一出格的行为,他特别敏感,生怕这个前途无量的年轻人走了弯路。

但是,时代毕竟不同了。

付胜不住地摇头,目光犀利,看得徐海十分不自然。他无奈道:"不一样,虽然我不是学电脑的,但是我也知道,这玩意很容易犯错。"

徐海硬着头皮问:"所以,你要亲自教导周六一吗?"

///

黄青梅一直闷闷不乐,周六一去自动售货机上买了瓶饮料给她,可这个时候,分局打了电话过来。

一般来说,应该是所长接,但是那边点名叫周六一,语气有些神秘。

电话是梁培禾身边一个叫范迪的年轻警察打过来的,他是文职的行政编:"刘华的东西你有没有全部检查一遍?"

周六一有点疑惑:"检查过。"

范迪又问:"那手机呢?"

周六一回忆一下,点头道:"我和反诈大队的两个同志,一起把手机连到电脑上,进行了好几遍扫描,把能提取和备份的文件都提取了一遍,手机也进行了封存。"

范迪说："你离开以后，手机打不开了，几个同事尝试按下开机键好几次，才勉强打开，但是输入密码以后手机自燃了。"

什么？

周六一震惊无比，他让范迪赶紧把手机的情况拍照传过来，他要再看一眼。

周六一把图片在电脑上放大，手机烧焦了，主板什么的全都烧坏了，里面的数据再也提取不出来了。

原来手机的四个角进行过改装，里面加入了很小的硫酸装置，在反复按压开机键后，硫酸袋子被压破，倾倒在主板上，手机就会被烧毁。

这是消除数据的最好的办法。

也就是说，刘华这一次犯案，是得到了网上其他犯罪分子的指点。

这个人不但精通软件技术，可以熟练地编写程序，还能进行工艺复杂的硬件改装。

第 27 章
浊酒一杯心万里

Chapter 27

周六一起了一身冷汗，总觉得不太对。

手机自燃，并不影响这个案件的证据链和抓赃，这次算是一次完美的破案，但是周六一高兴不起来，他立刻跑到了分局。

下班的时间点，连个公交都挤不上，也不好打车，共享电瓶车也都被人骑走了，周六一骑着自行车走小路到了证据科，把那个自燃的手机拿在手里反复看。

许仲平还没有走。

他凑到了周六一的跟前，周六一把标记着号码的证物袋拎起来，对他说："我做不成这样，我能拆了整机再组装，但是天线的位置和电池之间会发热，就算没有外部压力，也很容易引起自燃……"

许仲平听得一头雾水。

软件，硬件，这完全是种菜和炒菜之间的区别，周六一居然连这个都懂？

许仲平咋舌，天才和普通人，完全不是同一个物种。

更让许仲平惊诧的是，周六一把自己的手机和这个烧坏了的手机分别放在左右手上，不断地比对着重量，惋惜道："我大意了，手机里面放置了浓硫酸的装置，重量就不一样了。"

这个证物袋，过了好几个人的手，根本没有人注意到。现在的人使用手机，都是手机出现问题直接再买新的，拿去维修的人很少。

周六一出去的时候，许仲平看着自己搭在椅子背后的警服，瞬间有些愧疚。

体制内，混日子的还是少数，多的是梁培禾这样的工作狂，还有周六一这种技术达人。

而他，是个普通人。

原本许仲平想早点下班回去吃饭，现在梁培禾说到了下班的点，让大家回去的时候，他主动挑起了担子："梁处，我还想继续。"

///

周六一心里五味杂陈，骑着车回去，徐海给他打电话，让他稍微快点，所长付胜点了一桌子菜，等着他回来吃。

李华还在手机里喊着："快点快点，吃了这顿饭，咱们就正式成为同事啦！我用了仨月才吃上这顿饭，你厉害，才一周！"

啥？

周六一心想，还有这么个仪式？

回去后，大家在食堂旁边的雅间，满满当当地坐了一桌，周六一进去的时候，黄青梅小跑着过来开了门。

周六一路过超市，还去买了一瓶红酒，但是桌上已经摆了几瓶白酒，还有果汁。

姜汉山道："值班的人喝果汁，女同志喝果汁，其他人随意，咱们所没有灌人酒的传统，意思一下就行。"

周六一松了口气，他还没喝过白酒。

徐海手剥着花生米，笑道："这事说起来就远了，任何一个传下来的习惯，都是有原因的。咱们上一任局长调过来那年的除夕，出了个灭门案，那嫌疑人手里还带着枪，记者正好路过，拉着省厅电视台去采访。咱们局长下的命令，就是全市的警察全部上岗，上路口盘查，去郊区挨家挨户地敲门，一定要在二十四小时之内把杀人犯给抓回来。别说是回家按时休息的警察喝了酒，就连在单位过年值班的，也都围着火炉喝了不少。虽然抓到了杀人犯，但是面对镜头摇摇晃晃的。

后来，喝酒必须报备，值班备勤的时候不允许喝酒，就成了规定，逐渐传下来了。要不然，上面来了大案子调兵，一个个喝得不知道东南西北，案子还怎么办？"

居然还有这样的故事？

说的是不能多喝酒，但是周六一面前的圆口玻璃杯里，被李华倒了满满一杯白酒。

周六一凑上去闻了一下，随即皱起了眉头。

所长付胜问他："以前没喝过？"

周六一诚实地点了点头。

付胜端起来酒杯："你要是进了刑警队，不能喝可混不开，因为刑警的工作流程就是没日没夜地工作好几天，破一个大案子，然后聚在一起喝一顿酒。"

周六一看了一下徐海，徐海也点头："刑警队就那样，以前的警察，需要三教九流都吃得开，什么人都要打交道，大部分人都练出了比销售还能喝的酒量。"

周六一不再觉得喝酒是个问题了，他端起酒杯，一口入喉，不带歇一下的，喝下去以后脸都不红。

其实他现在已经觉得视线模糊了，脑子像是短路了，几乎不知道自己现在在哪里，又在做什么。

原来，酒精，居然是这样的味道……

李华看到周六一不言不语，心里大为叹服，高才生就连喝酒都是天赋异禀。

李华拿起酒壶，又给周六一倒了一杯。

周六一端起来，走到最近的一个穿警服的男人面前，张嘴自己也不知道说了些什么，就一口喝下去了，好像喝的不是高度数的白酒，而是水。

李华继续给他倒："厉害呀，我一晚上才能喝这么多！"

周六一步子走得笔直，见人又是一番话，然后一杯酒下肚。

…………

大家都看得有点疑惑，付胜手拍在周六一的肩膀上，竖大拇指："好酒量，我都喝不了这么多。"

但是，周六一居然一下跌坐在了椅子上，歪靠着，眼睛已经闭上了。

这是已经醉了？

付胜咋舌："这酒量……要是想当刑警，怎么能酒量不好？我得和老梁说说，让他去宣传口。"

听到这话，周六一又坐直了，眼里像是有火在冒，他死死盯着付胜："我还能喝！"

似乎他根本就没有醉，似乎不让他当刑警，他就要和人拼命。

大家都没有见过这样的，本来想和周六一说几句话，让他别那么紧张，但是这时候居然有人报警了：鑫源小区外的烧烤摊边有人耍酒疯打架！

周六一一听到有案子办，腾地站起来，像脱缰的野马，想要往外冲："我去！"

付胜把他按下去："你去？本来是两个醉鬼打架，你去了就变成三个了。"

他带上徐海和王才智两个经验丰富的警察，觉得不大放心，又把李华给叫上了。

李华赶紧多拿了两个塑料袋："可别又吐我一身，我这警服还没穿几天呢。"

///

周六一安安静静地坐着，等着他们出警的结果，醉鬼肯定会被带回来，他还能帮点忙。

张桂兰也是那么想的。家里打电话让她回去，上初中的孩子学校实行大小周，这个周末好不容易才放假，想要让她回去一起吃饭。但是她拒绝了，压低声音和孩子解释着："妈妈今天先不回去了，今天所里事情有点多。"

醉鬼人数不少，有男有女，张桂兰晚上肯定要盯一下。

孩子十分失望："妈妈，我每次回来你都有事情，再这样下去，我都快不知道你长什么样了。"

张桂兰拿着手机出去了："等妈妈处理完事情，就回去了。"

孩子还是很难过："你回来就两三点了，我都睡着了，我一周也睡不了一个懒觉。"

…………

欢迎仪式被突如其来的警情打断了，原本热热闹闹的一桌，现在没几个人了，姜汉山看到周六一眼神茫然，就和周六一说："上一次你和亮子办的那个案子，太惊险了，要是你们到得晚一点，那个女业主可能就被杀了。但是要是能早点，她可能就会避免挨打。所以，所长想要快点去，或许能阻止一场流血事故的发生。等到天气转凉就没那么多的烧烤摊子，也就没那么多的打架事件了，咱们所的辖区不太高端，酒吧 KTV 比较少。"

周六一点头，像是在复习功课，回忆重点："嗯，大家都还和我说过，冬天扒窃案多，夏天色情犯罪多。"

李娟麻利地拿出来一个饭盒，一边给儿子打包菜，一边和他说："派出所就这样，忙起来不带停的，以后，除夕那天晚上，别人都在家里吃年夜饭，你在单

345

位值班，国庆节别人陪家人出去旅游，你在大街上巡逻，过生日别人在自己家里一桌人热热闹闹地吃长寿面，你在所里吃泡面。"

周六一还是坐得特别端正："我不在意，能当警察就行。"

这种话，别人说出来会有点假，但是周六一说出来就特别真挚。

李娟看着饭盒里的菜，愣了一下，她是为了家庭放弃了事业的人。她不像张桂兰那样只要有女犯人就守在派出所，她一般按时上下班。

打包完菜，她就拎着饭盒心满意足地走了。

姜汉山比较珍惜没有新的警情的时间，和周六一打了个招呼："治安大队那边要的资料我再检查检查，你们多吃点。"

桌上就只剩下黄青梅和周六一，黄青梅倒了一杯橙汁，递给了周六一，自己也端着一杯，说话的声音小小的："小周，其实我不喜欢当警察，每天见的都是烂人，但是你让我觉得这个职业还挺有意思的。"

周六一和黄青梅碰了一下杯，抿了一口："兴趣不是最好的老师，成就感才是。"

黄青梅眼中像是有星星："六一，虽然你比我小几岁，我本来是不喜欢的，但是你办案子的时候，我看着还挺帅的，你比我大学时暗恋的学生会的学长还要帅气……"

黄青梅絮絮叨叨说了不少话，可转头一看，周六一居然趴在桌子上睡着了，显然一个字都没有听见。

黄青梅气得把面前的白酒一饮而尽，然后开门出去了。

她为了今天晚上的宴会专门换了衣服，化了妆，比现在流行的那些网红的长相还要精致明艳。

但是周六一居然一眼都不看，还能睡着了。

黄青梅气呼呼的，出去直接找了辆出租车，回家了。

黄青梅出去后，周六一才从桌上爬起来，他把黄青梅的那杯果汁拿在手里，杯子的边沿还留着黄青梅的口红印，看起来十分迷人，带着青春的气息。

周六一没有谈过恋爱，他只想掌握所有可能会用到的技能，拼命地往前跑。

他凑近喝了一口，味道浓郁甘甜。

周六一的眼中，一片清澈。

所长亲自出马，十几分钟以后，就把一群醉鬼全部带回来了。

这些人进来以后，像是一兜鱼被扔到了旱地上，不断地扑腾着，非但没有互相道歉的意思，还想要再打一架，其中一个满脸横肉的大汉指着另一个文身大汉道："你敢插队，我见一次打一次！"

文身大汉毫不示弱："老子早就在微信上和老板约好了，排队比你早！"

就因为先来后到的问题，他们把烧烤摊给掀了，砸了十几个啤酒瓶子，现在被带到了派出所，还不消停。

眼看着两个人还要打起来，徐海、王才智几个人全都上去劝架了，但是这两人越发来劲了。

"老子这辈子，就没有说过对不起！"

"不打你一顿，我还给你脸了！"

姜汉山看到周六一过来，淡淡道："我不喜欢这种打打杀杀的场合。"

他嫌弃地给周六一解释："这个纠纷，看起来是能装进寻衅滋事的筐里，但是仔细分析就会发现，他们之间没有任何利益纠纷，就是好面子。"

这两人，已经准备继续砸东西了，其他人看着干着急，两边的女人和懂点事的爷们儿，拉都拉不住。

所长付胜气得干瞪眼，因为东西是派出所的，他心疼。

彭志远是个大块头，能直接把人给放倒，但是对付这些耍无赖的人，总不能打一顿吧？

姜汉山和周六一说："你在老徐那儿算是轮岗完了吧？"

周六一摇头。

姜汉山了然："现在的凶杀案比较少，你也没什么机会出现场，警务集训就快要开始了，影响下一步的分配。这样吧，你把眼前这活给解决了，明天开始你跟着我。"

跟着姜汉山！

姜汉山可是所里的缉毒警，地位高，就算是和其他单位打交道，那也是进门其他单位的新人立刻去泡茶的角色。

这可是个大好机会，周六一求之不得！

只见周六一迈着步子，直接插到了两个醉鬼中间，一扯满脸横肉的大汉的胳膊："砸，使劲地砸，我给你把椅子腿拆下来，你砸我们所的电视吧！这是二〇〇八年买的，当时的市场价是九千块钱，我们这种单位可没有折旧费一说，你得给我们买个新的。"

说着，周六一就把椅子放到这人手里了。

一听报价，这人立马就尿了，酒好像也醒了大半。

周六一又去和文身大汉说:"他砸电视机,那你就砸空调,狠狠地砸,使劲地砸,我们这个立式空调,也不贵,用了也有十多年了,一万三。"

文身大汉瞬间也觉得有点为难。

面子虽可贵,但是为了金钱是可以抛弃的。

但是,两个人的矛头都对准了周六一。

满脸横肉的大汉说周六一:"你们这种公家单位真黑,用了十几年的电视,还敢收九千块钱!你怎么不去抢?"

文身大汉也说他:"一个破空调,叫我赔一万三,是你脑子不好,还是我脑子不好。我告诉你,没门!"

周六一笑道:"不是得砸了东西,才能消气吗?"

两个人都叉着腰,你一言我一语的:"那也不能把我当傻子耍!"

"想占我的便宜,你想都别想。"

…………

说着说着,这两个人成了同一边的,其他人看着松了口气,这两个人总算不会打起来了。

周六一笑问道:"怎么不打了?你们快点打,看见没,我肩章上没有警衔,算是个临时工,你们打完了,正好给我们所都换上新电视新空调,还能把我这个月的业绩给完成了。我们所电器全都换一遍,大家都会感谢我机智。"

这话就说得看热闹不嫌事大了。

文身大汉先服软,和满脸横肉的大汉说:"咱们可不能打起来,便宜了这个警察。"

满脸横肉的大汉连连点头:"都是我不好,差点就上当了!"

…………

他们两个人刚才还彼此仇视,现在突然间好得像是失散多年的兄弟一样,勾肩搭背的,说了好多话。

聚众滋事,这是大罪,起码要拘留留案底。但是两个人如果接受调解,可以握手言和,就没有那么严重了。

看到这两个人能坐下说话了,两个人的家属都来对周六一表示感谢:"警察同志,太感谢你了,我们家这个人做事特别冲动,要是真动了刀子,可没法过日子了!"

"谢谢警察同志,我们愿意接受调解。"

周六一倒是谦虚得很,一点不像喝了酒的:"打赢了住院,打输了坐牢,完全是赔本的买卖,以后脾气不要那么暴躁,多算算这个账!"

……
很快就调解完了。

几个警察再回到食堂的小包间里,发现所有的菜都凉了,表面一层厚厚的油,肯定是没法再吃了。

就在大家商量要不要点个外卖的时候,周六一已经趴在桌子上睡着了。

像是一只巨大的猫咪,看起来乖巧可爱。

所长回办公室写工作备忘录的时候,专门多写了几句:对于新人周六一,一定要安排到技术岗上,不能让他化装侦查,和犯罪分子直接打交道,尤其要避免饮酒的场合。

///

第二天,周六一醒过来的时候,已经快中午了,他看了看表,躺了好一会儿才起床。起来以后他先去洗了个澡,换了身衣服,然后才往办公室楼下的方向走。

每个人看他的表情都有点怪怪的。

张桂兰看到他,拍了拍他的肩膀,语重心长地说:"孩子,你做得已经很好了。"

李娟看到他,也说:"六一,咱们公安岗位,虽然不能让人大富大贵,但是好歹也是有编制的,就算你犯了错误,所长也没办法开除你。"

王才智这个每天都要早早打卡的老警察也和他说:"放心吧,你按照现在的方向走下去,不光会成为一个警察,而且还会很优秀。"

徐海更是拍了拍他的肩膀:"年轻人,不要太焦虑,按部就班地往前走。"

……

周六一一头雾水。

他完全想不起来他昨天晚上做了什么,说了什么,李华满面春风地拎着早餐进来,还哼着歌,昨天晚上没多少警情,他睡醒以后还有心情去买早餐。

周六一赶紧过去问他,李华把一沓信纸拿出来,准备写检查:"也没啥,就是你喝了酒,真情流露。"

啥?

周六一感觉十分尴尬。

李华笑着说:"我只见过喝醉了酒耍酒疯的,从来没有见过喝醉了酒对职业表白的,我还录了一段,你看看。"

李华掏出手机,把视频给调出来,然后,就看到周六一端着酒杯摇摇晃晃地走到所长付胜面前，一本正经道："所长，我就是要当警察，这是我从小到大的梦想，你不能拦着我。你信不信，你要是阻止我，我就不活了！"

周六一走到姜汉山面前，差不多同样的话："教导员，我的实习报告，你可一定要给我打个优，我必须当警察，我这辈子就这一条路了！"

那场面，好像他当不了警察就没法活一样，开始他还是端着酒杯，然后就变成了抱拳，然后是鞠躬，最后就差下跪了⋯⋯

范进中举也没有疯成这样。

李华看着周六一，靠着椅背，一直在抖腿，在这个派出所里，他是辅警，学历不高，办案能力也一般，他心底有种一无是处的自卑。

他还一直以为，顶级的学霸，根本就看不上这份一眼看得到头的工作，更何况现在延迟退休，又没多少晋升的机会，付胜和姜汉山在自己的位置上都快十年了，也没见动一下。

周六一来这里，其实有些浪费。

但是，能考上这个职位，周六一居然和普通人一样激动，甚至比普通人还要激动，生怕饭碗不保。

李华现在觉得，他的这个学霸同事还是很可爱的，而且他现在有一项比学霸厉害，那就是他比学霸能喝。

李华把手里的包子给了周六一一个："你酒量居然那么差。"

周六一的表情有点难看。

他在想自己是不是应该学习一下喝酒。

李华一口吃掉大半个包子，含糊地说："对了，所长还说了句话。"

周六一一紧张："什么话？"

李华抖了抖自己手上的检查："以后你就别喝酒了，咱们所里，谁让你喝酒谁写检查。昨天晚上你喝的三杯酒，全是我给你倒的，所以我又在写检查了。万一你酒精中毒怎么办？"

林雅思得到了消息，兴冲冲地跑过来，看到几个年轻警察都在，她有点不太好意思，但是看到了周六一，她快步过来，对着周六一，还把手伸出来，露出手腕，笑容轻松："你们看，我手上的手表摘了。"

她想要表达的意思是，这个事情现在已经得到了圆满的解决，她终于得到了自由。

周六一只是点了点头，这让林雅思有点失望。

李华看到林雅思，提高了音调："赶紧戴着，要不然那个老板找不到你，还会找你麻烦的。你放心，我们警察已经把这个案子给处理得差不多了，肯定会把钱都找回来的。"

林雅思翻个白眼，骄傲道："案子都破了，我还戴这玩意儿干吗？朱老板一大早就过来，把这表给买走了，还向我道歉了。"

李华昨晚上睡得沉，不可置信道："分局效率这么高吗？"

林雅思坐在周六一桌子旁边的椅子上："你居然不知道？你们警察的速度可真够快的，今天早上，朱老板给我打电话，说警察让他去分局登记，准备退赃的流程。我接到电话的时候，也觉得很诧异，才一晚上的工夫，怎么可能把案子破了呢？我还跑去分局看了看，确定案子破了。那些警察居然熬了一个通宵，都整理出来了。现在还不能开始流程，是因为银行还没有上班。我还以为电诈案破不了呢，没想到警察居然这么有本事。"

林雅思还想请周六一吃饭："我知道一家特别好吃的馆子，晚上一块去吧，还能喝点酒，他们家的精酿绝对是一绝，等过了国庆节，可就不卖了。"

又喝酒？

周六一赶忙道："这都是我们应该做的，不用这么客气。"

林雅思有些失望，李华还凑热闹："雅思姐姐，周六一没空，我有空，我们食堂晚上吃早上的油条炒土豆，我早就想换换口味了。"

林雅思白眼快要翻到天上去了："不好意思，我加班。"

说完，她又看了周六一足足一分钟，但是周六一好像在处理特别重要的文件，根本就没发现她还没有走。

林雅思冷着脸出去了，刚好碰到来上班的胡亮，胡亮昨天晚上很晚才过来，和周六一喝了杯酒，又匆匆忙忙地走了。

胡亮手里的豆浆被林雅思撞翻了。

林雅思觉得不好意思，道了半天歉，提出给胡亮洗警服，但是胡亮没当回事："没事，我自己能洗警服，林女士你的衣服需不需要现在处理一下，我们所对面的干洗店挺好的，给我们洗都是八折。"

林雅思有点意外，警察还挺好说话的，她赶忙摆了摆手："没事，我们行也能给清洁。"

说完，林雅思看了看时："我还有个会，先走了。"

临走前，她加了胡亮的联系方式。

进来以后，胡亮坐在工位上，看起来闷闷不乐。

李华赶紧问:"亮哥,昨天下午听说你请假了?"

胡亮点头。

李华笑道:"是不是好事将近?我工资低,可得攒好长时间的份子钱呢。"

胡亮打开电脑准备办公,抬头道:"不用准备了。"

李华:"不是吧?发生什么了?"

胡亮手放在键盘上,没抬头:"我们昨天晚上逛街,在天桥上碰到了乞讨的,我以前都会给十块钱,她说我是个小傻瓜,但是昨天她说我是个傻×。"

胡亮并不做太多的解释,他有很多案卷需要审核。

李华丈二和尚摸不着头脑:"不是吧,因为这点小事吵架了,就要分手?"

第28章
江湖好汉招待所

Chapter 28

周六一把李华拉过来,一起去外面的办公室打印材料,轻声道:"短时间内,尽量不要再和亮哥提起婚事。"

李华一头雾水:"为啥?"

周六一声音压得更低:"这么说吧,他们大概率是成不了了。"

李华瞪眼:"怎么可能?"

周六一用几乎只有他们两个人才能听见的声音说:"亮哥的女朋友出轨了。"

李华惊诧得嘴都合不上,连连道:"怎么可能?"

周六一还想再解释一下,就听见所长的脚步声,还有一声咳嗽声,显然所长对两人说悄悄话很不满。

所长直接扣下了李华:"你的检查呢?都多久了,怎么还没有交?"

李华尴尬得不行,脑子高速运转,想着怎么能编一个理由蒙混过关。

周六一也想跑,但是被所长逮回来了,他赶忙赔着笑脸道:"所长,在写了,我就快写完了。"

所长站在两个新人面前,两个新人像犯了错的调皮小学生,画面相当搞笑。

付胜没有批评两人,相当和蔼:"今天上午,其实有个快递过来了,我问了一圈,也没人领,是你们两个谁的?我年纪大了,也不知道现在的电子产品怎么用，看不出来这玩意儿是干吗的。"

李华和周六一互相看了好几眼，吃不准所长到底是什么意思。

李华心一横："所长，那个东西是我的！咱们所的伙食太差了，我买了个早餐机，打算天天早上烤面包吃。你想呀，我每天早上吃得饱饱的，是不是抓小偷的时候更卖力？"

所长嘿嘿一笑："你确定是你的？"

李华以为骗过了所长，所以开始吹牛："所长，那可是现在最时髦的早餐机，你有没有看小红书，现在很多女孩子人手一台，天天早上都要拍照……"

周六一瞬间反应过来。所长看他和李华，就像是考场上坐在讲台上的老师看底下作弊的学生，一目了然。

所长很有耐心，一直等到李华说得没词了，才问周六一："是不是觉得我年纪大了，不像你们这些年轻人这么会玩电脑，就想着蒙我呢？"

周六一在被揭穿以后，老老实实的，完全不狡辩："报告所长，我没那么想。"

所长背着手，语气里加了点嘲讽："让你这个东华大学毕业的高才生写检查，是不是委屈你了？"

周六一如芒在背，好不容易积累的好感啊……

所长的声音震耳欲聋："别以为世界上只有你一个聪明人，别人都是傻子，我见过的聪明人多了去了，比你聪明的也很多。但是现在，那些聪明人，他们有的扒了这身警服蹲在里面，有的早就离开了这行，羞于向人承认自己当过警察。在工作中，不是靠着自作聪明，走捷径，就能办成事，不能偷奸耍滑。糊弄别人，就是糊弄自己！你明白吗？"

周六一认错态度特别好，让人挑不出错来："我明白，我错了，针对这件事情，我会再写一份检查。"

唉！

付胜头大，还想训斥几句，但是他自己又不懂电脑，万一说得不对，还得被这小子笑话，再加上周六一打了一个喷嚏，还吹了个鼻涕泡，显然是昨天晚上喝得太多了，再加上为了办案子奔波了一天，有些疲累。所长有点不忍心责骂他了。

年轻人，锋芒毕露，脾气比本事大，其实也很正常，需要好几年磨砺，才能变成一个沉稳的人。

他把黄青梅桌上的纸巾拿过来给周六一，周六一刚想说个谢谢，付胜黑着脸道："你们买的那个机器，我试过了，太浪费电，还浪费墨水，写一份检查成本得好几块钱呢。你们自己写吧。对了，你们买机器代替人手写检查欺骗我，也得写一份检查。"

李华闻言，苦着脸，不可置信："不是吧，所长，你居然真的认识这个机器？"

年轻人是有多小看他这样的中年干部？

所长白他一眼："你以为这些机器有多复杂，现在的老年人都不用老人机用智能机了，现在的国产车都开始使用中文标识了，你觉得我是个文盲吗？好好写检查，深刻反思，别成天想着糊弄交差了事，老想着糊弄别人，最后糊弄的是你自己，你什么时候才能成为真正的警察？好好反思反思吧！"

付胜很忙，所里处理完了的案卷都放在他的桌上，等着他签字。训完话他就走了，留下周六一和李华两个人在风中凌乱。

李华使劲地写检查，李华一边写一边念："我对我思想产生了滑坡的事情深刻反思，这将成为我人生的拐点……"

周六一咬着笔头，迟迟不能下笔，他是真的不会写检查，但是现在他要从上班的第一天吃了早餐店老板几个包子开始写起。

这事周六一都快要忘记了。

"不就吃了群众几个包子，至于这么严重吗？"

李华也是生无可恋的表情，一口把笔帽咬下来："习惯了就好了，我和你讲，一定要写得深刻一点，痛定思痛，最好能抱着检查哭泣，才能保证下次不再犯错误。"

这活周六一是真的干不来："这和跪着有什么区别？"

李华已经写了两行字："这你就不懂了吧？现在的政府职能单位，全部都在拼服务，我们一定要建设让群众满意的派出所。"

周六一不由得感慨："抓了人，还得让被抓的人觉得咱们好，这怎么可能呢？"

李华道："要不怎么说有困难找警察呢。"

周六一搁下了笔，昨天喝酒喝得太多了，脑子里像是装了糨糊。

李华怅惘地看着外面的街道："青梅怎么还没有来上班？她一向来都是准时准点的，要不你给她打个电话吧？"

周六一瞬间感觉头痛欲裂，赶紧把剩下的凉了的包子塞到了嘴里："我先去喝口水。"

这一天，倒是没有新的案子，太难得了，不过黄青梅没有来上班，周六一觉得心里闷闷的。

没案子发生的时候，周六一看到失物招领的柜子里，居然还有一些别人捡了送过来的电子产品，手机、平板电脑、手表……时间太久了，都没有人来拿过。

而他看的报案记录里面，几百条都是丢了电子设备的，大部分登记以后，都找不回来了。

这大概也算悬案的一种吧。

徐海对周六一挺负责的，喝水时看到周六一在看案卷，就他说几句："现在生活比以前复杂得多，很多都看起来是小案，实际上是大案。

"还有一点，你要注意。"

周六一立刻抬头，认真起来，徐海道："你要仔细甄别。咱们辖区不大，人口众多，但是经常犯事的就那么几个，他们会托人来打听，嘴上说的是：我大侄子坐公交车的时候，不小心把西瓜刀掉到地上了，被抓了，啥时候能放出来？事实的真相很可能是，他这个八竿子打不着的大侄子，在公交车上持刀抢劫，这可不是轻罪。还有人问的是，就是在酒吧里和女的挨了一下，怎么就被关了半个月还没有放出来？这很可能是猥亵和强奸。再小的案子，你都要看仔细了。"

周六一惊起一身汗，再看这些看起来不起眼的案子，就仔细多了。

///

到了下午下班的点，周六一的手机响了。

是梁培禾！

梁培禾给他打电话？

周六一兴奋地搓了搓手，他的努力，上面现在终于看到了！

梁培禾简单地问了问："在派出所还习惯吧？和同事们相处得怎么样？工作和生活上有没有什么难处？"

周六一还没有开口回答，梁培禾又道："没吃饭吧？今天加不加班？我带你去吃饭。"

周六一有点紧张和激动，不知道这是不是要被重用的前兆，一个市分局的处级领导，主动找他吃饭。

周六一换了衣服，立刻就去了。

///

梁培禾带着周六一去了一家生意特别红火的土菜馆，这个菜馆的名字很特别：饭醉团伙！

周六一被扑面而来的油烟呛得直打喷嚏，第一次来，他习惯性地拿出手机，搜了一下，这里不做外卖，仅供堂食，但是排队要等很久，是个很有名气的本地饭店。

不过，这饭店的名字……

怎么念都觉得和他们现在的职业有点犯冲！

周六一不由得皱眉："还有这么奇怪的饭店名字？"

梁培禾没穿警服，穿着黑色夹克，眉心有个川字，他不到五十岁，但是头发白了不少，一看就是领导，现在为了欢迎新人入职，他表现得很随和："派出所，有人调侃是江湖好汉招待所，我们来饭醉团伙吃饭，不是很正常吗？"

这时候，饭店的老板亲自拎着酒过来，周六一看这人特别熟，忍不住一拍大腿："老杨！居然是你？！"

这个瘦瘦的，看起来不起眼的汉子痛快地承认了，脸上带着职业性的讨好的笑容："周警官，恭喜你正式入职了。"

这个老杨，就是与胡亮配合考验周六一能不能经受住钱财诱惑的那个人，他演得十分逼真，周六一差点就信了。

胡亮说派出所把老杨和他老婆的饭店当食堂的时候，周六一还以为这两口子日子过得比较艰难，但是没想到，他们的饭店这么大。

这上下三层楼，有十几个服务员在忙碌，透明玻璃后面有四口灶在同时开火。

这一年的流水，起码在百万级别吧！

就连梁培禾都忍不住和他打趣："老杨，你还做假账不？"

老杨是因为做虚假合同被抓的，判了好几年才出来，算是一个成功改过自新的典范。

老杨笑道："梁处，您就会取笑人，我是好日子过腻了吗？做假账才挣几个钱，还成天提心吊胆的，但是正经买卖就不一样了，虽然累点，但是我每天晚上都睡得踏实。"

饭店实在是太火爆了，酒上来一小会儿，老板娘才穿着高跟鞋，从楼上风风火火地下来，急匆匆过来招呼："对不住了，最近人太多了！"

老板娘保养良好，耳朵上别着一支铅笔，丹凤眼一笑，就算是鱼尾纹极多，也能看得出她年轻时的娇媚："老三样吗？呦，单位里进新人了？那我得给你添几个新菜，菜单给你自己选，喜欢吃什么就点什么，不要客气，就当回自己家！"

梁培禾看着眼前意气风发的年轻人，越看越喜欢，点了头以后，继续和周六一说话："六一，我知道你不是警察专业出身，所以好多案子没见过，好多烂人你也没有见过，你们所长没给你安排师父，没给你讲，我就给你讲讲。其实死人的事情，是经常发生的，夏天的时候河里游泳淹死的，那尸体泡出来有正常人体的三倍大，别说是我们了，就算是死者的家属，都不想靠近尸体。冬天的时候，我们还接到过报警，雪半尺厚，从上面刨进去，是一个冻僵了的死人，和我一块出警的同事，连续半个月回家，都没有办法看冰箱里的冻肉，还有一个直到现在去了超市都坚决不去看里面的冻货。现在治安比以前好了，谋杀案比较少，大部分是意外死亡案件，还有的老人年纪太大了，摔一跤倒下去再也没有起来。隔壁的交警队，他们每天才是压力山大，因为交通肇事的案子，经常看见的就是被撞得四分五裂的车，一直在哎哟哎哟喊疼的车主，见血更是家常便饭……"

老板娘麻利地把几个菜下了单，笑着怪道："我这一桌子好菜，配着你一直讲命案发生现场，这饭还怎么吃呢？"

梁培禾笑道："习惯了，要是法医那帮人过来吃饭，那才叫劲爆！他们对着一盆人的内脏，还能淡定地吃外卖。"

老板娘把单子放在桌子上："得，我就不该把你们这些警察发展成老主顾。"

不过她话锋一转："可要不是你们把我这饭馆当成食堂，哪来我现在的金字招牌！"

周六一闻言一笑，眉间的阴霾全部都散了。

梁培禾轻抿一口酒，见老板娘离开，继续道："不要害怕尸体，不要畏惧现场，我们出现在现场，搬运尸体，对尸体进行拍照取证，法医解剖，都是为了为死去的人寻找真相，找到公理！如果真的有所谓鬼神，那他们也只会对我们说感谢。"

这是在打消周六一出现场的顾虑。

周六一若有所思，点了点头。

"在咱们这行，不管年岁上差多少，只要一起办过案，一起抓过罪犯，就是过命的兄弟了！

"案卷上是一部分，你可以问问王师父。等你和大家混熟了，他们都会请你来这儿吃饭的，来这里吃饭，是龙华街派出所的传统了，你以后如果一直在这儿工作，以后也会带着其他新人来。咱们这行，讲究的就是老带新，传帮带。"

周六一有点疑惑。

他来这里，是想梁培禾带着他办大案，不是为了上课的。

梁培禾是个相当有经验的老警察，当然能看出来周六一的部分想法，他笑了笑，转移了话题："你在和老王学开车？"

周六一点头："我就学了点皮毛，现在驾龄不满一年，连高速路都上不去。"

梁培禾道："老王最厉害的还不只是开车，他协调社区矛盾是一把好手，我记得元宝巷的拆迁工作，就是他协调的，作为经典案例保存了下来。你有空可以多翻翻，里面全都是智慧。"

周六一道："我现在看案卷看到了五年前，还没有看到拆迁的部分。"

周六一看案卷居然这么快，才几天，就看了五年的内容。

面对得力的后辈，梁培禾一直严肃的脸上露出难得的放松："推进城市化，是一件很复杂的事情，咱们国家，从封建社会、农业社会，跨步到工业社会、信息社会，用了不到两百年的时间。观念上、手段上、工具上，都有着极大的跨越。如果是在以前，一套方案就能用很长的时间，但是现在，相隔三年，就会有很大的不同。像木工、烹饪、刺绣，这些技艺都是十年前什么样，现在还是什么样，尤其是老手，更值钱。但是我们警察这行当，几乎是一年一个新套路，任重而道远！"

周六一有点意外，很快又想通了。

梁培禾给他上课，这也算是一种重视吧。

只要他足够优秀，梁培禾在办大案的时候，总会想起他的！

周六一感觉到手机在口袋里振动，拿出来一看，居然是所长的电话，他连忙接通，所长的嗓门震天响："在哪儿呢，我带你吃饭去，咱们本地最好的土菜馆！大彭、老姜、老徐正好都有空，一块吃，别开车。你们都和我报备一下，晚上还能喝一口酒。"

语气是难得的欢快，江湖气十足，还能听到他有节奏的脚步声。

周六一坦率地说："所长，我已经在菜馆了。"

所长下楼的脚步停住了，他狐疑道："哪家？"

周六一漫不经心道："饭醉团伙。"

所长极其敏锐："谁带你去的？"

周六一这才听出不对来，回答道："梁处。"

所长付胜原本打算先和周六一谈谈，没想到被梁培禾捷足先登了，这让他觉得很不爽，但是他又不能直接对着周六一发火，万一把这小子直接吓跑了怎么办？

"把电话给梁处。"

周六一把电话给了梁培禾，梁培禾笑眯眯的，维持着领导的形象。

但是，付胜不顾及形象："我就知道，你这老小子从来不安好心，我培养一个人，容易吗？你就来摘桃子，我再培养一个，你又来，你就是一个鸠占鹊巢的老斑鸠！手怎么那么黑?!我告诉你，这个人，你可得给我留着，别想着再拐跑了。"

梁培禾只有一句话："好钢得用在刀刃上！"

所长又道："现在基层都在搞智能办公，我们所离不开这样的人才……"

梁培禾也只有一句话："人事权不在你手里，你不能搞一言堂。"

所长吃了瘪，郁闷得一句话也说不出来了。

城门失火，殃及池鱼。

周六一就算再圆滑，现在也觉得力不从心，他总不至于当着两个领导的面，玩乾坤大挪移吧。

他现在就像被放在火上烤着，如坐针毡，不知道怎么接话。

梁培禾像是习惯了一样，坐在对面，老神在在的，面露微笑，享受着难得的不用想案情的时光，还时不时地夹起花生米来吃一颗。

电话那头沉默了一下。

付胜不骂了，直接开始点菜："要火爆羊肉、火辣猪肝，要土烤公鸡！我等会儿就来，叫他别走，给我等着。"

周六一眼皮子直跳："所长，你要干吗呀？"

付胜道："把这老小子喝趴下！"

这几个菜点得杀气腾腾，硝烟味十足，似乎下一刻他就能抄起板凳酒瓶子打人了。周六一招呼老板娘过来，老板娘接过电话对付胜道："知道了，现在就给你安排上，保准你来了菜就能上桌！我亲自给你掌勺！"

然后电话直接挂了，周六一觉得自己已经饱了。这两位领导不对付，他夹在中间很为难。

梁培禾把花生米往前推了推，笑道："没事，我们是老同学，早就习惯了。我晚上还有个会要开，先走了。"

这是要跑？

周六一不晓得这是什么情况。

梁培禾手压在他的肩膀上："龙华街派出所卧虎藏龙，跟着师父们好好学学！"

梁培禾拎着夹克直接出了门，昏黄的灯光照得他的白头发发亮。

他看过梁培禾的履历，这人是警界传说：从警二十一年，有二十年没有回家过过春节，不进行政岗位，不进机关单位，一直奔波在办案一线，一直牵头去破重案、要案、悬案。这些案子，往往错综复杂，不是单一的缉毒、反诈、杀人案，而是牵连甚广。也是因为他铁面无私，几乎不近人情，一心扑在案子上，所以这么多年，虽然功勋不少，却升迁缓慢。

现在的省厅几个副厅，也和他是同届。

可是，梁培禾付出了这么多，却始终没能破了他父亲的那一桩悬案。

///

所长风风火火地走进菜馆，周六一看到了他，赶紧站起来打招呼，手举得高高的，生怕付胜看不到他："所长，这儿！"

面对这么一个活宝，还真是舍不得苛责他。

付胜走过去，朝四周看了一圈："梁处呢？"

这会儿所长收敛了许多。

周六一道："梁处说他要开会，已经回去了。"

所长大大咧咧地坐下："他是怕我把他喝趴下！"

话音刚落，老板娘端着菜过来，三个大菜两个凉菜，五个菜摆了一桌，显然有些多了，老板娘疑惑地看着他们："就你们两个人？老姜他们几个呢？你们请新来的吃饭，不是传统吗？"

所长把菜单还给老板娘："他们忙。再上点啤酒，年轻人喜欢喝带果味甜味的，要这个荔枝味的、黄桃味的。"

老板娘拿着铅笔画了几下："行，稍等会儿。"

随后她扭着腰转进了后厨，似乎这儿就是龙华街的龙门客栈。

付胜端着一杯酒，喝完了以后问他："你觉得这个老板娘怎么样？"

这话让他怎么回答？

周六一搓搓小手，一脸天真无邪的表情："所长，你让我怎么说呢！"

老板娘刚好拎着两瓶果酒过来，酒瓶子很好看，细腰大肚的青花瓷，老板娘自己也像个美丽的青花瓷花瓶。

但是看这做派，还有老杨的年纪，这老板娘大概到能给他当妈的年纪了。

老板娘拿着起子麻利地开了盖子，给自己倒了一杯，随后端着杯子敬周六一："周警官，这是所里的必备项目了，说吧，你是怎么看我的？反正没你们派出所，也没我这个店。"

周六一看了看四周，和老板娘碰了杯，然后夹起一筷子菜尝了尝："菜的味道好，分量足，而且符合现在年轻人的口味，也有本地味道，客人都是熟客，这个店最少开了有八年了吧？"

老板娘笑声爽朗，自斟自饮了一杯，眼睛里带着一些沧桑。她没有回应周六一的话，继续问："那你看我呢？"

这时候，有客人买单，老板娘去结账，顺口道："零头就抹了，下回再来！"

然后老板娘又回来了。

周六一有点吃不准了，就算是看出来，也不能说，但是如果他不爆点料出来，老板娘是不会罢休的："您是个有故事的人，不过您是真的会做生意，我看过了您的菜单，标价尾数，都是十九、二十九、三十九的样子。您这里都是大桌子，最少都是三个人吃饭，点菜四个起步，这样抹零的尾数，就是四九三十六，五九四十五，六九五十四，七九六十三，八九七十二，九九八十一。也就是说，只要点菜超过五个，抹零就不会超过五块钱。点得少了的客人，又不好意思让您抹零。这样既带动了人气，又能省下来一大笔开支。"

老板娘笑容明媚，不再多说，又放下一瓶酒，从容不迫道："要不然老杨那个做账的怎么能看上我呢，我女儿下个月结婚，我也请你们喝一杯。"

说完，老板娘就去招呼其他客人了。

周六一喝了这两杯酒，整个人又开始晕乎起来，不过他喝醉别人很难看出来，他喝醉后坐得更正，脑子转得更快……

这种人，比较少见。

所长脸上露出了难得的满意的笑容。

真不知道周六一是在什么样的家庭长大的，心思居然这么活络。

喝了两杯，话就多了起来："我刚上班那年，还没有规定喝了酒不能上班，也还没有禁枪，那年除夕，我们这些刚上班的人偷摸在值班室下饺子，还喝酒，我们那个所是个大所，八十多个人，建制相当于一个小的公安局分局了，一晚上值班的人也有二十多个。晚上快十二点，公路上有人持枪冲卡，把警车压扁了，撞倒了两个交警，然后跑了。正好是过年，那年小灵通的销量太好，大家拜年时，一传十十传百的，影响太恶劣了。全县的警察都被取消了休假，限时六小时必须缉拿归案。我们都喝得醉醺醺的，拿雪在脸上搓着，硬冻醒过来，挨家挨户敲门找人。你猜猜后来呢？"

周六一自己喝酒没什么瘾，赶紧给所长倒："然后呢，抓人以后立功嘉奖？"

所长摇头，点了根烟，慢悠悠道："警察这行当，除了实在是技术限制干不了的，什么案子都能搭把手。我们几个人醉醺醺地把人从一个农户的猪圈里揪出来了，但是我们几个都喝大了，记者来采访不好看，就让交警队的兄弟接受采访了。错过了这么一个出风头的机会，可让我们心里难受了一下。"

周六一又给所长倒了一杯，所长指着酒杯子，对周六一语重心长道："我给你上第一课，喝酒这种事情，要么滴酒不沾，要么千杯不倒！"

周六一点了点头。

所长显然是喝多了,又问他:"喜欢警服吗?"

周六一点头,他从看到雷明穿警服,就想选择这条路了。

这条路,距离他的梦想最近。

所长像是在自言自语:"搁以前,就你出生以前那会儿,一九九几年,警察穿的不是藏蓝,是军绿。穿着警服走在街上,威风凛凛的,谁见了都怕,在街上喊一声就能把小偷吓得直打哆嗦,一个人就能镇得住一整条街的宵小之辈。那时候,一把枪、一个警帽,就能维护社会治安。我们走出来,群众都会叫我们干部。但是现在时代在发展,你看到处都是摄像头,破案都开始走技术路线了,离了我们这些老家伙还行,但是离不了那些电子设备。我认识一个牛人,刚上班时不显山不露水的。他这些年,从来没有去过一次办案现场,从来没有亲手抓过一名犯人。但是,他就把那个DNA检测技术稍微改进了一下,从可以查一个人,改进到可以查一个家族谱系的人,警方每年多抓获的就不止几百人。全国表彰的时候,人家立功就是一等功。"

所长的意思是,希望周六一可以在技术上,百尺竿头更进一步。

但是周六一说:"我想要在办案单位。"

所长有些唏嘘道:"我们这些单位,处理的更多的是鸡毛蒜皮的小案子,今天谁家的品种猫丢了,明天谁家的品种狗丢了,今天两口子吵架动刀子,明天婆媳矛盾要跳楼。而且,情况稍微复杂一点,就通知刑侦、经侦其他大队过来,其他单位的人就会接手这个案子,只有走访和户籍需要我们,其他高精尖的项目,有专人负责。我们就像是这个行业的底盘,看起来很重要,但是换一个人,工作一样能干成这样。你明白吗?"

周六一没说话,所长继续道:"咱们这个行业,工资发得不高,现在不比我们那个年代,不分房子,现在房子这么贵,你到了三十多岁,都不一定能买下来。你要是去大厂,三年到五年就能解决住房问题,还能买市中心的房子……"

话里有劝退的意思,不过这不是问题,周六一不假思索:"没关系,我妈在电子城门口卖煮方便面赚到钱了,她买了一套房子,不到两年就拆迁了,又买了房子,又拆迁了,她肯定会给我买房子的。"

啊?

这完全不按套路出牌啊。

而且现在的年轻人啃老啃得理所应当的,完全没有一点愧疚感。

所长摸了摸快秃了的头,他先入为主地以为,这孤儿寡母的日子过得特别艰难。他居然把周六一那件上千块钱的衣服给忘了。

这小子的家庭条件，还真不算差。

他妈妈是真的凭实力挣了不少钱，养大了丈夫留下的孩子。

所长看着周六一意志这么坚定，挑不出毛病了。可这偏偏就是最大的毛病，他端起酒杯，一连抿了好几口："你真的一定要当警察吗？"

周六一坚定地点头："当然。"

所长又喝下一杯酒，脸色铁青。

他接受不了精心培养出来的人，被梁培禾用来攻坚重大案子，那些搞化装侦查的人，有的因为在犯罪团伙中太久，没法回归正常生活，还有的因为微小的失误被灭口，就算成了烈士，也只获得了一块无字碑，名字和事迹都不为人知……

生者，立下了不朽的功勋，在接受采访的时候，也只能像幕后的人一样，戴着口罩和墨镜，要避免招致犯罪团伙的报复。

那些人，都在很年轻的时候，走完了自己的一生……

虽然轰轰烈烈，但是这样的一生，在和平年代，看起来太过残忍。

付胜不愿意亲手把周六一培养出来，然后送走，也不愿意让手底下的人去培养周六一。

最终的走向，可能会像梁培禾那样，二十年都没有在家里过年，和老婆离了婚，老婆专门在离婚协议上写着不让他看儿子。

为了职业信仰，放弃自己的一生，值得吗？

付胜觉得自己在职业追求上不如梁培禾，但是他基本兼顾了家庭和事业，这一生还算幸福。

他审视着周六一。

周六一已经参与了不少案子，甚至可以说是在刀口尝过了鲜血的滋味，但是他仍旧坚定："是我哪里做得不好吗？那我改！"

好像他是个渣男，辜负了人家的一片真心。

付胜已经好几年没喝过那么多酒了，他拿起酒瓶子，咕噜咕噜地喝了大半瓶。

他看着周六一，这年轻人像一块美好的璞玉。

二十岁的年纪，他可以成为任何他想成为的人。

他学习好，可以去搞科研，他脑子活络，可以去做生意，他爱玩爱闹，可以像网上那些年轻人一样，去做个潮人。

在这个时代，和平的年代，年轻人本可以选择自己的未来。

就像他的儿子，高中时心血来潮，学过几天的艺术，后来迷上种地，学了农学，大学毕业突然想子承父业，又去考什么监狱警察。

年轻人，就应该有自己的选择……

付胜把剩下的一整瓶酒，全都喝了。

他没有继续和周六一说话，而是在喝闷酒，他的头快要炸了，周六一的脸和印象中的另一张脸重合起来。

那也是他亲手培养起来的年轻人，在老王和彭志远还没有来到这个派出所之时，在老顾和老贺还是骨干力量之前。他手把手地教那个年轻人，怎么抓赌，怎么做药检，预审怎么突破嫌疑人的心理防线……他花了大半年的时间，带着那个年轻人，把街头的烂人都处理了一遍，认为这个年轻人以后就可以比较轻松地处理那些短平快的突发案子。

然而，那个年轻人跟着梁培禾跨省，再也没有回来，他的一切，都被保密条例封存了起来。

那是一件轰动中外的大案，牵扯出来的有首都的会所，有边境的贩毒链条，甚至还有不少高官……

破获一起大案，参与度最高的那个警察，就算活下来，也会失去自己整个的人生！

付胜拿酒瓶子在桌上砰砰砰砸了好几下，他知道自己根本就劝不动这个年轻人："你们这些人，都是疯子！"

…………

被付胜称为疯子的周六一，无比平静地看着付胜，仿佛疯掉的人是付胜而不是他。

他很淡定地在其他食客异样的眼神中，拿过付胜手中的空酒瓶，给他倒上一杯开水。

周六一的眼睛居然红了，灯光摇曳，又碎掉，像星星一样："不用劝我了，就算死，我也要死在这条路上。"

///

周六一没喝多少酒，一直在喝水，他沉默地坐了半个多小时后才站起来去买单，却被老板娘告知："梁处已经买过单了。"

周六一笑着问老板娘："您能不能给我讲讲您的故事？"

老板娘笑得花枝乱颤，被年轻人搭讪，是一件开心的事情，不过，聪明女人总是要留几分神秘感。

她拿着铅笔在周六一的头上轻轻敲了一下："想打听老娘的故事？回去翻你们所里的卷宗去。不过我可告诉你，我都金盘洗手归隐江湖了，别想再从我这里挖到什么料。"

看来，是真的有故事。

老板娘看到他们要走，还好心地给他们叫了一辆车，给了周六一一把伞，周六一扶着付胜出了门。

出门的时候，街上下起了小雨，吹走了酒气，因为雨是突如其来的，所以很多人没有带伞。

周六一看到两个孩子躲在父亲的西装下，一家四口挤着进了一家面馆，大概是经济真的非常拮据，四口人只要了两碗面，两个孩子吃着，大人只象征性地尝了一口。

他在凉飕飕的雨里，多看了好几眼。

一家人其乐融融的，刚刚吃过饭的周六一竟感觉特别饿，很想尝尝那两碗面有多好吃。

是他一辈子也体验不到的，一家人在一起，整整齐齐。

大概是酒喝多了，大概是雨太大了，他脸上湿湿的。

这样的人生，他永远不会拥有。

他一辈子，都不能亲眼看到自己的父亲。

这漫天的大雨，浇得他透心凉。

///

付胜回到家里，儿子给他倒了水，他起来就去马桶那儿吐了半天，他儿子把老爹架着扶到了卧室。

他儿子瘫坐在地上，累得不行，有点奇怪地问："爸，送你回来的那哥们儿谁呀？看着瘦得像根竹竿，居然能把你背上三楼。"

付胜住在警务大院，老旧小区，没电梯，周六一也喝了那么多酒，居然能一步一个脚印把他背上来。

真牛！

付胜骄傲道："我们所新来的警察，比你年纪还小呢！啥都会，我当警察这么多年了，就没见过几乎不犯错的新人！"

他儿子连连摇头，根本就不相信，这世界上，还能有让他爸满意的小年轻。

这所长，经常张嘴就在骂人，他这个儿子要不是抗压能力强，早就被骂出心理阴影了。

付胜吐完了清醒多了，他给梁培禾打电话，打过去一句话喷得震天响，还有点不甘心："梁处，新警分配，实习单位有优先挑选权利。"

梁培禾百忙之中抽空去看了看自己精心挑选的小树苗，想知道这苗子在野地里长得怎么样了。

是变成了栋梁之才，还是变成了一株杂草。

显然，幼苗长势喜人。

梁培禾还给他的领导发信息：最好的投资，就是培养年轻人，他们是我们的希望。

梁培禾对吃吃喝喝兴趣不大，他现在在单位继续加班，端着泡面打开电脑，就能顶一顿了。

不过，刚坐下，他就听到付胜这一嗓子，声音大得他差点背过气去。

梁培禾试图说服付胜："你这人，格局怎么不能大一点？好钢要用在刀刃上！现在不光是派出所缺人才，我们这些高精尖的部门都缺人才。你是知道的，就是做DNA谱系的那位，现在研究所里也是青黄不接的，你为我们培养一个人才，说不定就能打掉一整个犯罪链条，铲除一个犯罪行业。"

在这件事情上，梁培禾绝对寸步不让！

就连师兄的儿子，盛长风，那个硕士研究生刚毕业没多久的优秀的年轻人，都已经去了一线，他怎么可能松口？！

回到所里的宿舍，冲了个澡，周六一酒气散尽，他坐在窗户底下的桌子上做法考题目，这时候手机响了一下。

他以为是雷明找他，就赶紧拿过来看，没想到居然是林雅思，问他在干吗。

周六一道："做法考题。"

林雅思："像你这么用功的男生，越来越少了。"

周六一眉毛直跳："不是，司法考试明年可能就不让非专业人员考了，我打算当警察，还是考到这个证比较好。"

林雅思又发："我找个对象怎么就那么难呢？我发现，我认识的所有男生里，就你说话最好听。"

然后，她还发了几个惆怅的心碎的表情。

周六一有点头大，他觉得做题比和林雅思聊天重要，但是林雅思没完没了地发消息。

她这个年纪，这个家境的女孩子，生活里最大的烦恼，就是难以找到合心意的男人结婚生子。

现在,她满脑子都是上哪儿找个男人谈恋爱。

林雅思这是实在找不着人了,在打周六一的主意,但是周六一对林雅思没感觉。

周六一一拍脑门,有了,然后他快速地发了一大串的消息。

///

第二天一大早,周六一洗了把脸,除去一身酒气,脚步轻快,打了卡就去翻案卷了。然而,案卷多如牛毛,周六一就算是再有耐心,每天闻着发霉的纸味,也难免浮躁起来。他又想起来菜馆老板娘,便找所里人挨个问了一遍,但是大家都不说,统一的回复都是让他继续看案卷。李华神秘兮兮地卖关子,他总算有比周六一见多识广的时候了:"这姐们儿,有故事,胡亮往上的警察,全都和她打过交道!"

周六一脑子里灵光乍现:"不会吧,咱们所里所有人都抓过她?"

李华眼睛一下子瞪起来:"你怎么猜到的?神了呀,这姐们儿现在可算个成功人士了,开着红色奔驰,穿名牌衣服,日子过得红红火火的,谁也看不出来她以前犯过事,你居然能。"

周六一也故作神秘地笑笑,心里想的却是,能和警察打交道的,不是受害者就是犯人,哪那么难猜。

李华啃油条像是啃鞋底,表情很痛苦,李大妈的菜,得搭配上案子才够味:"这姐们儿,算是个传奇吧,她大名叫康采月,年轻那会儿当会计的时候贪污过厂里的款子,用来打麻将,被抓了。后来在里面她老公和她离婚她不愿意,出来她老公和别人好上了,她就去和她认为的小三打了一架,把人家的腿给打骨折了,这就又犯了故意伤害罪,又进去了。再出来以后啥手艺也没有,厂子倒闭了,连个交社保的地方都没有,居然在街上站街了。这不,又被抓了。后来出来以后,她成了咱们所的重点关注对象,老顾老贺和所长他们几个实在是看不下去,这姐们儿一逮到机会,就要去犯罪。大伙商量着,看她有没有啥技能,后来发现,她在里面,学会了踩缝纫机、做饭、糊纸盒子。大家还凑钱,让她去商场里缝裤边,但是这是个夕阳行业,没干多久商场倒闭了。所里又介绍她去食品厂的流水线上压饼干盒子,结果食品厂倒闭了。一般人到这时也就放弃了,但是咱们所长,还有老贺老顾他们,是一般人吗?不管这姐们儿混得有多惨,他们可都没有放弃她,正好老杨出来了,那家伙也是个有名的三只手,今天偷了今天吃,明天偷了明天吃。这俩,被称为咱们辖区的雌雄双煞。大家一合计,给他们弄了个小吃摊,其实是想着方便管理,两个重点关注人员,去一个人就能了解完信息。没想到,这俩在一块,居然还就看对眼了,不但挣了钱,还结了婚,生了孩子,还把生意做得那么红火!多少没坐过牢的,都求着盼着,我们能把他们逮了,再给发个媳妇。"

这样的经历,堪称传奇了!

周六一对于老板娘的过往,心里有点预估,但是没想到居然"五毒俱全",他忍不住咋舌:"这么厉害?"

可以说,每犯一次罪,都是在往下坠落,正常人但凡沾了一项,一辈子差不多就毁了,但是康采月到了五十开外的年纪,居然还能混得像模像样的。

李华又说:"自从这康大姐日子步入正轨,所有来我们所的人的必备项目,就是去她的土菜馆喝顿酒。不过现在人家在咱们本地也算是个成功人士了,你怎么看出来她底子不清白?"

所长路过,本来挺高兴的,认为给周六一的思想课上得不错。

但是周六一手插在兜里,说话开始不着调:"就咱们所这点权限范围,摊贩更怕城管,不怕我们,一个开饭店的,能和咱们有什么关系,就咱们所长,连个营业执照都给人家办不下来,无非是让咱们引以为戒,不要犯错误,也不要怕犯了错误,肯定能改过自新。思想建设,就那么回事,好不容易做出了成绩,还不赶紧给咱们这些新人看看?其实,社会上多的是一烂到底,烂泥扶不上墙的人。要不然,我们警察至于每天这么忙吗……"

第 29 章
战毒不止不懈怠

Chapter 29

胡亮来上班的时候,还是有点无精打采的,他捏了捏眉心,把台账拿出来开始做。

今天他应该休假,可他居然来上班了。

周六一逮着他:"亮哥,你这头发怎么油成这样了,你快去洗洗,再换身衣服!"

胡亮继续工作，不把个人形象当回事："晚上洗。"

周六一道："我昨天晚上去吃饭，碰见所长了，他说那么大的电诈案，一天就破了，可能分局宣传部要来咱们所里采访拍照呢，你捯饬捯饬，让咱们的形象也好一点。你穿得颜色浅一点，有活力一点，才像年轻警察嘛。"

胡亮这才去洗澡换衣服。他穿着白衬衣，咖色休闲裤，显得很精神，坐在警徽下面，还多了几分稳重。

周六一觉得满意多了，这气质很不错，他往外面张望着。

没多久，一个拎着包，穿着淡淡的粉色长裙，还穿着高跟鞋，妆容精致的女人就进来了。

挺漂亮。

周六一喊胡亮："亮哥，我肚子痛，先出去一下。"

胡亮只好过来，顺手拿过了报案登记簿："来报案还是自首？"

眼前的美女嗔怒："胡亮，活该你没有女朋友！"

胡亮这才发现，眼前的美女，居然是林雅思，换去了灰黑色的裙子，摘了黑框眼镜，盘在头上的长发放下来，又化了妆，显得风姿绰约，多了不少女人味。

胡亮傻眼了。

林雅思尽可能让自己的微笑迷人一点，她觉得胡亮挺不错的，一心扑在工作上，不像搞金融的那些男人那么花哨，银行的窟窿都填不上了，还张口闭口几个亿的生意。

拿月薪的警察，也挺不错的。

林雅思温柔道："听说你今天休假，我能不能请你吃个饭，感谢你一下。"

胡亮义正词严地拒绝："这是我们应该做的，不用这么客气，如果你以后遇到了困难，还能打我们警察的电话。"

林雅思气得跺脚，这人怎么就不开窍呢？她也是个不会说话的，情急之下道："我听说你现在单身，今天也休假，给你个脱单的机会！"

胡亮后知后觉："啊？"

按照之前相亲的习惯，林雅思肯定是要掉头就走的，但是想起周六一的劝解，好男人是需要抢的，两个人相处女人也是需要付出情绪价值的，不能只等着男生来追。

虽然卖小罐茶的和设杀猪盘的嘴特甜，能猜到你心里想什么，特别能哄你开心，但那都是假的，只为了掏空你的钱包。

真实的生活里，男人是迟钝的……

林雅思退了一步："作为朋友，我能不能和你去吃饭？你想吃粤菜还是川菜？"

胡亮下意识道："粤菜吧。"

///

林雅思把胡亮拽走以后，李华叹为观止："学霸，你是怎么发现亮哥单身的？"

周六一翻着案卷，把水杯放在地上，时不时拿起来喝一口润润嗓子："这还不简单吗？亮哥每次打电话就是女方找碴在吵架，订婚日子，后来找机会和好，所长撮合，都没有成。亮哥这样的人，怎么可能会和咱们说他们两口子之间的细节。就看他说女友之前说他是小傻瓜，现在是傻×就明白了。"

李华还是有些惋惜道："那哄哄不就行了？没必要拆伙呀。"

周六一笑道："哪有那么简单，女方想要的是长时间的陪伴，但是亮哥没空。而且女方回避了结婚和和好，说明是铁了心找了下家，不会走回头路了，好聚好散就行了。"

李华将信将疑道："可是，林雅思咱们打过交道了，不是个好相处的人，这不是坑亮哥吗？"

周六一笑笑："女人对男人的爱，大部分源于崇拜，林雅思并不排斥警察这个职业。她想要的，无非是一个家庭条件看起来差不多，能给她安全感的人，而她其实很忙很独立，并不需要人无时无刻地陪伴，她的工作和她的生活，本身就占据了她绝大部分时间精力，并且她以此为荣。要不然能这么多年都不谈个恋爱吗？我看他们两个就挺合适的。"

李华这么一想，觉得周六一说的还挺有道理："也对，这女的也不是个矫情的人，其实挺单纯的，也不贪图男人的钱财，要不然能被杀猪盘给骗了吗？"

///

这一幕，所长看得清清楚楚的。

胡亮和石静，确实是分手了，分手的原因，确实是石静找到了更好的人，想要结婚了。

时间更充裕，工作更轻松，是和警察这个职业完全不相关的行业。

现实确实十分扎心。

张桂兰还给胡亮做过思想工作："干咱们这行的，就比别的行业特殊一点，大彭和他媳妇刚结婚那阵子，天天吵架。大彭气得不行，骂不过老婆，也不能动手吧。就天天往兜里揣一百块钱，然后露出来半截，到火车站和汽车站去，装作来打工的外地人。你说那小偷能不一窝蜂地过去吗？咱们所的小偷的指标，差不多都让大彭给承包了。后来，大彭只要一出现，那些小偷都是绕道走，哪怕是钱落在了脚底下，也不敢过去捡。两口子过日子，就是这样，都得靠忍。"

胡亮颓然道："年代不一样了，我给不了她想要的。"

其实，石静提过，希望胡亮可以不当警察了，去找个其他的工作，现在的大公司很需要有体制内工作经验的法务，也需要合格的安保系统。

进去以后，他就能当领导，工资不低。

但是胡亮几乎是想都没有想，就直接拒绝了："对不起，我不能辞职。"

石静哭得特别让人心疼："胡亮，你就不能为了我们的将来，做出一点让步吗？"

胡亮的答案是："对不起，我从十八岁进入到警校，二十二岁做警察，现在二十八岁，十年了，警服、警徽、接处警，已经成了我生活的一部分。我人生中，最大的荣耀和惊心动魄的时刻，都和出警有关。我什么都可以放弃，就是没办法脱下这身警服。"

两个对不起，宣告了两个人感情的终结。

石静走的时候，胡亮唯一能做的，就是给她叫了车，又拿了一把伞。

另外，他把共同账户里存的钱，全部转给了石静。

///

所长也有意介绍一下林雅思和胡亮认识，两个对感情都没有那么较真，还留有一丝天真的人，大大咧咧的，反而更合适一些。

周六一，居然先干了这事。

不过，这小子看似通透，实则市侩，还傲得不行，思想工作是真的白做了。

得想想法子。

这时候，教导员姜汉山来上班了，他穿着笔挺的新警服走了进来，大檐帽拿在手里，头发显然也是早上起来打理过的，一看就是个帅气逼人的成功警察，很有魅力。

大概是因为从前做便衣缉毒警太久，现在他一逮着机会就穿警服，分外珍惜每一个能穿警服的日子。

所长叫他上楼，十几分钟以后，姜汉山踢踢踏踏下楼了，找到周六一："找亮子借一身新警服，和我出去走一趟。"

周六一眼睛一亮："咱们是要去分局拍宣传片吗？"

虽然最近破了不少小案子，但是这些案子没有引起有关部门的注意，好像派出所日常就是这样，小案子连续不断，麻烦纠纷处理不完。

周六一并不想这么平常地在派出所过日子。

他还想接触大案子。

然而分局，梁培禾的电话什么的，一直都没有来过。

姜汉山摇头，颇有些神秘道："不是，不过肯定比去拍宣传片有意义多了。"

周六一赶紧去找胡亮，拿了警服以后，两个人开上警车。姜汉山没有去分局，而是去了一家大型超市，两个人把警服放在车上，进了超市以后，他还让周六一推了个巨大的购物车跟在后面。

周六一不大明白，逛超市和办案子有什么关系？

周六一从来没有和男性长辈一起逛过超市，所以觉得怪怪的。

但是姜汉山兴致勃勃地在干果区挑选着松子和核桃："皮薄肉厚，嚼劲足，蛋白质含量高，你也挑几个，晚上加班的时候吃。"

周六一道："我没有吃零食的爱好。"

姜汉山像是置办年货一样，这种口味两袋，那种口味两袋的，很快就把购物车填了一大半："没有爱好，可以培养一个。"

周六一不解。

姜汉山站定，不再往前走，而是指着这一整排货架道："你看，这些松子、核桃、玉米，全都产自新月湾，那里是我国和国外之间的交界地，以前很乱，老百姓都很穷，为了能有一口饱饭吃，他们就搞那些来钱快的东西。但是那些东西有毒，国家屡禁不止。我们的战友，打击毒品，也是禁了一批又出现一批。后来，我们带了农业科技人员过去，教他们种植其他的经济作物，然后再帮助他们找到销路。你看这些货架，都是咱们政府牵头，和当地的超市一家一家谈下来的。我们不光需要利润，不光需要竞争，更需要这个社会的每一个人都能吃饱饭，都能有尊严地活着。"

姜汉山是个高学历的警察，思考问题比较有高度。

周六一听到这样的话，相当震惊，他拿着手里的松子和核桃，无论如何都想不到还有这样的故事。

姜汉山挑出来两袋蜂蜜口味的核桃："这两袋当我送给你的，你动脑子多，要多补补。"

周六一顺手还多拿了几袋，放在了购物车里："我吃不完，也能送给我的朋友。"

姜汉山笑了:"可以的,我和你讲,多种些玉米,多种些核桃,就能少种些毒品作物。我们是社会主义国家,统筹兼顾,看得见的手和看不见的手一起维持社会的运行。"

周六一道:"晓得,我们高中地理就已经学过了,在重工业区,钢铁工厂旁边开设轻纺工厂,为的不是赚钱,而是平衡当地男女工人的性别。"

姜汉山说:"不错,国家的义务教育知识掌握得很到位嘛。"

周六一不大在意道:"免费的,当然要多学点。"

姜汉山其实是想再说一句,希望周六一也敦促一下李华,教教他怎么考试,但是看到周六一挥汗如雨地搬这些特产,他就啥也不说了。

周六一是个单亲的孩子,比其他孩子更敏感。

他想要得到的,是其他人的重视和喜爱,以及更多的肯定,而不是把他工具化。

出了超市,开车的时候,姜汉山差点被甩出去,路过的群众看到这辆警车居然扭七扭八才从停车场出来,还看了好一会儿。

姜汉山觉得有点丢人。

但是他没有训斥周六一,看到周六一开车开得毛毛躁躁的,他耐心道:"拿一杯水,放在这儿,开平路,尽量不要让水洒出来,你试试。"

周六一道:"那不是电影里的情节吗?"

姜汉山笑道:"艺术取材于现实,老王不是在夸张,他可以跑几百公里回来,一滴水都不会洒,而且他开车特别省油,这些都是老司机的顶级技术,你一时半会儿掌握不了,也很正常。我们开警车,为的是尽快赶到受害人的身边,沿途对犯罪分子形成震慑。所以,我们的警车要开得稳。你不是交警,也没有和交警打过交道,所以你没有看到过,交警他们还经常会骑着警用摩托,在自己的场地内进行练习,大彭的那个摩托,四百多斤呢,你有空的时候也去感受一下,一定要稳,一定要熟练。当事故发生的时候,人们看到警车,看到警用摩托车风驰电掣稳稳地快速赶过来,就吃了一剂定心丸。"

周六一手压着方向盘,骨节根根分明,操作起来不那么熟练。

看着周六一力气大得快要把方向盘给拧下来,姜汉山把自己的水杯拧开,放在了车前面:"放轻松,想象这就是你的电脑键盘,你应该是得心应手的,行人遵守交通规则,车辆也跟着红绿灯的指示有序前进,你只需要做好你自己这一部分。"

顺着姜汉山指的路，警车七拐八拐，进了一个烂得不能再烂的小区。

这一看就是很早以前的某个单位的福利家属院，随着城市的发展，大家都搬走了，只留下一些老人和外地来的租户。

大门上的字和漆都掉完了，看不出来是哪个单位的，院子里青石板都碎成了渣，老头老太太的废品就那么堆起来，像座小山。

这个破败的小区，倒是人来人往的，很热闹。

周六一不由得搓搓手，是不是有什么大案子，姜汉山带他出来，是要干一票大的？

但是，停车拎着东西拐到了楼背后，居然是一个看起来特别寒酸的灵堂，一个骨灰盒摆在中间，然后是几个花圈，那些花看起来都不新鲜了，歪七扭八的。

这场面，周六一更看不懂了。

姜汉山居然带他来参加葬礼？这是谁的葬礼？为什么要来？

周六一一头雾水，完全不明白什么情况。

这时候，一个满脸皱纹，腰上系着白布的老妇人从楼道里出来，看到了姜汉山，就小跑着过来："姜警官，您来了！"

周六一正想要安慰这位老妇人几句，毕竟家里死了人，挺可怜的，而且这老妇人的穿着很寒酸，鞋子都起了胶。看这个老妇人的打扮，应该是死者的妻子。但是，接下来发生的事情，完全超出了周六一的想象。

周围其他人也都在劝着，但是很奇怪的是，大家的反应都很怪，周六一听着都觉得自己到了精神病院。

正常人根本就说不出这种话。

"大婶，你高兴点，你看这人不是死了吗，以后都是好日子！"

人死了要高兴，还得庆祝？

"他抽了四年没了，总比那些还活着的强吧？"

抽的啥？

如果是抽烟，活个八九十岁都很正常吧？

到现在，周六一才隐隐约约觉得，这过世的人抽的东西有问题。

"你今年才四十八，以后都是好日子，你看孩子们好不容易回来了，一会儿带着出去吃顿好的。"

不到五十？但是看着像是七十多岁了，一点不像五十多岁马上要退休的中年女人。

周六一现在明白了，这些宾客，正常得不能再正常了，不正常的是这个死去的男人。

这家的男人，是吸毒吸死的！

周六一不由得看向了骨灰盒上的照片。

照片用的显然是男人年轻时候的照片，西装革履，戴着眼镜，一看就是个体面人，但是到了死的时候办葬礼，所有人都在说他死得好，说他应该早点死，还嫌他死得晚。

这老妇人破口大骂："死得好呀，这个傻子可终于死了，我们不用再被他坑害了，抽了一辈子白面，房子车子都给抽没了，我给他生了三个孩子，都是聪明伶俐的好孩子，但是没有一个上大学的，还不到二十，就全都在外地打工了，还都不敢回来。辛辛苦苦挣点钱，都被这个天杀的给骗走了，不给说说不孝顺。这三个孩子，被这种丢人现眼的爹连累，走在路上还被人戳脊梁骨。自从抽了那玩意儿，他就像个神经病一样，成天打我，我身上的骨头断了十几次，我怎么这么倒霉，当年和这种人结了婚。姜警官，你说他要是早点死了多好，我就能少吃几年苦了，孩子们也不会被他拖累……"

姜汉山显然是见多了这样的场合，安慰的话脱口而出："日子还得继续过，你的孩子们都是好孩子，只要肯吃苦奋斗，以后肯定能过上好日子！"

这时候，外面一直有人张望，贼头贼脑的，但是看到了姜汉山在这里，那些人不敢过来，姜汉山往外走，他们还吓得赶紧跑，看到那些人走了，姜汉山才返回灵堂。

灵堂里跪着三个不大的孩子，看样子也就十几岁，黑黢黢的，瘦瘦的，一看就是营养不良，三个人脚上都穿着磨烂了的鞋子，身上的衣服甚至都不太合身。

显然是经济已经窘迫到了极点。

其中一个还受了伤，胳膊上打着石膏。

姜汉山和三个小孩说了许多话："好好学门手艺，有机会读书的话，就再读下去。

"遇到困难，给我打电话，我的手机号你们存一下。

"你们父亲吸毒，和你们没有关系，虽然不能进入体制内工作，但是其他的行业，只要努力，还是能换一碗饭吃的！"

…………

灵堂里没有宾客的时候，姜汉山还拿出一些钱，交到了这些孩子手里，但是这些小孩居然都不要，推辞了半天，才勉强收下。

那个手断了的小孩，还倔强道："姜警官，等我找到工作，发了工资，我就还给你。"

姜汉山那张坚毅的脸上，终于有了一点明媚的笑容："好。"

走之前，姜汉山让周六一把车上的零食、米面、饮料搬下来，让其他人帮着抬进去，虽然是简办的丧事，但是按照当地的习俗，也是需要拿出家里的食物招待来吊唁的亲朋好友。

一个没有工作的妇女带着三个孩子，根本就支撑不起这个家。

妇女没对着丈夫的灵位掉一滴眼泪，却对着姜汉山哭起来："姜警官，谢谢你，谢谢你们派出所，要不是你们这些年帮忙，我们娘儿几个，肯定活不成了，要不是你们把那天杀的扔进监狱里坐了几年，我们得被他砍死，要不是你们判定的赌债收房子犯法，我们连个住的地方都没了……"

姜汉山安慰她："这都是我们应该做的事情，对于违法犯罪行为，我们绝对不会姑息的。"

完了以后，这家人非要留姜汉山和周六一吃饭，姜汉山以所里还有很多事情要忙拒绝了。

开着警车出去的时候，周六一看到这边墙上还刷着标语："吸一口毒，禁一生福。"

"珍爱生命，远离吸毒。"

…………

姜汉山指了指那几个字道："这些标语是我和大彭过来刷的，后来是徐海和李华过来刷的，明年你要是还在咱们所里，你就和李华过来刷。"

周六一点了点头。

姜汉山道："只要这附近有吸毒的，被抓过，就要保证这一片的禁毒标语不褪色。"

周六一之前只是和胡亮讨论过禁毒的力度，但是没有想到，现实里居然会这么严厉。

看到周六一在思考，姜汉山继续道："吸毒的人不是最惨的，因为他能在毒品的刺激下过得像一头幸福的猪，最惨的是他们的家里人。吸毒的人为了弄到毒资，往往会坑蒙拐骗，首先受到影响的就是他们的家人。学费生活费被卷走，孩子们上不了学，老人没有吃药的钱，甚至妻子都要生孩子了，在医院里连一张床位的钱都交不起。这些人还会危害社会，吸海洛因的用静脉注射，混着用针头容易感染艾滋病，一家人生活在一起，难免有接触，很容易传染的。吸冰毒的，你如果去交警那儿，你就会发现，他们现在不光抓酒驾，还抓毒驾，吸了冰毒的开车，能把汽车开出飞机轮船的效果，非常可怕……"

姜汉山从来不是一个特别话多的人，但是他说了很多，阳光照射在他的脸上，他深深地吸了一口气，然后再呼出来："能够当个正常的普通人，生活在阳光下，真好。"

///

　　中午，姜汉山带着周六一去吃了个饭，他吃饭的速度特别快，面条往筷子上一卷，快速地塞进嘴里，嚼几下就咽了。
　　姜汉山一碗面吃完，周六一还剩下小半碗，他快吃也赶不上姜汉山。
　　姜汉山笑道："刚过了九月，秋招刚结束，人们都刚上班，等着发下个月的工资，学生都在上课，盼着放假，烧烤摊子什么的天气凉了生意少，闹事的也少了一些，算是个淡季。现在多了你和李华还有青梅，也忙得过来。"
　　听到黄青梅，周六一有点心虚，李华还发了信息过来：今天上午青梅没有来上班，请假了，有四个报案的，他要一个人去食堂吃饭，心碎。
　　周六一没有回复。
　　黄青梅虽然不喜欢当警察，也不喜欢这个工作，但是从来都不是一个会翘班的人，这是怎么了？
　　不过，吃完饭以后，姜汉山带着周六一去了戒毒所。

///

　　戒毒所在郊区，远看不打眼，但是往近处一看，就会觉得，附近很远都是光秃秃的水泥地，墙是真的高，铁门是真的高，真的重，而且站岗的人背着的黑黢黢的枪，里面是真的有子弹！
　　周六一瞬间就被镇住了。
　　出来接姜汉山和周六一的，是个瘦高精干的汉子，名字叫宋学文，看起来也是儒雅随和那一票的。他远远地看到了姜汉山，立马打招呼，过来就想拥抱："老姜，我可想死你了！"
　　姜汉山抬手，让他离远点，也让周六一离他远点："别看这家伙像个竹竿一样，实际上他能和大彭掰手腕，我刚社招当警察的时候，新警集训时的搭档就是他。搭档一周，我差点被他打死。我还以为所有科班出身的警察都这么牛，直到我上岗以后，我第一次出任务，就抓了一个省散打亚军。之前碰上这逃犯的警察，如果是一个人，都会等支援。因为散打亚军把两个警察都给打进医院了。我是被这家伙练出来的，直接搞定了那个散打亚军。你想想这货到底有多能打！"

一说起往事，姜汉山还是愤愤不平，像是被欺骗了感情的小男生一样激动。一个外表儒雅随和的人，差点把手指头戳进昔日搭档的脸里面。

周六一也有点发怵。

宋学文笑得非常含蓄优雅，而且说话很谦虚："我哪有那么厉害，不信咱们现在进去试试？我们强戒所现在刚刚装修过，弄了个拳台，你打两下试试？"

宋学文这么说，姜汉山就更嫌弃他了，继续对着周六一道："我们所通网了！别以为我不看内网新闻！上次有个强戒人员放出去了，拿刀要砍老婆，他老婆怕我们派出所到得慢，给这货打电话。这货去了，一脚就把人给踢折了三根肋骨，一根大腿骨，再加一条胳膊，还是正当防卫，不管是法院还是督查，都判了他无罪。那人在床上躺了大半年，能走路了以后，别说拿刀了，手拿筷子都哆嗦，吃个饭比搬砖还累。他老婆还专门来强戒所送锦旗来着，说强戒所太优秀了，戒掉了她的丈夫八年来都戒不掉的毒瘾，还写了一封感谢信，号召社会上的家里有吸毒人员的家属都把家里吸毒的人送这儿来，这样才能让家庭有光明的未来。你那拳头，是越老越壮，我发誓，我这辈子都不会和你练格斗！"

宋学文有些尴尬地接话："那下次全市警务单位大比武，你还参加不？"

姜汉山淡淡道："我转文职了，现在很'佛系'。"

宋学文笑道："喊，你这种人，就算是成佛了，那也是个斗战胜佛。"

姜汉山点头："对，生命不息，禁毒不止。"

© 中南博集天卷文化传媒有限公司。本书版权受法律保护。未经权利人许可，任何人不得以任何方式使用本书包括正文、插图、封面、版式等任何部分内容，违者将受到法律制裁。

图书在版编目（CIP）数据

警动全城 / 常书欣著 . -- 长沙：湖南文艺出版社，2024.6

ISBN 978-7-5726-1839-0

Ⅰ．①警… Ⅱ．①常… Ⅲ．①长篇小说—中国—当代 Ⅳ．① I247.5

中国国家版本馆 CIP 数据核字（2024）第 088128 号

上架建议：畅销·悬疑

JING DONG QUANCHENG

警动全城

著　　　者：	常书欣
出 版 人：	陈新文
责任编辑：	张子霏
监　　制：	邢越超
策划编辑：	郭妙霞
特约编辑：	万江寒
营销支持：	周　茜
装帧设计：	马睿君
封面插图：	视觉中国
字体授权：	仓　鼠
内文排版：	百朗文化
出　　版：	湖南文艺出版社
	（长沙市雨花区东二环一段 508 号　邮编：410014）
网　　址：	www.hnwy.net
印　　刷：	河北鹏润印刷有限公司
经　　销：	新华书店
开　　本：	680 mm×955 mm　1/16
字　　数：	472 千字
印　　张：	24
版　　次：	2024 年 6 月第 1 版
印　　次：	2024 年 6 月第 1 次印刷
书　　号：	ISBN 978-7-5726-1839-0
定　　价：	56.00 元

若有质量问题，请致电质量监督电话：010-59096394
团购电话：010-59320018